Después de tantos años...

Susan Isaacs

Después de tantos años...

Traducción de
Irene Saslavsky

CÍRCULO DE LECTORES

A mis tíos Sara y George Asher,
que me hicieron observar que
yo no era sólo una chica

AGRADECIMIENTOS

Necesité datos, asistencia y experiencia técnica, y las personas abajo mencionadas me proporcionaron precisamente esto. Quiero agradecerles y pedirles disculpas si deformé su verdad para que encajara en mi ficción.

Arnold Abramowitz, Janice Asher, Mary Elizabeth Bliss, Barbara Butler, Edmond Coller, Jonathan Dolger, Mary Fitz-Patrick, Nancy Frankel, Lawrence S. Goldman, Leonard Klein, Edward Lane, John McElhone, Gail Mallen, Mathias Mone, James Nininger, Bill Scaglione, Cynthia Scott, Chris Speziali, Connie Vaughn, Susan Zises y (por supuesto) Justin Zises, Lara Zises, Samantha Zises y Jay Zises.

También quiero dar las gracias a Susan Lawton por las antigüedades y el diseño de interiores y a Anthony Lepsis y Brian Whitney por el diseño de exteriores.

Le estoy agradecida a todas las personas de la Washington Public Library y a la Audubon Society de Huntington, a la New York Public Library y a la colección de teatro Billy Rose de la New York Public Library for the Performing Arts (Theater Research Division).

Saludo a mis amigos, los profesores de inglés, que inspiraron a sus alumnos y a mí misma: Barbara Kaplan-Halper, Edith Tolins y la maravillosa Mary Rooney, Profesora del Año.

Hablando de amigos, la verdadera Jane Berger es un ser humano maravilloso.

Quiero agradecerles a mis hijos, Andrew y Betsy Abramowitz, su amor, su compañía y sus consejos editoriales. Un agradecimiento especial para sus amigos del instituto y de la universidad, por ser tan buena compañía.

Mi ayudante, AnneMarie Palmer, ha salvado mi juicio demasiadas veces para ser enumeradas. Como siempre, agradezco su buen humor y lo duro que ha trabajado.

Mi agente, Owen Laster, no sólo es un caballero honorable y sabio: es un encanto.

Hasta ahora, Larry Ashmead, mi editor, me ha sostenido durante cinco novelas. No creo que haya una persona mejor en todo el negocio editorial.

Y después de tantos años, mi marido, Elkan Abramowitz, sigue siendo la mejor persona de este mundo.

1

Después de casi un cuarto de siglo de matrimonio, Richie Meyers, mi marido, me dijo que lo llamara Rick. Luego comenzó a acicalarse el pelo con gomina inglesa de treinta y cinco dólares el pote.

De acuerdo, admito que me fastidió. Pero, para ser honestos, ¿no tenía derecho a una crisis vital? Le faltaban exactamente dos años para cumplir los cincuenta. Su mandíbula ya no era de granito cincelado, más bien parecía tallada en puré de patatas. Su cabello y sus encías retrocedían a la misma velocidad. Y cuando se quitaba la camisa se miraba el vello de su pecho con incredulidad, como si algún gracioso le hubiera pegado un postizo color gris entre los pectorales.

Bien, lograba comprenderlo. Yo tenía once meses menos que Richie y no era exactamente una jovencita. Sin embargo, salvo que a un hombre le gustasen las lecheras prepúberes con trenzas, probablemente se me consideraría entre atractiva y decididamente bonita. Cabello oscuro y lustroso. Cutis claro. Facciones parejas. Ojos color avellana con pintitas verdes a las que me gustaba considerar como chispitas de esmeralda. Además de unas pestañas estupendas. Tenía un tipo bastante bueno, aunque en la lucha entre la gravedad y yo, ganaba la gravedad; a pesar de todos los ejercicios abdominales que hacía, nunca más volvería a tentarme la fantasía sexual de que me arrancaran los pantys en público.

Al igual que a Richie, envejecer no me volvía loca de placer, especialmente desde que comencé a convencerme de que la inmortalidad resultaba improbable. Alguien capaz de reír frente a la nada eterna es un memo. Sinceramente, le comprendía. E intenté llamarle Rick. Pero después de tantos años de «Richie», a veces me equivocaba, como en la cama. Exclamaba: «¡Dios, no te detengas Rich... Rick!». Pero a esas alturas él se encogía y, unos segundos después, parecía que se hubiera pegado un camarón en el pubis.

Los indicios eran evidentes. Sólo que yo no los interpreté. Por eso me sorprendí cuando, aquella clara mañana de junio, después de la fiesta de nuestras bodas de plata, que celebramos detrás de nuestra casa, sobre lo que nuestro agente inmobiliario llama El Gran Césped, bajo una tienda blanca festoneada de rosas cremosas y miles de lucecitas blancas centellantes, Richie me informó de que me abandonaba por su vicepresidente mayoritario, por —su voz se suavizó y luego se derritió— Jessica.

Jessica Stevenson fue una de los doscientos invitados de la noche anterior. De hecho, Richie bailó el foxtrot con ella al son de unas canciones de Cole Porter, que incluían aquel *Me encanta que me esperes en casa.* Sí, Jessica era una mujer más joven. Pero no odiosamente. Richie no era uno de aquellos cincuentones que se escapa con azafatas veinteañeras de Lufthansa. Jessica tenía treinta y ocho: sólo nueve años menos que yo. Desafortunadamente, tenía unos luminosos ojos color aguamarina y estudiaba japonés por diversión.

En la que resultó ser la última fiesta de mi matrimonio, estuve esperando que Richie dijera: «¡Mírate, Rosie! ¡Tan hermosa como el día que nos casamos!». No lo hizo. En el húmedo aire nocturno, el vestido plisado de seda blanca estilo griego, que acarició mis curvas en el probador de Bergdorf-Goodman, se pegaba a mi pecho y piernas con maldad enloquecida.

Naturalmente, Jessica no parecía haberse envuelto en una sábana mojada. No, estaba radiante con aquel mono de lamé dorado debajo de una camisa de gasa transparente color crema, cuyos segmentos suaves colgaban como pétalos. Estaba dividida en dos por un cinturón dorado de diez centímetros de ancho. No hace falta mencionar que tenía una cintura delgada, aunque para ser absolutamente sincera, su pecho no era de los que normalmente hubieran impresionado a Richie: era bastante plana, salvo aquellos pezones exageradamente entusiastas, que parecen borradores de lápices número dos y enloquecen a los hombres.

De hecho le lancé un beso al pasar velozmente a su lado en

busca del proveedor para decirle que una de las invitadas, la novia del amigo banquero de Richie, se había convertido al vegetarianismo el fin de semana anterior. Jessica, con unas sandalias doradas de tacones impresionantemente altos, estaba junto a otros dos ejecutivos de Data Asociados, riendo y exprimiendo una rodaja de lima en su copa. Saludó con la energía habitual: «¡Rosie! ¡Hola!». Con su mono dorado y los reflejos color bronce en su cabello rubio oscuro, parecía relumbrante, mágica, casi una sirena.

¿Pero que Richie realmente me dejara por ella? ¡Por favor! Él y yo compartíamos una historia. Nos conocimos a finales de los sesenta, por amor de Dios, cuando ambos enseñábamos en el instituto Forrest Hills de Queens. Habíamos construido una vida en común. Una vida rica, mucho antes de todo aquel dinero. Teníamos hijos. Conque sí, estaba sorprendida. De acuerdo, pasmada.

Al otro lado de nuestra habitación, los ojos como olivas negras de Richie desbordaban. Respiraba aparatosamente, y su voz era tan ahogada que apenas lograba oírle.

—No logro creerme lo que estoy diciendo, Rosie.

Richie al secarse las lágrimas con el puño transformó el llanto en un acto viril.

—Lo que me fastidia —su pecho se henchió y sollozó, incapaz de retener nada— es que suena tan condenadamente trillado...

—Por favor Richie, dímelo.

—Por primera vez en años, me siento verdaderamente vivo.

El aire, a aquella hora tan avanzada de la mañana, era caliente, endulzado por la madreselva, un recordatorio de que el maravilloso sexo sudoroso del verano estaba a sólo semanas de distancia. Pero como dice la canción, no para mí. A pesar de la estación, me estremecí y arropé mis hombros con la manta. Claro, tenía frío, pero supongo que abrigaba la esperanza inconsciente de que, arropada y con el labio inferior temblando, resultaría irresistible.

No lo era.

Richie sí. Con su cabello color gris acero peinado hacia atrás, su bronceado de hombre rico, sus pantalones blancos cosidos a mano, su camisa blanca fresca y sus zapatos blancos de lagarto, parecía un ex marido al que su mujer se le quedó pequeña. Pero su cara estaba mojada. Sus lágrimas eran verdaderas.

—Rosie, lo siento.

No se me ocurrió una réplica. Sólo lloré. Primero se apoyó en un zapato, después en el otro. O bien la confrontación resultaba horriblemente angustiosa o se extendía más allá de lo esperado y él tenía una cita para almorzar.

—Richie —sollozé—, ¡la olvidarás! —Lo más rápidamente posible cambié aquello por—: ¡Rick, por favor! ¡Te quiero tanto! —Pero a esas alturas era demasiado tarde.

Aquel verano, atravesé todas las etapas de la mujer desdeñada. Histeria. Parálisis. Negación: por supuesto que Richie abandonará una maravilla de éxito, fértil, talla treinta y ocho por una maestra de inglés de un barrio residencial. Desesperación: pasaba las noches atontada por el Xanax que había obtenido con engaños de mi ginecólogo, lamentando que no fuera una anestesia general.

Estaba completamente sola. Marido desaparecido. Niños crecidos y viviendo por su cuenta. Y nuestro pachón, *Irving*, que había muerto en la primera semana de agosto. Deambulaba por la casa, llorando, recordando el calor del cuerpo de Richie, la calidez de los niños y la nariz fría y afectuosa de *Irving*.

Al menos el deambular era un ejercicio. Cuando Richie enriqueció, no creía que menos es más. Más era más. Un día estábamos en nuestra cabaña de Cape Cod, con su cocina color aguacate original de los sesenta, sus contraventanas desvencijadas, su aro de baloncesto torcido encima del garaje para un solo coche. Al otro, estábamos a cinco kilómetros al norte, exactamente en el canal de Long Island en territorio Gran Gatsby, en una casa de estilo georgiano tan majestuosa que efectivamente tenía nombre: Gull's Haven.

Admito que una vagabunda nocturna, vestida con una camiseta del Festival Shakespeare de Nueva York, braguitas negras inútilmente *sexy* y calcetines de Pan Am, remanentes de nuestro último vuelo a Londres en primera clase (antes de que Richie se volviera aún más rico y volásemos en el Concorde) dada a vagabundeos a través de una casa desierta, agarrando unos Kleenex, no era la imagen que Gull's Haven debería haber evocado. Pero era la verdad. Así lo fue esa noche fatídica.

¿Fatídica? A decir verdad, aquella noche no parecía más ominosa que cualquier otra. Cuando nos mudamos, Richie había descartado el radio-despertador digital de su mesilla de noche, cambiándolo por un reloj de sobremesa de bronce, de manera que nunca sabré la hora precisa a la que desperté ni, más importante aún, lo que me despertó. Pero eran alrededor de las tres y media. Me di cuenta de que no lograría seguir durmiendo porque tenía miedo de tomar más Xanax. Con mi suerte, la próxima píldora podría ser la que me colocaría en aquel estado que los médicos diagnosticarían como un estado vegetativo persistente. Richie, impulsado por la culpa, pagaría los mejores cuidados, de manera que pasaría las tres últimas décadas de mi vida cósmicamente desolada e incapaz de leer: una prisionera en la cárcel solitaria de mi propio cuerpo.

Deambulé un poco más. Cuando Richie se largó aquella última semana de junio, hizo el viaje hacia el oeste, a Manhattan, sólo con una bolsa. ¿Cómo era posible que un individuo deseara abandonar casi toda una vida? Pero yo lloriqueaba delante de los armarios repletos de sus trajes hechos a medida, tocando las puntas de sus zapatos hechos a mano. Logré dejarlos atrás, también dejé atrás su cuarto de baño, todo de suntuoso mármol verde con sus lujosos accesorios dorados; habíamos hecho el amor en la ducha en la primera noche que nos mudamos.

En ese punto, mi estómago rugió. Pensé: un yogur desnatado no me hará daño. En el fondo sabía, mientras descendía las escaleras de caracol, que me dirigiría hasta la nevera y ¡oh, mirad esto! encontraría una de las pizzas de chorizo y carne que compré para tener en casa cuando venían los chicos. O tal vez metería un frankfurt en el microondas, que acabarían por ser tres frankfurt. Desde que Richie marchó, había empezado a salirme un poco de barriguita. Bien, barriguita es una palabra demasiado diminutiva. Algunas semanas más de picar compulsivamente y parecería estar al final del primer trimestre de un embarazo, un aspecto poco halagüeño para una menopáusica.

Penetré en la cocina oscura, del tamaño de una pista de básket, preguntándome si habría algunos bollos para frankfurt o si debería golpearlos hasta lograr meterlos en bollos de hamburguesa y también, como curiosidad intelectual, si alguien sería capaz de preparar una leche malteada realmente espesa en el Cuisinart.

Y entonces tropecé.

¿Tropecé? ¡Dios Todopoderoso! Caí por encima de alguna enorme –¿qué demonios era?– cosa. Mi grito de terror casi demencial me asustó aún más. Me lancé hacia atrás hasta que choqué con el horno de la gran cocina de hierro. Fuera lo que fuera, no se movió. Escuché mi propio gemido, un sonido como un balido patético. Desesperada miré el panel del sistema de seguridad que se hallaba cerca de la puerta trasera: luz verde, lo que significaba que alguien había desconectado el sistema de alarma. Estaba segura de haberlo conectado. Otro gemido. Dios santo, no. Pero entonces caí en la cuenta...

¡Alexander! ¡Por supuesto! Se había quedado sin dinero, de manera que regresó a casa y, como de costumbre, dejó su mochila en el suelo, sin duda abrazando su guitarra y transportándola tiernamente hasta su habitación. Dije: «¡Mierda!», frente a su descuido. Pero estaba feliz de que uno de mis hijos estuviera en casa. Estiré la mano y encendí la luz.

Lo que había en el suelo no era la mochila de Alex. Era Richie. Estaba tendido de espaldas. Sus labios eran una estrecha línea de disgusto.

Con razón. Tenía un cuchillo clavado en medio del cuerpo.

¡Oh, cómo grité!

–¡Dios mío! ¡Dios mío!

Y corrí de aquí allá durante un minuto, agitando los brazos, atontada. Choqué con tanta fuerza contra el aparador galés de arce que una fuente, decorada con chicas holandesas en azul y blanco y una sopera con forma de pavo, cayeron estrepitosamente al suelo. Después grité un poco más. Tal vez he visto demasiadas películas. Cuando una mujer encuentra un cadáver ¿qué hace? Produce un alarido tan espeluznante que casi podría convencer a Dios de cambiar de parecer.

Me agaché, toqué la mejilla de Richie. Fría. Pero caray, estaba tendido en el suelo de baldosas.

—¿Richie? —murmuré. Después grité—. ¡Richie!

No hubo respuesta. No hubo señales de vida. Puse el dedo cerca de su nariz para ver si respiraba. No. Tenía que haber una posibilidad. Podría estar vivo.

—¡Richie, por favor!

Impulsada por la histeria, no, por la esperanza, agarré el mango del cuchillo, intentando extraerlo. Se agitó un poco, blanda y húmedamente, pero no se movió. Richie tampoco. Entonces supe que estaba verdaderamente muerto.

¿Qué sentí, en realidad? Mi corazón se convirtió en una piedra fría. Me sentí muerta. No, eso no es completamente cierto. Decididamente, el muerto era Richie. Sin embargo, al contemplarlo, no fue su absoluta inmovilidad lo que hizo que repitiera su nombre gritando, sino lo vivo que parecía. En cualquier momento bajaría la vista, frunciría el ceño ante estas teatralidades domésticas y se arrancaría el cuchillo. Salvo que no lo hizo.

La sangre en su pecho formaba una flor roja de tres pétalos, con el mango negro como un estambre gigante. Horrible. Estaba mareada; me tapé la boca y la nariz con las manos para llenarme los pulmones con un poco de dióxido de carbono. Sólo entonces caí en la cuenta. Lo que miraba fijamente no era exactamente una herida autoinfligida. Si el micrófono más sensible del mundo hubiera estado fijado al cuello de mi camiseta hubiera registrado mi susurro.

—¡Asesinato!

Richie estaba muerto porque alguien lo había matado.

Me obligué a mirarlo. Su cuerpo estaba tendido sobre el suelo de madera oscuro. Tenía los puños ligeramente apretados, la muñeca derecha doblada y el pulgar señalando hacia arriba, lo que, dadas las circunstancias, parecía de un mal gusto terrible. Al querer enderezarlos, se me doblaron los dedos a mí.

Pero ya había tocado el cuchillo. Sabía que la policía no estaría precisamente encantada con ello. Veréis, no soy lo que se dice una ingenua en cuestión de homicidios. Leía demasiadas novelas policíacas para mi propio bien. Cass, mi mejor amiga, que ocupaba la cátedra del departamento de inglés, denominaba al género «Detective achispado». Desdeñosamente. Pero yo había leído todas aquellas novelas de intriga y había visto tantas películas de detectives durante mi vida que, incluso en aquel momento terrible, debería haber sabido que no se debe alterar la escena del crimen. ¿Y si hubiera borrado las huellas dactilares del asesino? ¿O hubiera destruido una célula de piel decisiva, cuyo ADN los polis podrían analizar?

Rectrocedí muy cuidadosamente y me obligué a mirar: una mirada objetiva. De acuerdo no tan objetiva, ya que la primera cosa que noté fue que Jessica había estado eligiendo su ropa: ropa de revista. Nunca vi un hombre de verdad vestido tan a la moda. Zapatillas deportivas altas, no las sucias, negro grisáceas desflecadas, que hubiera llevado para jugar al baloncesto en el instituto. Éstas eran negro azabache, lustrosas, modernas. Probablemente costarían más que el alquiler mensual de nuestro primer apartamento. Pantalones deliberadamente abolsados de algodón gris oscuro, apretados en los tobillos. Un jersey ceñido.

Eché un vistazo a mi alrededor. Había suciedad en el suelo: trozos oscuros de tierra se extendían de forma irregular hasta la puerta de la cocina. Mi estómago se encogió. No aguantaba más. Un aullido de horror me ahogó. Pero tuve que mirar. La tierra podía ser una pista. Respiré temblorosamente y caminé alrededor de Richie, describiendo un gran círculo. En efecto, la tierra estaba pegada a las muescas de las suelas de sus zapatillas, especialmente a la de la izquierda. Resultaba obvio que había dejado pisadas.

Eso era todo. No había más huellas a la vista. Pero los de homicidios encontrarían algo. Me giré de espaldas a Richie y esperé que los polis entraran. Resultaría tan espantoso admitir que había tocado el mango del cuchillo. ¿Dónde estaban?

Finalmente me di cuenta de por qué esperaba. Sólo estábamos Richie y yo, y él decididamente no había llamado al 911. De modo que lo hice yo. Una mujer con acento hispano respondió.

—Policía, ¿diga?

—Quiero informar acerca de un asesinato —dije.

Después empecé a balbucear.

—No hay un número de calle, pero si conduce hasta el extremo de la calle Hill y continúa a lo largo de Anchorage y después por la calle de gravilla a la derecha, la que tiene un cartel de Privado, llegará hasta Gull's Haven.

—¿Quién es la víctima?
—Ah, la víctima —añadí.
Ella esperó. Yo no pude decir nada. Estaba hipnotizada por una sartén de cobre que colgaba de un gancho. Reflejaba una minúscula y distante imagen del cuerpo de Richie.
—¿La víctima? —insistió.
—Es mi marido —le dije.

Siempre preferí el arte a la vida, porque el arte parece estar construido con mayor sensatez. Además generalmente resulta menos aburrido. Por ejemplo, en los libros de asesinatos misteriosos que ocurren en las casas de campo inglesas, alguien encuentra el cadáver y dice: «¡Caramba, el vicario!». No es necesario arrastrarse a través de cincuenta páginas más, esperando que llegue la policía. Ninguna espera tediosa: el capítulo acaba y el otro comienza inmediatamente; en la primera oración, alguien sirve el té al policía. El cine negro tampoco malgasta el tiempo. La cámara va desde una boca deformada por un alarido directamente al cigarrillo entre los labios de un detective cínico.

Hubiera sido natural escuchar, instantáneamente, el aullido de una sirena y el crujido tranquilizador de la grava mientras los coches de policía se acercaban velozmente a la casa. Pero después de colgar el auricular, estaba sola. El silencio era fantasmal. En un rincón tétrico y lleno de telarañas de mi cabeza me imaginé a un Richie traslúcido, surgiendo del tumulto de su cuerpo sin vida, flotando por encima de la isla central de la cocina, enrollándose alrededor del candelabro de bronce sobre la mesa hasta que, con un sonido infernal, el espíritu era absorbido a través de la rejilla de ventilación cerca del zócalo.
—Chica, esto no me gusta —me oí decir.
Pero entonces me asusté de verdad. Porque ¿cómo sabía cuánto tiempo hacía que estaba muerto antes de tropezar con él? ¿Cinco horas? ¿Diez minutos?
—¡La policía está al caer! —exclamé sólo por si acaso.
Sin embargo, a mi voz le faltaba convicción. Sonaba temblorosa, como la de Marilyn Monroe.
Nervios, me dije. Relájate. Pero en el momento en el que ce-

rraba los ojos para inspirar profundamente, mis párpados aletearon. Algo no cuadraba. ¿Qué? Examiné la cocina: allí estaba, encima de la isla central de la cocina rodeada de azulejos blancos, entre la superficie de cocina suplementaria que utilizamos en las fiestas multitudinarias y la pequeña pila para frutas y hortalizas, otro indicio: la tabla de roble para los cuchillos. Había una ranura vacía, la que ocupaba el trinchante, que estaba clavado en mi marido.

¡Dios mío, qué mareada estaba!

Basta de desmayos, me dije. Y no vuelvas a empezar con el asunto de los fantasmas. ¡Piensa! ¿Fue un ladrón que cogió un arma oportuna cuando Richie le sorprendió? ¡Aguarda un momento! ¿Qué hizo regresar a Richie a la casa? Mi abogado, Honi Goldfeder –una mujer que aparentemente utilizaba cojines por hombreras– había insistido en que cambiara el código del sistema de alarma para que no pudiera entrar.

–Guapa, cambia el código y dile que lo cambiaste. Y no me digas que no le interesa entrar en la casa, porque nunca se sabe y si entrase subrepticiamente, no será para entretenerte, ¿comprendes?

Yo me negué.

–A veces los hombres cambian de parecer. No quisiera que Richie pensara que le cerré la puerta.

–¡No puedes darte el lujo de ser tan blandengue! –dijo, señalándome con una uña color coral de dos centímetros de largo. ¿Pero qué había hecho regresar a Richie?

El timbre de la puerta principal sonó cuatro veces con el tañido protestante de la oración antes de las comidas. Corrí hacia la puerta principal. El frío del mármol del suelo en el vestíbulo central penetró a través de mis calcetines Pan Am. Mis muslos se cubrieron de piel de gallina. Corrí hasta el armario de las visitas y cogí una trinchera, una de las tres costosas Burberrys que Richie compró durante su primer paroxismo anglófilo, después de hacerse rico.

Encendí las luces exteriores. Debajo de los tres arcos que constituyen el portal de entrada de Gull's Haven había seis policías de uniforme. Cuando abrí la puerta uno de ellos, un poco mayor y con un bigote un poco más espeso que los demás, se adelantó.

—¿Señora Meyers? —preguntó.

Les hice pasar y encendí las luces del vestíbulo. Examinaron los candelabros de las paredes, las molduras del dintel y el suelo de mármol ajedrezado verde y blanco lenta y estimativamente, como si pasaran por casualidad para examinar una exposición de decoradores.

—¿Señora Meyers?

El poli era mucho más alto que yo. Estaba tan cerca que cuando elevé la vista pude ver que se peinaba el pelo de la nariz por encima del bigote.

—Señora Meyers, recibimos una llamada relativa a su marido. ¿Podría indicarnos dónde está, señora?

Me imaginé la sangre de la camisa de Richie volviéndose de color marrón, formando una costra agrietada alrededor de la hoja.

—Señora Meyers, estamos aquí para ayudarla.

Unas frases de *Otelo* me vinieron a la cabeza. Una vez se las recité a Richie, después de hacer el amor toda la noche. Ambos estábamos muy azorados y resentidos cuando vimos la luz del día.

Que mi alma se pierda / ¡Pero te amo! / Y cuando no te amo, / Regresa el caos.

—¡Señora Meyers!

La voz del poli era demasiado alta.

Probablemente me desmayé en aquel momento.

2

El sargento de homicidios Paul Gevinski, del condado de Nassau, hubiera sido apuesto si no fuera por su cara. Tenía unos bonitos cabellos rubio ceniza que alejaba de su frente constantemente, ojos arrugados como los de Walter Cronkite y una gran barriga amistosa. Pero su cara era un círculo, con una bulbosa nariz de payaso, de las que tienta apretar para escuchar un sonoro graznido, aunque algún accidente o pelea la había aplastado de manera que apenas sobresalía por encima de sus mejillas. De hecho, si lo observabas de frente, parecía plano, sólo existía en dos dimensiones como la cara de la luna.

—¿Se encuentra bien? —preguntó.

—Estoy perfectamente. Me desmayé unos segundos.

De algún modo, los polis me habían arrastrado o guiado hasta la biblioteca. Llegaron más coches de policía. Unos veinte minutos después, aparecieron Gevinski y sus técnicos de homicidios.

Quería quitarme la trinchera de Richie pero, mientras intentaba pensar en una excusa para cambiarme de ropa sin parecer frívola, mis piernas comenzaron a temblar violentamente, como si deliberadamente golpeara mis rodillas durante algún desesperado ejercicio del estilo Jane Fonda. Agarré la silla más cercana a la mesa de lectura y me senté. La mesa y las sillas eran una de las primeras antigüedades inglesas adquiridas por Richie. Los cajones de la mesa estaban taraceados en bronce con letras del alfabeto.

—¿Divertido, verdad? —solía decir a las visitas—. Lo compramos en una subasta en Londres.

Pero entonces su prima Sylvia, que comerciaba con uñas acrílicas, se rió en su cara, de modo que cambió «divertido» por «interesante». Por supuesto que la prima Sylvia fue borrada de la lista de invitados para siempre.

Gevinski estaba sentado delante de mí.
—Me disgusta molestarla, pero el tiempo es un factor importante —dijo.
—Lo sé. Debo decirle, antes de que comencemos a hablar, que hice algo equivocado.
Él asintió, animándome.
—Hábleme de ello —me instó, tolerante e indulgente, un sacerdote mundano preparado para escuchar la confesión más espantosa.
—No se equivoque —le aseguré—; quise decir que tal vez he interferido en la escena del crimen.
—¿Qué hizo?
—Por un momento pensé que Richie podría estar vivo, de modo que...
—¿Qué hizo?
—Intenté arrancar el cuchillo de su pecho.
No me gritó, ni siquiera me gruñó. No dijo absolutamente nada.
—Sé que no debería haberlo hecho, pero estaba enloquecida. Pensé: está tan quieto, pero tal vez aún esté vivo. Si logro extraer el cuchillo, él suspiraría de alivio. Lo siento, sargento Gevinski, lo siento de veras.
—¿Qué le hizo concluir que estaba muerto de verdad?
—No lo sé. Creo que lo supe de inmediato, pero durante aquel segundo irracional esperé que...
—Comprendo. ¿Podrá soportar algunas preguntas más?
—Sí.
Creía tener la mente clara. No estaba histérica ni abrumada por la pena. Tenía las manos firmes. Salvo que cuando intenté cruzar las piernas, no tuve suficiente fuerza.
Gevinski escudriñó su reloj. La esfera era una de esas cosas sonrientes, amarillos, con dos ojos y un semicírculo en forma de sonrisa.
He leído sobre procedimientos policiales: el tiempo es un factor. Conocía la regla de las setenta y dos horas: si después de tres días la policía no ha encontrado al perpetrador de un homicidio, las probabilidades de hacerlo disminuyen de manera astronómica.
—¿Podría darme su nombre completo?

Gevinski habló tan repentinamente que me sobrecogí.

—Rose...

Santo Cielo, ¿cómo se lo diría a Ben? ¿Y a Alex? Él y Richie habían estado muy enfadados. ¿Cómo demonios se lo explicaría a mi madre?

—El nombre del difunto, por favor.

—Richard Elliot Meyers.

No parecía un detective de plomo, un poli lleno de tristeza no sosegada, causada por la condición humana, de esos que siempre representan actores deprimidos como Dana Andrews o Tom Berenger. No, Gevinski era otro personaje típico: el compañero rechoncho, asexuado y devorador de donuts.

—¿Ocupación?

—Era presidente de una empresa llamada Data Asociados.

Gevinski recorrió la biblioteca con la mirada. Era una inmensa habitación con paneles de madera, tres canapés y Dios sabe cuántas sillas, sofás y mesas auxiliares. Había una palmera que mi vecina había cultivado en su invernadero. Dos candelabros. Libros, naturalmente. Cuando Richie decidió comprar Gull's Haven le desafié: este lugar no es para nosotros y tú lo sabes, Richie. Su expresión sólo se volvió ligeramente hosca; había esperado algo por el estilo. Proseguí: podría llevarnos una generación completa sólo para volver a encontrar el camino de regreso desde la bodega. ¿Y qué diablos vamos a poner en la biblioteca? ¿Tu *Introducción al cálculo diferencial*? ¿Mi *Shakespeare* completo de un solo volumen? ¿Mis novelas de misterio de bolsillo? Esta habitación es estrictamente para libros encuadernados, aunque tal vez tu madre considere el donarnos sus libros resumidos del Reader's Digest. Al menos mi madre lee.

Pero el propietario de Gull's Haven, el productor ejecutivo de un culebrón que no llegó a rodarse (que había comprado la casa al bisnieto —un jugador empedernido— de un capitalista), estuvo encantado de venderle el contenido de su biblioteca a Richie; la había comprado a una empresa llamada Libros Por Metros. Lo que por supuesto condujo a una pelea. Es posible que yo la comenzara llamando arribista a Richie. Acabó cuando él se volvió color púrpura y gritó que yo no tenía derecho a hacerle sentir que era un pretencioso, sólo porque daba la casualidad de que apreciaba las cosas bonitas.

Así que compró la mansión en la que no había nacido. Y yo obtuve una colección de volúmenes encuadernados en cuero sobre la aeronáutica, los santos católicos, la historia de España (en castellano) y la numismática. Sólo alguien que apenas respirara podría ignorar la ocasional vaharada mohosa que surgía de los libros pero, si no es que te perecías por la lectura, podía decirse que la biblioteca era grande.

—¿De dónde proviene el dinero: de negocios o de la familia? —preguntó Gevinski.

—Él y un socio fundaron la empresa. Mi única esperanza fue que funcionara lo bastante bien como para que pudiéramos enviar a los chicos a buenas universidades y tal vez volver a decorar la cocina. ¿Quién hubiera podido imaginar esto?

—¿A qué actividad se dedica la empresa?

—A la investigación. Averiguan todo lo que quiera saber acerca de cualquier cosa. Su lema es: «Saber Es Poder». Está impreso en todo el papel de escribir. Entre comillas, pero sin mencionar la fuente.

Gevinski guardó silencio, de modo que supuse que la falta de atribución no le molestó.

—Francis Bacon. *Meditationes Sacrae* —añadí.

—¿Realizan trabajos secretos?

—No. Sólo investigaciones en profundidad. Comenzaron siendo una empresa informática de investigación, pero ampliaron sus actividades. Ahora hay cuatrocientos investigadores a plena dedicación por todo el mundo, trabajando en bibliotecas, además de otros cien conectados con bases de datos.

—¿Ganan tanto dinero con la investigación?

—Sus clientes son empresas que aparecen entre los quinientos de *Fortune*, bufetes de abogados, candidatos políticos... Gente instruida, aunque ninguno parece ser capaz de usar un archivo de tarjetas.

Repentinamente, mi codo se deslizó, cayendo del brazo de la silla, y me incliné hacia un lado. Cuando me enderecé, me di cuenta de que me temblaban los hombros y los brazos. También mis piernas volvieron a temblar.

—Me gustaría tomar algo —le dije. La cara de Gevinski expresaba incomprensión—. Quiero tomar un tranquilizante.

—Sólo una pregunta más, señora Meyers. ¿Estuvo despierta toda la noche?

—No. Me levanté y bajé. Tenía hambre.

—¿A qué hora se acostó?

—Era temprano. Estaba cansada. Supongo que alrededor de las nueve y media o las diez.

—¿Y a qué hora se levantó?

—A eso de las tres y media.

—¿Oyó algo?

Sacudí la cabeza negativamente.

—¿Es posible que oyera algo que la despertara?

—No lo creo, pero no estoy segura al cien por cien.

—Tal vez oyó una pelea. Algunos platos están rotos.

—No, eso también fue culpa mía. Lo siento, olvidé mencionarlo. En el momento que le vi, supongo que perdí un poco la cabeza, corriendo de aquí para allá, sin saber qué hacer. Choqué con el horno. Una fuente y una sopera cayeron hechas trizas.

—¿Había alguien en la casa con usted?

—No. Nuestros hijos son mayores. Antes vivía otra pareja en casa, pero ahora trabajan para mi marido en la ciudad. —Él asintió—. Hay alguien que viene dos veces por semana.

Esperé que hiciera un típico chiste de policía como: apuesto a que pasar la aspiradora por este garito lleva más de tres días; pero no lo hizo.

—Tenemos un sistema de alarma bastante sofisticado —proseguí. Gevinski permaneció sentado, ocasionalmente acariciando su corbata: era gris oscura, salpicada con pequeñas hojas de arce color amarillo—. La alarma estaba conectada cuando me acosté. Estoy segura. Pero Richie conocía el código.

—¿Por qué no habría de saberlo?

—Ya no vive aquí.

—¿Dónde vive? —dijo, dejando de jugar con su corbata.

—En la ciudad.

—¿Están divorciados?

—Separados. Casi divorciados. Los abogados casi han terminado la pelea por el acuerdo de separación. Pero se marchó a finales de junio.

Gevinski contó los meses con los dedos: uno, dos, tres, cuatro. ¡Octubre!

—¿Le echó usted?

Sonaba tan comprensivo que, de haber respondido yo «sí», creo que él hubiera dicho: «¡Hizo lo correcto!».

—No. Me abandonó por otra mujer.

Extrajo una libreta con un lomo en espiral del bolsillo interior de su chaqueta.

—Ésa es una vieja historia —dijo amablemente.

—Supongo que sí.

—¿Sabe cómo se llama?

Le di el nombre de Jessica, la dirección de su dúplex y su número de teléfono; lo sabía porque Richie había estado viviendo allí mientras buscaban algo que él llamó «un sitio donde podamos expandirnos». En beneficio de una revelación completa, también le dije que Richie planeaba casarse con ella apenas nos concedieran el divorcio. Ya que no me lo preguntaba —y sabía que era el procedimiento policial rutinario— le di mi nombre, mi edad y mi ocupación. Él me lo agradeció.

—¿Puede aguardar aquí un momentito? —preguntó.

Le dije que sí.

—Realmente aprecio su colaboración.

Salió fuera.

Golpeteé con los dedos, pero la vieja madera lustrada amortiguó el sonido. Deambulé por la habitación. Las alfombras persas amortiguaron mis pasos. Todas las habitaciones de Gull's Haven estaban diseñadas para perfeccionar cualquier cosa que contuvieran. Pero ésa fue la intención de Richie. Recuerdo cuánto se alegró cuando la decoradora le dijo, con voz nasal y aristocrática, que una de las telas de tapicería —rollos y rollos de *chintz* cubiertos de enormes rosas— tardaría «un poquitín más de lo acostumbrado»; lo estaban tiñendo especialmente para él en barricas de té para que pareciera amarillento, ligeramente raído. Con el aspecto del dinero antiguo.

Pero cuando llegó la tela a Richie le pareció horrible. También odió a la decoradora, diciendo que su intento de hacer que el dinero nuevo pareciera antiguo era sólo para atraer a individuos arribistas. Dijo que era una perra condescendiente y que la despidiera. Me hubiera encantado, pero tenía una nariz de aletas dilatadas y desdeñosas, como las de Faye Dunaway, y me daba miedo, conque le dije que tendría que hacerlo él.

—Con mucho gusto —dijo Richie.

Pero nunca lo hizo, de manera que gastamos otra pequeña fortuna, en cortinas adamascadas y repisas estilo Adam antes de que finalmente desapareciera.

Al diablo con esto, pensé. Debo vestirme y tranquilizarme. Me dirigí hacia la puerta pero al salir, un poli de uniforme levantó la mano como diciendo: ¡Stop! ¡Cruce de escolares!

—Debo cambiarme —expliqué.

Él sacudió la cabeza.

—¿Por qué no? —Se encogió de hombros. Su cara era absolutamente inexpresiva.

—Por favor. Sólo subiré al piso superior.

—Tengo que preguntarle al sargento Gevinski si puede.

Pero permaneció en su sitio.

Volví a la biblioteca, intentando no pensar en Richie. Imposible. Alguien lo había asesinado. ¿Habría clavado la mirada en los ojos de su asesino cuando dio el último suspiro, cuando su corazón latió por última vez; o aún esperaba encontrar una salida? ¿Le habría dolido: la punta del cuchillo atravesando la piel, cortando músculos, clavándose en huesos, o habría sucedido con demasiada rapidez? ¿Hubo tiempo para que Richie comprendiera que moría? Mi garganta latió como un corazón enloquecido.

¿Por qué ese poli se comportaba con tanta grosería? Y el sargento Gevinski, que recibió la noticia de que yo había agarrado el cuchillo con mucha ecuanimidad, ¿era realmente tan comprensivo? ¿Consideraría lo que hice como un acto reflejo propio de cualquier ama de casa, al igual que extraer el termómetro de la carne cuando el asado está listo?

No soportaba llevar la trinchera de un muerto ni un minuto más. Volví a dirigirme al subantropoide de delante de la puerta.

—¿Le preguntó al sargento Gevinski si puedo subir? —pregunté.

—Aún no. Dijo que volvería pronto, de modo que ¿por qué no se sienta y se relaja?

Me alejé, demasiado nerviosa para imponerme. Bien, ¿por qué no habría de estar nerviosa? Mi hombre estaba muerto, con un cuchillo de Williams-Sonoma clavado en el pecho. Mi cuchillo, o casi. Según los acuerdos de separación, que los abogados nos habían prometido que estarían listos para firmar el fin de semana, Richie y yo nos dividiríamos el dinero de la venta de Gull's Haven. Yo me quedaría con lo que había en la casa, lo que casualmente incluía una gran cantidad de cuchillos. Además, su abogado ofreció lo que mi abogado denominó un insulto: dos millones de dólares. Pero en lugar de considerarse insultada, Honi dijo que se había limitado a reírse en la cara del otro abogado: ocho millones o no hay trato. Aquello significaba que, llegado el viernes, nos daría la mitad de lo que pedíamos.

La última conversación con Richie había tenido lugar hacía dos noches.

—¡Jessica no pudo creer lo que pide tu abogado! ¿Quieres saber lo que dijo? —me gritó a través del teléfono.

Le dije que no, pero por supuesto me lo dijo de todos modos.

—¡Dijo que la cosa que más admiraba de ti era que parecías estar conforme con lo que eras!

—Cálmate, Richie.

—¿Y tú quién demonios eres para decirme lo que debo hacer? —Sus gritos estaban alcanzando un tono de falsete—. ¿Qué habrás hecho tú que valga millones de dólares? —fueron las últimas palabras que me dijo.

Ahora estaba tendido en el suelo de nuestra cocina, con un hato de funcionarios del condado de Nassau midiéndolo, fotografiándolo y escarbando con pincitas debajo de sus uñas.

¿Qué estaba ocurriendo aquí, exactamente? ¿Qué clase de polis eran éstos? Gevinski había visto que estaba nerviosa; debería estar compadeciéndome. Debería estar gritando: «Eh, que alguien llame a su médico, rápido. Pobre mujer, debería estar sedada». En cambio se mostraba indiferentemente amable.

Gevinski regresó, caminando silenciosamente con zapatos ortopédicos negros. Eran de los adaptables, en los que cada dedo recibía un tratamiento individual.

—Lo siento. Tuve que hablar con el asistente del fiscal encargado de este caso.

—¿Hay alguna novedad?

—¿Qué novedad podría haber? —Echó un vistazo a su reloj—. ¿Tenía algún enemigo el señor Meyers?

No parecía esperar una revelación; su libreta de apuntes estaba otra vez en su bolsillo.

—No.

—¿Manifestó enfado o desagrado con respecto a alguien, recientemente?

—Ya no hablábamos mucho. Que yo sepa, la única persona con la que estaba enfadado era yo.

Las cejas de Gevinski comenzaban a cada lado de su nariz, al igual que dos minúsculas matas de pelo, y terminaban en largas líneas disparadas hacia arriba; parecían tildes rubios. Las levantó una fracción de centímetro.

—¿Cómo de enfadado estaba?

Decidí que las sutilezas de las relaciones humanas no fascinaban a Gevinski. Dado que Richie estaba tendido como un pincho del otro lado del vestíbulo y que yo había tocado el cuchillo, me di cuenta de que debía rectificar mi respuesta.

—Estaba enfadado, pero era una hostilidad normal de predivorcio. Nuestros abogados aún discutían los detalles finales del acuerdo monetario, de manera que no todo era dulzura y comprensión. —Ofrecí una sonrisa pálida tipo viuda—. En cuanto a que estuviera enfadado con algún otro, lo ignoro. Había dejado de confiar en mí.

No se trataba de que Gevinski no me devolviera la sonrisa. Lo hacía. Pero me preocupaba el hecho de que, tras su sonrisa reflexiva, quedaba claro que no me consideraba... intenté encontrar la palabra exacta: ¿digna de compasión? ¿atractiva?, correcto: no me consideraba ni digna de compasión ni atractiva. Pero había más. Aceptaba todo lo que yo decía —«Ajá. Bien. Le escucho»— pero no parecía creerlo.

Una tensión extrema, como la que provoca el que un oficial de la brigada de homicidios dude de tu palabra, sirve como apunte para todos los síntomas de la menopausia: ¡A escena! Repentinamente mareada, desesperada por la falta de sueño, apreté las mandíbulas para reprimir un bostezo. Simultáneamente me invadió un acaloramiento. Un instante después, al aferrarme al respaldo de la silla para no caer, estaba tan empapada como una corredora de la maratón. Me sequé la frente con la manga, pero entonces me di cuenta de que no era mi manga, era la manga del Burberry de Richie y era impermeable. Gevinski me observaba atentamente.

—Déjeme pensar. ¿Tenía enemigos Richie...?

Volví a comenzar, intentando hallar algo que ofrecerle. No era que Richie no fuese simpático. Un gran tipo, decían todos. Encantador. Sin enemigos.

Pero tampoco amigos. Incluso durante los primeros años en Shorehaven, en Cape Cod, donde las casas circundantes estaban tan cerca que podías mirar por la ventana de la cocina de tu vecino y ver qué marca de buñuelos congelados tomaban para el desayuno; donde la familiaridad generaba una cordialidad entusiasta, completamente americana y del estilo de no-tenemos-secretos; donde era habitual que los vecinos se dejaran caer para pedir prestada la mostaza al estragón o el soplador de nieve, Richie no había sido uno de los muchachos.

Tampoco fue un paria. Era el hombre al que te dirigías si necesitabas alguien que calculase cuántos metros cuadrados de azulejos mexicanos necesitarías para alicatar el lavabo de la planta baja; era decididamente la persona ideal para hablar de deportes porque, ¿quién más podría citar las estadísticas más remotas del equipo de los Brooklyn Dodgers del 47 y resultar interesante? Todos decían: con razón es tan buen profesor. No sólo es bueno en mates; es magnífico con las personas. Y lo era. Era una compañía grata en una merienda playera, un aficionado inteligente en una fiesta de la Super Bowl. Pero durante todos los años que estuvimos juntos, no creo que ningún hombre le pidiese que lo acompañara al aserradero o le hablara de una esposa regañona o de un hijo inestable.

En aquellos días, antes de que los individuos importantes como Carter Tillotson lo saludaran con la cabeza delante del mostrador de taladros en la ferretería, y mucho menos aun que lo invitaran a jugar a tenis, Richie ni siquiera tenía un compañero habitual entre los muchachos normales: a todos los efectos, era algo así como un tullido social. A veces lo observaba cuando lavaba el coche o cortaba el césped y me preocupaba que no fuera más apreciado. La popularidad era una cosa que obsesionaba a mis alumnos y me avergonzaba el deseo de que Richie fuera más parecido a los hombres de nuestra manzana quienes, sin intimidarse, podían llevar un delantal de barbacoa estampado con un mensaje idiota.

Una vez le pregunté quién era su mejor amigo. Se zafó contestando: tú. De modo que dije: vamos Richie. ¿Y si tuvieras un problema serio conmigo? ¿Con quién hablarías? Él sonrió. Esa sonrisa provocadora y ladeada. Hablaría contigo. Corta, Rosie. Sabes que los hombres no hacen amistades como las mujeres, y no me hables de aquel asunto relativo al miedo a la intimidad. Me atrajo hacia sí y colocó mis manos sobre su intimidad. Richie nunca fue amigo de los hombres.

—No sé si lo llamaría un enemigo, pero el socio anterior de Richie estaba muy enfadado con él. Se llama Mitchell Gruen.

—Siga —dijo Gevinski, más resentido que curioso, porque ahora se vería obligado a mecanografiar otra página para su informe.

—A finales de los sesenta, todos éramos profesores de un instituto en Queens. Richie se convirtió en profesor para evitar ir a Vietnam. Se licenció en mates y estudios sociales. Mitch enseñaba mates. Y los ordenadores le entusiasmaban. —Gevinski cruzó los brazos sobre su estómago y volvió a echar un vistazo a su reloj. Yo hablé más rápidamente—. En cualquier caso, después de nacer nuestro primer hijo, había menos dinero. Tomé un año de permiso por maternidad y Richie tuvo que obtener un segundo empleo. Mitch ya tenía uno: ir a casa de la gente y demostrar el funcionamiento de los ordenadores. Si un cliente compraba uno, un instructor iba una vez a la semana hasta que aprendiera a usarlo.

—¿Y? —dijo Gevinski.

—Mitch era un vendedor malísimo. Amaba los ordenadores, pero las personas le gustaban bastante menos. La empresa le comunicó que si no lograba hacer algunas ventas, tendrían que despedirle. Para pagar su vicio, necesitaba dinero desesperadamente: su vicio eran los ordenadores; de manera que rogó a Richie que le acompañara, que fuera su socio.

—Me molesta presionarla, señora Meyers, pero el tiempo es un factor.

Gevinski no estaba siendo brusco, exactamente, pero lo que le decía parecía dejarle genuinamente indiferente. Me dije que era una tontería sentirme nerviosa. Aunque una esposa, especialmente una esposa abandonada, generalmente es la primera sospechosa en las novelas americanas de detectives. Aún más cuando el asesinato tiene lugar en el hogar, con una parte de la cubertería de la familia como arma. ¿Y cuando las huellas dactilares aparecían en el arma? ¡Olvídalo!

No se trataba de que creyera que Gevinski iba a considerarme sospechosa sin haber averiguado antes más cosas sobre la vida de Richie, pero hubiera deseado que mostrara más interés por saber quién lo había hecho.

—Richie se asoció con Mitch —proseguí apresuradamente—. Trabajaban hasta las diez o las once cuatro noches a la semana. Después de unos seis meses, se convirtieron en un gran éxito. La empresa amplió su territorio. Pero después de un año, Richie comprendió que para ganar dinero no había que vender ordenadores, ni siquiera era válido el concepto de alquile-un-instructor.

—¿Qué había que hacer para ganarlo?

—Había que vender información. Uno de sus clientes era confeccionista. Preguntó a Richie y a Mitch si podrían realizar una investigación para él; había una empresa de diseño textil en California que él quería comprar. Brevemente, Mitch comprobó las bases de datos. Yo hice el trabajo de oficina. También redacté el informe. Richie se expresaba bien, pero odiaba escribir y Mitch jamás comprendió el concepto de una oración completa.

—¿Qué hizo el señor Meyers?

—Era el relaciones públicas. Era magnífico. Conectaba con absolutos desconocidos... Podía llamar a gente de California cuyos nombres aparecían en el ordenador y terminaban por relatarle la historia de su vida. Y también era magnífico con el cliente, dejando caer bocaditos de información que Mitch y yo habíamos descubierto, logrando que el cliente se animara muchísimo y quisiera más. Verá, Richie era un seductor nato; sabía exactamente lo que debía incluir en su informe para que el cliente se entusiasmara: oraciones cortas y contundentes. Nada de grandes palabras intimidatorias. Jerga de ordenadores para que sonara científico. Y de vez en cuando, no me dejaba escribir las notas al pie sobre algún punto; me obligaba a escribir: «Nuestras fuentes nos informan que...». ¡Y funcionaba! En lugar de pagarle los quinientos dólares prometidos, el cliente extendió un cheque por mil. Contrató a Richie y Mitch para que investigaran un procedimiento nuevo para la confección de tejidos de cuadros escoceses y también los recomendó a alguien de su club de campo, que los recomendó a otro. Los clientes siempre volvían a por más. En 1977, ambos ganaban veinte mil dólares suplementarios por año. En 1979, Richie finalmente convenció a Mitch de que abandonara la enseñanza. Fundaron Data Asociados.

—¿Y el tal Mitchell Gruen se ocupaba de los asuntos internos mientras el señor Meyers trataba con los clientes?

—Sí. Después de algunos años, la empresa facturaba alrededor de diez millones de dólares al año. Veinte millones a mediados de los ochenta. Mientras tanto, todo lo que Mitch hacía era el mismo tipo de investigación básica de siempre y recibía la mitad de las ganancias. Supongo que no era justo para Richie. A esas alturas, la empresa había contratado a unos cien instructores y todos realizaban exactamente la misma tarea que Mitch.

—¿De manera que su marido se lo quitó de encima?

—Sí. Creo que fue al año siguiente. Contrató un banquero inversionista que hizo un estudio de la empresa. Un trabajo brillante. Richie cogió el análisis, se dirigió a Mitch y dijo: «Estoy dispuesto ya sea a comprarte la empresa o a vendértela. En ambos casos el precio es siete millones de dólares. Pero no podemos continuar siendo socios». Bien, Data Asociados se había convertido en la vida de Mitch. Tenía libre acceso a todo el material que jamás hubiera podido desear y también era rico. Hasta comenzó a circular en una limusina. Pobre Mitch, lo estaba pasando tan bien... En todo caso, después de que Richie le comprara su parte, Mitch montó su propia empresa. Quebró. Después hizo algunas inversiones desafortunadas. Inversiones importantes. Era un primo nato, sin el más mínimo sentido empresarial. Acabó con los siete millones de dólares y probablemente se trastocó un poco. Culpó a Richie de todos sus problemas. Luego, hace unos tres años, se introdujo en el ordenador y obtuvo el nuevo código secreto para todo el sistema de

Data Asociados. Les borró todos los archivos. Para Mitch probablemente no fue más que un pequeño truco malévolo, pero arreglar las cosas llevó seis meses y unos dos millones de dólares.

—¿Llamó a la policía el señor Meyers?

—Sí.

—¿Fue a la cárcel el tal Mitch?

—No, pero le pusieron una multa de cien mil dólares, que no tenía. Después de perder su apelación, llamó a Richie y le dijo: «Te di tu vida, tú me quitaste la mía». Tuvo que vender la mayor parte de su equipo informático para pagar la primera cuota de la multa.

Finalmente Gevinski sacó su libreta.

—Deletree el nombre de ese individuo.

Lo hice.

—¿Dónde se encuentra ahora?

—No estoy segura. Vive en la ciudad. Oh, sé quién podría ayudarle: la persona que se ocupa de las relaciones públicas de Data Asociados: Jane Berger. Conoce a Mitch mejor que nadie. Es interesante: es la mujer más ocupada de Nueva York, pero por alguna razón, aún tiene tiempo de mantener el contacto con él, a través del módem. Nunca logré descifrar esa amistad. Ella es completamente cuerda; Mitch ha sobrepasado la excentricidad en años luz. En todo caso, le dijo a Richie que Mitch se había convertido en un recluso. Mantiene las persianas bajas y no sale de su apartamento durante meses. Hasta pide sus comidas por fax para no tener que hablar por teléfono.

—¿Alguna vez hizo comentarios amenazadores con respecto a su marido o gestos?

Rara vez suspendo a alguien en inglés, pero me hubiera encantado suspender a Gevinski por aquella oración.

—No que yo sepa.

De repente, sin mediar palabra, Gevinski se puso de pie, dirigiéndose hacia la puerta. Otórgale el beneficio de la duda, me dije, observando como se marchaba. Tal vez esté a punto de ordenar la busca y captura de Mitch.

—Creo que probablemente figure en el listín de Manhattan —exclamé.

Gevinski sonrió automáticamente.

—Olvidé mencionar algo —añadí, en un tono mucho más alto. Él asintió indicando que prosiguiera, pero se quedó donde estaba—. El financiero, el que hizo el análisis de Data Asociados. Era Jessica Stevenson. La mujer por la cual me abandonó. Richie estaba tan impresionado, por la manera en la que resolvió el problema de Mitch, que se pasó un año persiguiéndola para convencerla de que abandonase su empresa y se uniera a Data Asociados.

—Tenga paciencia —me dijo.

De modo que tuve paciencia, unos dos minutos. Examiné algunas estanterías de libros. Después examiné el teléfono. Sabía que tenía que enfrentar el hecho de llamar a los chicos. ¿Chicos? Bien, supongo que en asuntos relacionados con los sentimientos sigo considerando a mis hijos del mismo modo que considero a mis alumnos: niños grandes, interesantes y sexualmente activos. Aunque, ¿cómo diablos se le comunica a un niño que su padre ha sido asesinado?

Ben cursaba cuarto de Medicina en la universidad de Pennsylvania. Llamé a su apartamento porque sabía que a las cinco y media de la mañana podría estar en el hospital, pero me tranquilicé imaginando su saludo sonoro y tranquilizador. Cuando escuché la voz de su amiga, a la que Alex puso el mote de Alimentos Sospechosos, casi cuelgo el auricular.

—Soy Rose Meyers. Quisiera hablar con Ben —dije en cambio.

Habitualmente lograba saludar a Sospechosos con un: «¿cómo estás?» relativamente cordial. A veces le preguntaba cómo se estaba desarrollando la estación de la fiebre de heno. No era una respuesta brillante pero ¿qué otra clase de conversación podía mantener con una experta en alergias de treinta y cinco años, sumamente aburrida, que vivía y quería casarse con mi hijo de veinticinco?

—¿Mamá? —Ben contestó casi de inmediato.

—Ben...

—¿Qué ocurre? —Sabía que era algo grave.

—Papá —dije, y al momento comprendí que debería haber dicho tu padre.

—¿Está herido? —No esperó que respondiera—. ¿Muerto? —susurró.

Yo asentí.

—Lo siento tanto, Benjy...

—¿Qué ocurrió? —Su voz sonaba seca, clínica, como esperando el informe acerca de un paciente que no ha sobrevivido la noche anterior.

—Ha muerto, cariño.

Al principio no pudo decir nada. Cuando habló, su voz chirrió.

—¿Un accidente?

Le relaté brevemente lo sucedido. Preguntó acerca del cuchillo. ¿Dónde y hasta qué profundidad había penetrado? ¿Sabía el ángulo? Comprendí a Ben. No se trataba de ningún interés científico por la sangre y las tripas; era la necesidad de asegurarse de que su padre no pudo recibir ayuda.

—Yo diría que le seccionaron la aorta. No tenía ninguna posibilidad de sobrevivir. ¿Estás bien, mamá? —añadió luego.

—No lo sé. Creí que todo este horror me iba a volver loca. Pero ahora me siento alejada, casi como si leyera uno de esos repugnantes artículos sobre crímenes reales del *New York Magazine*, ¡donde utilizan palabras como privacidad!

—Tranquila, mamá.

—¡Estoy tranquila, por amor de Dios! Pero bajé a por un yogur y acabé tropezando con... Oh. Lo siento tanto.

—No te preocupes. ¿Llamaste a Alex?

—Todavía no. —Si algunas palabras mías podrían aliviar el dolor de Ben, eran ésas.

—¿Tienen alguna idea de quién pudo hacerlo?

—Lo dudo. Es demasiado pronto. ¡Oh, Ben, aún está ahí, en la cocina!

Durante un minuto, ninguno de los dos pudimos decir palabra. Finalmente, Ben encontró la fuerza suficiente para romper el silencio.

—Oye mamá, me visto y cojo el coche. Llegaré antes de que te des cuenta. ¿De acuerdo? No estarás sola. Estaremos todos juntos.

Lo que sonaba reconfortante, salvo que tuve la sensación de que Ben no se imaginaba a Mamá y Sus Chicos Consolándose Mutuamente, sino más bien un terceto, compuesto por él, yo y... Nunca lograba recordar su nombre. ¿Melissa?

¿Marissa? ¿Miranda? Una vez había mantenido una conversación sincera con Alex, después de que éste estornudara tres veces.

—Es algo que comes. No hay excusa: quiero que hagas una lista de alimentos sospechosos.

De modo que Alex la llamaba Alimentos Sospechosos a sus espaldas y seguía estornudando. Yo también estornudé, pero nunca me dijo que hiciera una lista.

Era capaz de acabar con cualquier conversación en una reunión de familia con una simple declaración.

—Os asombraríais de la cantidad de productos derivados del maíz que logro encontrar en la dieta de una persona media.

Ben decía amarla.

Llamé a Alex, pero naturalmente no estaba en casa. A los veintiún años, con un permiso de la universidad de Massachusetts, se ganaba la vida como guitarrista y cantante principal de Cold Water Wash, un grupo que comenzaba a hacerse un nombre en los círculos de música alternativa de Nueva Inglaterra, me aseguró. El mensaje de su contestador automático era un indiferente ¿Decías...?

¿Qué podría decir? ¿Sólo llamo para informarte de que en junio no tendrás que comprar un regalo para el Día del Padre? De hecho, el graznido electrónico de su contestador indicando que ahora-puede-dejar-su-mensaje me amilanó tanto que sólo pude mascullar algo parecido a: llama a casa, es urgente. No me sorprendió que la única vez que quería comunicarme con Alex a las cinco y media de la mañana no estuviera en casa.

Tal vez a él también le había sucedido algo terrible.

A las cinco cuarenta y cinco, Gevinski regresó a la biblioteca, sorbiendo sonoramente algo que olía a café recocido de supermercado en un vaso de cartón. Sonreí amable y, eso espero, cooperativamente.

—No hubiera tenido inconveniente en preparar un poco de café o de té.

—¿Le parece una buena idea que la deje deambular por la escena del crimen otra vez? —bromeó—. La cocina es la escena del crimen, sabe.

—Dije que lo sentía.

—Seguro. No hay problema.

Sólo sus palabras fueron despreocupadas. Gevinski extrajo su libreta y la hojeó con tanta urgencia que rasgó una de las páginas.

—¿Su esposo la abandonó por Jessica Stevenson?

—Sí. ¿Ya ha hablado con ella?

—Acabemos con esto, si no le importa.

—Claro.

—Gracias. ¿Dice que el señor Meyers se marchó a finales de junio?

—Así es.

—¿Qué ha estado haciendo desde entonces?

—Volví a la enseñanza inmediatamente después del primer lunes de septiembre, cuando comenzaron las clases.

—¿Qué hizo durante el verano?

—Pues Richie y yo habíamos planeado un crucero por las islas griegas en julio; y en agosto pensaba releer algunos ensayos. *La primavera silenciosa, El destino de la tierra, Mañanas a caballo*.

Debía esperar que Gevinski apuntara los títulos, porque me desilusioné cuando no lo hizo. Quería incluir al menos uno en el programa de estudios.

—¿Y qué hizo al final?

—Estuve sentada en la escalera que conduce a la playa, mirando el agua durante dos meses. Estaba hecha polvo.

—¿Su marido se llevó todas sus pertenencias?

—Su ropa y casi todo lo que poseía aún está aquí, pero él se marchó.

—¿Pero se marchó definitivamente? ¿No regresó alguna vez: una noche usted, Jessica la otra?

—No.

—Desde que se marchó, ¿cuántas veces le vio?

—Una vez, en el despacho de mi abogado. Él estaba con el suyo.

—¿Y aparte de eso?

—No. Richie dijo que sería menos doloroso para ambos si discutíamos cualquier asunto que nos concerniera por teléfono.

–Hay una cosa que no comprendo del todo, señora Meyers.
–¿Qué es?
–A ver si usted me lo puede aclarar. Si el señor Meyers se marchó tan definitivamente, ¿por qué se dejó caer por aquí anoche, sin invitación y justo a tiempo para morir asesinado?

3

Un poco después de las seis y media, uno de los hombres de Gevinski, que llevaba algo que yo nunca había visto antes, un traje color rojo oscuro, regresó a la biblioteca. Dijo que si deseaba subir durante unos minutos, podía hacerlo. Sólo cuando oí el agua golpear sobre mi gorro de ducha caí en la cuenta de que la policía probablemente quería disponer de algunos minutos para husmear en la biblioteca. Pero ¿qué había para husmear? ¿Seis volúmenes encuadernados en cuero con letras doradas sobre la vida de san Bruno de Querfurt? ¿Fotografías de familia de épocas más felices, los cuatro sonriendo detrás de gafas de submarinismo? ¿Las cerillas de restaurantes en el cajón de abajo de la izquierda, que Richie coleccionó hasta que se dio cuenta de que era una memez? Siempre temí que entraran en combustión espontáneamente y que Gull's Haven acabaría como Thornfield.

Me vestí con ropa de ir al instituto: pantalones a cuadros, una blusa de seda color amarillo y un jersey; me tomé un Xanax y guardé otro en mi bolsillo. Odiaba ser una melindrosa de clase media alta, que tomaba tranquilizantes en vez de whisky, pero ya no era lo bastante dura como para beber un trago de alcohol.

Cuando el Sueño Americano se hizo realidad para Richie y para mí, dejamos de ser americanos erguidos y nos convertimos en perros falderos humanos. En primer lugar, nuestra casa la limpiaban otras personas. Después cocinaron nuestras comidas, arreglaron nuestras flores y fertilizaron nuestros tomates. Luego llegaron más personas; equilibraban el presupuesto familiar, aspiraban nuestra piscina, pagaban nuestros impuestos e invertían nuestro dinero. Ben tenía un tutor francés, Alex tenía un psiquiatra, Richie un entrenador personal, yo una manicura y todos un terapeuta de familia. Padecía insomnio sobre sábanas de algodón egipcio y fundas planchadas por una lavandera.

Nunca me di cuenta de hasta qué punto el dinero complica la existencia. Y no me refiero ya a declaraciones de impuestos gruesas como una novela de Trollope. Hablo de cómo lentamente perdimos el contacto con el mundo tal cual era y acabamos viviendo en el universo de velas perfumadas de otra gente rica.

Ocurrió así: cuando nuestros antiguos amigos vieron el Mercedes de la familia conducido por un chófer o la cocinera preparando una ensalada Pritkin de atún, rieron y dijeron: «¡no fastidiéis!». Richie se enfadó y yo me avergoncé, de modo que empezamos a pasar más tiempo en compañía de otra gente con chóferes y cocineras, gente que también vivía en casas de veinte habitaciones o pisos de treinta. Lentamente, nos deshicimos de los antiguos amigos. Fue sorprendentemente fácil de hacer. Nos decíamos que era difícil estar con ellos porque envidiaban nuestro éxito o porque eran incapaces de ver que, a pesar de todo aquel dinero, seguíamos siendo los mismos.

En lugar de pasar las noches de los sábados cocinando pollo a la barbacoa para un par de vecinos, íbamos a alguna función benéfica, de las que se celebraban bajo una carpa en East Hampton. Alguien que conocimos allí, un hombre oriundo de Athens, Georgia, que ganó mucho dinero con unas galerías comerciales, nos invitó a un crucero por el Mediterráneo en su yate. De modo que dejamos de ir a la cabaña de los Adirondacks, donde habíamos ido a pescar los últimos quince veranos. Aturdidos por un exceso de sol y Dramamina, pasamos el tiempo en compañía de doce desconocidos vestidos con pantalones de lino blanco en un barco grande. Nunca llegué a leer *El collar de la Paloma.* No tenía tiempo; me vi obligada a leer una obra reveladora acerca de las maquinaciones de un personaje de moda odioso, que todos estaban leyendo, con el fin de poder participar de la conversación durante la cena, consistente en una porción demasiado pequeña de róbalo, asado en pergamino.

Gull's Haven, nuestra casa de ensueño, estaba construida sobre un risco que sobresalía ligeramente por encima del canal de Long Island. Si despertabas en el dormitorio principal a la salida del sol —y con el chillido de las gaviotas que hacían su primera pasada del día para defecar encima de nuestro techo, sólo los de sueño más profundo lograban no despertar al amanecer— podías mirar a través de las ventanas traseras, más allá del césped, hacia el oeste, recorriendo con la mirada las aguas azulgrisáceas y divisar Manhattan en la distancia, una ciudad dorada, reluciendo bajo la temprana luz de la mañana. Si despertabas en las habitaciones de Ben o de Alex, en el ala este, podías admirar los terrenos ribereños y aterciopelados de color verde del condado de Westchester.

Si nunca abandonabas la parte trasera de Gull's Haven, tu vida entera transcurriría creyendo que América siempre era hermosa.

Pero ahora la parte de delante no era tan bonita. Apreté la nariz contra el cristal de los altos ventanales, junto a la escalera. Justo debajo podía ver coches de policía, una furgoneta de homicidios, una ambulancia y, avanzando a gran velocidad por el camino de entrada, una unidad móvil de la WCBS-TV con un ojo embarrado pintado sobre un costado. Dos polis de uniforme corrieron hacia ellos, sacudiendo la cabeza y haciendo señas, indicando que se marcharan; después de girar de mala gana y aplastar de paso una mata de azaleas, el vehículo volvió a alejarse por el camino.

Regresé a la biblioteca, lista para enfrentarme a Gevinski: ¿Quién llamó a la prensa? ¿Qué estaba ocurriendo aquí? Gevinski no estaba.

Gracias a Dios, sí estaba mi amiga Cass.

—¿Cómo te enteraste? —le pregunté.

—Rosie —dijo—, esto es horroroso.

Cass era una gran señora. No por su altura, aunque con su espalda erguida parecía más alta que el metro sesenta que medía. Pero sus facciones de ébano estaban tan finamente cinceladas que la gente rara vez notaba que su cabeza exquisita —igual que una talla Yoruba— estaba sujeta a un cuerpo de Buda. Y cuando hablaba era decididamente magnífica.

—Vinimos a buscarte para el paseo a las siete menos cuarto. Como no apareciste, decidimos trotar hasta aquí y tirar piedras contra tu ventana.

Cassandra Higbee hablaba con aquel tono relajado utilizado en las buenas facultades de Letras, que asumía que el mundo podía esperar a que ella hubiera acabado de formular sus pensamientos, lo que de hecho el mundo parecía dispuesto a hacer.

Es posible que Cass no fuera una aristócrata de verdad, pero nació actuando como si lo fuera. Sí, el paseo matinal de cinco kilómetros acababa de ser cancelado a causa del asesinato del marido de una de las participantes. Sí, en aquel preciso momento dos hombres fornidos, cuya indumentaria identificaba como médicos, pasaron delante de la puerta abierta de la biblioteca, empujando una camilla. Cass, imperturbable, me cogió por los hombros haciéndome girar y me guió hasta el canapé. Al hacerlo, casi logró impedir que viera al tercer hombre, que llevaba una bolsa de plástico negro.

—Una bolsa para cadáveres —dije.

—Calla, Rosie.

—Pues se trata de una bolsa para cadáveres.

—Si pasaras más tiempo leyendo a Edith Wharton en lugar de esas espantosas novelas, en las que el detective alcohólico se despide de su antigua novia besando sus labios en descomposición, no poseerías esa información tan dañina.

—Edith Wharton era una puta antisemita.

—Lo que tú digas —me tranquilizó—, estoy aquí para ayudarte. ¿Qué puedo traerte? ¿Un coñac mañanero?

—Tomé un Xanax mañanero.

—Pues entonces siéntate. Podemos charlar, si quieres, o sencillamente te haré compañía.

Las otras dos mujeres que paseaban con nosotras, Stephanie y Madeline, nunca habrían tomado el mando tan rotundamente. Stephanie Tillotson, aunque era la mujer perfecta, sólo habría mantenido la calma el tiempo suficiente como para hacer dos o tres pasteles y media docena de *baguettes*, para aquellos invitados pre-autopsia que aparecieran de improviso y desearan un bocadito. Por otra parte, Madeline Berkowitz probablemente se encerraría durante dos o tres semanas y luego emergería con otra obra supuestamente artística, algo estilo «Machocidio. Oda a la Ejecución de un Marido Descarriado».

Pero Cass no perdió los nervios, aunque durante unos instantes, la bolsa para cadáveres hizo aparecer un tono grisáceo en su piel, que es como palidece una persona negra. Pero con una gracia no forzada colocó un pie calzado con zapatillas Nike detrás del otro y se aposentó sobre el canapé. A pesar del chándal azul marino y el jersey rojo de cuello alto, estaba tan serena como siempre y hasta parecía posible que unos sirvientes de librea se materializaran, empujando el carrito del té para que ella lo sirviera.

—Imagínate: cuando llegamos al extremo del camino, nos detuvo una cinta de plástico amarilla con las palabras «Escena del Crimen» —dijo en un susurro.

Pude oír a Gevinski y sus hombres en la cocina. Mantenían alguna especie de conferencia, aunque el murmullo de voces masculinas era tan bajo que no logré descifrar lo que decían.

—¿Los polis no intentaron impedir que entraras? —pregunté.

Cass alejó un mosquito imaginario, como ilustrando las dificultades que tuvo con el Departamento de Policía del condado de Nassau. Luego dio unos golpecitos al cojín que tenía a su lado; me senté. Me cogió de la mano.

—Lo siento, Rosie.

—Pensé que el hecho de que Richie me hubiera abandonado era la cosa peor que podría ocurrirme.

Cass sacó un pañuelo de su manga: no creía en los de papel. Lo apreté fuertemente contra mis ojos. Quería llorar, pero no podía.

—Esto es desolador —dijo—, pero lograrás superarlo. Y cuando creas que no, estaré aquí para ayudarte.

Sólo lloré delante de Cass en una ocasión, el domingo que Richie se marchó, pero había sido una buena prueba; ella era la mejor persona del mundo ante quien desmoronarse. No lloriqueó compasivamente, no balbuceó naderías alentadoras, no se revolvió molesta por mi falta étnica de control ni me abrazó para convertirme en una hermana espiritual honoraria. Se limitó a sentarse a mi lado.

Recuperó su pañuelo, húmedo por el sudor de mis manos.

—No —dijo, antes de que yo pudiera articular palabra—, no quiero que lo hagas lavar, gracias.

Volvió a deslizarlo en su manga.

—Oh, olvidé mencionar que Madeline y Stephanie envían sus condolencias.

—¿Están aquí? —pregunté en un tono casi ominoso.

—Por supuesto que no. Madeline dijo que debía regresar a casa. Estoy segura de que querrá entrar en contacto con su mujer-niña interior para poder crear literatura. ¿No hay nadie que la detenga? —La pronunciación helada de escuela primaria de la aristocracia del este de la voz de Cass se entibió gracias a un toque del deje arrastrado de Bedford-Stuyvesant; allí pasó sus primeros catorce años.

—Y Stephanie —exhaló un suspiro exhausto ante la mera idea del vigor de Stephanie—; mientras hablamos, probablemente esté leyendo un tomo sobre las costumbres del luto judío.

—Al mismo tiempo que encurte salmón. ¿Te imaginas la fuente que traerá?

Stephanie había abandonado la carrera de abogado para convertirse en un paradigma de la femineidad de las ricas.

—Rosie —dijo Cass—, dime lo que puedo hacer por ti. Espero que no implique salmón, eso sobrepasaría mi capacidad.

—Puedes arreglar las cosas en el instituto durante los próximos...

Comencé a comprender la enormidad de lo acaecido en mi cocina.

—Necesitarás al menos dos o tres semanas —decretó Cass—, tal vez hasta el final del semestre. O podría llevar el resto del año escolar. —Cuando tu amiga más íntima también es la presidente de tu departamento puede resultar engorroso. Sin embargo, durante los diez años que habíamos enseñado juntas, nunca le había pedido un favor—. Toma todo el tiempo que necesites. Si se interpusiera cualquier reglamento, lo esquivaré o lo infringiré.

La mano de Cass era grande y cálida y consoladora. De repente me di cuenta de que aún la oprimía. La solté.

—¿Cass?

—¿Sí?

—Es posible que esté en apuros.

—¿Con respecto a quién? —Cass exhibió su capacidad de elevar una sola ceja.

—Con el sargento de policía a cargo del caso. No parece que me crea.

Cass estiró el cuello y levantó su papada doble como si escuchara la transmisión de unos datos vitales en una frecuencia inaudible para el oído humano normal. Cuando escuchó lo suficiente me miró directamente.

—Rosie, quiero que recuerdes que ésta es la vida real, no Lit Dec (detectives achispados).

—Lo sé, pero siento que las cosas no van bien.

—¿Por qué crees que estás en apuros con respecto a él?

—Él cree que resulta significativo que Richie haya venido aquí justo a tiempo para que le asesinen.

—Una observación no totalmente ridícula.

—¿Podrías no ser tan irónicamente indiferente? ¿Podrías manifestar un poco más de compasión, tal vez?

—El meollo de lo que dice no deja de tener su mérito. No significa que esté a punto de trasladarte a una habitación pequeña y pegarte con una porra de goma. ¿Por qué estaba aquí Richie?

—¿Cómo quieres que lo sepa?

—¿No le invitaste? ¿Ni siquiera un modesto: «Déjate caer cuando estés en el vecindario»?

—No. Él sabía que no necesitaba una invitación. Pero ¿por qué apareció en medio de la noche?

Cass se mordió el interior de una mejilla. Había nacido para masticar. Su cabeza funcionaba mejor cuando sus mandíbulas estaban en movimiento. La goma de mascar figuraba en su lista de vicios inmencionables, pero raramente salía de casa sin un Charleston Chew en el bolso.

—¿Quieres una rosquilla o alguna otra cosa? —pregunté.

—Por ahora me basta mi chicle, gracias. Dime, ¿por qué querría Richie recorrer tu casa solapadamente?

—Tal vez quería verme.

—¿En medio de la noche?

Barboté algunas palabras.

—Oye, si por alguna razón Richie hubiera decidido volver conmigo, le creo perfectamente capaz de subir las escaleras en plan furtivo y deslizarse directamente dentro de la cama. Era... teatral, excitante. Mira en Shorehaven. Sabes lo diferente que era de los individuos de su edad. El noventa por ciento de ellos son eunucos con voces profundas. Asexuados. Grises.

—En realidad, Theodore es beige. —El marido de Cass publicaba una revista conservadora, *Standards*—. Y no es asexuado, aunque desafortunadamente refuta el mito de la superioridad de los machos negros.

—Pero Richie era diferente. Era...

—La semana pasada, cuando cenamos en aquel nuevo sitio japonés, dijiste que finalmente habías comprendido que ya no te amaba, que amaba a Jessica y que se casaría con ella —dijo Cass amablemente.

—Pues tal vez la semana pasada estaba equivocada. Tal vez ya se estaba cansando de ella.

—¿Por qué?

—Bien, no te rías.

—Me refrenaré.

—Ella no es una persona verdaderamente cálida.

—¿Su abogado llamó al tuyo y sugirió que Richie quería reconciliarse porque echaba a faltar tu calidez?

El hecho era que Cass sabía condenadamente bien que mi abogado me había llamado el día anterior, cacareando que Richie estaba tan desesperado por casarse con Jessica que se estaba doblegando ante casi todos nuestros requerimientos.

—¿Es probable que viniera a violarte, declarando así su amor?

—Supongo que no.

—¿Entonces qué? —preguntó Cass.

Logré encogerme de hombros desganadamente.

—Rosie, no puedes permitirte la pasividad en un momento como éste. ¡Piensa! ¿Qué haría... quién era aquel aburrido personaje de la novela de Dorothy Sayers que me obligaste a leer?

—Lord Peter, y no es aburrido.

—Esos libros han convertido tu cabeza en puré. En todo caso, ¿qué haría lord Peter?

—Intentaría averiguar por qué Richie estaba aquí. Probablemente sentiría curiosidad por saber si Richie vino con alguien... ¡Oh Cass! ¡Tal vez vino con Jessica!

—¿Por qué iba a hacerlo?

—¿Cómo quieres que lo sepa?

—¿Para mantener un encuentro sexual aberrante en el suelo de tu cocina? ¿Para burlarse de tu gusto con respecto a los manteles individuales?

—Tengo buen gusto en manteles individuales.

—¿Aquellos bordados con motivos en frutas? ¡Por favor! Sin embargo, para ocuparnos de lo inmediato: Richie no hubiera traído a Jessica aquí. Tú lo sabes, yo lo sé y sin duda la policía también.

—Tal vez no la trajo —murmuré, cubriéndome la cara y frotándome la frente—, tal vez ella le siguió. —Espié entre mis dedos. Cass no parecía más animada por esta hipótesis que por las demás—. Limítate a escuchar este guión: Richie le dijo a Jessica que había cometido un error. Aún estaba enamorado de mí. O tal vez no soportaba perder una gran parte de su fortuna. En todo caso, decide volver conmigo. ¡De modo que ella le sigue hasta aquí y le mata!

—¿Por qué?

—¿Por qué?

—Esa mujer es la quintaesencia de la frialdad. Tiene un salario anual de...

—Medio millón de dólares.

—Gracias. Podría ganar lo mismo en otro lugar, o más. ¿Correcto? ¿Por qué una mujer de esa clase asesinaría a un hombre? ¿Sólo porque él quería volver con su esposa?

—Tal vez estaba loca... —empecé a decir loca de celos, pero sabía que no era posible.

Jessica podría estar enamorada del dinero de Richard, le podría agradar su vitalidad, podría encantarle su talento en la cama. Pero si la abandonaba... estaba realmente convencida de que Jessica no se desmoronaría. Probablemente estaría disgustada. No comería durante un par de días. Perdería tres kilos.

—De acuerdo, tal vez no se volvería loca. Pero estaría bastante enfadada.

—Las personas enfadadas no apuñalan, querida. Las personas enfadadas hacen que sus abogados negocien una separación en términos altamente favorables.

Después de que Cass se marchara para vestirse e ir al instituto, aguardé a que Gevinski regresara. No regresó, pero ya que esta vez ningún uniformado tosco intentó mantenerme confinada en la biblioteca, subí a mi despacho en el piso superior. Era una habitación que, para Gull's Haven, resultaba bastante acogedora, aunque desde cualquier punto de vista objetivo tenía una superficie en metros cuadrados suficiente para una producción completa de *Aída*. En los días del apogeo eduardiano de la casa, fue el tocador de la dueña. Ahora sólo contenía un viejo escritorio, una silla y un canapé color carmesí, más adecuado para una prostituta cansada que para una verdadera dama. Me tendí. Hacía menos de doce horas, había estado sentada ante el escritorio, bebiendo té *zinger* con limón, corrigiendo los últimos ejercicios sobre «La gama del amor» en *Orgullo y prejuicio*.

A través de la ventana opuesta, a un costado de la casa, podía ver el muro bajo de piedra que separa Gull's Haven del terreno más elevado del Emerald Point: la mansión de los Tillotson, el bosque espeso existente entre ambas propiedades y, siguiendo un sendero de tierra que remonta hasta el promontorio, los majestuosos tilos que protegían la pista de tenis de los Tillotson de aquello de lo cual había que proteger las pistas de tenis, sea lo que sea. Su casa estaba tan alejada de la pista que todo lo que pude ver fue un segmento delgado del techo de pizarra color azul grisáceo.

Era una vista tranquilizadora y familiar. Pero algo se movía debajo de todos aquellos árboles de colores otoñales. Me levanté del canapé como un relámpago. Al borde del bosque, en la tierra de nadie entre ambas propiedades, justo al lado del camino, estaban arrodillados dos hombres, vestidos con cazadoras color calabaza y azul. A su lado se elevaba un enorme cedro. No lograba distinguir lo que hacían, de modo que corrí a través de la casa hasta la habitación de Ben, encontré los binoculares que le regalaron para su Bar Mitzvah y regresé a mi despacho a la carrera.

La cazadora color azul y calabaza resultó ser una parte particularmente horrorosa de la vestimenta oficial del condado de Nassau. Ajusté el foco. Un individuo negro estaba extendiendo un pegote blanco encima de algo que probablemente fueran huellas de neumáticos de coches; la tarea del otro individuo parecía consistir en hablar con el que extendía el pegote. Abrí la ventana lo más silenciosamente que pude; no logré oír nada.

Tampoco logré ver nada, al menos nada significativo. El individuo del pegote probablemente estaba perdiendo el tiempo. La zona boscosa no iba a contener indicios, ya que casi todos los que jugaban al tenis con Stephanie Tillotson o con su marido, Carter, aparcaban justo allí, porque estaba más cerca de la pista de tenis que la casa. Según Stephanie, que por derecho de nacimiento sabía todo acerca del Dinero Antiguo, los constructores de las propiedades de North Shore estaban absolutamente convencidos de que si se oía el ruido que hacía la pelota al golpear contra la raqueta, la pista estaría demasiado cerca de la casa.

Pero entonces ajusté el foco. Lo que había considerado al principio que sería una de aquellas grandes cajas negras para las conexiones de la TV por cable, que estaba a un lado del camino, medio escondida por las ramas del cedro, era en realidad el guardabarros de un coche. Un coche deportivo. Corrí a la habitación contigua: mi cuarto de baño, para obtener una vista mejor. Allí estaba: tan bajo, aerodinámico y elegante que parecía un triángulo escaleno negro. Es cierto que no tenía ni idea de coches deportivos. Sin embargo, sabía que tenía que ser un Lamborghini Diablo. Richie me confesó una vez que el Diablo era su coche soñado, pero era tan caro que iba más allá de una mera autoindulgencia: hubiera sido moralmente incorrecto comprar uno, me explicó. Un ultraje de 239.000 dólares. Tal vez habría conseguido una ganga.

Reflexioné un poco más sobre el efecto que todo aquel dinero tuvo sobre nosotros, de modo que hasta que no bajé por la gran escalera curva no oí como alguien arrastraba los pies en el piso inferior. Me incliné por encima del pasamanos, justo a tiempo para ver cómo los empleados del despacho de investigación médica retiraban lo que una vez había sido mi marido, envuelto y listo para ser transportado en una bolsa para cadáveres. Un poli uniformado saltó hacia delante para abrir la puerta.

En las películas, las bolsas para cadáveres siempre son pulcras y tienen una cremallera gruesa que produce un sonido cruel y chirriante en la banda sonora. Pero eso es Hollywood. Esto era Long Island. Desde donde me encontraba, no se veía cremallera alguna; parecía que el Departamento de Policía del condado de Nassau estaba utilizando bolsas Hefty. A Richie le hubiera indignado que lo transportasen de aquella manera. ¡Una salida tan sórdida, para un hombre con tanto estilo! El poli uniformado montó guardia, mientras el equipo de investigación médica hacía rodar la camilla hasta la ambulancia. Estiré el cuello. Las puertas traseras del vehículo estaban abiertas, listas para recibir el cuerpo.

Escudriñé. Había algo que reconocí, estaba justo detrás de la cinta amarilla con que acordonaron la escena del crimen: unas gafas de sol convexas espejadas. Unas piernas cubiertas por *spandex* negro. Una cazadora negra Gore-Tex y un casco de motorista negro: Madeline Berkowitz. Su expresión de poeta enfadada resultaba un tanto desmerecida por unas orejeras de angora color rosa. Le había dicho a Cass que se marchaba a casa, pero allí estaba, absorbiendo cada segundo del momento final de Richie Meyers en Gull's Haven. Cuando las puertas de la ambulancia se cerraron retrocedió, después giró y corrió a lo largo del camino de entrada, pateando la gravilla, cada vez con mayor velocidad.

Sonó el teléfono y una voz dijo:

—Hola.

Por supuesto que Alex nunca diría una cosa sencilla y directa como: «diga» o «el mensaje que dejaste decía que era urgente y estoy terriblemente preocupado: por favor, dime qué ocurre».

—¿Alex? —pregunté, aunque no había modo de confundir la voz: era un barítono sonoro, ligeramente ronco.

Una voz estupenda para el rock-and-roll. Si alguna vez se transformase en un rockero famoso, sus adeptos encenderían la radio, escucharían una sola nota y dirían: «¡Alex Meyers!».

—¿Qué ocurre?

—¿Dónde demonios estabas? Son las ocho. —Silencio—. Alex, escúchame, ha sucedido algo terrible.

—¿A qué?

—A quién. A tu padre.

—¿Como qué? —dijo con una indiferencia estudiada.

Era la voz de un cliente aguardando a que le recitasen la selección de entrantes en un restaurante deslucido: ataque al corazón, accidente de coche, crimen callejero...

Desde la época del instituto, las relaciones entre Alex y Richie habían sido amargas; una noche, la policía lo trajo a casa, completamente borracho. Richie le prohibió salir. Alex respondió llenando su cama con almohadas y camisetas, cogiendo la escalera de salvamento portátil que estaba debajo de su cama y continuando su vida social nocturna con su amigo Danny Reese, un traficante de drogas que tocaba el bajo, y el resto de los individuos de su banda. Descubrimos sus excursiones una mañana, después de una noche muy lluviosa, cuando el ama de llaves nos señaló una pisada barrosa en el alféizar de su ventana. De modo que Richie instaló sensores en las ventanas de Alex; al abrirlas se disparaban unas alarmas perturbadoras. Alex se desquitó, fabricando un artilugio con imanes para evitar los sensores.

Milagrosamente, Alex no sólo se matriculó en el instituto sino que fue aceptado por la universidad de Massachusetts, donde fue condenado a una libertad condicional académica tres veces seguidas. Sostuvo que la tercera suspensión fue exageradamente injusta. Para vengarse de la universidad, abandonó Amherst y se mudó a un barrio pobre, cerca de Cambridge; envió una carta al decano diciendo que se tomaba un permiso. Llamó a Richie para comunicarle que se convertía en músico a tiempo completo. Richie expresó su opinión frente a esta decisión cancelando la tarjeta American Express de Alex. Alex expresó la suya robando —él lo llamó «tomar prestado»— la tarjeta platino de Richie y cargando en cuenta un amplificador nuevo, además de una cena en un restaurante de Boston, que incluía una botella de Chateaux Margaux de doscientos cincuenta dólares: un chico cuyos verdaderos gustos tendían hacia los vinos livianos semi dulces con nombres como Saliva de Fresas. Entonces Richie le envió una carta certificada diciendo que si no se comportaba, lo desheredaría.

Relaté a Alex lo que le había ocurrido a su padre. No hubo ningún: «¡Oh, Dios mío!». Ni siquiera un leve jadeo.

—Quiero que vengas a casa —le dije.

Silencio.

—Alex, te quiero en casa hoy. —Nada—. ¿Lo comprendes?

—Sí.

—¿Necesitas que te envíe dinero para venir?

—No.

—¿Tienes dinero para pagarte un billete del puente aéreo?

—Sí. Pero primero tengo que regresar a Boston.

—¿Dónde estás?

—¿Dónde? En New Hampshire.

—¿Tenías un trabajo allí? —No hubo respuesta—. Vuelve lo antes posible...

No llegué a terminar la oración. Alex colgó el auricular de un golpe.

¿A quién podría recurrir? Devoré manuales sobre cómo sobrevivir al divorcio durante todo el verano con la misma intensidad que una vez le dediqué a *La Tempestad*. Todos ofrecían la misma información: estás sola, guapa. Pero no había estado sola desde que cumplí los veintidós. Richie siempre se había ocupado de todo: de mi vida social, familiar y sexual y de mi bienestar financiero. Era a él a quien llamaba una vez al año para decirle: oye, mi mamografía ha salido bien.

Sabía que los manuales tenían razón, que yo era dueña de mi misma; no tenía elección, puesto que había dejado de pertenecer a otro. Pero incluso después de que Richie se marchara, si hubiera ocurrido lo peor con la Bolsa —o con la mamografía— lo habría llamado a él, una vez disipadas las miserias del divorcio. Seguro, sabía que en las alturas de Gracie Square, probablemente entornaría los ojos diciendo: «Rosie» en un tono cansino (Jessica se sentaría en su regazo y le daría besos de apoyo, mientras él hablaba conmigo), pero al final me ayudaría. De acuerdo, ya no me ayudaría en persona. Designaría un economista de Wharton para ocuparse de mi caso. Pero en un lapso de horas, convocaría a equipos de contables o a todo el personal de un hospital: ¡Esta mujer requiere ayuda! ¡Hagan algo!

¿Quién podría ayudarme ahora? Tenía un hijo con una coleta y una guitarra, que creía que rimar «orgasmo» con «marasmo» resultaba ingenioso. Tenía otro hijo que adoraba a una mujer con pestañas postizas, diez años mayor que él, mientras ella era capaz de ocupar media hora de una cena en familia, relatando una consulta de quince minutos con un paciente cuyo cuello estaba cubierto de pústulas.

Mi padre no podía ayudarme. Había muerto hacía quince años. Mi madre estaba viva, pero su cabeza casi había dejado de funcionar. No padecía el temible Alzheimer, meramente sufría de demencia senil. En aquellas ocasiones poco frecuentes, cuando era capaz de recordar que ya no tenía marido, se enfurecía conmigo, convencida de que yo había abandonado a Richie para poder continuar con una tórrida aventura, con un hombre al que ella llamaba Juan Tenorio.

—¿Qué tiene Juan Tenorio que no tenga tu marido? —gritó en el departamento de Lencería de Lord & Taylor, donde la llevé para comprarle una bata nueva.

Carol, la hermana de Richie, había sido mi amiga, además de mi cuñada. Compramos juntas el ajuar para nuestros primeros bebés. Una semana después de que Richie se marchase, me invitó a almorzar en la ciudad donde, comiendo cabello de ángel con espárragos enanos y berenjenas pigmeas, me dijo que lo dejara marchar con elegancia. Era para mi propia tranquilidad espiritual: esto no era un enamoramiento pasajero. Rick estaba enamorado de Jessica. Locamente enamorado. Desesperadamente enamorado. Completamente en... Me limité a ponerme de pie y salir. Nunca más volvió a llamarme.

¿Podría recurrir a las relaciones comerciales de Richie? Después de todas aquellas cenas, de todas las miles de noches de un *coq au vin* de goma a las que nos sometimos mutuamente, nadie de Data Asociados —y ninguna esposa— había llamado, después de que Richie se fuera. A decir verdad, no fue una gran sorpresa ni una gran pérdida.

Lo más parecido a un amigo que Richie llegó a tener fue su compañera de los últimos siete u ocho años: Joan, la mujer de su cliente más importante: Tom Driscoll. En realidad, fui yo quien los presentó: hace años, en Brooklyn. Antes de que Tom se convirtiera en un esnob estilo Ivy League y luego en el pez más frío de Manhattan, había sido uno de los mejores chicos del mundo. En la escuela primaria fuimos grandes amigos y, aunque después nos distanciamos, durante el último año del instituto volvimos a unirnos como novios... brevemente.

Joan Driscoll era delgada, astuta y cruel, poseía los requisitos necesarios para el éxito social en Nueva York. Durante su primera visita a Gull's Haven había llamado «Señoría Meyers» a Richie. En lugar de echarla de una patada en su trasero huesudo, Richie se rió. Pensó que Joan era el epítome de la sofisticación. Tal vez lo fuera. La llamé después de que me abandonase, implorándole que defendiera el matrimonio. Ella y Tom estaban juntos desde hacía años; tal vez podría persuadir a Richie de que nosotros al menos deberíamos intentarlo, tal vez visitando un terapeuta.

—Arriesgándome a parecer dura, querida, te diré que lo último que Rick desea es un terapeuta. Está más feliz que unas pascuas.

¿Mis antiguos amigos? Ahora mi amiga más íntima del instituto de Brooklyn vendía máquinas de ejercicios al por mayor, en San Diego. La segunda más íntima había pasado en los dos últimos años por una tórrida aventura amorosa, un divorcio, otro matrimonio y un bebé nacido durante la menopausia y actualmente se recuperaba de una crisis nerviosa en un *ashram* en los montes Berkshire, donde no había teléfono.

Tenía a Cass, pero ¿cuánto podía pedirle a una mujer que trabajaba a tiempo completo, tenía un marido y tres hijos quienes, aunque aparentemente estuvieran fuera de casa estudiando en colegios privados, daban la impresión de estar presentes casi todo el tiempo, gracias a las vacaciones de mitad de curso, las anteriores a los exámenes finales, las de Navidades, las invernales y las primaverales?

Estaban mis compañeros profesores, pero a diferencia de Cass y mía, no tenían empleadas de hogar que cocinaran, plancharan, cuidaran de sus hijos y fueran al supermercado. No hacía tanto su vida había sido igual a la mía; sabía que, como mucho, dispondrían de media hora libre por día.

Estaban mis otras dos amigas, aquellas con las que paseaba. Stephanie había cambiado la redacción de legajos por el bordado. Su proyecto actual consistía en la confección de una alfombra, con una orla de símbolos de plantas, desde lirios de Pascuas hasta rosas de San Valentín, lo que representaba Un

Año En La Vida De Los Tillotson. Todos los viernes por la tarde Stephanie y yo cocinábamos juntas, íbamos juntas de compras; pero lo más cercano a un intercambio de confidencias ocurrió cuando me confió que su madre se había negado a prestarle su abrigo de marta cibelina dorada, aunque aquello no fue una sorpresa, porque su madre siempre fue una mujer super egoísta y superficial.

Tal vez debería dirigirme a Madeline, la Poetisa, quien, dos días después de que Richie me abandonara me preguntó: «Sola / en el cosmos inmenso de / la bicicleta de ejercicios. / ¿Por qué?».

En realidad, en aquel momento la única persona presente era Gevinski. Debía de haber estado comiendo algo. Se había metido la corbata dentro de la camisa, sólo se veía el nudo. Un bollo o una rosca de pan, decidí cuando pude mirarle más de cerca; había algunas semillas de amapola en su mentón. ¿Podría recurrir al sargento Gevinski?

—Señora Meyers.

—¿Sí?

—Durante los próximos días le agradecería que se quedara cerca de su hogar. Probablemente no desee ir a ninguna parte, pero ocurren cosas. Ya sabe cómo es. Es posible que tengamos que hacerle algunas preguntas más.

—Estaré aquí —le dije.

—Bien —concluyó—, no quisiera que se escapase. —Guiñó un ojo: era una broma. Ninguno de los dos reímos.

4

En ese momento hubiera debido estar prometiendo lealtad en la sala de reuniones junto a mis alumnos. En cambio obtenía el permiso del sargento Gevinski para visitar a mi vecina. Dos segundos más tarde, puse pies en polvorosa.

En línea recta, Emerald Point no quedaba lejos, aunque estaba sobre una loma más alta que Gull's Haven. Pero incluso sin tropezar con enredaderas y centurias de árboles muertos y caídos, los bosques que nos separaban estaban tan repletos de ortigas y zumaques venenosos que un solo paso podía causar una erupción, así que no existía un verdadero atajo. El camino más fácil consistía en bajar hasta la playa, por las escaleras de madera que había en un extremo del patio de atrás, atravesar la arena y subir por las escaleras de piedra de los Tillotson, hasta la parte posterior de su casa: cuando alguna se quedaba sin ketchup era una lata. Stephanie y yo solíamos ir en coche. Pero esta vez recorrí el camino más largo. Bajé por nuestro camino particular de casi un kilómetro hasta Anchorage Lane y remonté la calle Hill hasta Emerald Point. Tenía que salir un rato. No podría asegurar si buscaba pasar el tiempo o una pista.

Delante de mi casa no había nada fascinante, sólo algunos grupos de policías uniformados y otros de civil que paseaban. Su piel casi uniformemente blanca parecía indicar que, mientras que el departamento de policía del condado de Nassau podría ser experto en contratar hombres adorables de ojos azules, tendría pocas posibilidades de ganar un premio el día de Martin Luther King.

La furgoneta de homicidios que parecía tan prometedora, vista desde la casa, conservaba sus secretos tras unas ventanas oscuras; el poli del traje rojo oscuro, que había visto antes, apenas abrió la portezuela de la furgoneta: se deslizó dentro y después la cerró de un golpe.

El que desparramaba el pegote en la calle Hill no era tan sigiloso. Cuando llegué, estaba allanando el resto de aquella cosa blancuzca. Entonces, el hombre que sólo le había acompañado se puso a trabajar de un brinco. Resultó ser un fotógrafo. Su objetivo parecía fascinarle; se agachó, se estiró pero, en lugar de fotografiar los colores rojo profundo, amarillo dorado y calabaza opulento del bosque, fotografió toma tras toma de las tiras blancas amplias y de la zona circundante. Las escudriñé: eran huellas de neumáticos efectivamente. Me inquietaba un poco pensar que merodeando de aquella manera podía levantar más sospechas de las que ya había levantado, pero ambos parecían estar acostumbrados al público; probablemente la Urbanización Shorehaven, con una densidad de población consistente en un habitante elegante por cada kilómetro cuadrado elegante, les resultaba bastante aburrida. Asintieron con la cabeza: unos anfitriones amables. Yo les devolví el saludo: un huésped refinado, y observé lo que hacían. Junto a las huellas de los neumáticos de Richie había otras. Una de las huellas me pareció tan destacada como las de Richie: las marcas tenían más o menos la misma profundidad y era igual de ancha, el viento y la lluvia no la habían borrado.

—¿Cómo saben en qué huellas deben poner el pegote? —pregunté.

—Lo ponemos en todas —dijo el fotógrafo.

—Sí —dijo el otro individuo—, en todas. —Ambos rieron ante lo que probablemente fuera un muestra clásica de humor forense—. Pero éstas son «número uno» —añadió, señalando las huellas que iban directamente hasta los neumáticos del Lamborghini.

Parecía bastante claro que Richie se había limitado a bajar de la calle y estacionar detrás de la línea de árboles más cercana al camino. No era un escondite brillante, pero resultaba bastante eficaz. Después de haber jugado cientos de veces al tenis con Carter, no era extraño que Richie conociera aquel lugar: quedaba junto al camino, de modo que te evitaba tener que deambular a través de los arbustos de zumaque venenoso para alcanzar el sendero de tierra apisonada que conducía a la pista, y además ocultaba el coche de los curiosos. No era que los amigos tenistas de los Tillotson tuviesen algo que ocultar. Sólo querían evitar tentar a un ladrón de coches con su nuevo Jaguar de color rojo flamenco o que los polis locales les pusieran una multa por aparcar en la calle, algo considerado como de clase media baja y por lo tanto ilegal en la urbanización.

Los hombres de los neumáticos empaquetaron su pegote y sus cámaras y se alejaron. Yo también. Pero el camino a Emerald Point me había parecido tan escarpado como ahora. A pesar de haber estado caminando unos cinco kilómetros diarios a paso rápido, mis pantorrillas ardían a cada paso, mi pecho chirriaba con cada respiración. El camino que conducía hasta la casa parecía infinito, como un paseo por la *Dimensión Desconocida*, fuera del tiempo y del espacio, que continuaba sin sentido ni fin.

Finalmente divisé la casa, jadeante y un tanto asustada. Cuando logré remontar los elevados escalones de piedra me apoyé contra la enorme puerta de caoba. La casa de los Tillotson de estilo Tudor, era tan condenadamente sólida... El «bong» profundo del timbre resonó en el interior. Siempre me asombró que aquel «bong» provocara los alardes de los parcialmente instruidos: «No preguntéis por quién doblan las campanas...» salmodiaban, mientras aguardaban que el último de la serie interminable de los sirvientes de los Tillotson abriese la puerta.

No lograba recuperar el aliento, y el dolor que me atravesaba el pecho no ayudó. Mientras intentaba desesperadamente recordar lo que había leído, en la sección «Vida» del *New York Times*, acerca de cómo darse cuenta de si uno se está muriendo, la mitad masculina de la pareja de sirvientes más reciente de los Tillotson abrió la puerta. Según Stephanie, no era exactamente un mayordomo. Más bien era lo que las novelas vulgares describen como un criado japonés, salvo que era noruego: Gunnar, un hombre delgaducho, vestido con una chaqueta blanca. Aparentemente, provenía de aquel único kilómetro cuadrado de Escandinavia en el que los habitantes no hablan inglés.

—¿Ja?

—¿Stephanie? —inquirí para no complicar las cosas.

Pero en aquel momento Stephanie llegó apresuradamente desde el fondo de la casa. Había cambiado su equipo de paseo habitual, unos pantalones de *spandex* y una camiseta y una cazadora de la Escuela de Derecho de la universidad de Michigan, por un cisne color rosa y un mono tejano de jardinería con muchos bolsillos en la parte delantera. Resultaba evidente que había vuelto a dedicarse a la polinización cruzada; la punta de su nariz estaba cubierta de un polvo amarillo. Podía pasar horas en su invernadero con una lupa y un estropajo de algodón, llevando a cabo lo que yo suponía que era el equivalente botánico de la inseminación artificial, mientras un sirviente entretenía a la pequeña Astor edificando mansiones con unos bloques de Juguetes Creativos.

Sobresalían unas podadoras de los bolsillos de Stephanie, también unos bastoncillos de algodón, una pala en miniatura y un instrumento en forma de garra, que parecía hacer un gesto obsceno, colgaba hacia fuera, como desde el saco de una marsopa.

—¡Rosie!

Me abrazó. Tuve el tiempo justo de volverme y evitar que el artilugio en forma de garra me atravesara. Stephanie era joven, sólo tenía treinta y dos años. También era hermosa hasta el punto de ser perfecta, una maravilla de mujer que medía un metro setenta. Una maravilla bien nacida, de la aristocracia de Long Island. Su padre, el sobrino segundo de John Foster Dulles, era el señor Ley de Valores de Wall Street. En 1957 su madre, descendiente de un Astor menor y un Whitney mediano, había sido la Debutante del Año además de ser una jugadora de tenis con rango. Al ser tan maravillosa y privilegiada, se suponía que Stephanie era incapaz de sentir las emociones humanas corrientes. Pero lo era. Me consoló su abrazo sorprendentemente efusivo, aunque era una atleta tan fuerte que éste resultó un poco agobiante.

—Gracias, Gunnar —dijo al soltarme. El criado se evaporó—. Una pesadilla —murmuró. Esta vez pareció referirse al asesinato, no a su problema con la servidumbre—. Ven a la sala de música. Tengo *brioches* en el horno. Los hice para ti. ¡Una pesadilla total! Le diré a Inger que los traiga. ¿Los quieres con un capuchino? ¿Café? ¿Té?

La sala de música había sido diseñada en la época en la cual música significaba invitar a cincuenta personas para escuchar «La Trucha», el quinteto de Schubert. La última adquisición de los Tillotson, un piano de cola con una cola enorme, parecía más bien construido para una casa de muñecas, teniendo en cuenta el espacio que ocupaba. A diferencia de Richie, que se transformó en un hombre muy rico, el doctor Carter Tillotson, de treinta y tres años, que ya era el tercer cirujano plástico más prestigioso de Manhattan, era meramente pudiente. Nació en una familia que se asentó en Long Island en 1697. Desafortunadamente, los Tillotson —que se convirtieron en una de las primeras familias de Shorehaven— perdieron sus tiendas de alimentos para ganados durante el hundimiento del mercado en 1893; y el resto de su pequeña fortuna durante la gran depresión. En una oportunidad, Stephanie confesó que Carter había nacido tan pobre que sus padres no podían pagarle una escuela particular. Por suerte, esto no lo condenó socialmente. Stephanie fue lo bastante rebelde como para casarse con un hombre que requirió ayuda financiera para cursar la carrera de medicina. Para el fastidio de la familia de Stephanie y la felicidad de los Tillotson, tanto el matrimonio como el mismo Carter tuvieron mucho éxito, aunque él aún luchaba por conseguir su cuarto millón.

Para disimular las deficiencias temporales del mobiliario, Stephanie había llenado la sala de música y el resto de la casa con árboles en macetas. Sabía que no era el modo de amueblar lo que su madre denominaba un hogar adecuado, pero confiaba en que Carter, después de otras doscientas liposucciones más, le permitiera gastarse una cifra de seis números en cómodas y canapés, candelabros y sillas. Pero también aquéllos serían engullidos y se perderían en la inmensidad abismal de Emerald Point.

Sin embargo, teniendo en cuenta que era una mansión, la casa de Stephanie resultaba razonablemente acogedora. Nos sentamos en una pareja de sillones tapizados en seda cruda, rodeados de una selva tropical de palmeras de abanico chinas, palmeras de interior y palmeras sagú. La alfombra color musgo pálido que teníamos bajo nuestros pies era tan espesa y reconfortante que casi podría haber surgido del mismísimo suelo.

—¿Quieres hablar de ello? —preguntó Stephanie.

Según los parámetros del instituto, Stephanie podía considerarse una amiga muy íntima: no sólo cocinábamos juntas, visitábamos anticuarios y mercadillos y conducíamos hasta Manhattan, para encontrarnos con nuestros maridos. Pero no deseaba hablar de Richie con ella, sobre todo porque nunca decía nada especialmente perspicaz. Sólo deseaba estar con ella. Más que nada, necesitaba una dosis de su confianza del estilo hombros-rectos, cabeza-erguida, amazona, nada-puede-dañarnos, de blanca, anglosajona y protestante.

—¿Es cierto que le encontraste tú, Rosie?

Asentí. Realmente no podía hablar; mi garganta se había cerrado. Y Stephanie tampoco se hallaba en un estado demasiado bueno. Por una vez, fue incapaz de manifestar un apoyo jaleador y animoso.

—Estoy tan... tan trastornada —dijo. Como para demostrarlo, rompió a llorar. Las lágrimas se derramaron por sus pómulos destacados y zigzaguearon por su rostro—. Lamento comportarme así —se disculpó—, la que debería estar llorando eres tú.

—No te preocupes, Stephanie.

—Sé en qué se convirtió Richie —reconoció—, pero durante muchísimo tiempo... fue una persona estupenda.

—Lo fue —logré decir.

Stephanie hurgó en uno de sus tropecientos bolsillos y finalmente encontró un trapo, que probablemente había utilizado para limpiar las macetas de arcilla. Estuvo a punto de secarse las lágrimas con él pero se lo quité.

—Está sucio. Te manchará los ojos de rojo.

Ojeó el trapo por primera vez y lo volvió a meter en su bolsillo. Luego se restregó el resto de las lágrimas con el dorso de la mano. Todavía lloriqueando arrancó una hoja que tenía los bordes marchitos, de una planta que crecía dentro de un bol de cerámica repleto de otras plantas de follaje y un pequeño tubo de florista, que contenía una única flor destacando sobre el verde oscuro.

—Lamento haberme puesto a llorar, Rosie.

—Ojalá yo pudiera llorar. Supongo que es el choque.

—Claro que estás alterada. ¿Tienes idea de cómo ocurrió?

—Siempre creí que Richie caería fulminado por un infarto —murmuré, evitando su pregunta.

No le dije con cuánta frecuencia se lo deseé. Durante el sexo con Jessica: exclamaría «¡ohhh!», y ella diría alguna cosa juvenil tipo «Hala, Rick», salvo que no ocurriría. O se agarraría el pecho mientras practicaba jogging a lo largo del East River o, jugando a tenis en los Hamptons. O, esquiando en las Rocosas, comenzaría a boquear como un pez, sin lograr extraer más oxígeno del aire enrarecido.

—Claro que estás alterada. ¿Quién no lo estaría? Pero te encontrarás bien. Confía en mí.

Aquello fue una pequeña ayuda, pero no trepé hasta Emerald Point sólo por un poco de aplomo blanco, anglosajón y protestante, aunque Dios sabe que necesitaba todo el aplomo que pudiera conseguir. Lo que quería eran consejos.

Antes de que comenzara a pasarse la vida contratando y despidiendo a los criados, llevándose a Astor, que tenía dos años, a jugar con otros niños, cultivando palmeras, bromelias y limoneros en su invernadero, haciendo punto de cruz, bordando, condimentando sus propios aceites de oliva y trabajando para las mujeres apaleadas y las aguas subterráneas, había sido una pleitista en uno de aquellos gigantescos despachos de abogados de Nueva York que, con gran orgullo y fervor, defendían a empresas petroquímicas ante litigios presentados por antiguos empleados, carcomidos por el cáncer.

—Creo que podría necesitar un abogado —dije y la puse al día con respecto al sargento Gevinski.

—¡Caray! —dijo un par de veces y— ¡Esto es increíble! —lo dijo una vez—. Me cuidaría de él —dijo, cuando acabé.

—¿Lo dices en serio? —pregunté.

Estaba tan aliviada: no estaba paranoica. Tenía razón.

Ella se frotó el labio superior perfecto —aunque un poco demasiado relleno para estar de moda— con el dedo índice. Un extraño podría creer que Carter le había inyectado colágeno sólo para darle interés a su rostro, pero estaría equivocado. Había fotografías enmarcadas de Carter y Stephanie de todas las épocas, salvo la intrauterina, desparramadas por toda la casa. Carter era apuesto con sus cabellos rubios y cortos y aquel estilo insulso de los modelos que aparecen en la publicidad de los Cadillac.

Pero Stephanie era diferente. Era verdaderamente hermosa. Desde la fotografía de curso en la Escuela Greenvale, hasta la del equipo de hockey de la señorita Porter, desde una instantánea, donde aparecía vestida con una toga en alguna fiesta universitaria, hasta el retrato de su compromiso. Hermosa, había admitido Richie, pero nada sexy. Yo no estuve en desacuerdo. Al mirar a Stephanie de lejos, los hombres se quedaban boquiabiertos pero rara vez se acercaban, como lo hacían con mujeres menos atractivas pero más accesibles.

Stephanie no hacía nada para destacar su belleza. Era demasiado deportista para perder el tiempo con peinados elaborados. Paseaba con nosotras por las mañanas, jugaba al tenis o montaba en una caballeriza cercana por las tardes, se ejercitaba en el *Stairmaster* al atardecer y, durante un tiempo, hasta que incluso ella admitió que era excesivo, se ponía una camiseta reflectante y corría por las noches con una abogada amiga, una mujer llamada Mandy, que trabajaba en la ciudad. Stephanie siempre llevaba ropa sencilla: incluso en las funciones sociales con los miembros de la *jet*, a la que pertenecían los pacientes de Carter, sólo se vestía de negro y llevaba las perlas de su abuela o un par de pendientes de brillantes, sencillos pero muy grandes. Jamás se maquillaba y aquello hacía que su belleza fuera mucho más intimidante. Todos los rasgos de Stephanie eran perfectos. Cass y yo nos preguntábamos si Carter se habría casado con ella para poder observarla al otro lado de la mesa durante el desayuno, memorizando cada parte, diciéndose: así debería ser un mentón. ¿O se habría casado para seducir posibles pacientes? Caramba, pensarían, ¿logrará darme ese aspecto?

Pero además de hermosa, Stephanie era astuta.

–Sí –dijo–, si aquel individuo de homicidios sospecha de ti, está loco. Pero yo te conozco.

–¿Debería contratar un abogado?

–No sé qué decirte, Rosie. Yo me dedicaba a los litigios civiles. Nunca nos ocupamos de asuntos penales.

–Stephanie, necesito ayuda.

Volvió a frotarse los labios, esta vez con mayor intensidad.

–Bien, eso podría hacer creer a Gevinski que hay algo que deseas ocultar... Cálmate. Déjame terminar. Pero eres una mujer adinerada, con una posición en esta comunidad. No estás acostumbrada a que la policía te maltrate. Ya que se comporta de un modo verdaderamente desagradable, como si realmente abrigara dudas considerables con respecto a ti, tal vez sea mejor que tengas a alguien que proteja tus derechos, alguien que se le enfrente. Ya sabes, que insista en hablar con el teniente o el capitán o quienquiera que esté verdaderamente al mando. —Se restregó nerviosamente las perneras del mono con las manos—. El hecho de que hayas intentado arrancar el cuchillo podría resultar problemático.

—Tal vez deba contratar un detective.

—¿Para qué?

—Para descubrir quién lo hizo.

—Rosie, ¿sabes lo que hacen los detectives en la vida real? Toman fotografías de adúlteros *in fraganti* o buscan maridos huidos. Es posible que me equivoque —añadió, tal vez intuyendo mi desaliento—; haré averiguaciones: tal vez exista un Sherlock Holmes para ti.

—¿Debo preocuparme, Stephanie?

—Ojalá pudiera contestarte con un «No» rotundo. Pero no logro imaginar lo que piensa ese policía. ¿Existe algún indicio que te conecte con Richie?

—Claro que no. Salvo el cuchillo —dije, después de reflexionar.

Todo su cuerpo se estremeció.

—No te preguntaré nada más acerca de lo que viste. Debe haber sido supertraumático y lo último que querrás hacer es volver a vivirlo.

Stephanie no insistió, pero nunca necesitaba hacerlo. ¿Quién no querría complacerla? Su rostro era un óvalo clásico. Sus ojos eran de un color azul grisáceo luminoso, grandes, con un brillo perpetuo, de modo que siempre parecía que acabara de llorar o de reír. Su lustroso cabello castaño oscuro (cortado igual que en sus fotos de niña) enmarcaba su rostro maravilloso. Aunque era demasiado bien educada para ser entrometida, Stephanie provocaba las confidencias, porque las personas anhelaban su aprobación. Afortunadamente, siempre fue generosa. No podía imaginarme que alguien no quisiera esforzarse por ella. Salvo Carter. Era amable. Le compraba joyas hermosas aunque no importantes, como Stephanie reveló en cierta oportunidad, mientras pelábamos nueces.

Pero tanto Cass como yo pensábamos que Carter no parecía

estar nada prendado. Tal vez es que simplemente no era muy expresivo, concedía Cass. Pero después de que Richie se fuera, se me ocurrió que Carter también trabajaba hasta horas sospechosamente altas. Sin embargo, ¿quién sabe? Para llegar a ser alguien en la gran ciudad no se podía trabajar de nueve a cinco; tal vez todos los cirujanos plásticos de Manhattan visitaban a sus pacientes importantes a las diez de la noche de manera rutinaria.

Stephanie nunca se quejaba. De hecho, pasaba horas preparando pequeñas cenas exquisitas para Carter, tres o cuatro pequeños platos para tentarle cuando atravesara la puerta a las once y cuarto de la noche.

—Richie fue apuñalado en la parte baja del pecho —le dije, tocando la parte central del mío—. Ben piensa que el cuchillo le seccionó la aorta y se desangró.

—¿Qué estaba haciendo en tu casa?

—¿Cómo quieres que lo sepa? —contesté un poco demasiado enfáticamente.

Estaba cansada de que me lo preguntaran.

—Por supuesto. Siento haberlo preguntado. —Hizo una pausa y después adoptó su actitud emprendedora—. Sé lo estresada que estarás, Rosie. Más que estresada. Podría preparar algo para cuando regreses del cementerio. La pastelería judía es divertida: *babka*, *rugelach*... —Antes de que me relatara el resto del menú, la otra mitad de la pareja de noruegos trajo una bandeja con *brioches*, mermelada y café—. Gracias, Inger —dijo Stephanie.

Inger, una diminuta mujer de cabellos plateados, que parecía una sardina, inclinó la cabeza tan bruscamente que casi pareció una descortesía; después desapareció. Las aletas exquisitas de la nariz de Stephanie se arquearon una treintaidosava fracción de milímetro. No sabía si estaba reaccionando ante el malhumor del ama de llaves o si Inger había cometido alguna atrocidad, como plegar las servilletas para el café de la mañana en rectángulos, en lugar de pasarlas a través de anillos.

—Llamaré al abogado principal del despacho y le pediré que recomiende algún abogado penalista del condado de Nassau. Probablemente lo mejor sería uno de la localidad. Alguno que tuviera relaciones con el fiscal del distrito.

Supongo que jadeé.

—Lo siento —dijo Stephanie—, hablé sin pensar. Lo que quise decir es que necesitas a alguien que pueda descolgar el teléfono y hacer la llamada oportuna. Que evite que el sargento Gevinski te persiga. Que le indique la dirección correcta.

—¿Pero cuál es?

Stephanie me colocó un *brioche* en el plato, con un par de pinzas de plata. Corté un trozo. Estaba caliente, crujiente y recién horneado.

—Cualquiera que no conduzca a ti, Rosie.

Necesitaba consuelo, mucho consuelo y abrigaba la ilusión de encontrar a Ben al llegar a casa. Pero no logré encontrar un solo rostro reconfortante. De hecho, al entrar en la casa lo primero que noté fueron las caras de todos los polis, que repentinamente se giraron hacia la derecha, la izquierda, hacia arriba o abajo, hacia cualquier parte, con tal de no encontrarse con mi mirada. Sentí en el estómago ese aleteo de mariposas que precede al pánico completo. Intenté alejarlo: con razón apartaban sus miradas. A estas alturas, sabían que Richie me había abandonado. ¿Qué condolencias podrían ofrecerme?: mejor muerto, señora. ¿Se imagina teniendo que decidir si comprarle o no comprarle un regalo al pequeño Stevenson Meyers, de aquí a un año?

Salvo que, incluso antes de que el sargento Gevinski doblara un dedo indicándome que entrara en el comedor, comprendí la verdadera razón por la cual los polis no me miraban. Para ellos, el asesinato de Richie ya no era quién-lo-hizo sino ella-lo-hizo.

Entré, y esta vez evité tropezar con el fleco de la alfombra Sarouk color azul y rojo, que finalmente había llegado el día anterior a nuestras bodas de plata. Antes de que Gevinski tuviera la oportunidad de ofrecerme una silla y demostrar su autoridad, agarré la silla de Papá Oso de la cabecera de la mesa.

—Sólo hay un par de cosas que quisiera aclarar, señora Meyers. ¿Se acostó a eso de las nueve y media o las diez?

—Alrededor de esa hora.

—¿Y se despertó a las tres y media?

Si estuviera invitado a cenar estaría a cuatro invitados de distancia: no lo bastante alejado.

—Sí.

—¿No duerme bien desde que se divorció?

Había leído la suficiente cantidad de novelas de misterio, en las que personas perfectamente inocentes se meten en problemas tremendos, al hablar de más con un poli de poca imaginación. En el último capítulo siempre resultaban absueltos, pero ésta era la vida real: ¡cuidado! me dije.

Sin embargo, las conclusiones a las que Gevinski podría llegar carecían de importancia: dentro de un par de horas habría obtenido el nombre de algún abogado, que lograría que los superiores de Gevinski le ordenasen que se ocupara de lo que realmente le concernía: encontrar a un asesino. Intenté calmarme diciéndome que podría quedarme razonablemente tranquila. No me podían encausar, por la sencilla razón de que yo no había hecho nada.

Pero mientras tanto, tenía que habérmelas con una boca seca y un corazón igual que una pelota de boxeo y con Gevinski.

—He preguntado si tenía dificultades para dormir —dijo.

—Supongo que me dormí a eso de las diez. No sé por qué desperté.

—Comprendo. Mientras estuvo despierta no oyó nada. Lo que no comprendo es cómo es posible que se haya dormido y que, mágicamente, haya aparecido su ex... de acuerdo, su casi ex marido.

Se me ocurrieron algunas respuestas: astutas, listillas y decididamente desagradables. Pero callé.

—¿Está segura de que la alarma estaba conectada?

—Sí. Casi segura.

—¿Cómo explica que no la haya despertado de inmediato?

—Richie sabía el código.

—¿No lo cambió después de que se marchara?

—No.

Miró el cielorraso y después su propio reflejo en la mesa.

—Oh, a propósito —dijo despreocupadamente—, los individuos del laboratorio echaron un vistazo rápido y dicen que las huellas dactilares del cuchillo parecen ser las suyas.

Observó cómo yo intentaba no ponerme tensa.

—Se lo expliqué anoche.

—Correcto. Sabe, cualquiera podría sentir la tentación de arrancar un cuchillo de un cadáver, del cuerpo de alguien querido. Pero la palabra operativa es «tentación». Usted lo hizo de verdad. Es un problema, señora Meyers. Y después hay otro problema.

—¿Cuál?

—Su acuerdo de separación.

—¿Qué pasa con él?

—Según la señorita Jessica Stevenson, usted y el señor Meyers iban a firmar el acuerdo este fin de semana. ¿Correcto? Ella jura, y podemos comprobarlo si fuera necesario, que usted y su casi ex marido tenían un acuerdo verbal en el sentido de que el señor Meyers no modificaría su testamento hasta que usted firmase el acuerdo. ¿Me equivoco? Habían discutido, porque él quería dar un trato diferente a sus hijos en el testamento, uno de ellos —extrajo su libreta y examinó sus anotaciones—, Alexander, era un chico problemático. Usted quería que el señor Meyers tratara a Alexander y a Benjamin por igual. De manera que una gran parte de la negociación entre su abogado y el de su marido consistió en convencer al señor Meyers de que tratara a los dos chicos de manera equitativa. Como tener acceso al dinero de los fondos a la misma edad y recibir los mismos porcentajes de la propiedad. Entonces usted estuvo de acuerdo con renunciar a su parte de la propiedad, incluso antes de que el divorcio fuera definitivo.

—Sí. Richie y Alex no se avenían, pero yo sabía que aquello pasaría. Pero si entretanto algo le ocurriera a Richie, Alex se hubiera sentido muy herido y además hubiera afectado la relación entre los chicos.

Al igual que un niño de parvulario a la hora de la siesta, Gevinski apoyó los antebrazos sobre la mesa y descansó la cabeza encima de éstos. No me hubiera importado golpearle su nariz aplastada.

—Me intereso más por usted, ¿de acuerdo? Una vez firmado el acuerdo, usted quedaría completamente apartada.

Apartada con alrededor de cinco millones de dólares. Una gran cantidad de dinero. Me había sentido un tanto descompuesta. Si no se hubiera tratado de mí, habría dicho lo que dirían algunos de nuestros antiguos vecinos, algunos de los profesores del instituto: pobre Rosie. Llorará durante todo el camino hasta el banco. O bien: al menos Rosie podrá tomarse unas buenas vacaciones para olvidar sus problemas. Ja, ja, miles de buenas vacaciones.

—¿Y bien, señora Meyers?

—¿Y bien, qué?

—En lugar de recibir una parte del dinero de Richard Meyers después del próximo fin de semana —dijo, poniéndose derecho— ahora lo recibirá todo. Y «todo» es mucho, mucho dinero. Estoy seguro de que comprenderá que esto podría causar cierta desconfianza.

No le concedas nada, pensé. Al igual que aquel par de cabrones que encontré en clase alguna vez, Gevinski tenía la facultad de trastornarme tanto que estuve al borde de hacer exactamente lo que él quería: perder el control.

—¿Podría decirme alguna cosa que disipe esa desconfianza, señora Meyers? —No respondí. Señaló su reloj de sonrisa—. En este momento se realiza la autopsia del señor Meyers. Están extrayendo su cuchillo de cocina, con sus huellas dactilares, con mucho, mucho cuidado.

—¿Qué es lo que quiere de mí?

—Una explicación sobre lo ocurrido mejor de la que me ha proporcionado. No es por mí. Estoy de su parte. De verdad lo estoy. Es para mis superiores en el departamento y para el fiscal. No se creen su historia. De modo que hábleme, señora Meyers. Sea abierta. Déjeme ayudarla.

5

Tuve un parto natural y cuando me entregaron un bebé, con la cabeza cubierta de pelusa pálida y una nariz como un botón, estaba completamente despierta. Aunque pareciera un bautista sureño, sabía que Benjamin era mío. Desde que nació fue adorable. Las mujeres siempre querían pellizcarle las mejillas, salvo que era difícil alcanzarlas. Era del tamaño de una pequeña cordillera. Medía un metro noventa. Pesaba cien kilos. Todo lo que heredó de Richie fueron los ojos negros y sentimentales, pero al menos establecían su paternidad.

—Mamá. —Su voz era profunda y suave—. Tanquilízate.

—Seguro. Siempre es mejor enfrentarse a la vida en una prisión de máxima seguridad tranquilamente.

Había pasado una buena parte de la mañana revolviendo armarios y cajones, espiando bajo almohadones, examinando todos los bolsillos de todos los trajes que colgaban en los armarios de Richie, intentando encontrar lo que él había buscado. Al margen de su guardarropa completo, lo único que dejó fue un anuario de las World Series de 1969 y una instantánea de ambos, que hace años había guardado en su billetero. Nos rodeábamos con los brazos, nuestro equipo de pesca estaba a nuestros pies. Fue tomada un verano en los lagos Finger, en algún momento de los setenta. Richie tenía bigote y yo llevaba tejanos acampanados y una blusa con margaritas gigantes; ambos teníamos un aspecto horrible y parecíamos muy felices.

Era alrededor de mediodía. Un sol indiferente proyectaba una luz blanca y polvorienta a través de las ventanas de la biblioteca. Alimentos Sospechosos regresó de la cocina con las manos vacías, no había logrado seducir a Gevinski para que nos permitiera sacar tres Coca-Colas dietéticas de la nevera.

—Dice que todo son indicios de la escena del crimen —se disculpó.

—Bien —dije—, podría haber huellas dactilares en el brócoli.

Ben lanzó una sonrisa a Alimentos Sospechosos que significaba: sé tolerante. Cada vez que sonreía, sus ojos se arrugaban, convirtiéndose en pequeñas sonrisas individuales. Intenté descubrir qué tenía ella para que Ben sonriera tanto. Tenía un aspecto absolutamente vulgar, tenía finos cabellos castaños, ojos poco excepcionales, un tipo corriente y el acento insípido de la clase media americana. Su única concesión a la vivacidad era su maquillaje, que era exageradamente llamativo, como si hubiera perdido el juicio ante el mostrador de Estée Lauder: tenía párpados color zarzamora, mejillas color frambuesa, labios color fresa, todo pintado sobre una cara color vainilla. Finalmente, Ben dejó de sonreír y de lanzar miradas amorosas y recordó el almuerzo. Se había detenido en un establecimiento elegante de comidas para llevar de la ciudad, un lugar que de algún modo logró sobrevivir al declive de la civilización *yuppy*. Abrió una bolsa marrón atada con un lazo rojo, que tenía la palabra «Reciclado» estampada por todas partes, y extrajo contenedores medioambientalmente correctos, repletos de *couscous*, ensalada de germen de trigo y una cosa semejante a unas tiras de apio, cubierta por una misteriosa salsa marrón con manchas rojizas. Al desenvolver los bocadillos, leía las etiquetas.

—Pollo y verduras asadas. Veamos... ensalada tailandesa de atún. Mozzarella, tomate y beicon. ¿Qué quieres, mamá?

Me sentía como si hubiera tragado una esponja sucia. También noté que Alimentos Sospechosos le había puesto el ojo al bocadillo de pollo. Decidí que lo correcto era ser egoísta.

—No seré una anfitriona amable. Tal vez me deshaga de Gevinski en un par de horas, pero en el interín, me amenaza una vida entera en compañía de mujeres a las que no les agrada Jane Austen. Quiero el bocadillo de pollo.

—Es magnífico que conserves tu sentido del humor en estas circunstancias —declaró Alimentos Sospechosos.

Examinó las ensaladas una por una: era parte de su interminable búsqueda de alergénicos al acecho.

—Mamá —dijo Ben pacientemente—, todo saldrá bien. Estoy seguro que éste es el procedimiento corriente para intimidar a las personas, de modo que si están ocultando algo, puedan descubrirlo.

—No. El procedimiento policial normal no consiste en polarizar a un sospechoso; coloca a las personas en una actitud defensiva. Deberían tratarme como a una viuda desconsolada.

—Pero no lo hacen. Eso es bueno.

—No, es malo. Significa que no tienen dudas.

—Cariño —Alimentos Sospechosos dijo a Ben—, si me das las llaves del coche, iré a la ciudad y traeré agua mineral.

—De acuerdo, cariño.

—¡Buena idea! —dije, interrumpiendo y entregándole una lista de bebidas que incluía Snapple French Cherry, Diet Mandarin Orange Slice y Schweppes Bitter Lemon.

—Muchas gracias.

Con un poco de suerte lograría pasar una hora a solas con mi hijo.

—Probablemente te preocupe la diferencia de edades —dijo Ben apenas ella se marchó—. Y tal vez la de religiones.

—Ahora no, Ben.

—Si sólo le dieras una oportunidad...

—Estoy segura de que tiene cualidades maravillosas, pero en este momento me importan un rábano. Reconoce las prioridades.

—¿Qué quieres decir?

—Que tu padre ha sido asesinado y la policía culpa a tu madre.

—Mamá, ¿no crees que estás siendo un poco melodramática?

—No, no lo creo, pero aunque fuera así, sé indulgente conmigo.

—De acuerdo.

—Quiero que me digas la verdad.

—Siempre lo hago.

Casi siempre. Ben era casi esencialmente veraz. Y también tenía la piel tan clara que, en las raras ocasiones en las que intentaba mentir, sus mejillas se volvían de un color rojo brillante.

—¿Cuándo hablaste con tu padre por última vez?

—El domingo pasado.

—¿Quién llamó a quién?

—Me llama todos los domingos.

Se puso de pie, balanceándose. Tenía el aspecto nervioso de un atleta esperando una jugada sorpresiva.

—¿Mencionó alguna cosa relacionada con la casa?

—No.

—No te preguntaré qué dijo de mí... salvo que lo consideres pertinente.

Ben no se sentó a mi lado sobre el sofá. Se acomodó dentro del abrazo protector de un gran sillón de orejas amarillo.

—Es importante que compartamos información. Tenemos que descubrir qué ocurría en la vida de papá. Queremos ayudar a la policía a encontrar al que lo hizo. Y queremos salvar mi trasero. ¿Correcto?

—Correcto. Papá dijo que peleabais por dinero pero que pensaba que era tu manera de intentar conservarle.

—¡Eso son tonterías!

—Sabía que lo dirías.

—Benjy, tenía derecho a una dote considerable. Yo le ayudé a fundar Data Asociados. Durante los tres primeros años, redacté todos sus informes y después corregí todos los que eran importantes. Redacté los folletos que enviaban a los clientes, redacté el manual de «Esto Es Data Asociados», que entregan a todos los empleados nuevos. Le conseguí su primer cliente importante.

—Correcto. —Sólo había escuchado la historia unas quinientas veces—. Tom Driscoll.

Conocía a Tom Driscoll de toda la vida. Nos habíamos criado en el mismo edificio de apartamentos de Brooklyn; vivía en el piso de arriba. De niños, habíamos sido amigos íntimos. Una vez conectamos un teléfono, construido con latas de zumo de naranja congelada e hilo, y nos llamábamos por las noches. Estábamos tan encantados con nuestras habilidades técnicas que ignoramos el hecho de que nuestro teléfono no funcionaba en absoluto y que sólo lográbamos oírnos porque gritábamos dentro de las latas junto a una ventana abierta.

Al ir a institutos diferentes, Tom y yo nos distanciamos. Bueno, no del todo. El último año de instituto volvimos a intimar. Pero, cuando Tom marchó a Dartmouth con una beca deportiva y yo fui a la universidad de Brooklyn perdimos definitivamente el contacto. Sin embargo, a lo largo de los años, mi madre fue dándome noticias suyas con una indiferencia calculada, simulando ignorar mi interés por él: Tom se había casado. Tom era el vicepresidente de un banco muy elegante y muy privado. Tom trabajaba por su cuenta, era un empresario capitalista. De modo que sabía que había tenido éxito. Un gran éxito.

No sé de dónde saqué el coraje, pero después de que Richie y Mitch decidieran dedicarse por entero a Data Asociados, pensé en llamar a Tom. Sólo tardé medio año en atreverme a invitarle a almorzar. Me había acicalado durante un día entero y había gastado diez dólares en la peluquería. Y le vendí la idea de Data Asociados.

—Sabes —le dije a Ben—, Tom me ofreció un contrato anual en el mismísimo restaurante donde almorzamos. ¿Y sabes qué dije?

—Dijiste que de ninguna manera, que primero lo intentara con la empresa de papá.

—¿También te conté aquello?

—Sí.

—A tu padre le hubiera dado un ataque, pero yo sabía que Tom se entusiasmaría; aquello significaba que yo no le estaba pidiendo ninguna limosna, que creía en lo que papá y Mitch hacían. Y, efectivamente, nos puso a prueba. Se convirtió en el cliente principal de Data y su nombre atrajo a otras empresas grandes. De modo que mi contribución resultó importante para la empresa. Ni sombra de la importancia de la de tu padre, pero no hubiera tenido éxito, tanto éxito, sin mí.

—Tranquila, mamá.

Me di cuenta de que había adoptado una de aquellas posturas de luchar-o-huir: los hombros tensos, las mandíbulas apretadas, la cabeza echada hacia delante. Cerré los ojos e inspiré cinco veces lentamente, para relajarme.

—Lamento la rabieta, chico —añadí, mareada por el exceso de oxígeno—. Estoy de un humor rabioso. Y lamento no ser más, ya sabes, maternal. Dios mío, has perdido a tu padre. Lo siento tanto. Pero me desconozco. A estas alturas, no estoy muy segura de quién soy.

—No importa —respondió Ben.

—Dime de qué más hablasteis tú y papá.

—No paraba de hablar acerca de que deberías aceptar la realidad y que esperaba que lograras construirte una vida propia. Luego, déjame pensar, que no me obligaría a relacionarme con Jessica pero que estaba seguro de que acabaría por apreciarla. Y hablamos del partido entre los Giants y los Eagles. ¿Quieres que te lo cuente?

—Por supuesto que no.

—Entonces eso es todo.

Dejó colgar sus piernas larguísimas por encima del brazo del sillón de orejas, golpeando sus zapatillas talla cuarenta y cinco para indicar que la discusión había terminado. Pero no era así.

—¿Dijo algo con respecto a Data? ¿A clientes nuevos o antiguos?

—No.

—¿Algo acerca de tensiones nuevas o antiguas?

—No dijo nada al respecto. No habló de negocios para nada.

—¿Dijo algo de Mitch Gruen?

—No. No lo ha mencionado en mucho tiempo.

—¿Estaba enfadado o preocupado por alguna cosa?

—Sólo por ti —Ben contestó suavemente—, lo siento, mamá.

Unos cinco minutos después, como absolviéndome de la acusación de volverme melodramática, Gevinski me invitó a acompañarle a la jefatura de policía. «Invitar» es una exageración.

—Quiero que me acompañe a jefatura —fue lo que dijo.

Yo le dije que tenía que esperar hasta hablar con un abogado y le pregunté si bajo la reglamentación Miranda no debería leerme mis derechos.

—¿Cómo sabe tanto acerca de Miranda? —preguntó.

Cuando le expliqué que era una gran aficionada a las novelas de misterio y que, por tanto, era natural que conociera el reglamento Miranda, no pareció escucharme. Me informó que a estas alturas Miranda no era pertinente y que debía acompañarle a jefatura. Ahora. Y no, mi hijo Ben no podría acompañarme.

En la sala de interrogatorios de jefatura no había una bombilla colgante deslumbrándome, pero sus paredes de dos tonos diferentes de verde, la mesa metálica gris, las sillas metálicas grises con asientos en imitación cuero, y la papelera negra grande y sucia, eran muy intimidantes.

—No dificulte las cosas —dijo Gevinski.

—Podría decirle lo mismo —respondí—. Evidentemente éste es un caso descollante. Si detiene a la persona equivocada, se arruinarían un montón de carreras.

—Lo sé, señora Meyers. ¿Cree que no lo tenemos en cuenta?

Aún llevaba la corbata metida dentro de la camisa. Yo seguía teniendo la esperanza de que se materializara un teniente parecido a Harrison Ford y dijera: «Yo me encargo de esto, sargento». Pero la puerta permaneció cerrada.

—Comprendo que tenga dificultades con las coincidencias —dije—; el que Richie haya venido a la casa y que lo hayan asesinado.

—Así es.

—Pero la vida está repleta de coincidencias.

—Lo siento. Este caso parece estar un poco demasiado repleto.

Debería haberme enfadado, pero estaba demasiado asustada. Intenté tragar para poder seguir hablando, pero tenía un nudo en la garganta. Cuando finalmente lo logré, fue con un sonido sonoro que en las tiras cómicas está representado por «¡Glup!».

—¿Se le ha ocurrido la posibilidad de que siguieran a mi marido? —pregunté.

—Lo hemos considerado y lo hemos descartado. No hay indicios al respecto.

—Por favor, vuelva a considerarlo. Tal vez alguien quería matarle...

—¿Y le siguió hasta Long Island para matarle en su cocina?

—¿Y si sabían que vendría a mi casa? ¡Qué oportunidad! Matan a Richie allí. Me culpan a mí y ellos quedan en libertad.

Gevinski se acomodó, entrelazó los dedos y apoyó las manos en su vientre.

—Cálmese, señora Meyers. No soy un mal tipo. Lo único que sé es que usted tiene un problema. Tal vez haya una explicación. Tal vez la pegó. La amenazó. Tal vez ocurrió en defensa propia.

Sabía que debía callar. Le había dicho a Ben que movilizara a Stephanie para conseguir el nombre de un abogado. En cualquier momento, alguien con un maletín entraría por la puerta y diría: desde ahora hablará conmigo, sargento. Salvo que ésta era mi última oportunidad para convencer a Gevinski. O al menos para plantar una semilla de duda en su cabeza.

—Había más de un tipo de marcas de neumáticos —le dije súbitamente.

—¿Qué?

—Vi cómo su gente desparramaba un pegote blanco encima de las huellas de los neumáticos de mi marido. Pero no eran las únicas que había.

—La gente estaciona sus coches allí todo el tiempo, para jugar a tenis con sus vecinos.

—Pero había unas huellas que parecían tan nuevas como las de Richie. Me refiero a que pasé por el sitio y me pregunté por qué sus hombres no daban importancia a aquellas huellas. Probablemente tomaron moldes de ellas, porque es lo que dice el manual.

Se le hinchó el pecho con la respiración lenta al estilo estoy-siendo-paciente.

—Aquellas huellas pudieron fácilmente haber sido hechas, un par de días atrás. —Mostraba tan poco interes...— E incluso si alguien aparcó allí la noche pasada, ¿qué importancia tiene? El coche de su marido estaba estacionado de manera que cualquier coche que subiera, vería las luces de posición del guardabarros trasero a través de los árboles. Si yo estuviera dentro de un coche patrulla y lo viera, lo examinaría. Pero sólo hubiera visto que se trataba de un coche caro, cerrado con llave y vacío. Llegaría a la conclusión de que uno de los vecinos había tenido problemas con su coche y lo habría dejado allí durante la noche. Cuando llamara informando del número de la matrícula, el nombre Meyers me hubiera resultado conocido, de manera que hubiera pensado: un asunto sin importancia y me hubiera alejado. Y eso es lo que son aquellas otras huellas: un asunto sin importancia.

Después de que tus pelos se pongan de punta y tu corazón

palpite irregularmente y tus manos tiemblen, el pánico alcanzará un nivel en el que no sentirá nada en absoluto.

—Alguien tuvo que planear todo este asunto —le dije.

—Me dirá que fue su novia, ¿correcto? Ella sabía que iría a verle. Tal vez le incitó. Después le siguió hasta allí, cogió su cuchillo de trinchar y le mató, después arrojó algunas fuentes al suelo, para que resultara convincente.

—Ya se lo he dicho: yo rompí las fuentes.

—Así es. Lo olvidé. Sea como sea, ella le mató.

—No digo que fuese ella.

—Bien, en eso estoy de acuerdo con usted. Yo tampoco creo que fuera ella. Mire, usted no es tonta. Está bien informada. Y le gustan las novelas de misterio. Así que lo sabe todo acerca del móvil. ¿Cuál hubiera sido el móvil de ella, por el amor de Dios? Ella pierde un novio multimillonario, locamente enamorado. Y usted se queda con los millones. —Se peinó el cabello hacia atrás con los dedos—. Pero desde nuestro punto de vista, ¿cuál podría haber sido su móvil? Él la abandonó por una mujer más joven. Iba a dejarle una dote generosa pero, caray, tal vez usted sintió que se lo merecía todo.

—¡No está pensando con claridad! Soy una mujer inteligente. Si quisiera matarle, ¿por qué habría de hacerlo en mi casa?

—Porque lo que hizo no tiene ninguna relación con la inteligencia, señora Meyers. No creo que se pasara meses planeando el crimen perfecto. Le encontró en su casa, perdió el control y le mató. —Gevinski me ofreció una expresión de arrepentimiento por lo que yo estaba padeciendo, un suspiro triste—. Créame, señora, sé que en esta vida las cosas no son o blancas o negras. Son grises. Usted podría tener una explicación perfectamente razonable. De modo que le pido que me lo diga ahora; en ese caso, tal vez pueda hacer algo por usted. Si me lo dice más adelante, no hay trato.

—No tengo nada que decir.

Se puso de pie y esperó a que yo hiciera lo mismo.

—Entregarán el cuerpo esta tarde. Supongo que la próxima vez que nos veamos, será en el funeral. —Arrastró los pies hasta la puerta y la mantuvo abierta—. Es una lástima que no hayamos llegado a un arreglo, señora Meyers.

6

—¡Los polis me siguieron hasta la casa! —Ni siquiera intenté que mi voz no chirriara. Ben apretó mi hombro tranquilizadoramente, pero sus labios estaban blancos, al igual que cuando estaba en el parvulario con un virus estomacal y a punto de vomitar—. ¡Dos individuos en un coche gris!

Pobre chico: se suponía que las madres debíamos ser suaves, tibias y humanas, como la leche, pero allí estaba yo, graznando y temblando.

Alimentos Sospechosos pareció estar a punto de hacer alguna contribución, pero luego se lo volvió a pensar; es probable que lo que pensó no fuera lo bastante aburrido. En ese preciso instante entró Alex.

Olvidad el pelo largo hasta los hombros, la barba oscura de tres días, los tejanos desteñidos y rotos, las botas de cuero sucias y cuarteadas. Con sus ojos negros de párpados pesados y las profundas arrugas que le recorrían las mejillas hasta el extremo de la mandíbula, Alex era tan parecido a Richie que, durante un momento, tuve que apartar la vista. Cuando volví a mirar, vi a mi hijo: su cabello revuelto de estrella de rock ocultaba sus orejas sobresalientes. Apoyó su guitarra encima de la mesa de la biblioteca con suavidad, después dejó caer su mochila y su chaqueta de cuero. Lo abracé.

—Esto es una pesadilla, Alex.

—Lo sé, mamá.

Creo que deseaba estrecharme entre los brazos, pero su hermano mayor estaba en la habitación, de modo que se limitó a darme golpecitos en la espalda, como para hacer eructar a un bebé.

Luego Alex y Ben se golpearon los brazos virilmente, y se dieron un beso rápido.

—Hola Alex.

—El Gran Ben.

—¿Puedes creerlo?

—No —contestó Alex—, no puedo.

—La última vez que hablé con él —dijo Ben—, durante la última conversación que mantuvimos, le pedí dinero. Para comprar uno de aquellos equipos de TV-Vídeo con altavoces estéreo. Ni siquiera me hacía falta. ¿Quién demonios tiene tiempo de ver televisión?

La boca de Alex se ladeó con una media sonrisa, idéntica a la de Richie.

—La última vez que hablamos, le dije que se muriera. Su sonrisa se convirtió en un gesto nervioso.

Ben abrazó a Alex, envolviéndolo. Me resultaba difícil pensar que mis dos hijos pudieran ser tan diferentes: grande, pequeño. Rubio, moreno. Musculoso, nervudo. Abierto, cerrado. Podrían haber pertenecido a especies diferentes.

Cuando Alex se relajó entre los brazos de su hermano mayor, lancé una mirada a Alimentos Sospechosos que decía: éste es un momento familiar privado. Ella agitó sus pestañas postizas espesas; yo le dije que deseaba estar a solas con mis hijos. Pareció comprender. Masculló algo acerca de tener que llamar a un hombre que tenía una erupcion bajo los brazos y se marchó.

Cogí a mis hijos por las manos. La de Ben era grande, fuerte, con la piel agrietada de tanto lavarse en el hospital. La de Alex era más pequeña, más finamente tallada. Tenía las puntas de los dedos cubiertas de callos, duros como la roca, de tanto tocar la guitarra. Le miré de arriba abajo. Llevaba una camiseta manchada; un vello rizado asomaba a través de dos rotos.

—Alex —dije.

—¿Sí?

—Ocurra lo que ocurra, quiero que te pongas una chaqueta y una corbata para el funeral.

—¿Ocurra lo que ocurra? ¿Qué más puede ocurrir?

—Mamá tiene un pequeño problema —comenzó a decir Ben.

—Mamá tiene un gran problema —interrumpí.

Los puse al día acerca de lo ocurrido en el despacho de Gevinski. Alex bajó la cabeza y examinó sus botas. Ben se sentó en un sofá, hundiendo el rostro entre las manos. Cuando sus hombros comenzaron a temblar, comprendí que lloraba. Me senté a su lado, lo abracé y acaricié su cabello suave.

—Calma, Benjy.

—¿Mamá, qué haremos? —preguntó.

Miré a Alex. Se sentó al otro lado.

—No sé qué hacer. —Permanecimos en silencio algunos minutos—. No me puedo creer lo que está ocurriendo. Tengo que hablar con el abogado. Desearía que Stephanie se pusiera en movimiento —les dije.

—¿Cómo pueden detenerte? —inquirió Alex—, ¡es la cosa más condenadamente estúpida que haya oído jamás!

No dejaba de parpadear. Tal vez intentase no llorar. Tal vez estuviera colocado, o algo así. Era difícil comprender a Alex.

No sólo se trataba de su parecido físico con Richie; Alex y su padre eran idénticos. Al igual que con Richie, se notaba que Alex sentía alguna cosa con mucha intensidad pero, como jamás hacía confidencias, era imposible descubrir de qué se trataba. El único que realmente lo había comprendido era Richie, que siempre dijo que Alex era un pequeño bastardo solapado. De tal palo, tal astilla: jugadores, seductores, encantadores natos, hombres aparentemente poco agobiados por una conciencia demasiado rigurosa. Pero lo que Richie nunca había comprendido fue cuánto le quería Alex. Y allí se acababa el parecido, me tranquilicé a mí misma. La emoción más intensa que Richie había sido capaz de sentir fue la pasión. Alex tenía un corazón amante.

Ben también amaba a su padre. Sin embargo, aunque sus éxitos deportivos y académicos resultaron gratificantes para Richie, era una persona demasiado buena como para despertar su interés.

—Alex, respecto a esa última conversación que tuviste con papá, ¿cuándo fue? —dije.

—Hace un par de meses cuando me mandó a la mierda, por utilizar su tarjeta American Express.

—¿No recibiste ninguna carta de él?

—Sólo una por la que tuve que firmar, que decía que si no dejaba de joderle...

—¿Es necesario que hables así?

—Mamá, conoces la palabra.

—Por supuesto que la conozco. Pero no deberías hablar así en mi presencia.

—De acuerdo, mamá. La carta decía que si no me comportaba, no sólo dejaría de mantenerme: me desheredaría. ¿Lo hizo? —preguntó después.

—No. Ahora escuchadme, ambos. No quiero trastornaros más de lo que estáis, pero debéis saberlo todo.

Los chicos asintieron.

—Espero que no sea necesario deciros que no maté a vuestro padre.

—No seas ridícula —dijo Ben.

—No caes, mamá —dijo Alex, enrollando un rizo largo de cabello alrededor de un dedo.

—¿En qué no caigo?

—Mientras Gevinski crea que eres la asesina, no intentará encontrar al que lo hizo.

—Lo sé, créeme.

—¡Jesús —dijo Ben—, entonces el caso quedará cerrado para siempre!

Envié a los chicos al piso superior para que llamaran a la hermana de Richie, Carol, la Reina del Cachemir, y organizaran el funeral. Me quedé tan quieta que sentí como todo mi cuerpo latía. Oí que el reloj marcaba los cuartos de hora.

Un poco antes de las siete Cass, Stephanie y Madeline llegaron con la cena. Stephanie había cocinado todo, por supuesto, pero Cass le ayudó a llevar las fuentes. Madeline plegaba y volvía a plegar las servilletas. Enrolló una en forma de cilindro y la sostuvo, dejándola colgar.

—¡El órgano masculino!

—Qué lista —mascullo Cass.

Hace años había participado en un comité de la biblioteca con Madeline. No la conocía bien, pero sabía que era una lectora voraz. Cuando Madeline le preguntó si podía unirse a nosotras en los paseos, todas estuvimos de acuerdo: una buena cabeza resultaría una buena compañía. Y Madeline era atenta, recortaba críticas literarias para nosotras o llamaba cuando entrevistaban a un autor favorito en algún ignoto canal de la televisión por cable. Pero por otra parte, justo cuando avanzábamos resollando a buen paso, se detenía bruscamente, poseída por el Arte. Mientras marcábamos el paso, ella recitaba. «No hay fragata como un libro...» Sin embargo, desde su divorcio dos años atrás, se había convertido en una artista feminista y ahora citaba sus propias poesías.

—«Mi matrimonio» —anunció repentinamente.

—¿Se trata de uno de tus poemas? —inquirí, intentando seriamente que el miedo y el asco no invadieran mi voz.

—Sí. Pero no trata sólo de mi matrimonio.

—Posee una cierta universalidad —dijo Cass, en un tono cansado.

—¡Sí! —Madeline me echó un vistazo y se mordió el labio—. Lo siento, tal vez éste no sea el momento adecuado.

—No —dije—, adelante.

Tenía un aspecto tan desafortunado, con sus pantalones y su jersey negros y su chaleco de cuero de los Ángeles del Infierno. Ninguna de nosotras se atrevió a decirle que se callara.

Madeline se aclaró la garganta.

—*No me atreví a respirar/ Temiendo que mi alma/ Estallaría/ Por todo el vacío que contiene.*

Esperé hasta que me di cuenta de que aquello era todo.

—Muy bueno —dije entonces.

—¿Y entonces por qué lo rechazó el *New Yorker*?

—Son muy conservadores —respondí.

Madeline nunca fue una persona entretenida, ni siquiera vagamente divertida, pero había sido dulce. Entonces su marido la dejó, no por otra mujer, sino por otras mujeres, montones de ellas. Se volvió agria. Ignoro si aquel abandono ocasionó más o menos dolor que el que me causó Richie. En todo caso, Myron Michael Berkowitz, doctor en Estomatología, se mudó a un apartamento para solteros, que ostentaba una piscina con cascada. La ocupación de Madeline —creaba crucigramas— nunca había sido un trabajo a tiempo completo, pero en lugar de inventar más crucigramas para compensar la disminución de sus ingresos, había dejado de trabajar por completo, convirtiéndose en una poetisa, que vivía de su pensión de divorcio.

Miré a Madeline, con su rostro y su expresión amarga, y después a Stephanie, con su cutis de melocotón y nata. Había puesto toda la comida encima de la mesa del comedor y extraía un saco de red, lleno de hortalizas, de su bolsa. Cogió un puñado de berros y dibujó un círculo hojoso alrededor de las verduras maceradas y asadas. Desparramó ramitas de eneldo sobre el salmón hervido y, después de reflexionar un instante, colocó una ramita de romero en medio de la ensalada de patatas coloradas.

—Gracias —susurré, mientras ella disponía *ficelles* de pan fermentado y bollos de siete cereales, que ella misma había horneado, en un cesto de mimbre.

—No me lo agradezcas. He planificado todos los menús para que no tengas que cocinar mientras dure la semana de luto. Es una costumbre verdaderamente razonable.

Me entregó un papelito con el nombre de un abogado de Manhattan. Dijo que ninguno de sus conocidos le había dado el nombre de un buen abogado penal de Long Island y que consideró que necesitaría alguien que me representase de inmediato.

—Es el socio litigante mayoritario de mi antigua empresa —confesó—. Nunca trabajé con él, pero tiene una reputación excelente.

No pude dejar de preguntarme si Stephanie habría lamentado alguna vez haber abandonado la carrera de derecho por la pastelería de hojaldre. Sentí lástima por ella y no por primera vez. Por su belleza no apreciada y por su marido desinteresado. Pero la compasión sólo llegó hasta cierto punto. Después de su comentario acerca del período de luto, sabía que en algunos segundos pronunciaría uno de esos discursos pro-semíticos sobre los Judíos Excelentes Que He Conocido, Ninguno De Los Cuales Es Agresivo. Me pregunté si podría ingeniármelas para llevarme un poco de salmón hervido en un plato y comerlo en mi habitación.

En ese momento, afortunadamente, entraron Alex y Ben y Alimentos Sospechosos. Para mi gran asombro, Alex no sólo se había afeitado, sino que se había aplastado el pelo con alrededor de medio kilo de gel, haciendo que su parecido con Richie fuera aún más desconcertante. Hasta Cass, que era la que mejor le conocía, tuvo que mirarlo dos veces. Madeline se golpeó la frente con el dorso de la mano, azorada.

—¡Eres un calco de tu padre!

Stephanie se quedó con la boca abierta; parecía como si su coeficiente de inteligencia se hubiera reducido en cien puntos.

—¡Oh, Dios mío! —jadeó.

—¿Cómo están, señoras? —preguntó Alex dirigiéndose a todas.

En alguna parte había adoptado un deje rockanrolero genérico y su voz sonaba como si se hubiera criado en un prostíbulo de Nueva Orleans.

—Muy bien, Alexander —dijo Stephanie, incapaz de dejar de mirarlo fijamente.

Mientras tanto, Madeline siguió con la suya.

—Espero que no te parezcas a él en cuanto al trato con las mujeres —le dijo.

—Madeline —interrumpió Cass—, ¿puedo sugerirte una mordaza?

Ella desdeñó a Cass y se volvió hacia mí.

—¿Recuerdas *Persona Humana*? Lo escribí el año pasado: «*Te marchaste / No en silencio / Pero con malignidad sonora. / No regresaste. / Así que no pudiste observar / El hueco que se abrió en mi corazón*».

—Lo recuerdo —dije—, muy conmovedor.

Cass suspiró con cansancio y fue a besar a los chicos. Ben parecía verdaderamente contento de verla. Había visto a Alimentos Sospechosos con anterioridad y la saludó con un entusiasmo un poco excesivo. Alex no estaba precisamente encantado de ver a Cass. Cuatro años atrás, ella había tenido el coraje que les había faltado a los otros profesores del instituto: lo echó de su clase de Inglés Avanzado, diciéndole que sus colegas estaban equivocados, que no le faltaba vocación: que era un asno.

Los siete nos sentamos a cenar. Durante unos instantes insoportables pudimos oír el tintineo de los cristales del candelabro, moviéndose al compás de nuestra respiración y nuestros movimientos, mientras intentábamos acomodarnos en las sillas. Nadie tenía nada que decir. Finalmente, Cass interrogó a Ben acerca de sus planes como residente y a Alex acerca del tipo de público que atraían los Cold Water Wash. El tintineo se perdió entre la conversación. Casi parecía una cena normal.

Por supuesto que con Madeline derramando accidentalmente la salsa de yogur y eneldo de Stephanie en el regazo de Cass, seguido por su petición de silencio unos minutos después —presumiblemente para escuchar a su musa— resultaba imposible llamarla del todo normal. Pero al menos no podía recitar con la boca llena.

Cass sostenía que tras su fachada pseudoartística, Madeline estaba furiosa porque ya no podía acusar a su marido, Myron, de burlarse de sus ambiciones artísticas, cosa que le produjo un bloqueo como escritora que ya duraba treinta años. Ahora que estaba divorciada, se veía obligada a producir o callarse y sus obras eran tan espantosas que ni siquiera el siempre tolerante *Shorehaven Sentinel* estaba dispuesto a publicarlas.

Me parecía que se había pasado tantos años siendo la señora Berkowitz que ahora le resultaba difícil recordar su nombre. Después de que Myron y su brillante y garantizada dentadura se largaran, buscaba una identidad con desesperación. ¿Por qué resultaba tan terrible el que se considerase una poetisa? Pero dos años después de ser rechazada por M. M. B., estomatólogo, todo lo que poseía era un montón de cartas de rechazo.

Jugué con una rodaja de berenjena que había en mi plato. Tenía marcas oscuras. Iguales a unos barrotes de hierro, pensé. O a las rayas de un traje de preso. No podía comer. No lograba creer lo que me estaba ocurriendo.

—Le puse muy poco aceite —dijo Stephanie alentadoramente—: oliva extra virgen.

—Creo que estás siendo un poco egocéntrica —sugirió Madeline, dirigiéndose a Stephanie—, aunque para alguien como tú supongo que resulta inevitable. Pero no es tu comida; Rosie es incapaz de comer. ¿Alguna de vosotras leyó *Mujeres, Raza y Clase Social* de Angela Davis?

Aguardó a que admitiéramos que no.

—Yo sí —replicó Cass—, ¿qué relación tiene con el hecho de que Rosie no coma las verduras de Stephanie?

—Tú deberías comprenderlo mejor que nadie —dijo Madeline.

—Así es —replicó Cass malhumorada.

—Estoy fuera de mí —dije quedamente, cortándoles la palabra.

—¡Oh, Rosie! —dijo Cass—, perdona que seamos frívolas.

El rostro de Stephanie expresaba añoranza por estar en su invernadero, paleando abono.

Madeline sacudió la cabeza, apesadumbrada por la condición humana.

—¿Te haría sentir mejor si te recordara la clase de persona que Richie era? —me preguntó.

—Era el padre de mis hijos, Madeline, que casualmente están presentes.

—¡No son niños! —respondió.

Ben tenía los ojos clavados en el plato. Alex levantó la fuente con ensalada de patatas; no se decidía a si volcarlo sobre la cabeza de Madeline o no. Ella le observó.

—Espero que nadie piense que quise decir que se merecía morir por su manera de ser —se aprestó a disculparse.

—¿Hay alguna novedad con respecto a la policía?

Stephanie estaba demasiado alegre, pero a decir verdad, podría haber estado intentando desalentar a Madeline de recitar un *haiku*.

Sacudí la cabeza: no había ninguna novedad. No podía hablarles de Gevinski. No creí tener la fuerza para soportar su compasión.

—¿Quién creen que lo hizo? —preguntó Madeline—, ¿aquella mujer con la que vivía?

Sacudí la cabeza negativamente.

—¿Quién?

—Tienen una sospechosa —dije con suavidad.

—¿Se lo toman en serio, Rosie?

Stephanie parecía trastornada.

—Muy en serio.

—Alex —dijo Alimentos Sospechosos—, ¿podrías pasarle la ensalada de patatas a tu hermano, por favor?

—¿Qué es lo que se toman en serio? —inquirió Madeline.

—Creen que fui yo —logré decir.

—Es demencial —comentó Ben, sosteniendo un trozo de pimiento colorado con el tenedor.

—¡Ninguna mujer te condenará, hicieras lo que hicieras! —dijo Madeline—. Él te engañaba. ¿Recuerdas el poema que escribí el día que te abandonó, después de aquella parodia de fiesta de aniversario? «*Una celebración plateada / Una noche amor / Sí, amor y risas doradas / Hasta que la diurna luz plomiza / Cuando el hombre de hierro / Sin ironía...*

—Señora Berkowitz —dijo Alex con su voz de barítono.
—¿Qué? —dijo, enfadada por la interrupción.
—¡Cierre su jodida boca!

Me quedé helada. Madeline se quedó helada. Todos nos quedamos helados. Después Madeline se puso de pie tan violentamente que su silla se estrelló contra el suelo. Aguardó, con las manos apoyadas en la cadera. Un segundo, dos, tres. Miraba a Alex con furia. Él la miraba a ella, de modo que apartó la vista y me miró a mí. No dije nada. Madeline se marchó furiosa.

Stephanie se puso de pie de un brinco y, con su voz vivaz de vamos-a-organizarnos, preguntó si la policía había dado permiso para utilizar la cocina. Cuando dije que sí, se ocupó de despejar un poco la mesa. Observé que, cada vez que entraba para llevarse más platos Alex la miraba a hurtadillas. No era sólo el rostro hermoso de Stephanie lo que le resultaba tan atractivo; estaba muy atareado comprobando qué había debajo de su jersey suelto color azul y sus pantalones holgados de *tweed*. En un momento dado se ofreció a ayudarle, pero ella dijo que no se molestara. Él clavó la vista en sus grandes ojos luminosos. Stephanie le devolvió la mirada durante una fracción de segundo, atraída. Luego, turbada y sonrojada, se retiró a la seguridad de la cocina para envolver el salmón con plástico. Evidentemente Ben ni siquiera le prestó atención; él y Alimentos Sospechosos estaban cogidos de la mano bajo la mesa.

—Vi a algunos hombres fuera —dijo Cass en voz baja—, en un coche gris al comienzo del camino. Había dos más delante de la casa.
—¿Cómo? ¿Ahora, cuando entraste?
—Sí. ¿Es habitual que acampen de este modo?
—No. Me vigilan durante las veinticuatro horas.
—¡Imbéciles!
—¿No tienes dudas, Cass?
—¿Acerca de qué?
—Acerca de si lo cometí yo.
—Ninguna, Rosie.

Aquella noche llovió, una lluvia otoñal y fría, cuyo sonido era igual que unos dedos tamborileando sobre las hojas secas. Lo último que pensé, antes de caer más aletargada que dormida, fue que el aire nocturno olía bien y que debería haber hecho una jarra de café para los polis que me vigilaban, fuera de la casa, de pie bajo la lluvia.

El señor Forrest Newel, de la firma Johnson, Plumley y Whitbred, parecía un pomposo abogado de clase alta, salido de una novela de Ross MacDonald, que conoce los secretos repugnantes de todos sus clientes. Sus gafas metálicas anticuadas colgaban precariamente de su nariz encorvada. Una cadena de reloj de oro colgaba del chaleco de su traje a rayas. Yo también llevaba un traje, el único que poseía, aquella cosa gris oscuro pardusco, en boga el año pasado. Me picaba.

Detrás de Forrest Newel, una ventana enmarcaba las torres y torretas de la línea del horizonte de Manhattan, como si fuera un cuadro de su propiedad. Escuchó mi relato a razón de cuatrocientos dólares la hora y se aclaró algo grande y húmedo en la garganta.

—Parecería que está en ciertas dificultades, señora Meyers —proclamó.

En general, no pertenezco a aquella clase de mujeres, racionales y secuenciales, cuyos pensamientos van de A a B y de B a C, e inmediatamente reconocen la inevitabilidad de D. Tampoco soy de aquellas que piensan en oraciones completas. Pero un instante después de que Forrest Newel dejara de hablar me vino a la cabeza un pensamiento racional, que también constituía una oración completa: si voy a la cárcel, cuando salga seré una anciana.

Cálmate, me dije. No es el momento para ponerse dramática.

—¿Y pueden detenerme, sin más?

—Es posible que no lo hagan hasta después del funeral y por supuesto necesitarán una orden de detención.

—¿Es difícil de obtener?

—En su caso lamento decirle que no mucho. Se trata de —se interrumpió antes de decir «condenado» delante de una dama— de aquel cuchillo con sus huellas digitales. Eso es lo que complica las cosas.

Hubiera deseado que frunciera el ceño o se retorciera las manos frente a mi apuro, pero permaneció sentado, perfectamente tranquilo, encima de su trono de cuero marrón con las manos plegadas delante de sí. Ni hablar de angustia: Forrest Newel estaba tan tranquilo que ni siquiera se movió. Cuando habló, las palabras se deslizaron a través de sus labios entreabiertos. Casi no lograba oírle.

—No excluyo cierta discusión con el fiscal, pero es bastante probable que la detengan, aunque no es inevitable.

—¡Pero todos los indicios son circunstanciales! Le apuñalaron en mi casa, con mi cuchillo. Eso es todo.

—¿Todo? Sus huellas aparecen en el arma del crimen.

—Ya le he dicho...

—Señora Meyers, el problema es que no existen indicios de que hubiera alguien más en su casa.

—¡Pero tiene que haber habido alguien, maldita sea! —rugí. La cabeza de Forrest Newel se apartó violentamente—. ¡El asesino estaba allí!

—Por favor señora Meyers, cálmese.

Tuve que inclinarme hacia delante para oírle.

—Si había un asesino en su casa, la policía no tardará en descubrirlo. No olvide que aún faltan los resultados de la autopsia, por no hablar de las otras pruebas forenses. Tal vez algún informe diga que el cuchillo fue movido *post mortem.* ¿No sería ideal?

¿Ideal? pensé. Este individuo es un petimetre despreciable, que probablemente nunca ha llevado un caso penal.

—¿Lleva casos de asesinato? —pregunté.

—Últimamente no. Pero, en los años cincuenta trabajé como asistente del fiscal con Frank Hogan, aquí en Manhattan.

»El asesinato, el comercio fraudulento, la evasión de impuestos... todos son iguales para un abogado —añadió, y mi cara debió de haber cambiado de color: de un blanco enfermizo a un tono verdoso aún más enfermizo—. Se trata de los principios subyacentes de la ley y todo aquello. Ahora mantengamos los dedos cruzados con respecto a aquellas otras pruebas, pero tampoco seamos excesivamente optimistas.

Intenté ser una defensora entusiasta de mí misma.

—Probablemente las pruebas demostrarán que había más de un tipo de huellas de neumáticos cerca del coche de Richie.

Si Forrest Newel no hubiera tenido los ojos abiertos, juraría que se había dormido. Su pecho cubierto por el chaleco subía y bajaba. Estaba absolutamente relajado. Yo hablé con el máximo fervor.

—Por favor. Había barro en el suelo de la cocina. He estado pensando: el coche de Richie estaba muy cerca del camino. ¿Por qué habría tanto barro, pegado a sus zapatos? No había llovido. ¿No comprueban esa clase de cosas?

—En cuanto a las huellas de los neumáticos —dijo Forrest Newel—, usted misma me dijo que aquel espacio en particular es utilizado por las personas que juegan a tenis en la pista de sus vecinos. Y la policía dirá que el barro, que usted parece considerar como indicio exculpatorio, fue introducido por los zapatos de su marido.

—Usted cree que yo maté a mi marido.

—A todos mis clientes les digo que lo que yo piense no tiene importancia. Lo importante es lo que piensan las autoridades.

—¡Yo no le maté!

—No se desespere, señora Meyers. Esto no es el final, ¿sabe? Éste es el comienzo de un proceso largo.

—¿Cree que iré a la cárcel?

—Si logramos encontrar alguna prueba que indique que usted no está implicada en la muerte de su marido, o si logramos convencer a la policía de la existencia de otro sospechoso más merecedor de sus atenciones, usted se libraría, por así decirlo. Si no fuera así, debería aconsejarle que se declare culpable, a cambio de un cargo menor. En ese caso, lamento decirle, usted deberá pasar un cierto tiempo en la cárcel.

—¿Cuánto es un cierto tiempo? —pregunté cuando pude articular una palabra.

—¿En el peor de todos los casos? —Sonrió, pero rápidamente recobró su cara de malas noticias—. No más de doce a quince años. —Me puse de pie—. Pero eso es improbable, estoy seguro de que sería menos.

Nos despedimos. Estaba descompuesta. La rosca de pan y el queso cremoso desnatado, que tomé para el desayuno, parecían estar pegados a mi tráquea: probablemente fue el único motivo por el cual no vomité los restos amargos de café encima del suelo, negro y lustroso, del vestíbulo de Johnston, Plumley y Whitbread. Mi reflejo, el de una mujer corriente vestida con un traje demasiado elegante, estaba atrapado en el granito.

Antes de que se abrieran las puertas, la sacudida final del ascensor acabó conmigo. Salí a Park Avenue. Parecía estar poblada sólo por mujeres con profesiones importantes. Eran mujeres intercambiables, elegantes y cubiertas de pulseras, con rostros delgados de halcón y cabellos lustrosos. No llevaban trajes de color gris pardusco. Esta temporada, no. Sabían que había que llevar trajes a cuadros con faldas largas, que alcanzaban hasta la mitad de sus pantorrillas, cubiertas por medias oscuras. Me abrí paso a través de la multitud y, creedme, aquellas mujeres me abrieron paso sabiamente: ¡Cuidado! se telegrafiaban entre ellas. ¡Ricacha hiperventilada!

Pero fui incapaz de inclinarme sobre el bordillo y vomitar, no con todas aquellas mujeres perfectas como testigos. Me cogí a un farol. Cuando solté un gemido, sus labios dibujados con lápiz de labios se comprimieron de disgusto. Me sentía tan descompuesta. Si vomitaba, arrugarían la cara, apartarían su cabeza y se preguntarían: «¿te imaginas cuánto habrá comido para el desayuno?». Tragué el ácido que había en mi garganta. Respiré profundamente. No lo hagas, le dije a mi cuerpo. Sería como descomponerse delante de un centenar de Jessicas.

Jessica. Me recosté contra un farol. Piensa, me dije. ¿Habría estado en la casa con Richie? ¿Sabría que él estaba allí? Empecé a caminar. Mis piernas supieron dónde me dirigía dos manzanas antes que yo.

Estaba sentada en el asiento pegajoso de un taxi, vestida con aquel irritante traje. Por la época en la que Richie había comenzado a odiar la vida que llevaba, probablemente la misma noche que Joan Driscoll se burló de Gull's Haven y le llamó Señoría Meyers, él había comenzado a coleccionar información esnob acerca de Manhattan, como por ejemplo que las buenas direcciones de Beekman y Sutton Place eran los números impares, porque tenían vistas al río. También que existían pequeñas calles elegantes, como Sniffen Court, Henderson Place y Gracie Square y, que si las mencionabas como tu dirección a otra persona elegante, diría: «¡estupendo!».

Se había mudado a Gracie Square, a un edificio tan alto y grácil como Jessica. Ella era la propietaria de un pequeño dúplex que daba al East River. En la época en que aún era sólo otra ejecutiva de Data Asociados (al menos para mí), solía celebrar lo que ella denominaba «pequeñas cenas» para treinta personas. En su salón, durante el cóctel, yo intentaba conversar con alguno de sus amigos intachablemente pulidos, la mayoría de los cuales había recibido instrucciones de preguntarme qué ocurría en los institutos de América. Y también de manifestar su fascinación, sin tener en cuenta mi respuesta, ya que yo era la mujer del presidente. Yo intentaba disimular que sabía que me consideraban aburrida. Intentaba no dejarme seducir por la vista espectacular de remolcadores y barcos, que se deslizaban a lo largo del East River delante de sus ventanas. En vez de eso, me obligaba a conversar animadamente. Y juzgaba mi éxito social según Richie se acostara conmigo al regresar a casa o no. Nunca lo hacía.

Bajé del taxi y me dirigí hasta el portal de hierro de delante del edificio. El portero se acercó, mientras consideraba si mi traje era lo bastante costoso.

—Buenos días —dije, porque decidí que sonaba más comedido que: «Hola». Él vestía un uniforme azul marino, con charreteras, que parecían enormes cepillos de dientes dorados e invertidos.

—¿Puedo ayudarla?

—La señorita Stevenson, por favor.

Sus cejas blancas y vellosas se elevaron; resultaba obvio que había oído hablar del asunto Richie. Mi corazón comenzó a latir con fuerza. ¿Y si en ese preciso momento Gevinski estaba allí arriba con Jessica? ¿Y si llamase a la policía y...?

—Soy la señora Meyers.

El portero se quedó boquiabierto.

—La hermana del señor Meyers —dije.

El color de su cara pasó del escarlata al rosado, menos intimidante.

—Lamento sus problemas —murmuró.

Abrió la puerta y me hizo pasar al vestíbulo. Le di las gracias mientras él cogía el teléfono.

—La hermana del señor Meyers está aquí, señorita Stevenson.

Agitó la cabeza con deferencia mientras Jessica contestaba.

Afortunadamente, el ascensorista ya había bajado, de modo que no pudo oír el grito que lanzó Jessica cuando abrió la puerta con un «¡Carol!» en la boca y me encontró a mí en vez de a ella. Gritó como si acabara de ver un ratón y siguió chillando, mientras intentaba cerrarme la puerta en la cara. Sólo puede haber sido producto de la desesperación —y de ver su atuendo de luto: un mono de cachemir blanco, cuya cremallera estaba abierta hasta la mitad del pecho— lo que hizo que me arrojara con todas mis fuerzas contra la puerta. El dolor recorrió mi hombro, mi cuello y mi brazo, haciéndome lagrimear. Pero estaba dentro.

—¡Vete!

Había dejado de chillar. Su tono duro habría hecho llorar a cualquier ejecutivo joven normal. Pero de pronto me di cuenta de que yo estaba al mando. ¡Me temía!

—No puedo creer que me tengas miedo.

Jessica no respondió. Noté que sus ojos no estaban enrojecidos ni hinchados. Si la muerte de Richie la había desmoronado, se había repuesto considerablemente.

—Es imposible que de verdad creas que fui yo —proseguí.

Pero actuaba como si lo creyera: sus ojos recorrían el vestíbulo, buscando ayuda por todas partes. Sólo había una mesa metálica muy moderna, un cuadro compuesto por garabatos negros y una escultura enorme, que parecía un escroto de bronce.

—Tú crees que fui yo —dije— y lo irónico es que yo creo que fuiste tú.

Aquello la enardeció y la mayor parte de su temor se evaporó. Colocó las manos sobre las caderas. Observé que su cintura era tan pequeña que sus dedos casi se tocaban. También observé un diamante de talla de esmeralda, que cubría el espacio entre dos nudillos del dedo anular de su mano izquierda.

—¿Que fui yo? —inquirió airada—. ¿Has enloquecido por completo?

—Déjate de anglicismos. Eres de Ohio.

«So puta», quise añadir, pero supuse que podría contrariarla excesivamente.

—¡Fuera!

Sus ojos llamearon. Me desagradaba admitirlo, pero aún enfadada, era realmente guapa. Apuesto a que Richie le dijo que se excitaba cuando ella se enfadaba. Yo, por otra parte, le habría dicho que la palabra correcta era «ponía furiosa» y no «enfadaba». Es lo que ocurre después de veinticinco años de matrimonio y veintisiete de enseñar inglés, lo que en parte podría explicar la atracción de Richie por una joven, hermosa financiera tipo puedo-llevar-un-mono-sin-ropa-interior, que lo ignoraba todo acerca de la dicción.

Me contuve con lo de «so puta». ¿Pero, y «asesina»? Sí, Jessica me temía. ¿Pero significaba eso que me consideraba culpable? ¿Podría significar, en cambio, que pensaba que yo era una Furia implacable, no dispuesta a descansar hasta exigir venganza por el asesinato, o por su otro crimen, el adulterio?

—Dime por qué Richie estaba en mi casa.

—Voy a llamar a la policía.

Me parece que dio un paso atrás. Era difícil verla porque estaba vestida de blanco y el suelo y las paredes eran de un blanco deslumbrante. Podría parecer exageradamente teatral pero por desgracia, el apartamento era bastante sutil, para no decir extremadamente magnífico. Moderno, pero nada ostentoso. Frugal. Elegante. Todos aquellos atributos maravillosos y aristocráticos que Richie no pudo adquirir, a pesar de toda su platería georgiana y sus sillas Chippendale.

—Por favor, Jessica. Están a punto de detenerme por un crimen que no he cometido. Necesito ayuda.

—Decididamente.

—¿Por qué no quieres decirme la razón por la cual vino a mi casa? —observó la profunda «V» de su escote como si la fascinase. ¿Qué ocultaba?—. ¿Es porque ignorabas que Richie iría? ¿Porque no confió en ti?

Ella sacudió la cabeza, como diciendo: eres imposible. Pero tal vez sólo disimulaba el hecho de que Richie tampoco había jugado limpio con ella.

—Durante los últimos años —dije con suavidad—, nunca me dijo lo que pensaba. Si a ti tampoco te lo decía...

Si no se hubiera reído despectivamente, no la habría abofeteado. Pero lo hizo. ¡Plaf! Le crucé la cara de un bofetón. Su cabeza se bamboleó como sostenida por un resorte: boing, boing, boing. Después gritó, sonoramente.

De pronto apareció un hombre desde el interior del apartamento.

—¿Jessica? —exclamó.

Estaba descalzo y se anudaba el cinto de su bata.

—Oh, Dios —lloriqueó ella.

Él la rodeó con el brazo. Ella se apretó contra él, con las manos contra su pecho y escondiendo la cabeza debajo de su brazo.

—¿Qué ocurre? —preguntó.

Era mucho mayor que ella, de unos cincuenta o sesenta años, con pequeñas bolsas debajo de los ojos. Su cabello era tan blanco y espeso que resultaba difícil no pensar que seguramente llevaba peluca.

—¿Jessica, quién es esta persona?

Era alto. La bata no llegaba a cubrirle las rodillas.

—¡Me pegó!

Entonces caí. La razón por la que la bata resultaba tan corta era porque era la de Richie.

—¿No pierdes el tiempo, verdad Jessica?

Se apartó del abrazo del hombre. Creí que me escupiría. El lado izquierdo de su cara estaba rojo. Me sentí aliviada y al mismo tiempo desencantada de que la huella de mi mano no se le hubiera quedado marcada.

—Éste es mi padre —dijo—. Es la anterior esposa de Rick —le dijo, cogiéndole de la mano.

—No soy la anterior —repliqué.

—¿Por qué ha venido? —dijo el hombre de manera cortante. A pesar de sus piernas pálidas y desnudas, tenía una voz autoritaria de Presidente de la Junta de Estado Mayor.

—Por favor, estoy en un terrible apuro.

Esperé que su espíritu caballeresco reaccionara ante una dama en apuros, pero se limitó a apretar la mano de Jessica contra su pecho.

—Mira —dijo Jessica, descubriendo su mejilla aún desafortunadamente roja.

Aquello fue el acabóse para el querido, viejo papá. Y para mí. Soltó la mano de Jessica y cogió las solapas de mi chaqueta y de mi blusa con tanta violencia que casi me asfixia. Después me arrastró hasta la puerta y me echó.

7

—Ya he empezado a moverme, Cassandra —dijo su marido—, estoy esperando que vuelvan a llamar.

Cass, la más recta de las rectas, lo miró.

—Espero que logres subvertir el procedimiento de la justicia criminal, Theodore. Rosie está en apuros.

—¿Crees que de verdad te detendrán? —dijo Theodore Tuttle Higbee III, echándome un vistazo.

—No inmediatamente después del funeral. Probablemente hoy por la tarde o mañana.

Sin embargo, me las había ingeniado. ¿Correcto? A pesar de los dos polis que me seguían, esta vez en un coche blanco. Había llegado a casa de Cass lo bastante temprano como para pedirle prestado uno de sus sombreros eclesiásticos para asistir al funeral: un pequeño plato negro con un velo corto. Hasta había sido capaz de sentarme en el porche de vidriera, iluminado por el sol, de la gran casa estilo rancho de los Higbee, charlando y bebiendo café. Pero me había convertido en un robot llamado Rosie Meyers, una máquina insensible.

—Espero que puedas forzar a algunos de esos políticos chiflados amigos tuyos a ocuparse de su caso —le dijo Cass a Theodore.

—Lo intento, Cassandra.

—Inténtalo aún más. ¿Permitirás que le coloquen las esposas y se la lleven? ¿Con quién hablaré? ¿Dónde encontraré a alguien que enseñe Shakespeare Avanzado a mediados de octubre?

—El fiscal del distrito es demócrata —explicó.

—Lo sé, Theodore. Pero creí que tu influencia alcanzaba más allá de los meros límites provinciales.

—He oído decir que Forrest Newel es un buen profesional —dijo en tono defensivo—, estoy seguro de que se ocupará de Rosie perfectamente.

—Él es un tonto y tú un badulaque —dijo Cass.

Pero uno bien relacionado. Theodore III, que resultaba una compañía agradable en una cena, nunca sería lo que se dice un pensador profundo, ni siquiera un pensador a secas. Pero si tenías que ponerte en contacto con cualquier reaccionario en cualquier parte del mundo, él era tu pasaporte.

—Newel era un engreído importante del comité de finanzas de Reagan en Nueva York, en 1984 —reflexionó—, me dicen que es un individuo de mucha confianza.

Lo cual, en jerga derechista, significaba que Forrest Newel, al igual que Theodore, estaba en contra de los gastos estatales relacionados con cualquier programa que pudiera beneficiar a los pobres, los enfermos, los viejos, los jóvenes, los sin hogar o los desvalidos; estaba a favor de cualquier política que alentara gastos masivos en sistemas de armamento, de esos que ocasionan millones de muertos.

—Forrest se graduó en Harvard, ¿sabes?

Theodore también.

—Por supuesto —comentó Cass—, la institución más sobrevalorada de América —dijo, cruzando los brazos sobre su pecho voluminoso.

—¿Al menos es un buen penalista?

—Lo supongo —dijo Theodore, acicalando su bigote, que parecía un trozo de regaliz pegado a su labio superior—. ¿Por qué no habría de serlo?

—No sé por qué le pregunto su opinión —me comentó Cass, volviendo a llenar mi taza de café—, es un completo ignorante.

Theodore le lanzó una sonrisa indulgente a su esposa, por encima del mantel a cuadros rojiblancos.

—Cassandra es tan cáustica —dijo con un placer evidente. Ambos solían hablar de su matrimonio como si el otro acabara de marcharse—, cáustica y agresiva.

Cass, que estaba siguiendo una de aquellas dietas que no aguantaría más de dos o tres días, sorbía su taza de agua caliente con zumo de limón.

—Es difícil creer —me dijo—, que en esta última década del siglo XX, un afro-americano, educado en la Ivy League, pueda ser al mismo tiempo tan obtuso y pagado de sí mismo, pero Theodore lo logra.

Theodore, una versión marrón claro de Fred Astaire, apuesto, delgado y garboso, sonrió. Había heredado la empresa editorial fundada por su abuelo y había conocido a Cass en una fiesta navideña el año en el que llegó a *Goucher*, después de tres años de una beca completa para sacarlos-de-los-guetos en *Choate*. Ignorando la realidad, pasando por alto las inmensas diferencias de clase, estilo, intelecto y temperamento y abandonando el sentido común, le había adjudicado su papel de Ginger rellenita, persiguiéndola y casándose con ella el día después de su graduación.

—En realidad está loca por mí —me informó.

—¿Lo ves? —exclamó Cass—, no conversa. Chancea. Y no estoy loca por él. La verdad es que me necesitaba para probar que no se avergonzaba de ser negro. Aún me necesita. Y yo estaba enamorada de su posición social cuando aún era una niña tonta. Fue entonces que acepté su propuesta matrimonial.

—No cesa de decirlo, pero en ese caso, ¿por qué sigue casada conmigo?

—Theodore —dijo Cass, ignorando su pregunta—, quiero que averigües la reputación de ese Forrest Newel. Parece un tontainas.

No teníamos nada más que decir. El único sonido en el porche era el que producía el cuchillo mientras Theodore se deshacía del exceso de mermelada de melocotón en su mollete. Luego, desde las profundidades de la casa, escuché un tintineo delicado, al igual que un triángulo golpeado repetidamente. Theodore se levantó de un brinco y corrió al interior.

—Su línea particular —explicó Cass—. La hizo instalar para poder decir que lo llamaran por su línea particular. Es la llamada que aguardaba. Si puede hacer uso de su influencia lo hará. El partido de Lincoln está en deuda con él.

—¿Por qué?

—Por haber sido su negro particular durante todos estos años.

Del otro lado de las cristaleras, un fuerte viento dispersaba las hojas secas y las arremolinaba en torno al grueso tronco de un roble.

—Te preguntas por qué sigo casada con él.
—Eres más feliz de lo que crees.
—Querida mía —dijo lentamente—, las únicas personas verdaderamente felices son las que no conocemos demasiado bien.
Clavé la mirada en el plato transparente de porcelana blanca donde había algunas migajas del mollete de arándano.
—Tal vez haya excepciones —concedió.
—Sólo lo dices para darme esperanzas.
—Así es.
—Pues no me las das.
Cass suspiró, luego tendió la mano hacia el plato de Theodore, cogió su mollete inglés y, olvidando su dieta, lo cubrió con un montón de mermelada.
—Tal vez logremos engañar a la policía.
—¿Cómo?
—No lo sé.
—¿Y si incendiásemos tu casa? ¡La podríamos quemar! Tal vez creerán que has muerto entre las llamas.
—¿Y luego qué haré durante el resto de mi vida? ¿Trabajar de camarera en un apeadero de camiones de la ciudad de Sioux?
Ella colocó el mollete a medio comer en el plato. Lo cogí, metiéndolo en mi boca antes de que ella pudiera volver a apropiarse de él.
—Déjame pensar. ¡Ah! Podrías adquirir una peluca y lentes de contacto azules y cuando vinieran a buscarte...
Su voz se desvaneció. En realidad, no tenía más esperanzas que yo.
—Entre ambas deberíamos ser capaces de inventar algún plan inicuo. Hablaremos después del funeral.
—Para entonces, tal vez esté en la cárcel.
Cass se quitó la servilleta a cuadros, que utilizó como babero para proteger su vestido de luto de punto azul marino, con un cuello blanco en forma de chal. Tenía un aspecto muy correcto.
—¿Podrías tener acceso a una gran cantidad de dinero? —preguntó.
—No estoy segura. Lo último que supe es que los abogados

estaban discutiendo acerca de unos valores que Richie estuvo negociando el mes antes de dejarme plantada. De todos modos, ¿para qué querría una gran cantidad de dinero? ¿Para contratar a todo un equipo de abogados penales?

—No. Para un soborno.

—Cass, lo sabes todo acerca de George Eliot. Pero no sabes nada acerca de la corrupción.

—¡Pero tú sí! Lees todos aquellos libros.

—Pero no vivo en el universo de George V. Higgins. ¿Me imaginas deslizando un puñado de billetes de cien dólares dentro de las manos de Gevinski en un lavabo de caballeros?

Escuchamos los pasos ligeros de Theodore acercándose a lo largo del suelo de lajas del vestíbulo, delante del porche. Rápidamente acordamos cómo ponernos en contacto: emplearíamos el viejo truco que utilizaban la mitad de los profesores de Shorehaven, cuando querían recibir llamadas personales durante las horas de clase y no querían hablar de una infección fermentada con su ginecólogo a través del teléfono del departamento de inglés, por ejemplo. Si lograba llegar hasta un teléfono, dejaría un mensaje para Cass, diciendo que llamaba de parte del doctor Fulano de Tal para confirmar una cita, digamos a las once. A las once, ella estaría junto a uno de los teléfonos públicos del instituto —usábamos el que se hallaba delante de la cafetería— para recibir la llamada.

—Rosie —dijo Theodore antes de tomar asiento.

Pronunció mi nombre con tanta frialdad que supe que no había esperanzas.

—¿Qué ocurre? —le preguntó Cass.

—Mi amigo me aseguró que el fiscal y la policía no alertarán a los medios. Tampoco le pondrán las esposas. Acordaron que Forrest Newel la entregue mañana a la noche, después de oscurecer, de modo que si hubiera fotógrafos vigilando la casa, puedan sacarla furtivamente a través del garaje y conducirla en su propio coche. Pero eso es todo lo que pude hacer.

—¿Todo? Supuse que con tus contactos... —exclamó Cass.

Theodore miraba sólo a su esposa. Yo ya era historia.

—Ya llegaron las pruebas forenses, Cassandra. No hay ni un solo indicio que indique la presencia de otra persona en la casa durante la noche de anteayer, salvo la de Rosie y Richie.

Cuando me marché, los polis que me habían seguido hasta la casa de Cass se mantuvieron inmediatamente detrás de mí. Sólo se detuvieron, estacionando el coche a un lado de la calle, después de que atravesara el portal de entrada de hierro a Emerald Hall. El portal estaba decorado con un artilugio heráldico, un león y un manojo de hojas. De perfil, el león tenía un morro delicado inclinado hacia arriba, un recordatorio subliminal para los vecinos de Carter Tillotson, pudientes, socialmente ambiciosos e integrados, de que él era el rey de los cirujanos nasales de Nueva York.

Estaba sentada en el coche, delante de la magnífica casa estilo Tudor de Stephanie. Me había caído del borde del precipicio, había penetrado en un mundo nuevo en el que un favor entre vecinos ya no consistía en prestar un pesticida, sino en convencer a un político ultraconservador para que hablase a mi favor con el fin de que no me fotografiaran esposada mientras me detenían por asesinato.

Me pregunté cuál de mis compañeros profesores sería el cabrón que aparecería en *Eyewitness News* para relatar que, debajo de mi aspecto alegre, existía una ira ardiente. Reflexioné acerca de cuál de mis alumnos resultaría más afectado por mi detención y desgracia. ¿Joey, el estudiante de segundo año de mi curso de redacción, que era tan frágil? Había estado trabajando con él después de clase para que no se retrasara y, como había sugerido la psicóloga del instituto, para que tuviera una posibilidad de expresarse, además de un proyecto que lo mantuviera alejado de los pensamientos suicidas. Reflexioné acerca de cuál de los alumnos se sentiría más traicionado. ¿Elena, de Guatemala, una alumna de tercer año de la clase más adelantada? Su deje español aún era tan marcado que a veces no la comprendía, ¡pero sus redacciones!: la chica había nacido para ser una erudita en Shakespeare. Por supuesto que sabía cuál sería el sabelotodo que inventaría la primera adivinanza: «¿Qué dijo la señora Meyers antes de apuñalar a su marido?».

Alguien estaba quemando hojas. El aire era frío y penetrante, acre pero irresistible. Respiré más profundamente. Recordé la época en la que tenía ocho o nueve años, cuando regresaba a casa desde la escuela pública número 197, llevando una calabaza hecha de papel grueso, y me detenía a recoger bellotas para arrojárselas a Tom Driscoll y a los demás chicos católicos que regresaban a casa de la escuela San Luis. Una vez había sido una chica alegre y vivaz que sabía cómo llamar la atención de los chicos.

Me preguntaba si me miraría el jurado cuando regresase y cómo sería aquel instante terrible, entre el momento en el que el juez preguntase «Señoras y señores del jurado, han alcanzado un veredicto» y la respuesta. ¿Y los prisioneros de una cárcel de máxima seguridad, tendrían derecho a recibir visitas en una sala, o habría barrotes separándome de mis hijos, de mis nietos?

Llamé al timbre de la casa de Stephanie. Esperé. Volví a llamar. Finalmente ella abrió, sin aliento y con las mejillas arreboladas. Llevaba una bata de color amarillo pálido, con un cordoncillo azul. Su cabello mojado estaba envuelto en una toalla amarillo pálido.

—Lo lamento. Estaba en el piso superior, preparándome.

Se estremeció. El viento arreciaba: una larga ráfaga fría. Recordé la primera mañana en Gull's Haven, con Richie, sobre la terraza trasera, y el viento que soplaba del Canal agitando sus calzoncillos.

«¡Oye, Rosie! ¡Es todo mío!», había gritado.

—¿Por qué no abrieron la puerta Hansel o Gretel? ¿También los has despedido? —pregunté.

—Gunnar e Inger. Se despidieron ellos. Encontraron un empleo en Arizona donde les pagan el doble que nosotros. Que se los lleve el demonio, pero Carter está picado. Dice que basta de parejas. Sólo una doncella y una niñera para Astor. —Dejó de hablar y me miró. Debía de tener un aspecto lamentable, porque su alegría se desvaneció. Su voz se volvió apagada, opaca y atemorizada—. Las cosas no van bien, ¿verdad?

—Me detendrán dentro de un par de días.

—Oh, Dios. Oh, Rosie. Entra.

—No puedo. Debo ir a casa y vestirme para el funeral. Por favor, Stephanie, tienes que ayudarme.

Se ajustó el cinto de la bata hasta apretarlo tanto que tuvo que aflojarlo para poder respirar.

—Por supuesto. Te ayudaré. Dime qué quieres que haga.

—Encuentra otro abogado. Forrest Newel es un clavo...

—Sé que es un poco anticuado, pero dicen que es el mejor.

—Cree que soy culpable. Ni siquiera intenta convencer a la policía de que descubran quién lo hizo. Sólo quiere obtener un buen trato.

—Rosie, eso es lo que hacen los abogados.

—Magnífico, y habré salido de la cárcel a tiempo para el desfile de Miss Osteoporosis del año 2025. Por favor Stephanie, tienes que conseguirme otro abogado.

—Lo haré. Tienes mi palabra. Ahora respira profundamente. Tienes que tranquilizarte.

El funeral de Richie se celebró a quince minutos de distancia de la casa, en Eventide East, en Manhasset, una funeraria cuyo exterior parecía imitar a Monticello —si Jefferson hubiera tenido un primo con una empresa dedicada a vender tableros de aluminio. Era uno de aquellos espantosos sitios laicos, con muchísimas habitaciones pequeñas con paneles de madera clara y vitrales falsos de un inocuo diseño floral, con el fin de que ninguno de los deudos se volviera aun más histérico ante la vista de una *menora* indecorosa o una cruz inadecuada.

Fue una pesadilla, por supuesto. Discutí con Ben porque le dije que Alimentos Sospechosos no podía sentarse con la familia por el sencillo hecho de que no pertenecía a ella. Él, que generalmente era un joven razonable y atento, me llamó perra. Sugerí que él y Alimentos Sospechosos se sentaran con Jessica; como ambas tenían casi la misma edad, tendrían mucho de que hablar. Me informó de que, de hecho, él, Alimentos Sospechosos, Jessica y papá habían estado juntos y de que las dos mujeres disfrutaron de la compañía mutua. Al final, se quedó a mi lado en el vestíbulo, pero ignorando mi presencia. Alex se apoyaba en mí. Pero sólo porque estaba tan zumbado, por haber ingerido alguna sustancia, que sus piernas apenas le sostenían. Mi madre, una mujer culigorda y baja, parecida a uno de aquellos juguetes hinchables que se enderezan cuando los golpeas, exhibía casi todos los síntomas de la demencia senil, incluyendo la incontinencia encima de sus propios zapatos.

—¿Quién ha muerto? —preguntaba insistentemente, en un tono sonoro.

—Richie.

—¿Richie?

En otros tiempos había sido una mujer vivaz y jovial, y agradaba a los hombres de manera innata, con su nariz pequeña y sus alegres ojos color avellana. No era una intelectual, ni siquiera era particularmente inteligente, pero había sido lo bastante lista para ser una gran jugadora de cartas; si hubiera habido un campeonato de canasta olímpico, Pearl Bernstein habría traído el oro a casa. También había sido muy elegante y una entusiasta del cine, capaz de describir cada uno de los conjuntos que Bette Davis lucía en la *La extraña pasajera*. Mi padre, profesor de estudios sociales, había estado enamorado de ella hasta el día de su muerte. Solía comprarle perfumes y cajas de medio kilo de chocolates Barton por ninguna razón en especial. Aunque la belleza de mi madre no la convirtió en una presumida, disfrutaba de ella. Solía decir: «Rosie, ¿sabes lo que significa la palabra "crimen"? Abandonarse. Me maquillo cada día, incluso me pongo rimel, aunque sólo vaya hasta el incinerador».

—Richie era mi marido, mamá.

—¿Crees que no conozco a Richie?

Carol, la hermana de Richie, estaba envuelta en algo que parecía crespón negro y besó a los chicos ostentosamente. A mí no sólo no me besó; ni siquiera me miró.

—Parece que vaya a un funeral —dijo mi madre, con una voz que probablemente se oiría en las playas de Miami—, ¿quién es?

—La hermana de Richie —susurré—, Carol. Su marido fue el contable de Richie.

Intenté atisbar por encima de las cabezas de la multitud. No vi a Jessica. Pero me pareció reconocer a Tom Driscoll por el rabillo del ojo. Me controlé durante cinco segundos, después eché un vistazo al sitio donde le viera. Ya no estaba allí.

Algunos amigos y vecinos se acercaron. Murmuraban: ¿qué puedo decir? No lo puedo creer. Un horror. ¿Qué dice esto de la sociedad en que vivimos? Pero primero comprobaban que no hubiera nadie mirando y, además, murmuraban con rapidez. No deseaban que les vieran hablándome. Ni besándome. Abrazaban a Ben y apretaban la mano fláccida de Alex. Pero a mí pocos pasaron de darme el beso de rigor. Casi todos me besaron automáticamente. Salvo Cass y Stephanie, casi nadie me dirigió la mirada.

Un empleado de Eventide, trajeado de negro y con una nariz como una aguja, hacía pasar a los convidados a la capilla.

—¿Y dónde está Richie? —gritó mi madre, mientras salían del vestíbulo.

—Está dentro, mamá. Ven, entremos.

—¿Por qué no está aquí con nosotros? ¿Está jugando a tenis?

—Está muerto, abuela —dijo Ben, cogiendo su mano.

—¿Quién está muerto?

—Mi padre. Richie.

—¡No!

Sacudió la cabeza con tanta fuerza que sus mejillas se agitaron.

—¡Oh, Santo Cielo! —aulló—. ¡Oh, Dios! ¡Richie está muerto!

Aún seguía inconsolable cuando, en medio de un coro horroroso de murmullos, entramos en la capilla, aunque a esas alturas murmuraba: «Charlie, Charlie» y pareció creer que se trataba del funeral de mi padre.

No recuerdo lo que dijo el rabino. Era un chico poco mayor que Ben. Parecía un Beach Boy vestido con una *yarmulke.* Se refirió veladamente a «todos aquellos que amaban a Richard», y con esto no sólo incluyó a Jessica por omisión, sino que también evitó hábilmente la controversia Richie-Rick.

Finalmente la vi. Estaba sola, envuelta en una niebla melancólica de seda gris, en la parte posterior de la capilla. Una maniobra brillante: sentarse sola, hermosa, solitaria y joven. El rabino estaba tan conmovido que desconectó su Sistema de Alerta Intermatrimonial inmediatamente y expuso su panegírico, dirigiéndose directamente a Jessica. Había un girar de cabezas constante, todas las miradas se dirigían a ella... y a las lágrimas que recorrían su rostro.

En la limusina, camino del cementerio, Alex tragó otra píldora sin agua, algo para lo que parecía tener un talento especial. Después negó haberla tomado. Ben murmuró que lo lamentaba, que yo no era una perra, que fui una madre maravillosa: amante, sustentadora y divertida. ¿No habíamos pasado momentos maravillosos como cuando le enseñé a montar en bicicleta, cuando fuimos a la ciudad para ver una obra de Shakespeare representada en el Central Park, cuando examinamos las universidades? Su disculpa, aunque sentida, era demasiado parecida a un borrador de la primera carta que recibiría en mi celda. Le pregunté qué clase de píldoras estaba tomando Alex. Dijo que probablemente se trataría de alguna droga de diseño, de las que se tomaban en los sesenta o setenta, similar a los Quaaludes, y que no me preocupara; Alex no parecía estar al borde de una sobredosis. Mi madre lloró durante casi todo el trayecto y después soltó una carcajada ante la culminación de un chiste, que sólo ella logró oír.

—Ahora que está muerto, no te abandones. Tienes que conseguirte un novio nuevo —anunció, mientras el conductor de la limusina y yo la ayudamos a bajar del coche.

—¡Basta!

Eché un vistazo. Gracias a Dios, parecía que nadie había escuchado.

—Siempre tuviste novios —cacareó—, ¿crees que no lo sabía? ¿Crees que nadie sabía cómo te comportabas?

Ben parecía descompuesto.

—Está senil —le dije.

Él asintió de manera mecánica.

—Vamos, Benjy. Me conoces. ¿Realmente crees que alguna vez engañé a tu padre?

Las cosas se pusieron peor. De algún modo, entre la funeraria y el cementerio, el jurado de mis semejantes salió, deliberó y me halló culpable, más allá de la duda razonable. Alex, Ben, Alimentos Sospechosos, mi madre y yo estábamos solos, a la izquierda del ataúd, junto a Cass y Theodore, mis parientes, algunos profesores y dos antiguos amigos del periódico de la universidad.

Al otro lado del ataúd, dispuestos en un semicírculo consolador alrededor de Jessica, mirándome fijamente por encima de la tumba recién excavada, estaban los amigos de la ciudad de Richie, elegantes y sofisticados. Había muchos. En ese momento caí en la cuenta de que Richie me había abandonado mucho antes de irse; había vivido una vida entera que yo desconocía. Mitchell Gruen no estaba presente, por supuesto. Detrás de aquellas doscientas personas magníficamente vestidas, estaban todos sus compañeros de negocios y tras ellos, lloriqueando, agitándose, murmurando y examinando las ropas de Manhattan, estaban nuestros vecinos y amigos.

El rabino levantó la cabeza. Su pelo desteñido por el sol le caía sobre un ojo. Lo apartó y explicó por qué el *Kaddish* por los difuntos era en realidad una oración por los vivos, no los muertos, a los que denominó «los que partieron antes que nosotros». Observé a Jessica. En realidad no era hermosa, no del modo puro e invulnerable de Stephanie Tillotson. Su frente era demasiado alta, su mentón demasiado pequeño, sus brazos y piernas demasiado largos. Pero con su cuerpo delgado, su preciosa melena de pelo veteada y sus ojos sorprendentes color aguamarina, era más que hermosa. Era fascinante; un hombre sentiría rencor ante cualquier cosa que le obligase a dejar de mirarla.

Debería haber rezado con el rabino por respeto a un cuarto de siglo de matrimonio. Cerré los ojos, pero no logré deshacerme de la imagen de Jessica. Intenté encontrar alguna razón por la cual Richie pudiera haberla abandonado, para volver conmigo; no hallé ninguna. Tampoco logré hallar una razón por la cual Jessica pudiera haber seguido a Richie hasta mi casa, haber cogido un trinchante del gran bloque de roble y apuñalarlo hasta matarle.

Ben rodeaba a Alimentos Sospechosos con el brazo. Alex se concentraba, intentando no bambolearse. Yo aferré la mano fría y seca de mi madre. La levantó, restregando sus ojos y su nariz.

—¡Triste! —anunció.

—Chito, abuela —dijo Ben, llevándose un dedo a los labios.

—Chito tú, bocazas, pies grandes, seas quién seas.

—Soy Benjamín.

—Soy Pearl —dijo, sonriendo con una de sus antiguas sonrisas seductoras.

—Dios de Abraham, Isaac y Jacob —entonaba el rabino.

El ataúd reposaba sobre una estructura metálica, exactamente por encima de la tumba recién excavada. Intenté volver atrás en el tiempo, más allá de los últimos meses y recordar que dentro de aquel cajón de pino estaba la persona que fue el centro de mi vida durante veinticinco años. Pero no podía concentrarme; detrás de un grupo cerrado de secretarias de Data Asociados, de pie cerca de la parte trasera del semicírculo, estaba el sargento Gevinski y con él, un joven detective musculoso, con el cabello rapado de forma que dejaba ver la piel rosada de su cabeza. Estaban allí para vigilarme. El cuerpo del joven estaba inclinado hacia delante, con un pie delante del otro, listo para correr, en el caso de que yo hiciera aquello que obviamente esperaban que hiciese: escapar.

¿Qué demonios creían que haría? ¿Que extraería una granada de mano, escaparía y después me ocultaría en el mausoleo de la familia Feinberg, hasta que se acabara la persecución?

Gevinski observó que lo miraba. Me saludó, inclinando la cabeza. Mi corazón latió agitadamente. Estaba tan asustada. Tan furiosa con Richie... Destruyó mi vida con su infidelidad, después la destruyó abandonándome y, como si aquello no fuera suficiente, enloqueciendo a alguien lo bastante como para que le matase.

—Debemos despedirnos —dijo el rabino con voz monótona.

El asesino tenía que ser alguien con un propósito. No podía aceptar que hubiese sido un ladrón, acechando detrás de un sicomoro, que había pensado: «¡albricias!», cuando vio a Richie entrando a hurtadillas. ¿Qué clase de ladrón no roba? Gevinski había dejado un recibo por los Objetos de Valor de la Víctima del Crimen junto al horno tostador de la cocina. Richie llevaba un reloj Cartier. Y tarjetas de crédito, una foto de él «con su brazo rodeando a una mujer» y su permiso de conducir; manifestaba que su billetero contenía trescientos cuarenta dólares en efectivo, en billetes de veinte dólares. También había llaves en sus bolsillos, noventa y siete céntimos de calderilla y pastillas Certs de menta, sin azúcar.

—¡Rose! —gritó mi madre, aunque estaba a su lado—, ¿quién es aquella flacucha, que llora como una loca?

—La esposa de un cliente —dije en tono apagado, pero a esas alturas todos habían seguido la mirada de mi madre hasta Joan Driscoll, la querida amiga de Richie.

—¡Mira esas rodillas patizambas!

—Mamá, esto es un funeral. Debes quedarte callada.

Joan se había hecho todo lo que pueda hacerse un ser humano. Se había hecho una permanente, su cabello lacio se curvaba justo antes de rozarle los hombros. Era de un color azul azabache, lo que nunca ocurriría con naturalidad en ningún ser vivo. Se parecía a Verónica, la chica rica de los tebeos de «Archie», crecida hasta alcanzar una edad media bulímica. Su nariz había sido perfeccionada, su mentón se había vuelto a definir y se había hendido, se había succionado los muslos y —por el aspecto de su escote siempre pronunciado— parecía tener un par de pechos nuevos. Dos objetos del tamaño de pelotas de voleibol hinchaban la chaqueta de su traje de faya negro, corto y elegante.

Alex también la vio. Sus ojos se dilataron. Intentó golpear a su hermano con el codo, pero erró.

—Oye —le dijo a Ben, arrastrando las palabras—, mira las tetas nuevas de Hojo.

Envuelto en su serenidad drogada, Alex parecía comprender sólo intermitentemente que estaba en el funeral de su padre. Me di la vuelta para echarle una mirada de advertencia, justo a tiempo para verlo intentando llamar la atención de Joan, lamiéndose los labios con sensualidad burlona.

—Hojo —dijo Alex, pero su voz era suave, por no decir balbuceante.

Hojo era el apodo que Alex inventó para ella. Jo por Joan. Ho por prostituta. Empezó a llamarla así después de una noche, cuando había venido a cenar con un vestido escotado, les había saludado a él y a Ben levantando sus barbillas con el dedo índice y besando sus labios con suavidad. Yo quise abofetearla.

Richard se había reído. Tolerante: los pequeños juegos de Joan. Tomaduras de pelo inofensivas. Los muchachos ya no eran niños. Su querida amiga Joan. Lo de «querida amiga» lo adoptó de ella. Tan sofisticada. Todas las personas de Nueva York eran o bien unos don nadie o unos queridos amigos.

Joan lloraba demasiado como para fijarse en Alex. Pero a Tom, su marido, no se le escapaba casi nada. Pero tampoco nada parecía conmoverlo. No un rockero zumbado que ridiculizaba la sexualidad de su esposa. Ni mi presencia. Ni la muerte de Richie. Lo veía todo: el rabino, Jessica, los miembros del jurado que llegaron con el veredicto de culpable, a mí, mi madre. Veía el escote de su mujer, parecido al Gran Cañón del Colorado. ¿Cómo no lo vería? ¿Cómo pudo casarse con ella? ¿Qué hizo que el chico que había conocido eligiera la vida que vivía el hombre? ¿Cómo podía soportarlo?

Pero Tom la rodeaba con el brazo, que se agitaba ligeramente al compás de sus sollozos. El resto de su cuerpo estaba absolutamente quieto. Su rostro delgado resultaba completamente inexpresivo. Tenía los ojos de un muerto.

El rabino entonó un Amén prolongado. La multitud se removió, aguardando a que él la despidiera, cosa que hizo, haciendo rebotar su cabello de «surfista». En aquel instante, cuando Hojo levantó la cabeza y Tom dejó de rodearla con el brazo, mi madre tuvo uno de sus cada vez menos frecuentes momentos de lucidez. Su vista recorrió el rostro de Hojo, blanco, sin edad, sin arrugas y operado y se posó entonces en el hombre que había su lado. Entornó los ojos. Quedó boquiabierta. Sonrió.

—¡Tommy Driscoll! —exclamó—, tiene el rostro de su padre —anunció.

—Calla, mamá.

—La misma nariz —gritó—, una narizota grande, para ser la de un irlandés. En el edificio de apartamentos todos decían siempre que debían de tener sangre italiana. —Después llamó en un tono aún más elevado—. ¡Tommy! —La multitud quedó helada.

—Mamá, cállate por favor.

—Cierra el pico, jovencita —dijo, apartándose bruscamente—. ¡Tommy! —volvió a gritar estrepitosamente, más allá de la tumba, formando un megáfono con las manos.

La alcancé y la cogí del brazo.

—Mamá, hoy no necesitas hablar con él. Hablaste con él el día de nuestras bodas de plata. En la tienda grande. ¿Recuerdas? Por eso lo reconoces. Nos acercamos a él y te presenté. Dijo que se alegraba de volver a verte y dijiste que no le olvidarías ni después de un millón de años.

Pero no logré distraerla. La mirada de Tom no encontró la mía, pero sí la suya.

—¡Tommy! ¡Soy yo, Tommy! La señora Bernstein.

Él asintió. La comisura de sus labios se movió ligeramente; mi madre lo interpretó como una sonrisa.

—¿Lo ves? —dijo—, es él.

Antes de que Ben o yo lográsemos cogerla, corrió alrededor de la tumba y, empujando a los demás, se acercó a Thomas Driscoll, capitalista inversor, cubierta del *Business Week.*

—¡Tommy! ¿Ha muerto tu madre? —gritaba cuando Ben y yo le dimos alcance.

—¿Cómo estás, abuela? —dijo Ben, cogiéndola del brazo. La abrazó con fuerza, ocultando a Tom Driscoll. Una buena idea, porque entonces casi nadie, ni Gevinski, ni Cass, ni Stephanie, ni Jessica, ni Hojo ni Tom la oyeron. Sólo la oímos Ben y yo.

—Rose —bramó, el amplio torso de Ben amortiguando el sonido—, ¿cuántos años tenías, diecisiete? ¿Dieciocho? ¡Ay, creí morir cuando os cogí en cueros a Tommy Driscoll y a ti!

8

La temporada tenística había terminado; el cutis claro de Carter Tillotson había perdido el tono escarlata del verano, recobrando su habitual cerosidad y palidez. Si tuviera una mecha en la cabeza hubiera parecido una vela con forma de cirujano plástico.

Supuse que Carter comprendía que en una casa donde están de duelo, las convenciones sociales requerían que dijera alguna cosa. Pero todo lo que hizo fue quedarse sentado durante cinco minutos, guardando un silencio beligerante.

—Es duro. Richie. Y si tienes que ir a la cárcel... —soltó abruptamente.

Como yo tenía la vista baja, porque estaba leyendo la lista de abogados que me dio Stephanie, pude ver cómo ésta le propinaba un puntapié con uno de sus zapatos de lagarto negros. Dejé de leer y me dediqué a observar pies. Carter encogió los suyos, pero no dijo nada más. Entonces Stephanie le pateó el tobillo y Carter dijo:

—La policía llamó a nuestra puerta dos minutos después de que regresáramos del funeral. Un sargento y un detective. Acaban de marcharse.

—Carter, por el amor de Dios —dijo Stephanie.

—No tiene importancia —le dije.

Los Tillotson habían llegado con una botella de vino tinto y un plato con queso de cabra y bizcochos, para que supiera que estaban de mi parte, aunque desde el instante en el que atravesaron la puerta, quedó claro que Carter sólo estaba porque le arrastraron.

—¿No os visitó antes la policía? —pregunté.

—Vinieron, ejem, la mañana siguiente —dijo Carter.

Yo sabía que las mujeres supuestamente enloquecían por él pero, con franqueza, nunca comprendí el porqué. Era increíblemente soso, como si hubiera nacido sin personalidad. Su falta de vivacidad era tan profunda que no se animaba jamás, ni siquiera cuando hablaba de su gran pasión: la forma de las narices. A lo largo de los años, le había visto con pantalones de tenis cortos y trajes de baño, sabía que su cuerpo no valía gran cosa y que no compensaba el hecho de fuera tan monumentalmente aburrido. Cass sostenía que aquél era el detalle, precisamente: su nombre de pila era Doctor y medía un metro ochenta. Las mujeres veían una pantalla en blanco, sobre la cual proyectaban al hombre deseado.

—La policía no dejaba de preguntar si habíamos visto u oído algo, lo que por supuesto no hicimos —añadió Stephanie.

Estaba sola con los Tillotson. Alimentos Sospechosos había cogido el tren de regreso a Filadelfia. Ben y mi madre estaban en la biblioteca, con algunos parientes que pasaron para presentar sus condolencias. Alex también estaba, pero cuando salí para hablar de abogados con Stephanie, le dejé estirado entre un sillón y un sofá, con la barbilla apoyada sobre el pecho, soñando sueños de Quaalude.

El salón consistía en un gran espacio rígido, que la decoradora nos había convencido de que necesitábamos. Dijo: necesitáis una habitación seria para ocasiones formales. ¿De qué diablos habla cuando dice *formal*? dije a Richie. ¿Crees que tu tía Bea y tu tío Murray presentarán sus tarjetas en una bandeja de plata? Al final habíamos estado de acuerdo, naturalmente, y la decoradora había creado una habitación en la que Jorge III se hubiera sentido como en su casa: repleta de majestuosos muebles ingleses; de canapés y sillas tapizados en seda y damasco beige; de bodegones holandeses muy poco importantes, con marcos dorados. La única vida que se respiraba provenía de los árboles que se mecían más allá de las ventanas, cubiertas por cortinas de seda.

—¿No visteis absolutamente nada aquella noche? —pregunté esperanzada.

Stephanie sacudió la cabeza.

—¿Oísteis algo, alguna cosa, Stephanie? No sólo me refiero a medianoche. A cualquier hora después de las nueve y media.

—No.

—¿Notasteis alguna cosa inusual o incluso un poco diferente?

Ambos guardaron silencio. Estaban asombrados por mi interrogatorio. La excelente postura de Carter se volvió aún mejor; Stephanie tuvo un ataque de parpadeo: parpadeó interminablemente, como si no lograra creer lo que veía. Pero eran demasiado bien educados como para ofrecer resistencia. Y yo no era lo bastante bien educada como para desistir.

—¿Carter, a qué hora llegaste a casa esa noche?

—A eso de las once y media. No vi nada. No oí nada —me contestó entre dientes, y sentí su renuencia a hablar.

—¿Estuviste en casa toda la noche, Stephanie?

—No. Pronuncié un discurso sobre plantas de follaje de interior en la reunión del club de jardinería. ¿Lo recuerdas?

—Así es.

—Me parece que regresé a las diez o las diez y media. Pero no vi nada. Lo siento, Rosie.

—No tiene importancia. ¿Cómo llegasteis a casa?

—En coche —dijeron, no completamente al unísono.

—¿Subisteis por Lighthouse Point Lane y después remontasteis la calle Hill?

—Es el camino más directo —dijo Carter, aún entre dientes.

—¿Notasteis la presencia de algún coche, al pasar por el sitio donde todos aparcan para ir a jugar a tenis en tu casa?

Carter sacudió la cabeza.

—Allí encontraron el coche de Richie —dijo Stephanie.

—Correcto. Pero cuando fui hasta vuestra casa, los polis estaban tomando moldes de las huellas de los neumáticos. Yo creo que tal vez hubo algún otro coche allí.

—¿Qué cree la policía? —preguntó ella.

—Dicen que las huellas probablemente fueron hechas con anterioridad. O que pudo dejarlas cualquiera que viese la banda fosforescente que Richie llevaba pegada detrás del coche y fuese a inspeccionar, incluso la policía.

—Yo no noté nada —dijo Stephanie—, lo siento. Ojalá hubiera estado más alerta.

—No es algo que te llamaría la atención. Vamos, Stephanie, no te sientas mal.

Ella se acurrucó en su silla. Aún estaba trastornada.

—Prosigamos —les dije—. ¿Qué quería la policía hoy?

Carter le lanzó una mirada furiosa a Stephanie. Dios, cuántas ganas de largarse tenía. Bien, fue el amigo más íntimo de Richie, lo que significa que solían sentarse juntos en los partidos de los Knicks. Richie dijo que habían tenido algunas charlas interesantes. Conociéndoles, aquello probablemente significaba que se habían revelado sus sentimientos más íntimos con respecto a la Planificación Financiera en la Época Posterior a los Refugios Impositivos. Aunque a su manera, Carter parecía haber estimado a Richie.

Y parecía creer que yo le había asesinado. No veía el momento de marcharse. Tenía las manos apoyadas en las piernas, justo encima de las rodillas, preparadas para impulsarse y salir corriendo. Tenía manos pequeñas de dedos romos, manos que uno supondría ocupadas en pintar cuadros, no realizando cirugías delicadas.

—La policía nos preguntó si tú y Richie teníais peleas —dijo Stephanie—. Intentan hallar un historial de violencia física, por parte tuya o suya, que podría constituir un motivo. ¿No es así, Carter? —Él asintió. Apenas—. Rosie —prosiguió—, mientras entrevistaban a Carter, les dije que tenía que ir a sacar dinero del cajero, lo que era verdad. Pero también hablé por teléfono y confeccioné aquella lista. Les dije a los abogados con los que hablé que cada uno de ellos era el mejor, sin más.

—Les llamaré mañana y veré la reacción de cada uno —dije.

Eran más de las siete y fuera estaba oscuro.

—¡Confía en tus sentimientos, Rosie! Eres muy intuitiva. —Stephanie habló con su voz de podemos-ganar, de capitán-del-equipo-de-hockey—. Espera —dijo dubitativamente—, debería estar contigo cuando llames... —añadió—. No, ¿sabes qué sería mejor? Que te acompañase...

Pero Stephanie nunca llegó a completar la oración.

Carter la agarró del brazo y la arrancó de la silla con tanta fuerza que desgarró la manga de su vestido negro. Cuando vio su hombro desnudo a través de la costura desgarrada, la cara inteligente y hermosa de Stephanie adoptó una expresión tonta.

—¡Nos vamos! —gritó él, arrastrándola hasta la puerta.

¿Estaría demasiado asombrada para oponerse? ¿O se sentiría agradecida de que la arrastraran fuera, apartándola de mis horribles apuros?

—Stephanie —exclamé.

—Olvídalo —me gritó Carter, justo antes de que desaparecieran—. ¡Jamás llames ni vuelvas a acercarte a nosotros!

Debiera haberme sentido destrozada. Pero no fue así. Mi desesperación era tan intensa, y mi terror tan profundo que el que un tontaínas —cuya vida estaba dedicada a volver a configurar los rostros de Nueva York y sus zonas residenciales para que todos parecieran rostros de episcopalistas— me tratase como al diablo encarnado me importaba un pimiento. De acuerdo, tal vez medio pimiento, pero le había olvidado por completo cuando entró Ben arrastrando los pies.

—Tenemos que hablar —dije.

—Sólo vengo a darte las buenas noches.

—Ni siquiera son las ocho.

—Mamá, estoy exhausto.

Miraba a todas partes menos a mí; me evitaba.

—Ben, escucha. Por favor, lo que te he dicho acerca de la abuela es verdad. Sea cuál sea el nombre médico que quieras darle, está loca. Lo sabes.

—¿Y qué hay del señor Driscoll? —dijo, encogiendo los hombros, intentando simular una indiferencia que sólo lograba simular su hermano.

—Es agua pasada. Crecimos juntos. Vivimos en el mismo edificio de apartamentos. Fuimos muy amigos de niños, pero en el instituto ya casi no nos veíamos. —Él esperó. Inspiré profundamente. Tenía que explicar el asunto de la desnudez—. Durante el último año, nos encontramos camino de la biblioteca. Hablábamos. —Examiné el cielorraso, buscando una respuesta maternalmente correcta. No logré encontrar ninguna—. Ben, tienes veinticuatro años.

—¿Y qué?

—Que puedes soportarlo. Driscoll y yo nos enamoramos. Tuvimos relaciones sexuales.

—¿Y la abuela os descubrió?

Durante aquel instante único sonrió encantado. Feliz.

—Nos descubrió una sola vez. Después tuvimos mucho más

cuidado. De todos modos, tuvimos una hermosa relación, hasta que él se fue a la universidad, y aquello se acabó. No fue importante. —Tom Driscoll me había destrozado el corazón—. No hubo resentimientos. Nos saludábamos durante las vacaciones, pero llevábamos vidas diferentes. Y después no volví a verle hasta que se convirtió en un tipo importante. Ganó una fortuna en algún banco privado. Después se despidió y comenzó a invertir en empresas con dificultades. Las reconvertía y volvía a venderlas por toneladas de dinero. Fue entonces cuando le llamé y le invité a almorzar.

—¿Le llamaste sin más, sin previo aviso?

—¿Qué podía perder? Ambos estábamos casados. Fue todo muy correcto. No fue muy entretenido, porque antes había sido una persona maravillosa y ahora se había convertido en un estirado. Se convirtió en un cliente. Los cuatro salíamos juntos de vez en cuando, aunque él nunca hizo referencia al pasado. Se comportaba como si yo fuese la esposa de un compañero de negocios, y yo era eso efectivamente. Él era más que amable y menos que amistoso.

—¿Papá conocía la historia entre tú y el señor Driscoll?

—Sabía que fuimos amigos de niños. Era todo lo que necesitaba saber.

—¿Y papá y la señora Driscoll?

—Se hicieron buenos amigos. Más que nada, hablaban por teléfono. Creo que hablaban casi todos los días y no, no creo que papá se acostara con ella. Era su consejera. Lo condujo a una vida nueva en Nueva York.

—Creía que éramos una familia tan feliz... —dijo Ben.

Su sonrisa desapareció y sus hombros de atleta colgaban.

—Lo éramos. Sólo que en los últimos meses...

—¡Mamá! ¿Crees que el día después de vuestra fiesta de aniversario papá se despertó repentinamente y decidió que quería marcharse?

—¿Por qué tengo yo la culpa?

—Estoy cansado.

Hizo ademán de marcharse.

—¡No fue culpa mía, maldita sea! Todos dicen siempre: «para bailar el tango hacen falta dos» y repiten todos aquellos clichés fatuos acerca de las mujeres abandonadas, pero ¿por qué soy responsable de su adulterio, del hecho de que me haya abandonado? —Ben siguió caminando. Corrí tras él a través de la habitación demasiado grande—. Ben, dímelo tú. ¿Qué mal he cometido para que mi vida se transforme en mierda y me metan en la cárcel?

Y él respondió con mucha suavidad.

—No sé qué mal has hecho, mamá.

Me dio la espalda y se marchó.

Durante toda mi vida, cuando habían ocurrido cosas malas —un aborto natural dos años después de nacer Alex, la muerte por cáncer de mi padre, incluso la partida de Richie— no habían sido cosas profundamente malas: los embriones mueren, los padres mueren, los maridos se van. Sabía que no existía inmunidad frente al dolor. Pero dentro de cuarenta y ocho horas, estaría encerrada en una celda de dos metros por tres. No sé por qué, pero no me imaginé una ventana con barrotes ni una compañera de celda psicótica, sólo un retrete sucio y sin tapa. La imagen me hizo sentir tan débil que quise subir, meterme en la cama, ocultarme bajo los edredones y no salir nunca más. En realidad deseaba morir. Intenté recordar cuántos Xanax me quedaban. Pero ya me sentía tan muerta interiormente que fui incapaz de arrastrarme escaleras arriba y tomar una sobredosis.

Me encontraba en medio de una pesadilla. Y lo que lo hacía todavía más horrible era que, salvo mi mejor amiga, nadie parecía considerar mi pesadilla como algo inaceptable, desgraciado y absurdo ni, pensándolo bien, como algo injusto. Nadie quería ayudarme. ¡Mi propio hijo! El de corazón sensible. La carne de mi carne diciéndome: «no sé qué mal has hecho, mamá».

No se trataba de una acusación directa pero, por Dios, sí de una duda. ¿Cómo podía dudar de mí? ¿Éramos todos tan capaces de asesinar, que aceptábamos la idea de que cualquiera de nosotros podría coger un cuchillo y apuñalar a nuestro, hasta no hacía mucho, bienamado de forma voluntaria? ¿O era yo? ¿Existía alguna peculiaridad en mi personalidad que hacía que mi propio hijo, los profesores con los que trabajé durante dieciocho años, además de mis vecinos, fueran capaces de creer que yo podría acabar con una vida?

¿O era porque las pruebas circunstanciales en mi contra eran tan convincentes que resultaban creíbles para cualquier ser racional?

Me incliné hacia delante, hundiendo el rostro en las manos, ciertamente un gesto apropiado para la angustia existencial, pero entonces recordé que había dejado a Alex dormitando en la biblioteca; quise asegurarme de que no había caído en un sueño demasiado profundo, inducido por la química. Para ser absolutamente sincera, me sentía como una madre nerviosa con un nuevo bebé. Sólo quería asegurarme de que Alex respiraba.

Lo hacía. Tenía las mejillas calientes. Un rizo de cabello negro le cruzaba la cara. Lo aparté.

—Hola, mamá —dijo, parpadeando y abriendo los ojos.

—¿Te encuentras bien, Alex?

—Estupendamente —dijo, y con su deje de rockero sonaba como «astupandamente».

—Todos se han ido. ¿Quieres subir y acostarte?

—Estoy bien aquí.

Antes de acabar la oración volvió a cerrar los ojos.

—Te quiero, Alex.

—Yo también, mamá —murmuró.

¿Qué le ocurriría a mi hijo si yo no estuviera? Después formulé la pregunta más directamente: ¿Cómo sobreviviría Alex al asesinato de su padre, a la condena y el encarcelamiento de su madre? Porque mientras subía las escaleras para acostarme, pensé que mi reclusión era, si no inevitable, bastante probable. ¿Cómo podría creer que un jurado de mis semejantes me exoneraría, si me sobraban los dedos de la mano para contar a las personas que creían en mí? Sólo había una: Cass.

Dios sabe por qué, pero me atrajo la habitación desordenada de Alex. El suelo estaba cubierto de calzoncillos, camisetas, calcetines, libros, latas aplastadas de soda, dos bolsas vacías de palomitas de queso *cheddar*, periódicos con reportajes arrobados sobre el asesinato de Richie, una manzana roída color marrón y algunas partituras. Su guitarra, conectada a su viejo amplificador, descansaba encima de la cama. Revisé el estuche de la guitarra y su mochila. Nada. Finalmente, en el bolsillo de los tejanos que llevaba al llegar, hallé un frasco con grandes píldoras blancas. El frasco era de aquellos de color marrón, que contienen vitaminas, pero por supuesto no tenía etiqueta. Antes de decirme que tenía veintiún años, que era lo bastante mayor como para cometer sus propias equivocaciones y que mi protección dificultaría aún más que se conectara con la realidad, entré en su cuarto de baño, arrojé las píldoras al lavabo y tiré de la cadena.

No dudaba de que Alex encontraría algún otro producto para aliviar el dolor que padecía, fuera el que fuera, pero quería que sintiera algo al despedirnos: angustia. Ira. No quería que compusiera una canción disonante acerca de que papá tiene un cuchillo clavado en la barriga y mamá sella libros devueltos en la biblioteca de la cárcel. Quería que Alex demostrase alguna emoción. Quería marcharme sabiendo que no estaba muerto desde el culo hasta la cabeza y hasta los pies.

Nunca creí que recordaría con afecto su manera de ser en el instituto: había sido obstinado y rebelde, aunque sólo fuera para desafiar a la autoridad; había aprendido a sortear los complicados sensores magnéticos de las ventanas, instalados por Richie, y cada noche Alex bajaba por la escalera de salvamento para encontrarse con Danny y el resto de su banda enloquecida. Me resultaría útil tener un joven airado a mi lado, un hombre tan listo como había sido su padre, un manipulador nato.

Pero entonces observé el chiquero que era su habitación, la ropa, el corta-uñas y el gel arrojados sobre la silla, el caos que creó a partir del orden, en sólo veinticuatro horas. Tenía que dejar de vivir una ficción. Era mi hijo, no mi héroe detectivesco.

Aparté una camiseta mugrienta y un par de palomitas de una esquina de la cama y me senté. ¿Y después qué sucedió? No lo recuerdo. Tal vez dije una oración y obtuve una respuesta. Tal vez sólo me quedé sentada y fragüé otra ficción. Pero cuando me puse de pie, mi corazón supo que, en una semana o un mes o una década, Alex estaría perfectamente.

Sentí un alivio tan grande que volví a sentarme encima de la cama. Eché un vistazo a través de la ventana. La luna era sólo una astilla, pero las estrellas titilaban.

Arrastré el pie de un lado a otro sobre la alfombra y después debajo de la cama. Aún estaba allí: una escalera de salvamento de siete metros de largo.

Y entonces supe que tenía que salvar mi vida.

9

Un plan. Necesitaba un plan de fuga.

Sacudí la cabeza: resultaba patético. Un chiste. Alguien como yo intentando fugarse.

El dinero. No llegaría muy lejos sin efectivo; necesitaría un lugar para vivir, dinero para viajar, comida. Los bolsillos de todos mis bolsos me proporcionaron unos treinta dólares y calderilla. Los añadí a los ochenta de mi billetero. También cogí mi tarjeta para retirar dinero en efectivo, pero no mi talonario porque, salvo que la policía fuera completamente ineficaz, mañana cuando los bancos abrieran, habrían bloqueado todas mis cuentas. Y también mis tarjetas de crédito.

Pero para mi último cumpleaños, Richie me había regalado un anillo; el zafiro era del tamaño de un ciruela pequeña. En las novelas de misterios duras, las heroínas ingenuas siempre se ofrecen a empeñar alguna cosa para pagar al detective privado, que siempre dice: No guapa, olvídalo. Así es la vida de las rubias dieciochoañeras. Pero si ellas podían empeñar las joyas de la familia, ¿por qué no yo?

Entonces me pregunté: ¿qué crees que lograrás escapando?

Me respondí: tal vez nada. Tal vez se trate de alguna clase de divertimento lamentable, una fantasía de evasión para alguien que no puede escapar.

Cogí una muda de ropa interior. Mi agenda Filofax. Un poco de maquillaje. Xanax; cogí el frasco y lo apreté contra mi pecho: un bálsamo para los desesperados. Pero la paz interior podría costarme cara. Además, si existía alguna esperanza de salvar mi vida, yo tenía que ser firme; si las cosas se ponían feas, no podía permitirme el lujo de caer en la desesperación.

Mi fuerza moral duró unos tres segundos, pero durante ese tiempo arrojé la segunda dosis de píldoras al retrete.

Mientras corría por mi habitación en busca de mi cepillo

de dientes de viaje, me dije que era un plan absurdo. Olvídalo. Vete a dormir: aunque eso hubiera sido un logro considerable, con la ansiedad enloquecida que me embargaba, y todos los sedantes de la casa disolviéndose en la cloaca. Basta de evasiones, me exigía a mí misma. Sé sincera: ¿qué crees que lograrías huyendo?

Me respondí: el asesinato de Richie no fue un acto de violencia casual. Lo creo de verdad. Para librarme de la acusación tengo que descubrir quién lo hizo. Pero ésta no es una novela de misterio de John Dickson Carr, con una deducción inteligente que se revela en el penúltimo capítulo. Ya que atrapar al asesino no es una meta realista, al menos quiero descubrir lo ocurrido en la vida de mi marido durante los últimos años. Más que nada, necesitaba una alternativa que ofrecer a Gevinski. Y el único medio de llevarlo a cabo era descubrir lo que Richie había hecho, visto y pensado. Como él se había instalado en la ciudad mucho antes de su traslado real, tenía que seguirlo hasta allí.

El viento soplaba, produciendo unos sonidos quae parecían los de una película de terror barata: uuu, uuu, y agitaba las ventanas. Era una noche fría, precursora del invierno. Me pregunté cómo se vestiría una fugitiva de la justicia. Tuve una rápida visión: tejanos y un jersey negro. Pero decidí que en el mundo de Richie, los fugitivos vestirían igual que los demás: con ropas caras. De modo que elegí unos pantalones de *tweed* color carbón, diseñados por algún francés. La entrepierna era tan ajustada que probablemente me excitaría si estornudase. Sin embargo, me resultaban escandalosamente elegantes. Luego cogí un jersey con el cuello en forma de capucha y una chaqueta de cachemir finísimo gris claro, que adquirí cuando fui de compras con Carol, mi cuñada de los Cabellos Escarchados, que mientras me lo probaba dijo: «No manifiesta su calidad a gritos, Rosie. La susurra». También cogí un par de botines de cuero. Introduje todo en un bolso de cuero de avestruz en bandolera, inmoral pero hermoso, un objeto suave y generoso que había adquirido un mes después de que nos hubiéramos convertido en ricos; lo cual fue unos dos años antes de que empezara a recibir panfletos sobre los derechos de los animales, con visones chillando y todo eso, que me enviaban mis alumnas.

Apagué la luz del vestíbulo. Caminé lo más sigilosamente que pude y me deslicé más allá de la puerta de la habitación de Ben. Unos banderines de los Mets y unas estanterías repletas de trofeos atléticos se disputaban el espacio sobre las paredes con afiches de los Islanders y los Giants. Cuando estaba en el instituto había añadido un cartel del joven Einstein. No había estrellas del rock ni carteles con consignas políticas. Su viejo palo de *lacrosse* aún estaba apoyado en un rincón.

Recorrí el pasillo y me detuve ante la habitación de Alex. Tuve miedo todo el tiempo, por supuesto. Pero me di cuenta de que era por completo presa del pánico cuando escuché mis propios jadeos.

La habitación de Alex seguía vacía. Con suerte, despertaría en la biblioteca alrededor del mediodía, salvo que antes alguien lo sacudiera con fuerza y le preguntara dónde estaba su madre. Me deslicé dentro de la habitación, eché el cerrojo y me senté encima del colchón duro de su cama estrecha de adolescente.

Me dije que era demasiado peligroso. ¿Y si Alex se despertara y subiese? ¿Le obligarías a elegir entre tú y la ley? Aquello me pareció muy improbable, pero tomé la precaución de contar: uno-y-uno, dos-y-dos hasta llegar a trescientos. Creedme, es la segunda ocupación más aburrida del mundo, la primera es hablar con Alimentos Sospechosos de las alergias ocasionadas por el queso.

Todo estaba en silencio. Alex no apareció. Aparté la persiana para atisbar. No había polis a la vista, aunque sabía que habría al menos dos rondando la casa y dos más en un coche al final del camino. Arrastré la escalera de debajo de la cama. ¡Dios mío! Las cadenas que sostenían los travesaños traquetearon como el fantasma de Marley. Aguardé. Nadie gritó, los silbatos de la policía no sonaron. De modo que abrí la ventana, centímetro a centímetro.

¡No lo hagas! me advertí. Sólo lo empeorarás. Dirán que huiste porque eres culpable. Una persona inocente no escaparía. Y te cogerán, sabes que te cogerán.

Conque me cogerán, me contesté. ¿Qué podrían hacer? ¿Agregarían un par de años a mi condena? Cuando tuviese sesenta y cinco o setenta y cinco años, ¿qué más daría un año o dos? Tendría los dientes de color verde, el vello púbico gris y ninguna esperanza. Adelante.

Me dije que era un comportamiento temerario.

Me respondí que me arrastrarían a la cárcel. ¡Yo me largo!

Sacudí la cabeza: no, aguarda. La noche era demasiado joven. Era probable que todos aquellos policías gallardos, treintañeros y de ojos azules, aún estuvieran dando saltitos, asquerosamente alertas. Necesitarían una o dos horas para adormecerse. Me acosté. La almohada de Alex olía a su gel, un aroma a melón. Estaba cansadísima: sabía que la fatiga acabaría conmigo. Demasiado cansada para enfrentarme a los hechos, me permitiría echar un sueñecito y acabaría por despertar al amanecer. De modo que me obligué a conservar los ojos muy abiertos y me mantuve despierta, recitando dos veces todos los versos que jamás hubiera memorizado. Comencé con dos docenas de sonetos de Shakespeare. Después recité algunos fragmentos de Donne, un poco de Adrienne Rich, después algunas odas románticas. Después seguí con Yeats, Eliot: *La canción de amor de J. Alfred Prufrock.* Acabé con *Invictus* y *Casey at the Bat*.

Pero evité *Dover Beach*. Una noche, ya era muy tarde, algunos meses después de habernos trasladado a Gull's Haven, Richie y yo nos habíamos asegurado de que los chicos dormían. Luego habíamos salido de la casa a hurtadillas y habíamos hecho el amor en nuestra playa. Una maravillosa relación sexual merecía ser conmemorada: había recitado *Dover Beach*. Por supuesto que era sentimental, pero funciona y cuando había llegado hasta: *¡Oh amor, seamos fieles / el uno con el otro!* lloraba. Richie me había sostenido entre sus brazos musculosos y me había acariciado el cabello.

A las once, enganché el anclaje metálico al alféizar y dejé caer la escalera con el mayor cuidado posible. Sin embargo, el ruido que hizo el metal al golpear contra los ladrillos fue mucho más fuerte de lo que imaginé jamás. Cada retumbo aumentó las palpitaciones de mi corazón y el aullido de un perro en la distancia tampoco ayudó. Pero finalmente hubo silencio.

Me senté en el alféizar. Saqué las piernas lentamente, hasta que colgaron contra los ladrillos. Sentí el frío en mis pantorrillas a través de los pantalones de lana. Estaba aferrada al ventanal con tanta fuerza que con toda seguridad dejaría mis huellas digitales grabadas en la madera. No mires hacia abajo, me ordené. Naturalmente, miré hacia abajo. El césped era un abismo negro, la entrada al infierno. Cerré los ojos y me aferré con todas mis fuerzas. El viento agitaba las cadenas. Me obligué a examinar la escalera. Aunque realmente deseara escapar, ¿cómo lograría bajar por esa cosa?

De algún modo me di la vuelta y coloqué un pie en un travesaño, luego otro. ¡Dios mío! Esa cosa no era firme. La escalera se balanceaba de un lado al otro por algún aciago designio. Me rasguñé los nudillos contra los ladrillos. Incluso en la oscuridad, me di cuenta de que sangraban. Nadie ha muerto a causa de unos nudillos sangrantes. Muévete. Descendí otro travesaño. Los zarcillos de la hiedra se enredaban en mis muñecas. Otro travesaño. No lo lograría. Me temblaban los brazos. Si caía... me imaginé mi cuerpo destrozado, mis miembros rotos, mi cráneo partido y rezumando, como un huevo de tres minutos.

No, no podría hacerlo. Así que comencé a remontar la escalera. Pero al subir un travesaño, los ganchos que sostenían la escalera se agitaron en protesta, como si estuvieran a punto de soltarse. Quedé colgada, sin aliento. Mis dedos comenzaban a entumecerse. Si no podía subir, ¿dónde iría? Una vez más, volví a bajar. No me atreví a mirar: temí ver a cuatro polis con los revólveres desenfundados.

Pero después eché un vistazo. ¡No me lo podía creer, casi había llegado! Sólo faltaban uno o dos metros. El césped negro se convirtió en hierba suave.

En el último instante, no pensé en los hijos que abandonaba. No pensé en mi madre. Pensé en mis alumnos. Les ofrecí una disculpa rápida y silenciosa y esperé que alguien encontrara los veintidós trabajos sobre «La gama del amor» en *Orgullo y prejuicio,* que aguardaban bajo un pisapapeles con la leyenda «Saber es Poder», proveniente de Data Asociados, encima de mi escritorio, y que los llevara al instituto, para que Adam Gottfried supiera que le había puesto un diez y que su colitis no se agravara. Y entonces toqué el suelo con el pie derecho.

Algo que, o bien era el sabueso de los Baskerville o un gigantesco pastor alemán del departamento de policía del condado de Nassau, se me acercaba a toda velocidad, galopando a través del césped. Ladraba con tanta fuerza que podría haber despertado a los muertos... salvo a Richie.

Ese perro, cuyo aspecto parecía indicar que su mayor felicidad consistiría en acurrucarse a los pies de Himmler, se dirigía directamente hacia mí. ¿Lograría escapar? Justo cuando estuvo lo bastante cerca como para escuchar sus pisadas, o sus zarpazos, me detuve. ¡El perro se me acercó!

—Buen chico —barboté algo histérica. Luego miré hacia abajo—. Buena chica —corregí.

Gruñó muy, muy sonoramente: un gruñido que surgió de las profundidaes de su pecho.

Cuando entrenaba a uno de nuestros perros, no sé si *Irving*, el pachón que murió en agosto, o *Blossom*, un ovejero deficiente mental, había leído que si un perro te amenaza, había que quedarse quieto. No había que correr. Sin embargo, si el perro se lanzaba sobre tu esófago, había que intentar gritar, antes de que te lo arrancase, ésta era la idea.

—*¿Jaws?* —exclamó una voz masculina.

Parecía provenir de las escaleras cerca de la playa, pero el viento seguía aullando y no lograba descifrar la dirección exacta del sonido.

—*¡Jaws!* —El viento ahogó el silbido, pero no antes de que *Jaws* lo oyera y respondiera con un ladrido.

—Buen *Jaws* —susurré. El perro me miró atentamente—. Eres un buen perro. Un perro maravilloso —barboté con la mayor suavidad posible—, bueeen perro, boniiito.

Rogué por que no oliera la sangre en mis nudillos y decidiera que era el momento de merendar.

A pesar de su tamaño, las patas de *Jaws* tenían la inclinación hacia fuera que tienen las de un perro que acaba de dejar de ser un cachorro. Sólo su juventud —debía ser un recluta novato del cuerpo K-9— explicaba el que se olvidase de ladrar o morder.

—¡Vamos! —urgí con aquel entusiasmo lunático, que siempre había utilizado para persuadir a los animales domésticos o a los niños de que hicieran algo no deseado—. ¡Vamos a pasear!

Di los primeros pasos de un paseo rápido. O bien *Jaws* clavaría sus dientes en mi pierna o... ¡Pero permaneció a mi lado! No con embeleso tal vez, pero cuando el viento trajo otro grito de: «*¡Jaws!*» mis piernas aún estaban intactas.

Me lancé al bosque que está entre mi casa y la de los Tillotson. Fue arduo. Peor que arduo. Tropecé con rocas y hiedras, me torcí el tobillo al caer en un agujero. *Jaws* seguía a mi lado. Estaba tan oscuro que choqué frontalmente con una barricada, formada por un árbol y sus ramas. Di pequeños pasos laterales, avanzando a tientas, hasta que finalmente logré rodearlo.

¡El perro había dejado de seguirme! Gruñía con cada paso que yo daba, pero no avanzaba más allá de las raíces del árbol caído.

—¡Vamos, *Jaws* —rogué—, puedes hacerlo!

Debo admitir que soy una profesora nata, una gran motivadora. Finalmente, me di cuenta de que el perro se moría por venir. Apenas lograba ver algo, pero parecía que una de sus patas traseras se había enganchado al saltar por encima de las raíces enmarañadas. Levantó el cuello y soltó un aullido ultrajado. Empecé a compadecerme de él y casi regreso, pero entonces me dije que no fuera idiota, que esto no era una película de Rin Tin Tin. Después me largué por el bosque, sin perro, a través de la noche oscura, sola.

Mientras avanzaba, me inquietaban las ratas rabiosas, los polis de gatillo fácil. El zumo del zumaque, que lentamente mojaría mis pantalones. Una ortiga gruesa y peluda rozó mi cuello, dejando una roncha. Otra se enganchó en el grueso *tweed* de mis pantalones, tirándome hacia atrás. Intenté deshacerme de ella, pataleando cuatro, cinco, seis veces, igual que una *Rockette* enloquecida. Finalmente logré liberarme.

Ahora *Jaws* ladraba con furia, allí donde la abandoné. Escuché voces en alguna parte, probablemente provenían del césped, entre la playa y el bosque. ¿Sólo buscarían a *Jaws* o ya sabrían que yo había huido? Me había largado sin mirar atrás. Ignoraba si la oscuridad de la noche ocultaría la escalera de salvamento o si destellaría a la luz de la luna, contra los ladrillos y la hiedra. Era demasiado tarde para pensar en ello. Avancé pesadamente a través de matorrales y zonas fangosas de hojas podridas. Tenía que seguir.

Pero se me acabaron las fuerzas, sencillamente. Era incapaz

de continuar. Me apoyé contra un árbol joven, no demasiado firme. Estaba tan sudada que el jersey se pegaba a mi espalda y mi estómago. Me estremecí. Mis dedos ya no palpitaban; estaban insensibles. Pero cuando ya suspiraba derrotada, mi cabeza se aclaró. Me di cuenta de que habían ocurrido dos cosas significativas. Una: *Jaws* había callado. Probablemente se había liberado y ahora estaría babeándole los pantalones a su amo. Los gruñidos y los ladridos se habían acabado y, lo mejor de todo, se habían acabado las voces. Y dos: ¡había logrado llegar hasta aquí! Más allá del árbol que tenía delante, estaba el sitio donde Richie había estacionado el coche. Me encontraba a diez metros del camino.

Mi plan a largo alcance había incluido llegar hasta Manhattan y, equipada con un pedrusco para empeñar, quedarme allí un tiempo y realizar algunas investigaciones. Pero caí en la cuenta de que, habiéndome creído tan lista, en realidad sólo había ideado un plan mínimo.

No tenía un verdadero plan de fuga. ¿Cómo escaparía? En ese preciso momento, los haces de luz de dos faros iluminaron el camino que conducía de mi casa a la de Stephanie. Me arrojé al suelo. No enloquezcas, me dije intentando tranquilizarme. Podría ser uno de los vecinos, que regresa a casa después de cenar y del teatro. Pero habían transcurrido unos quince minutos desde que encontré a *Jaws*, cuando se apartó de su dueño y corrió hasta mí. El tiempo suficiente para que la policía descubriera que algo había ocurrido. Y me vi obligada a reconocer que los faros se movían a la velocidad que se mueven los de la policía, cuando busca a un delincuente evadido. A estas alturas, ya podrían haber ocupado toda la urbanización. Todo Shorehaven. ¿Dónde iría? ¿Qué debía hacer? Los faros se acercaron.

Avanzar era imposible, obviamente. De modo que retrocedí a través del bosque. Esta vez mi miedo fue menor. Bien, salvo cuando vi los ojos brillantes y diabólicos de algún animal, un mapache o tal vez un gato salvaje.

Finalmente llegué a Gull's Haven. Me acerqué. Podía ver la escalera. Sí, allí estaba, colgando de la ventana de Alex, brillante como la plata.

Rodeé la casa y el césped hasta llegar a la parte delantera ocultándome detrás de la primera línea de árboles. Todo estaba en silencio, todo era espectral. Ni polis, ni coches de polis. Ni *Jaws*. ¿Dónde estarían? ¿Aguardando para acribillarme, cuando saliera del bosque al camino de grava? Me di cuenta de que no. No estaban. ¡Estaban donde yo deseaba que estuvieran, buscándome!

¿Cómo lo sabía? No era una experta, a decir verdad. Salvo por lo que había leído en las novelas de Ed McBain y las de crímenes, no estaba lo que se denominaría familiarizada con las sutilezas del procedimiento policial en la vida real. Sin embargo, había leído lo suficiente como para saber que, aún si se dieran cuenta de que había puesto los pies en polvorosa, no saldrían todos en mi busca, dejando la casa sin vigilar. Debería haber al menos un poli en las cercanías. ¿En la parte posterior, cerca de la escalera? ¿Rodeando la casa? ¿En el interior?

No, probablemente no en el interior. La casa estaba tan oscura como cuando la había abandonado..., salvo que todos utilizaran aquellas gafas infrarrojas, como en *El silencio de los corderos.* Decidí que aquello era exageradamente cinematográfico, extremadamente costoso y altamente improbable. Pero pronto aparecería alguien con una placa en la parte delantera y yo quedaría inmovilizada en el bosque... hasta que comenzaran a buscarme.

Examiné Gull's Haven como nunca lo había hecho durante todos los años que viví allí. ¿De qué podría servirme? Un cajón de ladrillos hermoso y grácil, con un techo de pizarra suavemente inclinado. Ahí no había ayuda. Una galería cubierta, construida del mismo ladrillo gastado que la casa, con tres pequeños arcos que imitaban la entrada principal más importante. Ningún lugar para ocultarse. Pero la galería se extendía desde la parte izquierda de la casa, donde se hallaba la cocina, hasta una puerta lateral del garaje para tres coches. ¡Un garaje! ¿Podría hacerlo? ¿Huir en coche? Un segundo después, corría velozmente a través del césped.

Admito no haberlo planeado, pero cuando entré y vi el Jeep de Ben, con su matrícula de Pennsylvania, supe que era la única oportunidad verdadera. Conduciría un coche con transmisión a las cuatro ruedas a través del bosque, a lo largo de la playa. ¡Qué huida! Salvo que no tenía la llave, por supuesto. Lamenté sinceramente todo el tiempo que había desaprovechado estudiando trigonometría, algo que no tenía ninguna relación con la vida, cuando podría haber pasado el rato con los chicos malos de Brooklyn de cabellos grasientos, aprendiendo a robar un coche haciendo un puente con un alambre. Tenía las siguientes posibilidades: arrastrarme, estilo Vietcong, a través de los jardines de flores de la urbanización Shorehaven, luego rodear los campos de prácticas y las barbacoas de Shorehaven Acres, recorrer la calle Main, pasar delante de *Dunkin' Donuts* hasta la estación de ferrocarril de Long Island... o coger mi Saab rojo, que la policía conocía tan bien después de haberlo seguido.

A sus puestos, listos, ya. Apreté el botón del mando a distancia para abrir el garaje en el momento preciso en que puse en marcha el Saab. La puerta grande subió con un lento movimiento artrítico. Que también era ruidoso. Retrocedí, cerré la puerta del garaje, abrí la ventanilla y escuché. Nada. Puse el coche en marcha y, con un chirrido cacofónico, me largué.

Había visto las suficientes películas policíacas como para saber que no debía encender los faros. Lo que las películas no muestran es que, sin faros, la manera de saber que se avanza es cuando se escucha el desagradable crujido del guardabarros, chocando contra un *ginko.* ¡Qué ruido! Era mejor que una sirena para llamar a la policía.

En efecto. Escuché una voz gritando a lo lejos. No entendí lo que decía, aunque sonaba a: «¡Patata!», lo que me pareció sumamente improbable. Puse la marcha atrás. El coche se despegó del árbol, y arranqué. Encendí los faros bajos, hasta que logré alcanzar el final de nuestro camino particular.

—¡Patata!

La voz se desvanecía. Después volví a apagar los faros y me alejé en la oscuridad.

En Anchorage Lane no había polis. Y, al escabullirme de la urbanización Shorehaven por la ruta más serpenteante posible —bajando por Sandy Nook Drive, remontando Zephyr Court, rodeando la vieja mansión de los Whitney, a lo largo de la calle llena de baches que pasaba detrás de las propiedades de los Wagner, los Chang y los Schaeffer; atravesando el césped, cortado para jugar al croquet, de los Gillespie y rodeando la caseta de su piscina hasta penetrar en un pequeño bosquecillo y aparecer finalmente en el parking de la iglesia luterana de Cristo

Salvador– no dejé de ver faros en las calles paralelas. Pero no vi ningún poli.

Diez minutos antes de la medianoche, me acerqué a la ventanilla para coches del banco Marine Midland y marqué 300 dólares en el cajero automático. Un coche de policía, con un enorme escudo pintado en la puerta, pasó velozmente. No se detuvo a examinarme. La pantalla del cajero me informó que: «Su operación se está realizando ROSE MEYERS». Estaba claro que aún no sabía que Rose Meyers era una prófuga, a punto de aparecer en el primer lugar de la lista de Personas Más Buscadas del condado de Nassau, porque después de algunos momentos de indigestión mecánica, escupió quince billetes de veinte dólares.

Me encantaría poder describir una persecución automovilística, pero no hubo ninguna. Después de abandonar el banco, encendí los faros y conduje a lo largo de calles secundarias, hasta salir de Shorehaven. Pero me dirigí al oeste, alejándome de Manhattan, atravesando el distrito comercial de Glen Cove, recorriendo la costa e introduciéndome en la zona comercial del centro de Port Adams. Eran las doce y cinco. ¡Ya era mañana! De manera que me detuve ante otro banco para automovilistas y retiré trescientos dólares más. Y luego estacioné al lado del muelle de la ciudad. Con un poco de suerte, la policía creería que me arrojé al agua y pasarían los próximos dos días dragando el puerto.

A dos minutos de distancia, en un astillero, encontré una furgoneta sin cerrojo. Monté en el asiento del conductor y contemplé mi futuro.

Lo primero que tenía que hacer era dejar de considerarme una profesora de inglés. ¿Qué era, entonces? Ya que «sospechosa de asesinato» es, generalmente, una expresión peyorativa, no una descripción de tarea, tenía que verme en un papel nuevo: el de detective. El único problema era que, como detective, me tenía a mí misma por cliente, pensé, mientras me agachaba detrás del salpicadero al tiempo que algo, –¿un coche de policía? ¿uno de bomberos? ¿una ambulancia?– aullaba en la distancia.

Volví a incorporarme. El dueño había apagado las colillas en el suelo de la furgoneta y había intentado disimular el olor a cigarrillo colgando un ambientador particularmente asqueroso, en forma de pino, de su espejo retrovisor. No sólo era un cerdo; era un chovinista infradotado: había pegado una calcomanía 3-D de una mujer desnuda en la parte superior derecha del parabrisas. Al girar la cabeza o moverme, los pechos inmensos de color rosa irisado parecían bambolearse de un lado a otro.

En segundo lugar, necesitaba una lista de sospechosos. Intenté formularme una lista tipo Hercules Poirot, repleta de individuos flagrantemente homicidas, que también fueran genuinamente probables; pero sólo se me ocurrieron dos nombres: Mitchell Gruen, que tenía motivos reales para odiar a Richie, y Jessica Stevenson quien, que yo supiera, no tenía ninguno. Pero la puse en mi lista, porque deseaba que fuera culpable.

En cuanto a interrogar a Jessica, existía un pequeño problema: mi última aparición en Gracie Square no había sido muy aplaudida, que digamos. Un bis podría resultar peligroso. Además, era probable que su amante papá hubiera contratado unos guardaespaldas, una vez enterado de que yo andaba suelta. Probablemente encontraría a Gevinski y a su amiguito del traje rojo oscuro apenas pusiera un pie en el edificio.

¿Y qué ocurría con Mitch? ¿Cómo lograría entrevistarme con un hombre tan anacoreta, que pedía sus cenas por fax, para no tener que hablar?

Entonces, ¿con quién podría hablar? ¿Quién estaría al tanto de las actividades de Richie? Hojo Driscoll, por supuesto. ¿Tom? No. Para él, Richie probablemente sólo sería una relación comercial. ¿Carter Tillotson? Tal vez. Él y Richie habían almorzado juntos dos veces al año. Pero dudé que estuviera más dispuesto a hablar conmigo en Manhattan de lo que lo estuvo en Shorehaven. ¿Carol, la hermana de Richie, Nuestra Señora de la Depilación para llevar Bikinis? Podría saber algo, pero no mucho, y debía elegir a mis interlocutores con sabiduría. Cada una de las personas con las que hablase significaban un peligro en potencia. Aunque ninguno intentara detenerme, mi libertad estaría cada vez más amenazada. Las preguntas que formulase y las respuestas que recibiera, les indicarían a los polis el lugar de mi próxima aparición.

Era hora de ponerse en movimiento. No conduje hasta Port

Adams porque fuera un pueblo pintoresco, con un bonito restaurante de pescado. Estaba allí porque se hallaba sobre una línea de ferrocarril distinta de la de Long Island-Shorehaven. La línea de Shorehaven estaría repleta de polis. Pero la línea de Port Adams comenzaba treinta kilómetros más al este, recorriendo vías más antiguas, a través de la parte central de Nassau y de Queens. Era mi única oportunidad.

Sin embargo, cuando toqué el picaporte, embadurnado de Big Mac, de la portezuela de la furgoneta, me di cuenta de que podría perder cualquier ventaja obtenida. Si cogía un tren diferente, caminaba a lo largo de una calle suburbana a la una y treinta de la madrugada, aguardaba en una estación de ferrocarril y montaba en el tren de la una y cuarenta y tres, vestida con mis elegantes pantalones franceses, sería la única pasajera en todo el viaje hasta la estación Penn.

Durante la media hora siguiente, cepillé mi jersey y desprendí espinas y ramitas de mis pantalones. Después dormí un poco y me desperté con un sobresalto terrible al son de unas sirenas. Esta vez sólo existían en mis sueños.

Compré el *Times* y el *Newsday* en la estación y monté en el tren de las seis y treinta y dos, junto a un denso montón de viajeros con abono. Mantuve la cabeza hundida en el periódico, al igual que ellos, pero no lograba leer.

Desde que Richie me había abandonado, había intentado descubrir cuánto le amaba y cuánto me amaba, si es que alguna vez lo había hecho. ¿Cómo había podido traicionarme? E, incluso si tuvo una aventura, ¿por qué no la había ocultado? Entonces podría haber regresado, como tantos otros. Podríamos haber envejecido juntos. ¿Cómo es posible que después de tantos años le conociera tan poco que, cuando me habló de Jessica, había quedado tan estupefacta? ¿Le había conocido verdaderamente alguna vez? ¿O había consistido nuestro matrimonio únicamente en unas relaciones sexuales ardientes, un compañerismo tolerable y dos intereses comunes: Ben y Alex?

Recordé a Jessica en el funeral, envuelta en aquella espuma de seda gris: deslumbrante, triste. Logró que todos la consideraran la viuda de Richie, limitándose a sentarse sola.

¿Sola? Un momento. ¿Dónde estaba su padre? ¿Cómo era posible que estuviera acompañándola hacía sólo dos días, envuelto en la bata de Richie, por amor de Dios? Estaba claro que había pasado la noche allí. Y la forma en que la había abrazado dejaba claro que era su protector. Entonces, ¿cómo se explicaba que, en el momento más traumático de la vida de su hija, se hubiera largado? Una actitud poco paternal para un individuo tan afectuoso.

Salvo que no fuera papá Stevenson en absoluto. Y si no lo era, ¿quién demonios era?

10

Sospechosa de asesinato desciende en la escala social. La escalera de salvamento ofrecía un contraste agradable contra la pared de ladrillos de Gull's Haven, cubierta de hiedra; tenía un aspecto bastante impresionante en la primera plana del *Daily News*. Mi fotografía, insertada a un costado, era un poco borrosa. Aparecía con el cabello horriblemente corto, en el estilo que había probado la primavera anterior, cuando cometí la equivocación de intentar parecer natural. Probablemente el corte no había causado el abandono de Richie, pero no cabe duda de que reforzó su decisión.

Sin embargo, cualquiera que estuviera a la caza de un presunto homicida, me reconocería a través de la fotografía: tenía el mentón elevado, los ojos cerrados, y reía con una risa tan falsa que mi úvula estaba prácticamente a la vista. Y, por el mero hecho de aparecer en la primera página de un periódico parecía una psicópata. Alguien del *Daily News* había hecho un trabajo condenadamente rápido y había encontrado la foto en el anuario. Yo había sido la consejera académica de *Kaleidoscope*, la revista presuntamente literaria del instituto. Aparecía junto a Sunshine Stankowiez, la jefe de redacción, una intelectual fastidiosa del instituto, que se pasaba el tiempo sentada en la cafetería encima de su cabello, largo hasta el trasero, leyendo ostentosamente los diarios de Virginia Woolf. El fotógrafo había ladrado: «¡Sonría!». Yo sonreí exageradamente.

La ventilación de la estación Penn era tan deficiente que resultaba imposible escaparse de la batalla entre el olor a humano y a *frankfurt*, pero lo que me fastidió no fueron los aromas; fueron los miles de viajeros que parecían devorar el *News* con una alegría indecente: «Ex esposa de millonario muerto huye mientras la poli patrulla la mansión», vociferaba el subtítulo. Mis conciudadanos estaban encantados.

En aquel instante, al observar mi risotada exhibiendo treinta y dos dientes, en la primera página, supe que el plan pergeñado en el tren ya no servía. Y había sido un plan tan inteligente: alquilar una habitación donde poder descansar y tomar un desayuno contundente, para después, recuperada, esbozar una verdadera investigación. Pero como había leído todas las novelas de Rex Stout, era una experta con respecto al departamento de policía de Nueva York; los polis de Nueva York cooperarían con el departamento de policía del condado de Nassau; en aquel preciso instante, mi fotografía podría estar en camino, rumbo a todos los hoteles, aeropuertos e incluso las estaciones de ferrocarril de los alrededores de Nueva York. De modo que siguiendo el paso del viajero más veloz, un hombre alto aferrado al *Wall Street Journal,* que parecía estar a punto de echarse a llorar, corrí escaleras arriba hasta alcanzar las aceras de Nueva York.

La parrilla de la cafetería donde desayuné no parecía haber sido limpiada desde los tiempos de la administración Carter; me conformé con una rosca de pan. Después de tantos años de opulencia, de ir con Richie siempre a sitios como el Ritz-Carlton o el Four Seasons, donde los desayunos invariablemente consistían en unos arreglos minimalistas de alimentos de cuatro cereales, adornados por bayas iguales a joyas, la camarera con una redecilla en el pelo –que arrojó una porción de queso cremoso prefabricado y grasiento sobre la mesa– resultaba agradable.

Repasé mentalmente la lista de las personas a las que debía entrevistar: en ese momento, Jessica resultaba demasiado peligrosa. Y también Carol, la de las pestañas teñidas con tinte vegetal. Tendría que hablar con Hojo y con Mitchell Gruen. Tal vez con uno o dos de los ejecutivos de Data Asociados, aquellos cuyos sueños de gloria empresarial fueron recortados por el influjo creciente de Jessica.

Me cepillé los dientes en el lavabo de la cafetería, intentando reprimir la repugnancia que me producían los pelos negros y las manchas marrones de la pila sin éxito, por no hablar de las trampas para cucarachas que había en tres rincones de la habitación. Mientras me aplicaba el colorete, se me ocurrió que la primera persona con la que tenía que hablar era la única que tal vez no me delatara a la poli: Mitchell Gruen.

Quince minutos más tarde, después de un viaje en taxi, me hallaba en el centro, en una zona polvorienta que estaba un poco más allá de los límites del Soho y había evitado la aristocratización. No había tiendas de vanguardia, con ropa íntegramente beige, ni restaurantes con ideas nuevas acerca de las verduras. Sobre todo había edificios de ladrillos, viejos y feos: eran almacenes y pequeñas fábricas. Una excepción, algo que tal vez fuera una escuela particular en otra época, ostentaba un bajorrelieve de las Musas —o al menos de nueve mujeres con vestidos de un solo hombro— encima de las dos puertas de entrada.

El edificio de Mitch, al igual que sus demás inversiones, era un desastre; tres de los cuatro pisos tenían las ventanas tapiadas. En el segundo piso, las cortinas estaban corridas. Eran de color rojo. Me acerqué a la puerta y apreté los cuatro timbres. No hubo respuesta. Lo volví a intentar. Silencio. Mitch tenía que estar allí. Salvo que su cuerpo estuviera pudriéndose encima de un montón de microchips, se limitaba a ignorar el timbre. Seguí apretándolo. Finalmente una voz metálica e irritada respondió por el interfono.

—¿Qué quiere?

—Traigo un paquete de —reflexioné rápidamente— de *Digit-Tech.*

Rogué que sonara lo bastante electrónico.

—¿Qué?

—Un paquete. Parece algo para un ordenador.

—Déjelo en la puerta.

—No puedo. Tiene que firmar.

Un timbre de tono nasal sonó durante uno o dos segundos, pero era todo lo que necesitaba. Había logrado entrar y corrí escaleras arriba hasta el segundo piso.

La cabeza de Mitch, con su aureola de cabellos grises, asomó a través de la estrecha abertura de la puerta, asegurada con una cadena.

—¿Rosie? —preguntó, incrédulo—. ¡Chica, en buen lío estás metida! —añadió unos segundos después.

—Hola, Mitch —dije alegremente.

La suerte me acompañó. Él quitó la cadena, abriendo la puerta otra fracción de centímetro, presuntamente para descubrir si yo ocultaba una Uzi a mis espaldas. Empujé la puerta con el hombro. Me estaba volviendo experta. El empujón lo hizo trastabillar hacia atrás.

—¿Qué quieres de mí? —preguntó, bastante amablemente, teniendo en cuenta que me había abierto paso a empujones para entrar.

Salvo por una calvicie más pronunciada y unos cabellos más grises, Mitch no había cambiado mucho desde que abandonara Data Asociados. Sus facciones no eran notables en absoluto: una nariz ni gruesa ni delgada, ni respingada ni ganchuda; pequeña (pero no notablemente pequeña); ojos que podrían ser grises pero también marrones; una frente ni demasiado alta ni demasiado baja; una boca tan olvidable que únicamente se sabía que estaba ahí, porque si no se notaría.

—¡Un trinchante! —exclamó Mitch, al cerrar y echar el cerrojo de la puerta.

Ahora, a los cincuenta y ocho años, liberado de las exigencias adultas de la vida docente y empresarial, llevaba ropa deportiva: pantalones de chándal grises y una camiseta demasiado ceñida, que dejaba ver alrededor de medio centímetro de vientre peludo.

—Ha pasado mucho tiempo. ¿Cómo te encuentras, Mitch?

—No estoy muerto, como algunas personas que podría mencionar.

El *loft* de Mitch, que ocupaba todo el segundo piso, era una única e inmensa habitación. Las paredes, la alfombra, el sofá y las sillas eran de un rojo intenso. Había comprado el edificio y acondicionado un piso para su uso personal después de ganar su primer millón con Data Asociados. El sitio era el picadero de ensueño de un chico pre-adolescente; el único alivio del rojo flagrante consistía en un mueble-bar de cristal ahumado, con patas de hierro forjado de aspecto frágil y, por supuesto, un surtido de ordenadores de colores pálidos.

—¿Te importaría largarte, Rosie? No me obligues a ser grosero. Pero tengo un montón de cosas que hacer.

—Enseguida.

Recorrí el *loft* y me senté delante de uno de sus cinco ordenadores, un IBM monstruoso. Mitch me siguió y se puso a mi lado.

—¿No quieres saber cómo me encuentro? —pregunté.

—¿Crees que deseo verme envuelto en este asesinato? —Se dio la vuelta, observando con anhelo un pequeño ordenador, que mostraba tres líneas zigzagueantes en la pantalla; resultaba claro que se moría por volver a él—. Tengo cosas que hacer y, deja que te lo diga, sea quién sea el que se lo hizo a Richie —lanzó un beso húmedo y sonoro al aire—, ¡muchas gracias!

Mientras aguardaba que me fuera, sus pies descalzos describieron un mambo nervioso.

—Estoy en apuros, Mitch.

—No me digas.

—¿Estuvo aquí la policía? —Se encogió de hombros—. ¿Qué preguntaron?

—Ya sabes.

—Dímelo.

—Dónde estaba yo cuando le mataron.

—¿Dónde estabas?

—Aquí —dijo, riendo secamente.

—¿Solo?

—Solo.

Se ocupó en volver a sujetar el cinto de su chándal. Tenía la cabeza gacha, de modo que no pude ver su cara.

—¿Sabes quién mató a Richie?

—Por supuesto que no.

Levantó la mano derecha como si fuera a jurarlo sobre la Biblia.

—¿Tienes alguna idea acerca de quién podía tenerle rencor?

—¡Tú!

—Tú también.

Mitch se sentó en una silla escritorio con pequeñas ruedas y rodó hacia mí, hasta que nuestras rodillas se tocaron. Pero conocía estas instancias de antiguo: aunque Mitch había dominado rudimentariamente el arte de las relaciones sociales —sabía que no debía escarbarse ninguno de sus orificios en público— nunca había logrado juzgar las distancias. Siempre se acercaba demasiado, haciendo que cualquiera que estuviera en su compañía fuera consciente de que este niño prodigio de edad mediana estaba como menos un tanto desequilibrado.

—Necesito tu ayuda, Mitch.

—Por favor, Rosie, lárgate. Estoy ocupado.

—¿Debería recordarte las veces que te ayudé, cuando Richie comenzó a intentar deshacerse de ti? —pregunté.

—No fuiste de gran ayuda.

Soltó una risita. Apoyó ambos pies en el suelo, cruzó los brazos y se inclinó hacia delante y hacia atrás. La silla producía un sonido flatulento con cada balanceo, lo que le encantó. Me obligué a recordar que este loco jovial, en su intento de hundir la empresa de Richie, había borrado —con una gran cantidad de maldad premeditada— todos los archivos de Data Asociados.

—Tal vez no lograra ayudarte a la larga, pero hice un gran esfuerzo —le recordé.

—Sí, seguro. En ese caso, ¿por qué se deshizo de mí?

—También se deshizo de mí.

—Y ahora alguien se deshizo de él. Pero no fui yo. Apareces en todos los canales de la televisión. Si llamase a la policía, apuesto a que estarían aquí en dos segundos.

—Pero entonces tendrías que hablar por teléfono. Nunca te gustó demasiado y he oído que has empeorado.

—¿Ah, sí?

—Sí.

—¿Quién te cuenta todas esas cosas?

—Richie tenía fuentes.

La fuente era Jane Berger, la persona que se ocupaba de sus relaciones públicas. Jane siempre fue demasiado importante y estaba demasiado ocupada como para recordar mi nombre; llamaba *Snooky* a todos los que no eran ricos, importantes o poderosos. Sin embargo, por alguna oscura razón, encontraba el tiempo para mantener una relación con Mitch a través del módem.

—Sé que pides tu cena por fax, que hace meses que no sales —le dije—, ¿de verdad quieres mantener un diálogo con la policía? Te verás obligado a ir a la jefatura para ser entrevistado. Y a testificar ante un tribunal.

Mitch arrugó el ceño. Su mirada saltó de un ordenador a otro. Parecía furioso y un poco loco, como Nixon durante sus últimos días como presidente.

—Vete, Rosie.

—Yo no maté a Richie, Mitch. Huyo de la policía porque necesito una oportunidad de probarlo.

—¿Cómo lo probarás?

—Tengo algunas buenas pistas —mentí.

—Ja-ja-ja. Cuéntame otra.

—Escúchame. Una vez que haya probado que no soy la asesina, que tiene que haber sido otro —hice una pausa efectista—, ¿sabes a quién se dirigirán?

—¡Tonterías!

—Se dirigirán a la otra persona que guardaba rencor a Richie. Una vez que me hayan eliminado —intenté que pareciera una cosa inminente— tú serás el centro de atención.

—No te eliminarán tan rápidamente, Rosie, y tú y yo lo sabemos.

Me puse de pie, pero no me alejé.

—Todo lo que necesito es que te pongas al ordenador durante unos cuantos minutos. Vamos. Por los viejos tiempos.

—No.

—Si me ayudas, sólo te llevará media hora, como mucho.

—Ni hablar.

—Magnífico. Entonces me quedaré aquí.

Aquello surtió efecto. Se dejó caer delante de un ordenador portátil y abrió la tapa.

—¿Qué quieres saber? —inquirió.

—Todos los ejecutivos de Data Asociados archivan sus agendas y sus comunicaciones internas en un ordenador.

—¿Y qué?

—Quiero que extraigas la agenda de Richie de las últimas tres o cuatro semanas. ¿Puedes hacerlo?

—¿Su agenda de Data Asociados? Introdujeron un sistema de seguridad nuevo, después de que yo destruyera el anterior.

Al recordarlo su tez pálida se iluminó de placer.

—No contestaste a mi pregunta. ¿Puedes hacerlo?

En lugar de contestar, se sentó y golpeó las teclas, como un Rachmaninoff con dos dedos. Un minuto después, la pantalla se llenó de números, después se oscureció y luego volvió a llenarse de números.

—¿Qué está ocurriendo? —pregunté.

—Chist. Estoy trabajando. No soporto que me metan prisas —dijo Mitch.

—Pero yo tengo prisa.

—Pues vete.

En cambio, deambulé por el *loft* durante algunos minutos y finalmente me dormí en una silla roja en forma de mano. Desperté alrededor de una hora después, cuando el ruido del teclado se detuvo. Mitch estaba junto a una impresora que escupía páginas.

—Además de la agenda, obtuve el registro de las llamadas telefónicas —anunció, arrancando las páginas y dándomelas—. No fue fácil pero lo logré. ¿Te irás ahora?

—Tengo que examinarlas.

—Examínalos en otra parte.

Ignoré su invitación y me desplacé unos tres metros más allá, desde la silla roja en forma de mano hasta el sofá rojo en módulos. Mientras me quitaba las botas, comencé a leer. Durante un segundo, la mirada de Mitch recorrió la distancia entre la puerta y yo, pero después abandonó y se sentó ante el ordenador con las líneas zigzagueantes y pronto se perdió en el mundo de la pantalla.

El día que fue asesinado, Richie tenía una cita en el Chemical Bank a las diez de la mañana, al mediodía una prueba en S, significara lo que significara «S»: tal vez Sastre; a la una menos cuarto, un almuerzo con Joe Romano, de InterAmerican Tool. Había tenido la tarde libre. Comparé la agenda con los registros de las llamadas. Richie no había efectuado llamadas exteriores después de las once y cuarenta y nueve.

Sin embargo, aquella tarde hubo una lista larga de llamadas efectuadas desde fuera, llamadas que nunca contestaría. A las tres y cuarto, una de Hojo Driscoll. Una de Carter Tillotson a las cinco y veintitrés, solicitando que le volviera a llamar. Al lado había un número que desconocía. Me dirigí hasta el teléfono de Mitch —rojo— y marqué.

—Buenos días, consulta del Doctor Tillotson —dijo una voz que había tomado lecciones de dicción.

Bien, aunque no fueran verdaderos amigos, Carter y Richie habían sido amiguetes, como mínimo. ¿Por qué no habrían de llamarse? Sin embargo, teniendo en cuenta la teoría de que el personaje más improbable es el asesino, consideré a Carter durante un par de minutos, pero después lo descarté, porque era demasiado improbable.

Noté que aquella tarde, Tom Driscoll no le había llamado. Había dos llamadas de Jane Berger, solicitando que la volviera a llamar. Varias llamadas internas de Data Asociados, aunque ninguna de Jessica. Supuse que ella y Richie habían pasado la tarde juntos, después de almorzar, probablemente follando en posiciones que él nunca quiso intentar conmigo.

No había gran cosa: leí el contenido de todo un mes de la vida de Richie. Me pareció que la agenda y las llamadas telefónicas eran las adecuadas para un presidente de empresa, ocupado pero no agobiado. Había muchas llamadas internas entre él y Jessica. Había una llamada por día, generalmente después de almorzar, de su gran amiga Hojo. Ésas duraban entre diez y veinte minutos. Había almorzado con Hojo la última semana de septiembre. No había ni una sola llamada de Tom; y Carter tampoco volvió a llamar. Pero a lo largo del último mes se habían producido dos, tres y hasta cuatro llamadas diarias de Jane Berger, la señora de las Relaciones Públicas, todas solicitando que la volvieran a llamar.

—Mitch —exclamé—, vuelve a extraer el registro de las llamadas telefónicas.

—¡Chist! Déjame en paz.

—Vuelve a acceder al ordenador y me marcharé en los próximos diez minutos —dije, acercándome.

Abandonó las líneas zigzagueantes y se acercó al otro ordenador. El registro telefónico apareció en cuestión de segundos.

—Dime cuándo fue la última vez que Richie llamó a Jane Berger.

—El cuatro de septiembre —dijo, después de teclear durante unos cuatro segundos.

—¡Caramba! ¿Te das cuenta de lo que eso significa? Recuerdo la fecha, porque fue cuando se iniciaron las clases, el primer martes de septiembre. Seis semanas antes de que le mataran. Ella era su jefe de relaciones públicas. Richie estaba loco por la publicidad.

—¿Qué más da? —masculló.

—¿Con qué frecuencia hablaba con Jane Berger cuando tú estabas allí?

—Ni idea —dijo, dándose la vuelta y mirándome.

—¿Iba al despacho a menudo?

—¿A menudo? —dijo, inclinándose y jugando con el cordón del zapato—. Supongo que un par de veces por semana.

—Ella le llamaba a casa, casi todas las noches. Era obvio que hablaban de asuntos que ya habían comentado durante el día.

—¿Y qué?

—Que hablaban con mucha frecuencia. ¿Por qué de repente ella le perseguía? ¿Y por qué él no contestaba sus llamadas?

—Dijiste que te marcharías.

—Me marcharé —hice una pausa—, cuando alcancemos un compromiso.

—¡Eso no es justo!

—Lo sé. Dejé de ser justa anoche. Necesito que me des tu palabra de que no llamarás a la policía.

—Rosie...

—Tu palabra.

—De acuerdo. —Pero luego tuve una idea—. Una cosa más. Un gran favor. Llama a la secretaria de Jane Berger.

—¿Estás loca o qué? ¿Yo?

Mientras Mitch exclamaba: «¡ni hablar!» y «¡yo no hablo por teléfono!» busqué la dirección de Jane. Sobre un trozo de papel de ordenador escribí: «Habla el portero del edificio de la señorita Berger. Hay un problema terrible con una tubería reventada. Estoy en el apartamento de debajo del suyo. Dígale que espere al lampista delante del edificio. Tiene una furgoneta verde. Que ella le haga subir a su piso». Después de sacudir la cabeza y patear el suelo durante cinco minutos más, Mitch le leyó mi guión a la secretaria. Su recitación fue seca, pero transmitió el mensaje. Antes de que Jane pudiera ponerse, colgó el auricular con rapidez, como le había indicado.

—¿Crees que maté a Richie? —le pregunté antes de irme.

—Sí. —Me ofreció una sonrisa vergonzosa, casi infantil—. No es nada personal, Rosie.

Llegué a Central Park West aproximadamente noventa segundos antes de que Jane Berger saltara de un taxi, dirigiéndose a la entrada de su edificio, que estaba cubierta por una marquesina larga. Era un éxito de los *Weight Watchers,* una mujer alta, ahora llamativamente delgada, que llevaba una falda color calabaza hasta los tobillos, algo que sólo llevaría una daltónica o una extravagante. Arrojó un extremo de un chal color púrpura sobre su hombro, como una majestuosa bailarina española. Se detuvo un momento, buscando la furgoneta verde.

Como yo no era una furgoneta verde no me vio, incluso cuando me acerqué a ella presurosamente.

—Hola, Jane.

—Hola, Snooky.

Me miró sólo cuando no seguí de largo. Sus ojos se abrieron desmesuradamente, tanto que sus párpados, sombreados en púrpura, desaparecieron. Y después abrió la boca y comenzó a gritar.

—Tengo una pistola.

Tenía la mano metida en el bolsillo de mi chaqueta. Ella clavó los ojos en el bulto producido por mi lápiz de labios Elizabeth Arden Bronze Lamé y después en mi cara.

—No deseo lastimarte, de modo que no me provoques, Jane.

Pasamos delante del portero, apretando filas. Era un hombre diminuto y entrado en años, con aspecto de irlandés, que probablemente estuviera harto de que lo comparasen con un gnomo. Saludó mecánicamente, pero de un modo dulce, como un gnomo.

Jane Berger era casi esbelta, pero todo el contenido de su apartamento seguía siendo enorme. Se sentó sobre algo que parecía la progenie de una silla y un rinoceronte. Yo estaba ante ella, encima de una alfombra tan espesa que me temblaban los tobillos.

—Debes saber —proclamó— que tengo la presión alta.

—Apenas obtenga la información que necesito, me marcharé —le aseguré.

—Catorce de máxima y diez de mínima. Solía ser peor.

—Háblame de Mitchell Gruen.

—¿Qué quieres que te diga?

—¿Te mantuviste en contacto con él?

—Hablamos a través de nuestros ordenadores, cada dos meses.

Comenzó a roer su esmalte de uñas, comenzando por la cutícula y continuando hasta el extremo.

—¿Eras amiga suya?

Ella tosió: la versión de una risa divertida de una mujer de negocios ocupada. Pero cuando observó el bulto producido por mi lápiz de labios, se puso seria.

—Si muero de un síncope, sabrás quién tuvo la culpa —dijo.

—No sufrirás un síncope. Dime por qué mantuviste el contacto con Mitch.

—Un favor; para Rick. —Aguardé y ella prosiguió—. Quería que alguien comprobara el nivel de hostilidad de Mitch.

—¿Y cómo de hostil era?

—¿Qué quieres decir, «cómo de hostil»? ¿Cómo de hostil serías tú, si tu socio te arruinase la vida? Muy hostil.

—¿Cambiaba de intensidad? Lo que quiero saber es si Mitch parecía cada vez más enfadado o lo contrario. ¿O actuaba como si todo fuera estupendo?

—No, se limitaba a odiar a Rick. Pero si piensas que... —Sonrió durante una fracción de segundo. Deseé que estuviera un poco más aterrorizada—. Intento ser abierta y honesta contigo. Resulta obvio que intentas cargarle este asunto a otro, pero estás hablando de un agorafóbico. ¿Crees que alguien creerá que Mitchell Gruen abandonó su casa y viajó a Long Island para matar a tu ex esposo?

¿Podría haberlo hecho? ¿Sería posible que su miedo superase su rabia? ¿O sería posible que su fobia fuese parte de una coartada exquisitamente construida por un planificador y programador magistral?

—¿Qué ocurrió entre Richie y tú? —pregunté.

—Nada. —Miró mi bolsillo y entrecerró los ojos—. Déjame ver tu pistola.

—¡Basta ya! —Utilicé mi voz dura, la que utilizaba para transmitir la posibilidad de una excursión al despacho de la vicedirectora. Jane palideció—. A propósito, no es una pistola. Técnicamente hablando, es un revólver —le dije—, ahora háblame de Richie y de ti.

—Me despidió.

—¿Te despidió?
—Sí.
—¿Cuándo?
—Justo después del primer lunes de septiembre. ¿Qué importancia tiene eso?
—Porque intento reconstruir su vida.
Debí de haber hablado en un tono histérico. Jane volvió la cabeza, para no tener que cruzar la mirada con una maníaca. Pero uno de sus pendientes de amatistas se enganchó en su chal de angora y se vio obligada a mirarme mientras se desenganchaba.
—Yo no le maté —le dije—, tengo que hallar indicios de quién pudo haberlo hecho.
—Pues yo no tuve nada que ver con ello.
Echó un vistazo a su reloj. Su zapato comenzó a golpetear. A pesar de que la encañonasen con una pistola, Jane Berger estaba bastante irritada.
—No dije que fuera así. Sólo dime por qué te despidió.
—Dijo que lo único que había logrado, después de seis meses de campaña publicitaria, fue una mención en *Heard on the Street* y en un espectáculo de la televisión por cable. Pero fue en la CNBC. Y puedo mostrarte un montón de recortes y una docena de propuestas que él rechazó. En realidad, fue cosa de ella.
—¿Jessica?
—Por supuesto que Jessica, Snooky. Soy la mejor publicitaria de la ciudad. Yo construí su reputación. ¿Alguna vez lo negó?
—Él te consideraba magnífica. Le conseguiste aquel bonito artículo de *Fortune*.
Ella asintió, reconociendo el espaldarazo.
—Pero ella quería aparecer —Jane apartó su chal color púrpura furiosamente, descubriendo una blusa de campesina, que a una campesina le hubiera costado el sueldo de toda una vida— en las secciones especiales de los periódicos. Estaba empecinada en que Liz Smith la mencionara —explicó—, ¿para qué la querría Liz Smith? ¡Oh, y además quería un artículo en *Town & Country*! Soy una publicitaria, no un mago. ¿Creía que yo podía agitar mi varita mágica y convertirla en una celebridad? ¿Qué hizo para merecer un artículo importante? —Jane clavó la

vista en su reloj—. Tenía una cita importante para almorzar —dijo con acritud.

—Sigue hablando —le sugerí.

Jane peinó los flecos de su chal con los dedos.

—¡Resulta obvio que Jessica se pasó todo el primer fin de semana de septiembre intentando persuadir a Rick, porque lo primero que hizo el martes por la mañana fue llamarme y despedirme por teléfono!

Agarró un manojo de flecos y tiró tan fuerte que casi los arranca.

—Y, desde entonces, has intentado recuperar la cuenta y él no se interesó. Ni siquiera devolvió tus llamadas.

—¿Qué intentas decir, Snooky? —Dejó caer los flecos pero se ocupó en deshacerse de los filamentos de angora pegados a su mano, intentando arrojarles sobre la alfombra—. ¿Que yo le maté? Las publicitarias no matan. ¿Sabes quiénes matan? Las esposas.

Se sentía demasiado cómoda, de modo que agité el lápiz de labios en mi bolsillo.

—Háblame más de Jessica.

—¿Qué quieres que te diga? ¿Que es una perra dura y fría? Magnífico: es una perra dura y fría.

—¿Es competente?

—Hasta ahora, sí. El modo en que abrió nuevos mercados para Data fue brillante. Sentía que el volumen de los negocios no aumentaba a causa de la economía local.

—¿Local?

—En Estados Unidos —explicó en un tono impaciente—; impulsó a Rick a realizar negocios internacionales.

—¿Lo deseaba él?

—Sí, lo deseaba. Tenía sentido para la empresa, incluso a pesar de los costos iniciales. Pero aunque no lo hubiera tenido, lo habría deseado porque ella lo deseaba. —El golpeteo del zapato de Jane estaba amortiguado por la alfombra, pero vi como se movía impacientemente—. Estaba enamoradísimo.

—¿Y ella también lo estaba? —dije, descubriendo que me atragantaba.

—No.

—¿Qué estaba?

—Estaba aburrida —contestó Jane, en un tono también bastante aburrido.

—No me lo creo —la desafié.

—¡Por favor!

—¿Cómo lo sabes?

—Soy una mujer. Sé cuando otra mujer está actuando descaradamente, y créeme, esa puta era capaz de hacer el mismo numerito que Nancy Reagan: mirarlo con adoración hasta bizquear, pero ella... —Jane dejó de hablar y se mordió el labio pensativamente—. ¿Sabes qué ocurría? No es que él fuera tan aburrido. No era lo bastante importante para ella. Una vez que te abandonó y que la excitación se desvaneció, ella quiso algo más grande, algo mejor.

—No estaría pensando en irse, ¿verdad?

—No publicó ningún anuncio en la prensa.

—¿Qué quieres decir?

Jane consideró mi pregunta, mientras examinaba una arruga minúscula en sus medias; no era de las que perdían el tiempo.

—Jessica apenas intentaba ocultar su aburrimiento, y eso fue al final del verano, antes de que Rick me despidiera. Apuesto a que ahora resulta incluso más evidente.

¿Me estaba diciendo la verdad o lo que creía que yo deseaba escuchar, para librarse de mí? Decidí que se trataba de la verdad. Si sólo hubiese querido contentarme, me habría dicho que Richie se había cansado de Jessica.

Estaba intentando descubrir cómo salir del apartamento de Jane sin atarla, amordazarla ni arrancar los teléfonos. Lo que me recordó el modo en que logré salir de casa de Jessica: expulsada por el querido papaíto.

—A propósito, ¿sabes algo acerca de los padres de Jessica?

—¿Cómo quieres que lo sepa? Oye, ¿puedo llamar al despacho, para comprobar si hubo alguna llamada?

—No.

Pero ¿qué haría con Jane Berger? ¿Golpearle la cabeza con una lámpara —una columna de corinto con un sombrero chino de culi— y salir corriendo, agregando así el asalto y la agresión a la lista de mis delitos? La idea de golpearle la cabeza hasta que la palabra *Snooky* desapareciera de su memoria era casi demasiado seductora. Mientras la saboreaba, Jane saltó de la silla. Corrió hasta el teléfono, apretó un solo botón y gritó.

—¡Socorro!

—¡Cállate! —chillé, agitando mi lápiz de labios, aunque en el fondo sabía que no tenía esperanzas.

—¡Socorro!

¡Caray, qué pulmones tenía!

De modo que corrí. El ascensor no, decidí con rapidez. Jane había apretado un solo botón, conque o bien su teléfono era uno de aquellos de discado rápido, conectados con la policía... un momento: no se había identificado, de modo que el botón único probablemente fuera para llamar al portero. Una luz destellaría en su consola, él levantaría el auricular, oiría sus gritos y me estaría esperando cuando saliera del ascensor.

Descubrí una señal de salida roja, me dirigí al fondo de la escalera y corrí dos pisos más arriba. Me quedé jadeando y mirando mi reloj. Veamos: la policía tardaría al menos cinco minutos en llegar. ¿El portero? ¿Aguardaría hasta que llegaran los polis? ¿Me habría visto cuando entré con ella? ¿Podría identificarme? ¿O subiría corriendo para ver si podía ayudar a la desafortunada señorita Berger?

Pasaron tres minutos. Descendí a toda prisa hasta la planta baja. Llené mis pulmones de aire. Después salí como una exhalación por la puerta de la escalera, gritando. El portero estaba allí, de guardia, delante del ascensor con las manos en las caderas.

—Señorita —me gritó, con una voz muy potente para un hombre tan menudo—, ¡deténgase!

—Por favor —rogué—, ¡oí como una mujer gritaba pidiendo ayuda! ¡Fue espantoso!

—Oh.

Pensó que parecía frenética, por supuesto. Lo estaba.

—No se preocupe, querida. La policía está en camino.

—¡Gracias a Dios! —dije, apretando las manos sobre mi corazón.

Él sonrió. Después de despedirme, salí despreocupadamente del edificio, caminando hasta la esquina. Apenas me perdió de vista, corrí como alma que lleva el diablo.

11

Corrí hacia el oeste, alejándome de Central Park, con la esperanza de perderme entre la multitud. Pero a las dos de la tarde de un jueves, la multitud sólo consistía en un par de mujeres de ochenta años, que arrastraban carritos de la compra, y en un grupo de niños de tercer o cuarto curso, hispanos en su mayoría, vestidos con sus batas a cuadros y conducidos por una monja. Empecé a caminar más lentamente, con el fin de salvar lo que quedaba de mi antitranspirante.

Alguien hizo sonar un silbato. Con un ataque de estupidez de barrio residencial, inmediatamente asocié el sonido con la práctica del fútbol y eché un vistazo por encima del hombro, medio esperando ver el rostro apopléjico del entrenador Kramer, a punto de propinarle un golpe a uno de los chicos con su tablilla. En cambio vi al portero de Jane, corriendo –o intentándolo– a lo largo de la calle 88, persiguiéndome y gritando: «¡Deténgase en nombre de la ley!». Con el poco aliento que le quedaba, el pobre viejo hacía sonar su silbato de llamar a los taxis, para llamar a los polis.

En el mismo instante que le vi, caí en la cuenta de que había dejado mi bolso en el apartamento de Jane. Me sentí tan abrumada por el terror que no vi nada y choqué con un cubo de basura, con una inscripción que decía: «Mantenga Limpio Nueva York», que parecía contener las heces, envueltas en toallas de papel, de todos los perros del Upper West Side. Mientras tanto, el portero comenzó a gritar algo, que sonaba a: «¡Asesinato!». Ahora el diminuto soplador del silbato, de cabellos blancos, sólo estaba a media manzana de distancia.

Y la brecha se hacía más angosta; a medida que se acercaba incluso logré distinguir su deje irlandés. En realidad, lo que gritaba era: «¡Asesina!». El choque con el cubo de basura me había dejado momentáneamente sin aliento, pero seguí corriendo, intentando parecer indiferente o al menos no flagrantemente homicida.

La voz del portero comenzó a desvanecerse. Sin necesidad de perder tiempo en volverme a mirar, supe que debía estar ganando la delantera. Aún oía su acusación, aunque en un tono débil y enronquecido: «Ases...». Rogué que el corazón del viejo no fallara, porque si moría, sería por mi culpa.

¡Dios Todopoderoso! ¿Qué haría sin mi bolso? Todo lo que poseía estaba en su interior. Bien, no podía llamar a la puerta de Jane y exigir que me lo devolviera. De manera que seguí corriendo, a través de la calle Columbus, acelerando gradualmente. Luego descendí por la calle 89, más allá de residencias particulares semi desmoronadas, más allá de residencias particulares restauradas, con los últimos crisantemos del año en cajones de piedra sobre los alféizares. Desplegando una destreza que nunca supe que poseía, esquivé sacos de basura de plástico y bicicletas encadenadas a farolas. Durante unos pocos segundos, me moví con una agilidad tan emocionante que corrí por el mero placer que me proporcionaba.

Como era natural, en aquel instante exuberante, cuando estaba transformándome como por arte de magia en Jackie Joyner-Kersee, la realidad irrumpió. Un coche de policía frenó, chirriando contra el bordillo.

—¡Señora! —exclamó una voz de bajo profundo neoyorkino. Pertenecía a un poli muy grande—, ¿qué ocurre?

—¿Cómo?

—He dicho ¿qué ocurre?

Tenía que alejar a los polis. En cualquier instante se volvería a escuchar la voz del portero.

—¡Mi bolso! —jadeé—; un individuo... —Apoyé una mano sobre mi pecho para apaciguar los latidos de mi corazón y con la otra hice un gesto de se-largó-por-allí, señalando el Central Park—. ¡Todo lo que poseo está en el bolso!

El poli miró a su compañero. El compañero me examinó; sus ojos subieron y bajaron. No era mi cuerpo de edad madura, envuelto en un jersey —aunque no era nada despreciable— lo que le atraía. No, se mordía un extremo del pulgar y resultaba claro que yo le recordaba a alguien.

De repente, sin mediar palabra entre ellos, el poli gigantesco se bajó y abrió la portezuela trasera.

—Entre —tronó.

El asiento estaba delante de un panel de alambre: una celda móvil.

—Vamos, señora —me urgió.

¿Recuerdan que los personajes de las novelas de misterio siempre quedan paralizados por el terror? Bien, yo era incapaz de moverme.

—A mí me da igual —gruñó—, pero si acaba de suceder, tal vez encontremos al individuo.

Me sofoqué y mis ojos se humedecieron.

—¡Gracias!

Al montar en el coche casi lloré de alivio.

Él interpretó mi emoción como agradecimiento.

—Para eso estamos.

Después arrancó como una bala.

Si no hubiera estado al borde de un ataque de histeria, el paseo hubiera sido un gozo absoluto, una persecución en coche con los buenos de la película, con la sirena ululando. Pero yo estaba impedida. Me veía obligada a interpretar el papel de una ciudadana afrentada pero agradecida, y al mismo tiempo recobrarme, no sólo por escaparme por los pelos de Jane Berger, sino también por mi huida de Gull's Haven. ¿Qué diablos —hablando de recuperación—, qué me dicen del trauma de encontrar el cuerpo de Richie? ¿Y qué del golpe sufrido cuando me abandonó?

Aquello no era todo. Había hechos a los cuales tenía que enfrentarme. La fiesta podía acabar en cualquier instante. Me dije que a estas alturas, ya habrían emitido un boletín acerca de la Maníaca Menopáusica. Sólo que estos dos individuos no lo habían asociado conmigo, aún. En el próximo segundo, el locutor gangoso de la radio de la policía podría ofrecer una descripción explícita de mis pantalones y mi jersey, basada en la información proporcionada por Jane.

El individuo grandote se giró. Su cabeza se ensanchaba a la altura de la mandíbula y se hacía alarmantemente más angosta al desaparecer debajo de la gorra, como una cabeza de ajo.

—¿Qué aspecto tiene?

—Era blanco —dije—, vestía de negro.

Aquello sonaba un tanto dramático pero, una vez dicho, me comprometí con una descripción similar al Hamlet de Olivier.

—Tiene alrededor de treinta años —añadí—, llevaba el pelo peinado sobre la frente.

Pasamos a un hombre vestido completamente de negro, pero se parecía más al globo *Bullwinkle* de Macy's, del desfile del Día de Acción de Gracias que a Olivier, de modo que mi negativa al menos sonó convincente.

—No le veo por ninguna parte —les dije, en un tono que esperé fuera concluyente.

—Mantenga un ojo avizor —sugirió el grandote—, no abandone.

—Daremos un par de vueltas por el parque —añadió su compañero.

La ciudad era plana y gris, pero el Central Park era tridimensional. ¡Y los colores! La hierba era de un opulento color verde, como la de un club de golf, los árboles eran llamas rojas y doradas contra un cielo cerúleo. Podría ser la última vez que viera un panorama tan bello. En cualquier momento, la radio me delataría: Buscada por asesinato. Puede estar armada y es peligrosa. Podrían conducirme directamente a la cárcel, metida en mi celda del asiento posterior.

—Han sido tan encantadores —balbuceé—, de verdad, muchísimas gracias. Pero ya llego tarde a una cita con el médico —dije en el tono más sombrío que pude—, un especialista.

—No hay problema, señora —dijo el grandote.

Incluso me condujeron hasta la Quinta Avenida, donde les había dicho que se encontraba la consulta del médico. Me preguntaron mi nombre. Estuve tentada de decir Moll Flanders, pero decidí que, dada mi suerte, me tocaría un poli que estaba escribiendo su tesis doctoral sobre Defoe. De modo que di el nombre de soltera de mi madre y les di la dirección del antiguo edificio de apartamentos de Brooklyn, donde me había criado. Juré llamar a la comisaría dentro de una hora, para presentar una denuncia.

Brooklyn obró su magia; cuando bajé del coche, el poli

enorme también lo hizo. Extrajo un puñado de calderilla del bolsillo, lo revisó y me entregó una ficha para el metro.

—Tenga, Pearl —dijo—, para que pueda regresar a Ocean Avenue.

Pero no tenía sitio adonde ir. La tarde se curvaba hacia el infinito. Subí por una manzana, bajé por otra, manteniendo la vista sobre las hendiduras de la acera para ocultar la cara, para parecer otra neoyorkina aturdida. A las cuatro, tenía un hambre insoportable. Me moría por unas hamburguesas. Unos sandwiches gigantescos de carne ahumada. Comida china. Sopa francesa de cebolla con queso gratinado. Pasé junto a puestos de comida callejeros, fascinada por montones de rosquillas saladas.

El frío empeoraba mi desazón. Metí las manos en los bolsillos de mi pantalón, pero fue un consuelo insignificante, porque mis dedos no dejaban de hurgar inútilmente, en busca de alguna moneda olvidada o un chicle. Después de recorrer unos kilómetros y llegar hasta una silla, en la sala de lectura principal de la biblioteca pública de Nueva York, arrastraba los pies como alguien que intentaba caminar después de una larga enfermedad.

El satisfactorio olor acre de la biblioteca me reanimó un poco. Yo no había estado rascándome la barriga mientras Richie y Mitch fundaban Data Asociados; era una buena investigadora, por no decir excelente. Y tenía un trabajo que realizar. Después de cinco minutos de explicaciones acerca del robo de mi billetero, junto con mi tarjeta de la biblioteca y toda mi identificación, y después de tres cuartos de hora de espera, un ayudante de bibliotecario, con una bandera americana y las palabras «Dios te bendiga» tatuadas en el dorso de la mano, finalmente me trajo los siguientes tomos: *Who's Who of American Women*, *Who's Who in Finance and Industry* y *Standard & Poor's Directory of Executives*.

De acuerdo, ¿qué ignoraba acerca de Jessica Stevenson? Según los libros, nada que la señalase como una asesina nata. LUGAR DE NACIMIENTO: Dayton, O. y PADRES: Arthur y Penélope (Winterburger) Quigley. ¿Quigley? ¿Significaba aquello que podría haber existido un matrimonio con un señor Stevenson? Era una posibilidad intrigante, porque justo antes de que Jessica ingresara en Data Asociados, Richie y yo la habíamos invitado a cenar; había hecho un gran aspaviento acerca de cuánto lamentaba no haberse casado ni tenido hijos nunca. Yo había asentido e intentado no sentirme tratada con condescendencia. Sin embargo, si intentaba ocultar un matrimonio, ¿por qué resultaba tan obvio que estuvo casada, después de leer el listado referido a ella en el *Who's Who*? Si realmente había existido un señor Stevenson, que la había convertido en su señora, ¿por qué había mentido diciendo que no se había casado nunca?

Es posible que lo hubiera perdido todo cuando olvidé mi bolso, pero al menos sabía el número de mi tarjeta de crédito telefónica de memoria. Sentada en la reconfortante tibieza y suciedad de la cabina telefónica, me resistí al impulso de llamar a Ben y a Alex, sólo para escuchar sus voces y decirles que me encontraba bien. Tampoco llamé a Cass, aunque ansiaba hacerlo. Todos sabían que éramos buenas amigas; su teléfono también podría estar pinchado.

En cambio, llamé a todos los Quigley que figuraban en el listín de Dayton. Intentando sonar simultáneamente alegre y confiada, simulé ser Mary Quigley de Orlando, Florida, que investigaba su árbol genealógico. No hubo suerte: sólo me comuniqué con contestadores automáticos y Quigleys que desconocían a Art, Penny y la pequeña Jessica.

De modo que me transformé en Mary Winterburger y llamé al único Winterburger de Dayton. ¡Bingo! Una prima de Penny me dijo que ella y Art habían fallecido. Ella de cáncer. Y él en un accidente con una barbacoa de propano. Era terrible, terrible, asentí. En cuanto a Jessica, se casó poco después de acabar la universidad. Hubo un divorcio. Ah, y un niño. ¿Dónde estaba? En el este con Jessica, supuso.

Vagué por las calles ensombrecidas. ¡Un niño! Las posibilidades me abrigaron durante casi media hora. ¿Y si Richie lo hubiese descubierto? ¡Mentirosa!, habría gritado. Pensar que he abandonado a una magnífica mujer como Rosie por ti. Tal vez hubiera amenazado con despedirla. Tal vez ella había acabado con él, antes de que él acabara con su carrera.

Mientras el día se apagaba, el consuelo de mi fantasía no lograba acabar con el frío. Unas ráfagas heladas arrojaban arenisca y periódicos contra mí. ¿Cómo demonios era posible que en octubre hiciera este tiempo? Lograba descongelar mis orejas durante algunos minutos, entrando en los vestíbulos de los edificios de oficinas, examinando las listas de inquilinos. Pero no podía correr el riesgo de llamar la atención de los guardias de seguridad: regresaba al refugio ofrecido por las calles amargas y seguía caminando.

Sentía una sed espantosa. Mi hambre era aún peor. Al atardecer, todos los edificios de Lexington Avenue parecían ser un restaurante o un *drugstore*, con un despliegue ostentoso de caramelos Kit Kat. Pasé por delante de un colmado familiar, con montañas de manzanas relucientes apiladas en el exterior, pero el dueño, un coreano bajito con un largo delantal blanco, debió presentir mi desesperación, porque cruzó los brazos sobre el pecho y vigiló su fruta hasta que me alejé.

Un poco antes de las siete, estaba helada y exhausta. No tenía elección; utilicé la ficha que me dio el poli para un recorrido en autobús, sólo para volver a entrar en calor y para sentarme. El paseo ayudó, pero no mucho. En la última parada, en Greenwich Village, deambulé hasta el Washington Square Park. Había oscurecido y las únicas personas presentes eran un traficante de drogas con rizos hasta los hombros y algunos otros sin hogar como yo. Una mujer, vestida con un chaleco relleno de plumón y una gorra de lana, estaba sentada sobre un banco con las piernas cruzadas, intentando calentarse los pies. Se rodeaba con los brazos y, para consolarse, canturreaba una nana casi inaudible. Parecía tener mi edad. Oí pasos detrás de mí. Se me acercó un hombre.

–Tengo lo que necesitas, guapa.

Sentí su aliento mientras murmuraba.

Me marché rápidamente, pero mis pies se estaban hinchando dentro de las botas y cada paso que daba era doloroso. Me pregunté si los sin hogar llegarían a soportar su dolor o si su desdicha no amainaba nunca.

Fui empujada por un ejército trajeado que regresaba a casa del trabajo, por legiones vestidas con tejanos, cargadas con mochilas, que se dirigían a las clases nocturnas en la universidad de

Nueva York y en la *New School.* No tenía fuerzas para devolver los empujones. Ponte dura, me advertí a mí misma. Esto se pondrá peor. Pero no estaba preparada para una vida dura; durante demasiado tiempo, la mía había sido blanda y plácida y rica. El aroma a comida y los olores de las cloacas me acometían, el tráfico me sobresaltaba, la gente me asustaba.

A las ocho y veinticinco, mientras observaba el minutero de mi reloj para hacer pasar el tiempo, vislumbré un destello rojo por el rabillo del ojo. Se trataba de una bolsa del Burger King, una grande, que una mujer joven, vestida con un chándal de la universidad de Nueva York, sostenía con las manos. Estaba inmóvil delante del escaparate de una librería de ciencia ficción, observando unas pilas de la novela *Atlantis 2000,* desplegadas delante de un fondo, que parecía una urbanización para la clase media rodeada de peces. Tenía unos dieciocho años, con el pelo lacio, la postura exquisita y la figura delgada de una bailarina. Me pregunté cómo se las arreglaría para realizar una *grande jeté* después de ingerir una hamburguesa doble con queso y beicon.

Les juro que no lo planeé, porque si hubiera reflexionado mínimamente, la idea me hubiera espantado. Pero no pensaba: sólo cogí la bolsa y corrí.

La joven no me persiguió, sorprendente o no tan sorprendentemente, ya que el Village era un barrio donde los visitantes sociópatas no eran desconocidos. Soltó un alarido –en realidad fue un grito sonoro– pero al mirar hacia atrás, vi que no corría hacia ningún teléfono para llamar a la poli. Lo que en Long Island se consideraría un delito capital: robar comida rápida, en Manhattan aparentemente sólo constituía una molestia. La bolsa irradiaba calor contra mi pecho; el aroma a carne y cebolla me calentó el alma. Me distancié un poco más de la escena del crimen. Después me senté encima del guardabarros de un taxi independiente y devoré mi cena apresuradamente.

En algún momento entre las patatas fritas y el así llamado pastel de manzanas (mientras que, con una culpa creciente, me imaginaba al cerdo del novio de la delicada bailarina, golpeándola por perder la cena) recordé el chándal de la universidad de Nueva York. Y aquella imagen me hizo recordar inmediatamente a la única persona que conocía en la universidad de Nueva York, mi chico malo favorito: Danny Reese.

Danny había tocado el bajo en la banda de Alex del instituto y luego había ido a la universidad de Nueva York. En una oportunidad, había escuchado como Alex le contaba a Ben que Danny había desarrollado una empresa lucrativa, vendiendo DNI falsos a sus compañeros: chicos deseosos de pagar mucho dinero por el privilegio de entrar en bares para beber y vomitar antes de alcanzar la mayoría de edad. Esta nueva empresa probablemente había sido el equivalente moral de su ocupación previa: vender marihuana en el vestuario de chicos del instituto de Shorehaven.

Danny Reese era un mal tipo con buena suerte: ninguna detención, ninguna condena. Bien, además de buena suerte, tenia una buena cabeza, un encanto considerable y era sensualmente apuesto; si Elvis Presley hubiera nacido con dotes intelectuales en el condado de Nassau, hubiera sido la viva imagen de Danny Reese. Pero detrás de su agudeza e ingenio, detrás de su sonrisa fácil, siempre sentí que había dulzura. De acuerdo, tal vez no dulzura, pero sí bondad. Maldad no ciertamente. El chico estaba echado a perder, pero era decente. Tenía una boca sensual que era para morirse. Razón por la cual, a pesar de que incitaba y ayudaba a Alex a escapar cada noche para ir de juerga, siempre me había inspirado simpatía.

Durante el primer año del instituto, cuando a pesar de todas sus disculpas elaboradas (incluyendo una carta de un médico, exquisitamente falsificada), Danny estaba a punto de suspender la clase de Introducción al Teatro que dictaba Cass, por no haber redactado el trabajo del período académico, había cogido a ambos una noche, después del ensayo de la banda. So pretexto de que me ayudaran a reordenar los muebles de la terraza, les había ofrecido un monólogo, una crítica de *El zoo de cristal.* Para Alex, mi charla fue aburrida y mortificante; cuando su mirada furibunda no logró silenciarme, dejó de escuchar. Pero el listo de Danny había descubierto exactamente lo que yo estaba haciendo. Había escuchado con atención. Dos días después había obtenido un diez en el examen final, con lo que su nota media fue lo bastante alta como para aprobar el curso, para gran fastidio de Cass. Había esperado que mi intervención le proporcionara una segunda oportunidad. Lo que hizo fue ayudarle a entrar en la universidad, que él utilizó como base para promover sus intereses empresariales.

Información de Manhattan me dio la dirección de Danny, más bien de mala gana, me pareció. Para cuando llegué al lugar donde vivía –una calle ruinosa de una sola manzana, cerca del río Hudson– era casi medianoche. El edificio era un cubo de madera de dos pisos. Un cartel poco discreto: «Dawn L. Iannucci, Electróloga / Depilación / Cosmetóloga», colgaba encima de una tienda abandonada hacía tiempo, que parecía ocupar toda la primera planta. Un gato escuálido pasó corriendo. Perseguía algo que sentí que no querría ver.

Ya que para Alex la medianoche había sido el mediodía, y ya que él y Danny habían sido compañeros noctámbulos tan íntimos, no tuve dudas en despertar a Danny, aunque sí tenía serias dudas acerca del chico. ¿Adorable? Seguro. Y terriblemente deshonesto. Sin embargo, como sabe cualquier lector de novelas de misterio, una tipa acusada de asesinato no puede ser demasiado quisquillosa con respecto a la compañía que elige. De modo que intenté llamar al timbre, salvo que no había timbre. Primero llamé y después golpeé la puerta. No hubo respuesta. Pero en la segunda planta brillaba una luz débil, así que hice lo que hacemos en Brooklyn cuando queremos llamar la atención de un amigo. Grité: «¡Danny!» con todas mis fuerzas.

Una ventana de la segunda planta se abrió, mientras alguien de la manzana de enfrente contestaba: «¡A callar!». Danny se inclinó hacia fuera. No llevaba camiseta. Su pelo espeso le cubría los ojos. No parecía encantado de recibir visitas. Levantó la cortina aún más, para poder asomarse y ver mejor.

–Danny –dije, acercándome a una farola–, soy yo.

No hubo reconocimiento ni respuesta. Como ahora me había convertido en un acontecimiento mediático, no podía gritar mi nombre, precisamente. De modo que exclamé: «Soy la madre de Alex». La ventana se cerró de un golpe. Unos segundos después, Danny atravesó la tienda a la carrera y abrió la puerta violentamente.

–Odio dejarme caer por aquí de esta manera –dije. Mi voz sonaba ronca y carente de estrógenos–, pero era demasiado complicado para discutirlo por teléfono.

Me cogió de la manga, me arrastró dentro y me condujo hacia una escalera en la parte de atrás.

—Ejem —empecé a decir—, ¿te has enterado de...?

Danny asintió. Había recobrado la tranquilidad rápidamente y se peinaba el cabello hacia atrás con los dedos, en el modo pausado y consciente de un vocalista suplente entre canciones. En el instituto había sido un guaperas, pero un guaperas pequeño. Todavía no era mucho más alto que yo, pero se había ensanchado y ahora su cuerpo tenía la forma masculina ideal: triangular y de hombros anchos.

—Acaba de aparecer en las noticias de las once —dijo—, mostraron uno de los vídeos de los bailes de gala, cuando usted era la acompañante de las señoritas. Se estaba riendo de algo, junto al doctor Higbee y el señor Pérez y, cuando vio la cámara, saludó con la mano.

—No quiero meterte en líos —dije, tragando—, pero no tengo dónde ir.

—Suba.

Me sentí agradecida, ya que no dijo: «Después de usted», porque mis músculos estaban tan doloridos y mis pies tan hinchados que tuve que aferrarme al pasamanos con ambas manos y arrastrarme escaleras arriba, como una anciana. También reflexioné que era mejor observar el trasero prieto de Danny enfundado en un par de tejanos deshilachados, a que él observara el mío dentro de un par de pantalones franceses que, desde atrás, seguramente subrayarían el tiempo transcurrido desde sus días de turgencia.

Cerró la puerta de su apartamento. Había tres cerraduras, un cerrojo de seguridad y un tubo de metal atornillado al suelo. Danny tenía mucho que proteger, aunque decididamente no era el sofá sobre el que me invitó a sentar, lleno de bultos y resortes sobresalientes, cubierto por un viejo tapiz teñido de color azul y amarillo. ¡Pero qué tesoros electrónicos poseía! Una televisión tamaño cine, dos vídeos, una montaña de accesorios estéreo y altavoces monolíticos.

—Señora Meyers.

Pronunció mi nombre lentamente, arrastrando cada sílaba. Supuse que éste era el nuevo saludo de moda.

—Danny.

—Supongo que no debería preguntarle qué hay de nuevo —observó.

Era demasiado desenvuelto para esperar mi respuesta. En cambio, desapareció dentro de otra habitación y regresó, abotonando los puños de una sedosa camisa negra. Apoyó la espalda contra el marco de la puerta, cruzó los brazos y me escudriñó. La camisa quedó desabotonada, pero aquello no era tan extraño, porque incluso en el instituto Danny era tan progre que hasta los más progres de la MTV no parecían más que vejetes incorregibles y despreciables a su lado.

—¿Qué puedo hacer por usted? —preguntó.

—Nada. —Apoyé las manos en las rodillas e intenté ponerme de pie. No funcionó—. He cometido un error al venir. Lo siento. Dame sólo un minuto. —Él vagó a través de la habitación y se sentó a mi lado. Yo apenas podía hablar—. Estoy tan cansada que no puedo pensar con claridad. Vi a una chica con un chándal de la universidad de Nueva York y después me acordé de ti... que eras la única persona que tal vez no me entregaría a la policía.

—Señora Meyers.

—¿Qué?

—Ésa no es una buena reflexión.

—¿No lo es?

—Para alguien buscado por la policía no. Debería pensar que la novia del señor Meyers, o su empresa, podrían haber ofrecido una recompensa por la información que conduzca a su captura. Debería pensar que si existiera una recompensa, Danny Reese sería capaz de vender la silla de ruedas de su abuela con ella encima.

Colocó los pies sobre la mesa auxiliar, una papelera invertida. Calzaba botas de vaquero. Botas de vaquero para un vaquero sumamente próspero: eran de piel de cocodrilo, marrones.

—No lo creo de ti. El Danny Reese que conocía puede haber sido un poco descentrado, pero nunca fue un torcido.

—¿Realmente lo cree?

—Creo que no te importa si maté o no a mi marido, aunque tienes mi palabra de que no lo hice. Supongo que tuve la esperanza de que me ayudarías porque en una época, tú y Alex fuisteis amigos. O porque me consideras una buena persona. O sólo porque te gusta ser...

No tuve el coraje de decirlo.

—Vamos. ¿Ser qué?

—Ser un forajido.

Apoyó la cabeza contra el respaldo del sofá. Durante algunos instantes, una pequeña sonrisa suavizó sus labios.

—La ayudaré —dijo.

—Lo último que quiero es ser condescendiente, pero tengo la obligación de decirte... —dudé un momento—, podrías verte en apuros. Lo sabes, claro está.

—Por supuesto. Sería un cómplice.

—¿Ahora te dedicas a leer novelas de misterio, Danny?

—No, señora Meyers. No leo novelas de misterio. Soy lo que se diría... —sonrió con aquella sonrisa que había enloquecido de pasión a las chicas del instituto— un consumidor de servicios legales. Mi abogado me dice que soy un delincuente. Pero hasta él reconoce que soy un delincuente astuto. Y también cuidadoso. Un delincuente al que nunca atraparon.

—Pero a mí no me acusan de vender marihuana en el vestuario. —Aunque era demasiado mundano para demostrar su asombro, le vi luchar con las ganas de mirarme boquiabierto—. Soy una buena profesora. Conozco a mis chicos y mantengo los ojos bien abiertos. Sabía lo de la marihuana. También sabía lo de las pastillas. Y si alguien me hubiera dicho que vendías un poco de cocaína, tampoco me hubiera muerto de asombro.

—Eso lo dejé.

—¡Magnífico!

—Me dedico a vender DNI falsificados. Nada de pasaportes ni cosas por el estilo. Los pasaportes, el dinero... son peligrosos, salvo que tus proveedores tengan equipos absolutamente perfectos. Pero conozco un individuo...

—No quiero un pasaporte. No quiero dinero falso. ¿Y crees que tendría el atrevimiento de simular ser una veinteañera, con una de tus tarjetas de identificación universitarias falsas o uno de tus falsos permisos de conducir?

—No crea que soy grosero o algo así —dijo, levantando los pies de la papelera—, pero ¿qué quiere?

—Necesito un sitio para dormir esta noche.

—Hasta aquí eso no es un gran desafío.

—¿Y esto, Danny? Necesito que te comuniques con Alex y le digas que estoy bien y que él te diga qué ha estado ocurriendo en casa. Pero los teléfonos estarán pinchados.

—No se preocupe.

—¡No! Por favor, no llames a casa.

—Escuche —me interrumpió—, ¿cree que llamaré a Alex y diré: «Me he enterado de que una cierta señora M. goza de buena salud y pasó una noche estupenda, durmiendo en el Greenwich Village?». No, llamaré a Alex, le diré que lo lamento por su viejo. Tontearemos un rato acerca de la escena musical de Seattle. Refrescaré los viejos días con la banda, él como cantante principal y yo como batería...

—Tocabas el bajo.

—Usted lo sabe, yo lo sé. Alex lo sabe. Pero los polis, no. Salvo que Alex tenga el coeficiente de inteligencia de una sardina, se le ocurrirá ir hasta otro teléfono y llamarme. —Se puso de pie, cubriendo sus botas cuidadosamente con los bajos de sus tejanos, antes de dirigirse a su habitación y regresar con una almohada y un edredón, que podría haber sido blanco cuando comenzó en la universidad, cuatro años atrás—. Si quiere pasar la noche preocupándose por si la entrego, usted misma. Pero yo en su lugar intentaría dormir. Tiene un aspecto horroroso —dijo, sin titubear.

Estaba lo bastante exhausta para no asquearme frente a las manchas de carmín y las zonas sospechosamente tiesas de la funda de la almohada. Comparado con Danny Reeves, Alex, que era un maestro de la guarrería, parecía un fanático de la limpieza. Casi me corto la pantorrilla con un CD que había incrustado entre dos almohadones del sofá. La herida se hubiera infectado por las migajas de *Twinkies,* acumuladas durante años, el polvo, la mugre y lo que parecía gravilla para periquitos, distribuida al voleo. Y el suelo: incluso a la luz débil de la calle, lograba ver el papel grasiento de una caja con pizza, pañuelos de papel usados, fajos de papel de libreta arrugados, latas de cerveza vacías, una botella de vino y suciedad.

Suciedad. Mientras me dormía, no dejaba de ver la tierra que había en el suelo de la cocina, en Gull's Haven. Había suciedad por todo el suelo, desde la entrada hasta los zapatos de

Richie. ¿Zapatos o zapato? Me imaginé las suelas de sus costosas zapatillas: un diseño perfilado, que parecía un campo arado por una sociedad de horticultura vanguardista. Había mucha tierra en las ranuras de su zapatilla izquierda. Pero en la derecha casi no había. ¿Era porque la tierra de la zapatilla derecha se había desparramado en el suelo? O porque en realidad, cuando estacionó el coche, sólo tocó la tierra con un pie.

Me giré sobre la espalda. Debería lavar mi ropa interior. Pero estaba demasiado cansada y débil como para levantarme del sofá. No soportaba la idea de pisar el suelo mugriento de Danny con mis pies doloridos.

Tierra, me dije. Piensa en la tierra. Reflexiona acerca de las huellas de neumáticos que viste en la tierra. Richie no hubiera pisado la tierra, dado el lugar en el cual estacionó el coche. Hubiera pisado... cerré los ojos con fuerza, ajustando el foco de la imagen. Hubiera pisado una alfombra estrecha de hojas otoñales. Hojas secas. Tenían que estar secas; hacía dos o tres días que no llovía. Un paso. El otro hubiera sido encima del camino. ¿Cómo se embarraron tanto sus zapatillas, zapatilla?

¿Cómo los polis no se preguntaron lo mismo? ¿Habrían tomado muestras de tierra de las suelas de Richie, comparándolas con la tierra del suelo? Tenían que haberlo hecho. ¿Y con la tierra del sitio donde estaba estacionado el coche? Por supuesto. Y la tierra de los tres sitios era igual.

Pero habían tomado moldes de las huellas de los neumáticos, no de las pisadas. No había pisadas cerca del coche de Richie.

Entonces, ¿de dónde provenía la tierra que estaba en el suelo de mi cocina?

De la persona que había estado con Richie o que había seguido a Richie y lo había arrastrado dentro.

De la persona que había observado las huellas de tierra que partían de la puerta, que se había dado cuenta de que no había tierra en los zapatos de Richie y que había decidido que era importante poner un poco en sus zapatos.

Así, habría parecido que Richie estaba solo. Y sólo había una persona a la cual acusar de asesinarle, la única otra persona que estaba en Gull's Haven.

La acusada pasó una buena noche, durmiendo.

12

El cuarto de baño de Danny Reese era casi tan inmaculado como su salón, pero a las ocho y media de la mañana no podía darme el lujo de ser quisquillosa. Incluso me duché, después de jurar que no miraría ni el desagüe de la bañera ni el interior de la cortina de baño, a pesar de la tentación irresistible. Me estaba secando con el único trozo de toalla limpio que encontré, un paño para la cara, cuando la voz de Danny sonó a través de la puerta.

—Déme su ropa.

—¿Qué?

—Saldré en busca de café y algunas otras cosas. Dejaré su ropa en la lavandería china junto a la mía.

—Mis pantalones y mi jersey tienen que ir al tinte —argumenté.

—De acuerdo, pero eso llevará todo el día. Apuesto a que sospechaba que le quitaría la ropa —dijo, justo cuando pensaba que Danny intentaba quitármela con engaños—, ya sabe, para que no escape mientras recojo la recompensa por entregarla. Abra. Tengo algo para usted —añadió luego.

Entreabrí la puerta. Una mano se deslizó dentro, con un par de pantalones de pana y un jersey de lanilla. Estaban maravillosamente limpios y olían a suavizante.

—No he estado mirando las noticias. ¿Han ofrecido una recompensa, de verdad?

—Lo anunciaron por la radio. Cincuenta de los grandes por la detención y condena del asesino.

—¿Cincuenta mil?

No lograba abotonar los pantalones. Sin embargo, teniendo en cuenta que el trasero de Danny era aproximadamente del tamaño de mis dos puños, fue una victoria y un milagro cerrar la cremallera a medias.

—La empresa del señor Meyers ofreció el dinero.

Me puse el jersey de Danny. Incluso antes de amamantar a dos niños, nunca fui de las que añoran la libertad de pasearse sin sostén; a los cuarenta y siete no parecía un momento apto para reconsiderarlo. Pero no tenía otra elección, de modo que ablusé el jersey enorme, encorvándome como Quasimodo para que mis hombros sobresalieran más allá de mis pechos, sacudí la cabeza despreocupadamente y abrí la puerta.

—No la entregaré —me informó—; puede creerme o no creerme.

Cogió mi ropa sucia y ni siquiera echó un vistazo a mis pechos lo cual, aunque no fuera un golpe importante para mi autoestima, sí fue un impacto directo.

—Te creo —le dije.

Conque allí estaba, con mi vida depositada en las manos de un ex traficante de drogas, veinteañero y amoral, vestido con ceñidos tejanos negros y una camisa negra abotonada hasta el cuello; y no sabía si acababa de tomar una decisión sabia o si había cometido el peor error de mi vida.

—Ah, ya que vas a la lavandería... —añadí, levantando el edredón del sofá.

—Señora Meyers.

Su tono era helado.

—Lo sé. No soy tu madre. Pero el edredón está sucio.

—Es mi edredón, señora Meyers.

—Por supuesto que es tu edredón. Sólo que si vuelvo a ser tu invitada, me gustaría que estuviera un poco más limpio. Y llámame Rosie.

Después de que se marchara —con el edredón— llamé al instituto. Como había supuesto, Carla, la secretaria de la oficina principal, cogió el teléfono. Ya que sin duda era el ser humano más ególatra de los estados atlánticos medios, daba igual si el paño con el que cubrí el auricular amortiguaba mi voz; le importaba un rábano quién era yo o qué quería, porque mi llamada no estaba relacionada con ella, ni con su novio Kyle ni con el Dodge Stealth de Kyle. Di la señal convenida entre Cass y yo, diciendo que era la enfermera de la consulta del doctor Goldberg, llamando para confirmar la cita de Cass del sábado a la una y media. Por supuesto que el mensaje en sí mismo carecía de significado; sólo le indicaba a Cass que, a la una y media, estuviera cerca del teléfono público convenido, próximo a la cafetería –tenía la séptima clase libre– y aguardara mi llamada.

Durante aproximadamente medio segundo pensé en llamar a Stephanie, para saber si había obtenido el nombre de algún abogado del condado de Nassau pero, aunque estaba en un noventa y ocho por ciento segura de que no me entregaría a la policía, no podía arriesgarme ni siquiera en un dos por ciento. Además, el último recomendado de Stephanie, Forrest Newel, había sido tan asombrosamente poco impresionante que abrigaba un par de dudas acerca de su juicio. Por otra parte, no tenía precisamente una lista de abogados penalistas en mi bolsillo posterior (o, para ser precisa, en el bolsillo posterior de Danny) y necesitaba ayuda.

Danny regresó unos quince minutos más tarde, con dos envases llenos de café.

–Aún está aquí –comentó fríamente.

Siempre tenía los ojos semicerrados, con aquella mirada lánguida y sensual tan estudiada que ostentan los actores de ensueños adolescentes en los culebrones televisivos para subnormales.

–¿Creíste que escaparía?

–Bien, algunas personas abrigan algunas dudas acerca de mi carácter.

–Vamos, Danny. Hace años que te conozco.

Danny sonrió. ¡Uau! ¡Qué mono era!

–Tanta más razón para escapar.

–Es probable, pero te necesito para otra cosa.

–Oh. ¿Qué?

–¿Sabes algo acerca de los abogados penalistas de Long Island?

–¿Como qué?

Destapó el envase con café y desgarró dos paquetes de azúcar con los dientes.

–Un nombre, Danny.

–Oh.

Durante algunos minutos mordisqueó la cucharita de plástico pensativamente.

—Vincent Carosella —dijo después de un rato—. ¿Lo ha oído mencionar? Es bastante conocido.

El nombre me resultaba vagamente familiar, probablemente a través de los reportajes sobre juicios horrorosos por asesinato en Long Island, en el informativo «Noticias 12»; bien, al menos no parecía otro mojigato con leontina.

—Ninguno de mis amigos lo ha empleado, porque no se ocupa de casos de drogas. Pero para... —Danny titubeó durante una fracción de segundo, decidiendo entre «cosas» y «mierda». Pero ya que éramos compinches que se llaman por el nombre de pila, eligió «mierda»— ... para mierdas de éstas —dijo, juntando los dedos y besando sus extremos apasionadamente—, Vinnie es la *crème*.

Después llamó a Alex y a un antiguo cliente, para ofrecerle un gran negocio, consistente en una tarjeta de identificación sin usar de la universidad de Rutgers y un prístino permiso de conducir de Nueva Jersey. Cuando llamé, algunos minutos después de las nueve, Vinnie Carosella ya estaba en su despacho. Nos abocamos a las presentaciones. Primero habló de sus antecedentes: había ido a la universidad de Adelphi y a la Escuela de Leyes Saint John y había encabezado el Departamento de Homicidios en despacho del Fiscal del Distrito en el condado de Nassau. Después, de sus honorarios: como quien no quiere la cosa mencionó que cobraba trescientos dólares la hora. No me preguntó si había matado a Richie.

—Rosie —dijo—, tengo que ser honesto con usted. Escaparse no ayuda.

—Dígame, Vinnie, si me entregara, ¿cuántas posibilidades hay de que la policía siga buscando al asesino de Richie?

—Casi ninguna.

¡Qué voz tenía! Profunda, ardiente. Una voz que haría llorar al jurado. La voz despertó un recuerdo. Recordé haberlo visto por televisión, sobre unas escaleras delante de algún tribunal, declarando ante uno o dos periodistas que su confianza en el sistema legal americano resultaría vindicada cuando el jurado declarara inocente a su defendido. Parecía tener casi sesenta años y vestía con elegancia.

—No olvide una cosa, Rosie. Cuanto más tiempo permanezca huida, más me costará convencer a la gente de su inocencia. ¿De acuerdo?

—De acuerdo.

—Ahora cuéntemelo todo.

Se lo conté. Me aseguró que apenas recibiera mi anticipo, contrataría un investigador para que examinara los antecedentes de Jessica, especialmente para descubrir si había ocultado a un niño —o a un amante— ante Richie. En cuanto a la tierra y las huellas de los neumáticos, dijo que no obtendría las copias de los informes del laboratorio antes de que me procesaran. Al menos, añadió, no legalmente. Sin embargo, dijo que hablaría con un compinche suyo, un teniente de detectives de Mineola, para que le consiguiera algunos papeles.

—¿Quién sabe? —dije—, tal vez encuentre algo en mi descargo.

—Son cosas que pasan —dijo Vinnie, amable—; ¿quiere darme un número, por si se da el caso de que tenga que comunicarme con usted?

—Prefiero no hacerlo. No se trata de falta de confianza. Sólo que no sé dónde estaré de un día para otro.

—Entonces llame cada día alrededor de esta hora. O antes. Llego al despacho a las siete y media. Me quedo hasta las nueve o las diez de la noche. No se preocupe, no será molestia. No tengo vida propia.

Había transcurrido casi media hora y Danny no había regresado. Tal vez me estaba entregando a los polis. Tal vez estaba observando el ciclo de enjuague de la lavadora. En cualquier caso, tenía que matar el tiempo. Me deslicé dentro de su habitación para ver qué lograba descubrir acerca de mi gentil caballero andante. La cama estaba sin hacer, lo que no me sorprendió pero, a diferencia del salón, no se trataba de una zona apta para recibir fondos de ayuda federales por desastres. Sus libros de texto estaban tan pulcramente amontonados en el suelo que resultaba claro que hacía meses, tal vez años que no los tocaba. No había indicios de que leyera por placer, ni siquiera libros para jóvenes, de deportes o biografías de rockeros. Por supuesto nada que se pareciera ni remotamente a una novela. Su contrabajo blanco y negro estaba colocado encima de un inmenso amplificador Marshall; había montones de números atrasados de la revista *Bass Player* y un libro con canciones de los Red Hot Chili Peppers amontonados al azar. Las revistas no eran demasiado antiguas, pero cuando recorrí el contrabajo con el dedo, vi que estaba cubierto por una capa del polvo aterciopelado de Nueva York. Hallé rastros de compañías femeninas: una hebilla de concha debajo del radiador y, en la parte posterior del armario, un minúsculo bikini blanco.

Pero el resto del armario era prístino. Resultaba claro que Danny amaba su ropa de verdad. Y tenía montones. Los colores iban del negro al gris antracita, una selección bastante exigua. La única excepción consistía en un par de tejanos.

Pero no había muestras de su mercancía: ni un solo permiso de conducir falso, ni una tarjeta de identificación falsa. Las únicas drogas que encontré eran ostentosamente legales y estaban dentro de frascos de farmacia a su nombre, aunque si en realidad hubiera necesitado tales cantidades de Valium y Halcion para relajarse y conciliar el sueño, probablemente hubieran tenido que internarlo. Me apropié de algunos Valium pero, teniendo en cuenta que mi cabeza lucía una etiqueta de cincuenta mil dólares, me sentía notablemente tranquila. ¿Por qué no? Si Danny no me traicionaba, estaba en unas manos condenadamente buenas. Era un delincuente muy cuidadoso; si los polis lo descubrieran, ya podían llegar con sus órdenes de registro y tirar la puerta abajo... no encontrarían nada. Pero sí encontré algo en sus pantalones exquisitamente colgados. Dinero de bolsillo. Si mis instintos con respecto a él eran correctos, los sesenta y tres dólares que encontré habían sido olvidados hacía mucho. Sentí vergüenza, culpa e incluso cierta angustia frente a mis artimañas, pero no lo bastante como para no coger el dinero.

Llamé a Data Asociados. No podía pedir que me comunicaran con el despacho de Richie: su secretaria reconocería mi voz. En cambio pedí por el de Jessica. Le dije a Helen, su secretaria —que o bien fumaba demasiado o era un travesti— que trabajaba en la redacción del *Hartford Courant* y estaba comprobando información para un artículo. ¿Era verdad que la señorita Stevenson había aprobado una recompensa de cincuenta mil dólares? Así era. ¿Y cuál era el cargo que ocupaba en Data Asociados? Presidente. ¿Presidente? Bueno, técnicamente, presidente en funciones, dijo la secretaria. Desde ayer por la tarde.

Recordé que Gevinski había dicho que Jessica no tenía una razón para matar a su novio multimillonario. ¿Y esto qué era? Richie había muerto y ella se había convertido en presidente de una empresa multinacional, con sueldo y opción a comprar acciones. Ahora era una mujer con millones propios. Y con su nuevo título, había adquirido poder por derecho propio. Conque sí, sargento, tenía un motivo.

Y hablando de motivación, ¿qué os parece Papaíto Querido? Si no era su papá, sino un amante más rico, más poderoso, más aristocrático y —aunque lo dudaba— más excitante que Richie, ¿no constituiría aquello un incentivo adicional para probar mis cuchillos de cocina? Consideren lo siguiente: ella mata a Richie y obtiene un aumento de sueldo, una promoción y un amante más nuevo y más importante y, quizás, también más potente. Olviden amante. ¿Y si fuera marido? El señor y la señora Papaíto. Y lo mejor era que Jessica sabía que podía asesinar con impunidad. Muerto Richie, se convertiría en miembro del Club de Presidentes Jóvenes, mientras que yo participaría como lectora en el grupo dedicado a Grandes Novelas, en el correccional de mujeres de Bedford Hills.

A las secretarias de confianza se les paga para ser discretas. Daba igual que Helen odiara a Jessica; a mí no me diría nada. Pero unos minutos después pensé: ¿y qué hay en cuanto a una ex secretaria de confianza? Richie había despedido a Frances Gundersen unos seis meses antes de despedirme a mí. ¿Lograría que Frances hablara?

Tal vez. Cuando Fran Gundersen cumplió cincuenta y tres años, Richie le entregó un cheque como regalía por cese de empleo y colocó a alguien llamado Daphne en su silla giratoria. Daphne realmente parecía una Daphne: tenía huesos pequeños y ojos muy abiertos y hablaba con un deje británico. En aquel momento, yo debería haber deducido que la traición de Fran podría presagiar una traición de altos vuelos. Pero no lo hice; Richie era mi marido y, aunque un marido pueda contar algunas mentirijillas acerca de cuánto perdió en las mesas, jugando a veintiuna durante las vacaciones en familia en Puerto Rico, por el bien de su salud mental, una esposa debe dar por sentado que su vida se basa en la verdad. Conque tal vez fui una inocente tan consumada al creerle, cuando me dijo que Fran se había vuelto terriblemente distraída –como les pasa a algunas mujeres cuando les llega la menopausia– y que no había tenido otra elección que deshacerse de ella.

Recordé que vivía en una zona de Brooklyn desconocida para mí, un barrio llamado Sunset Park, habitado por una comunidad considerable de escandinavos. Rogué cruelmente que una mujer de su edad hubiera tenido dificultades para encontrar otro empleo y que estuviera en casa.

¡Estaba! Contestó el teléfono con la misma voz que utilizó durante todos los años que trabajó para Richie: «¡Dígameee!». Su voz se volvía aguda en la tercera sílaba que siempre añadía. Colgué y dejé un mensaje breve encima del teléfono de Danny, diciendo que regresaría. En vez de las dramáticas gafas de sol, que estaba segura que poseía, pero que no logré encontrar, me camuflé como pude bajo la visera de una gorra de béisbol de vinilo negro: un objeto horrible, en boga y caluroso. Abandoné la casa y permanecí en una esquina alrededor de unos tres minutos, completamente paralizada. ¿Cogería el metro? Había demasiadas personas que ven las noticias de las once. ¿Un taxi? Sólo poseía sesenta y tres dólares; mis días de despilfarro habían terminado. ¿Metro? ¿Taxi? ¿Taxi? ¿Metro? Mi parálisis se desvaneció condenadamente rápido, cuando descubrí un par de polis del vecindario, paseando calle abajo.

–¡Taxi!

Y me largué rumbo a Brooklyn.

No hablaré del tiempo que el taxista tardó en encontrar Sunset Park, ni del hecho de que el recorrido costó veintisiete dólares y cuarenta centavos. La diminuta casa adosada de Fran formaba parte de una hilera larga de casas de ladrillo de color ocre, probablemente construidas a finales de los años treinta, más o menos cuando se publicó *El Mago de Oz,* y de hecho, toda la calle, con sus arces diminutos y sus céspedes para liliputienses, ostentaba la gracia resplandeciente del País de los Gnomos... aunque Dios sabe que Fran no era un gnomo.

Cuando abrió la puerta tuve que mirar hacia arriba; medía casi una cabeza más que yo. Alguna vez tuvo el cutis resplandeciente y el cuerpo robusto de una reina del patinaje, pero desde que Richie la había despedido se había convertido en lo que las personas caritativas habrían llamado robusta.

Cuando se dio cuenta de quién era yo, cloqueó de asombro.

—Lamento aparecer tan de improviso, Fran.

Con su falda de franela gris, una blusa de manga larga con puños almidonados y el pequeño lazo flojo, que siempre solía llevar debajo del cuello, parecía dispuesta a trabajar. Un jefe invisible podría estar diciendo: «Escriba una carta, señorita Gundersen», salvo que cuando miré hacia abajo, vi que no llevaba medias cubriendo sus piernas blancas. Calzaba unas zapatillas de ballet de satén rosa, con lacitos minúsculos. Sentí alivio y tristeza porque mi ruego se había cumplido.

—No le haré daño, Fran —le dije—. No estoy armada. No soy peligrosa.

—¡Tiene bastante gracia! —dijo Fran, soltando una risita.

Tenía los dientes manchados de carmín; aún se pintaba demasiado con aquel carmín, de color chicle. Pero ahora el rosado brillante penetraba en las arrugas pequeñas que rodeaban sus labios y hacían que su boca pareciera borrosa.

—¿Apuñaló a su marido y dice que no es peligrosa?

—No lo hice.

En lugar de gritar: «¡Policía!» o golpearme la puerta en la cara, Fran dio un paso atrás y se apretó contra la pared, para que yo pudiera pasar al vestíbulo angosto. Ya que no podía adelantarse e indicarme el camino, entré directamente a su salón y me senté. Fran me siguió y tomó asiento frente a mí, decorosamente. Dejó las manos en el regazo, pero cruzó las piernas tantas veces que su falda subió, descubriendo sus muslos robustos.

La pequeña casa era sorprendentemente hermosa, repleta de muebles clásicos escandinavos de madera clara, y cuadros de amaneceres en los fiordos y de brumosos campos de flores. Pinturas hermosas, de verdad.

—Me alegro de encontrarla en casa —dije.

—Desde el año pasado sólo dispongo de tiempo libre. —Después me lanzó una mirada desafiante—. De modo que seamos honestas. Él la cambió por un modelo diferente, y usted le mató. Punto final.

—¿Podría agregarle un signo de interrogación, Fran?

—No. ¿Pero sabe una cosa? Se lo agradezco —dijo, poniéndose de pie y dándome la mano—; ojalá hubiera tenido el coraje de hacerlo yo misma. —Se ocupó de enderezar uno de los cuadros—. Un día estaba en el mejor de los mundos y al día siguiente... No sólo era un trapo sucio: estaba despedida. —Se giró, su cutis claro estaba manchado por la ira—. ¡Estaba aniquilada! Estaba en la calle.

Fran había sido una mujer tan bonita y cordial; en los viejos tiempos, Richie decía que podía imaginársela con trenzas rodeando su cabeza, cantando en falsete. Las rubias grandullonas como Fran supuestamente son alegres y generosas, y durante los primeros instantes, su fachada alegre había ocultado la magnitud de su amargura. Ahora sus manos se cerraron a sus lados, convirtiéndose en puños.

—Un cuchillo en las tripas —dijo secamente—; entre usted y yo, creo que el bastardo la sacó barata.

—Yo pensé... Me dijo que le había dado una buena indemnización.

—Me dio dinero. Dinero para tranquilizar su conciencia. Pero ¿qué se supone que debo hacer con el resto de mi vida? Usted es una licenciada; es posible que un puesto de secretaria no le parezca muy importante, pero era mi trabajo. Era eficaz. Todas mis amigas eran secretarias. Y de repente, lo único que tengo es una «indemnización» y nada que hacer. Acudo a entrevistas y nadie me contrata, porque la situación económica es un desastre y, además, soy demasiado vieja. Nadie quiere a una vieja.

—Usted no es vieja.

—¡Déjese de tonterías! Yo soy vieja. Usted es vieja. Si ya no me necesitaba, ¿por qué no me traspasó a uno de los otros ejecutivos? ¿Por qué no cogió el teléfono y me consiguió un empleo con alguna de las empresas con las que operamos? ¿Cómo se le puede decir a alguien con quien has estado durante años: «no eres nada»?

—No lo sé —contesté—, pero no debe de haber sido una

experiencia muy dolorosa para él. Lo volvió a hacer, conmigo.

Fran cruzó los brazos, después las piernas y luego se encorvó, hamacándose, como para aliviar un dolor profundamente clavado en sus entrañas.

—Reflexione un momento —proseguí—, para él fue una acción repetida. ¿Y si también lo hizo con ella? Con Jessica. Me refiero a que tal vez usted crea que le maté, pero suponga por un momento que me tendieron una trampa. ¿De acuerdo? Que ella me tendió una trampa. Es posible que él la abandonara. Tal vez decidió vengarse.

Fran se enderezó, soltando otra de sus carcajadas estridentes, con la cabeza hacia atrás y la boca formando una «O» mayúscula.

—¡Él sólo hacía lo que ella quería! —dijo.

—¿Cómo puede estar tan segura?

—¿Cómo cree que lo sé? Data Asociados era mi vida. Aún me mantengo en contacto con todas las chicas. Oh, discúlpeme: mujeres. Laurie y Claire y Helen y las dos Marys.

Las secretarias de todos los principales ejecutivos de Data Asociados. Una mina de oro de información.

—Por favor. Necesito que me ayude a descubrir quién lo hizo. Si realmente creyera que soy una asesina, jamás me hubiera dejado entrar en su casa.

—Usted hizo lo que debía hacer. Sé que no es una maníaca homicida, ni nada por el estilo. No me matará.

—Usted me conoce desde hace muchos años. Reflexione un minuto: si yo hubiera pensado en matar a Richie, ¿cree que lo hubiera hecho de una manera tan estúpida?

—No creo que lo planease —dijo, titubeando—, creo que lo más probable es que se trastocara durante algunos instantes.

—Pero piensa que existe una mínima posibilidad de que no lo hiciera. Lo sé. —En realidad no lo sabía, pero seguí hablando—. Concédame el beneficio de la duda. Conteste mis preguntas. Por favor, Fran.

Se tomó su tiempo, enderezando los puños de su camisa. Parecía absorta y muy complacida. Me desagradó que se sintiera tan complacida frente a mi desesperación. ¿Qué le había hecho yo? Desde luego, yo era la esposa del jefe, pero yo había sido una esposa del jefe decente y considerada. Incluso amistosa, aunque la misma Fran nunca se hubiera llevado un premio a la simpatía. ¿O habría dicho alguna cosa condescendiente, sin darme cuenta, que aún la ofendía?

—Necesito ayuda —rogué.

No hubo respuesta. Levantó la vista de los puños y aguardó a que me retorciera. La necesitaba, de modo que me retorcí un poco, moviéndome en la silla. Le lancé una mirada suplicante.

—Adelante —dijo finalmente y se entretuvo haciendo sonar sus nudillos—; pregunte.

Crac, crac.

—Hábleme de Jessica.

—Eso no es una pregunta. Pensaba que usted era profesora de inglés.

Crac.

—Cambiaré la frase. Jessica ha sido nombrada presidente en funciones. ¿Piensa que sólo se trata de un beneficio circunstancial, causado por la muerte de Richie? ¿O que siempre intentó alcanzar una posición más elevada, incluso ocupar su lugar?

—¡La respuesta es —proclamó, con el descaro insolente de un presentador de un programa de preguntas y respuestas—: Siempre Lo Intentó! —Supongo que el vigor de Fran no la convertía en una maníaca, pero por alguna razón, de repente estaba demasiado excitada—. ¡Una taimada nata! —Rió demasiado y con demasiada intensidad—. ¡Qué timo!

Lanzó la cabeza hacia atrás, riendo. Me asustaba un poco. Quería correr, pero en cambio permanecí sentada y apliqué una de las técnicas que utilizaba en clase; bajé la voz hasta casi susurrar, de modo que tuvo que concentrarse para oírme. Por alguna razón, nunca dejo de transformar a tipos listos y chicas duras en ciudadanos sobrios.

—¿Cómo descubrieron, usted o sus amigas, las ambiciones de Jessica? —murmuré.

—¿Qué?

Le repetí la pregunta.

—Tomamos notas en las reuniones —contestó con mucha seriedad—, escribimos sus cartas. Hacemos sus llamadas. Les conocemos.

—Hábleme de la relación comercial entre ambos.

—Su marido se llevaba muy bien con la gente. También era

un hombre de negocios competente. Pero a decir verdad, no era un genio. Era demasiado cauto. Desde el primer día, ella le empujó más allá de donde él quería llegar.

—¿En qué circunstancias?

—Por ejemplo, cuando le convenció de que despidiera al señor Gruen. Cuando le convenció para que se dedicara al comercio internacional. Tal vez usted no lo supiera, pero aquello aterraba a su finado maridito. Ella contrató a todo un ejército de expertos para convencerlo de que, si él no abría los mercados de Europa y el Lejano Oriente, lo haría otro.

—Pero eso ocurrió hace un par de años. ¿Qué ocurría ahora? ¿Se enteró usted de algunas otras grandes ideas con las que él no estaba de acuerdo?

—¿Qué le parece la idea de negociar en Bolsa? ¿Le parece lo bastante grande?

Es cierto que nadie me consideraría un mago de Wall Street, pero no era necesario ser un genio de las finanzas para saber que negociar en Bolsa hubiera significado una tonelada de dinero para Richie. También sabía que la idea siempre lo había amilanado, en parte porque sabía que aunque era un virtuoso del encanto, no tenía el coraje suficiente para ser un ejecutivo agresivo y brutal. Y también que negociar en Bolsa habría significado que Data Asociados podría dejar de pertenecerle al cien por cien. Con miles o millones de acciones dando vueltas, algún predador extraño podría haberse apoderado de Data Asociados, incluso alguien de la misma empresa, más duro que él. Resultaba interesante comprobar que la única ejecutiva con aquellas características fuera Jessica Stevenson.

—¿Estaba decidido a negociar en Bolsa?

Era difícil de creer; había rechazado aquella idea a lo largo de los años, cada vez que sus contables o sus abogados la habían mencionado.

—Según Helen y la pequeña Mary, sólo estaban esperando que el divorcio fuera definitivo. Para que usted no pudiera participar en el asunto.

—Caramba.

—Sí. Caramba. —Permanecimos en silencio unos minutos. Su ira pareció desvanecerse—. ¿Quiere un café o algo?

Acabamos en su cocina, un espacio pequeño pero perfecto,

con armarios de madera clara que parecían hechos a medida. Los mostradores y el escurridero estaban cubiertos por grandes azulejos blancos, algunos decorados con pájaros. Mientras aguardábamos el café, me preguntó si tenía hambre. Un poco, le dije.

Terminé comiendo dos bocadillos de chorizo y un pedazo gruesa de tarta de queso Sara Lee, que Fran me ofreció con una cordialidad razonable. Por alguna razón, cuando mi cuerpo debiera haber estado preparándose para luchar o huir, no demostraba ni el más mínimo interés en hidratos de carbono complejos; ansiaba todos y cada uno de los alimentos que producen ataques al corazón y flatulencia.

—Tengo la impresión de que piensa que Richie estaba más enamorado de Jessica que ella de él —comenté, entre bocado y bocado.

—No me diga.

—Según mis fuentes, la han visto con un hombre mayor. Lo bastante mayor como para ser su padre, salvo que éste está muerto. Mis fuentes están bastante seguras de que se trata de su amante.

—Nicholas Hickson —dijo, con el tono aburrido de alguien manifestando lo obvio.

—¿Está segura?

—¿Confía en que Helen Wooley sepa lo que está ocurriendo? —Helen era la secretaria de Jessica—. Helen es una chica bastante lista.

—Confío en ella. Sólo que el nombre de Hickson me suena tan familiar. ¿Quién es?

—Sólo el presidente de Valores Metropolitan.

Hasta yo sabía que era la segunda o tercera empresa de corredores de Bolsa más importante del mundo.

—¿Cómo se enteró de sus relaciones? —pregunté, recordando aquel individuo enérgico vestido con la bata de Richie.

—Solían encontrarse para almorzar, unos almuerzos larguísimos —dijo Helen—. Muy, muy largos. Hasta las cinco de la tarde. Estoy segura de que hablaban de que Metropolitan aseguraría la emisión de acciones de Data Asociados. Ja-ja-ja. Y hacían viajes a Londres y a Washington.

—¿Viajaba con Hickson abiertamente?

Fran emitió un sonido desaprobatorio.

—¡Por supuesto que no! Pero Helen entabló una amistad telefónica con la secretaria de Hickson. ¿Tengo que explicárselo? Los mismos itinerarios, pero hoteles diferentes; pero si cree que él paraba en el Four Seasons de Washington mientras ella dormía en una cama enorme en el Madison, es usted muy...

Es posible que estuviera buscando un sinónimo de «estúpida».

—Muy ingenua. No, no soy ingenua. ¿Cree que Richie sabía algo?

—No lo sé. Esa Jessica es tan inteligente como dos hombres juntos. Y él tampoco era ningún tonto.

No, no lo era. Y seguro que sabía que algo ocurría con Jessica, porque durante las últimas semanas de su vida, había indicado a su abogado divorcista que cambiara de táctica. Se terminaron las rencillas acerca de quién se quedaba con los morillos antiguos. De repente había prevalecido la harmonía, si bien no la buena voluntad, junto a una avidez de acabar con este asunto lo antes posible, porque había sido tan desagradable y duro para los chicos.

Pero yo conocía a mi marido. Amaba sus morillos; tal vez soy una mezquina, pero por eso quise conservarlos. Me di cuenta de que la buena voluntad de Richie en cuanto a separarse de ellos no significaba que se hubiera vuelto complaciente. No, sólo estaba desesperadamente ansioso por obtener el divorcio, para poder casarse con Jessica. Le había dicho a Honi, mi abogado, que adivinaba el porqué de las prisas: Jessica estaba embarazada.

—Estos viejos tontos con esposas nuevas siempre creen que tener un hijo les hará vivir para siempre. ¡Ja! Esos hijos nuevos les quitan diez años de vida —dijo.

Pero por lo que acababa de decirme Fran, las prisas no eran porque Jessica estuviera embarazada. Richie había sentido un temor tremendo de perderla frente a Hickson, por eso debía apresurarse.

Fran lamió su dedo índice y comenzó a juntar migajas de galleta de dentro de la panera.

—Si estaba por abandonar a su marido por este individuo

—preguntó en tono indiferente—, ¿por qué se habría molestado en matarle? No tiene sentido.

—Lo tiene, si Richie había estado intentando detenerla o forzarla a casarse con él cuando ella no lo deseaba.

Fran soltó un bufido indignado.

—Forzarla a casarse con él... ¿Qué hizo, le apuntó con una pistola?

—Tal vez sabía algo sobre ella... ya sabe, tal vez la chantajeaba.

—¿Cree que habría sido tan tonto o que estaría tan enamorado como para forzarla a casarse con él?

—Tal vez. —Lo único que obtuve fue otro bufido—. Tenga en cuenta que ella era todo lo que él deseaba: brillante, exitosa, elegante y sofisticada.

Fran asintió. Conocía a Richie.

—Estaba obsesionado con ella, tal vez lo estuvo desde el principio. —Hice una pausa—. ¿Estaba usted allí cuando ella entró en la empresa?

—Sí.

—¿Cree que tuvo una aventura con ella desde el principio?

Fran pareció incómoda, pero después sacudió la cabeza, negativamente. Una negativa rotunda.

—¿Está segura?

Ella asintió. Decidí lanzarme.

—¿Cree que tuvo aventuras antes de Jessica?

La carcajada de Fran fue un tanto cruel; un sencillo «sí» habría bastado. Debió de darse cuenta, porque de hecho murmuró: «lo siento».

—¿Tiene idea de con quién?

La vista de Fran se perdió en la distancia, en algún punto entre el grifo del agua caliente y un azulejo decorado con un cardenal. Mientras se concentraba, sus labios se fruncieron como un pimpollo rosa y brillante.

—Siempre tuve dudas acerca de Mandy —dijo, en un tono relativamente bajo—. Usted conocía a Mandy, ¿verdad?

—¿Mandy? No. ¿Por qué?

—Justo antes de marcharme, recibió un montón de llamadas de una tal Mandy.

¿Mandy?

—Había una Mandy en la clase de mi hijo Ben, en el instituto. La única otra Mandy que he oído mencionar es abogado. Corre con una de mis vecinas. Pero no la conozco; corren cuando regresan a casa de la ciudad.

¿Podría Richie haber conocido a esa mujer durante algún festejo escolar? ¿O en la tienda de artículos deportivos, cambiando las cuerdas de sus raquetas? ¿Se le habría aproximado algún sábado en la calle Main, para venderle una rifa a favor de los Ciudadanos por un Shorehaven Más Hermoso?

—¿Con qué vecina corría?

—Con Stephanie Tillotson.

Durante un minuto olvidé que Fran, que fue la secretaria de Richie durante quince años, probablemente conociera nuestras vidas al completo.

—Oh, la esposa del doctor Tillotson.

Asentí.

—Fue por intermedio de él que conoció a Jessica Stevenson, ¿lo sabía? —dijo Fran, arrastrando las palabras.

—¿Quién la conoció? —pregunté.

—Su marido; un día, el doctor Tillotson la trajo al despacho. Después todos fueron a almorzar.

Me enderecé. Mi estómago parecía dolorosamente lleno, pero algo además de los mil gramos de grasa no saturada me molestaba. Evoqué a Jessica. ¿Una nariz bonita y recta? ¿Una de las de Carter?

—¿La trajo por algún asunto de negocios?

—No me invitaron a participar.

—¿Hablaban a menudo, mi marido y el doctor Tillotson?

—No. Casi nunca. No como con la señora Driscoll. Ella le hablaba cada tarde y eso contando sólo las veces que le llamaba ella. A veces entraba en su despacho por las mañanas y estaba charlando con ella. —Sacudió la cabeza—. ¿Qué ocurría entre aquellos dos?

—¿Se trataría de sexo? —sugerí.

—¡De ningún modo! —Hizo una pausa—. En fin, no lo creo.

—Yo tampoco. Créase o no, Richie era todo un hombre.

Ella sabía que me refería al sexo. Se ruborizó. En aquel momento caí en la cuenta de que era probable que hubiera estado enamorada de él, todos aquellos años. Lo que no explicaría su amargura, pero sí la intensidad de ésta.

—¿De qué hablaban él y Joan Driscoll?

—Chismorreos. Eran igual que dos viejas chismosas tomando el té, salvo que hablaban de asuntos sociales: personas, fiestas que aparecen en los diarios. —Se mordió los labios, eliminando un poco de carmín—. Me trataba muy mal. Llamaba y decía: «¡El señor Meyers!». Nunca decía «por favor», ni mucho menos «hola». ¡Era una perra esmirriada!

No podía creer que Tom estuviera dispuesto a acariciar unas costillas sobresalientes, juguetear con unos pechos implantados o embestir una pelvis huesuda. En el instituto había sido un embestidor empedernido.

—Esa perra tenía mucho tiempo para matar. Siempre le estaba enviando regalitos. ¡O dejando mensajes acerca de un sitio donde vendían zapatos de vestir «perfectos»! ¡O «encantadores» lapiceros Art Deco! ¿Cómo puede ser encantador un lapicero?

—¿Cree que sólo eran chismorreos superficiales? ¿O eran íntimos?

—Creo que él le contaba todo. ¿Sabe lo que creo? Ella se excitaba con los relatos de sus aventuras y él relatándolas.

—No. Richie no era así.

—¿Pero cambió, verdad? Permítame decirle algo: usted no tiene ni idea de en quién se convirtió. Yo sí. Estaba allí. Confíe en mí. Apuesto a que Joan sabía algo acerca de esa tal Mandy. Y decididamente estaba al tanto de Jessica. ¿Realmente quiere enterarse de las mujeres que hubo en la vida del señor Richard Meyers? No me lo pregunte a mí. Pregúnteselo a la señora de Thomas Driscoll.

13

El espejo del botiquín estaba sucio; Danny escupió encima de un trozo de papel higiénico y lo limpió. Un gesto cortés. Hubiera preferido que no lo prolongase, apoyado contra el marco de la puerta del cuarto de baño, observando cómo me maquillaba.

—Alex está perfectamente —volvió a asegurarme—; no se preocupe por él. Preocúpese por usted.

Me miré al espejo; el resultado era sorprendente: la vida de fugitiva podría ser cruel, pero no había tenido tan buen aspecto en años.

Después de la pugna habitual, extraje una paleta con sombra de ojos de su prisión de plástico. Galantemente, Danny se había dirigido a su mejor proveedor y había obtenido una nueva identidad para mí: una tarjeta American Express y un permiso de conducir de Minnesota a nombre de Christine Peterson, según el cual tenía cuarenta y un años. Dijo que no me preocupara, que estaban limpios y eran imposibles de rastrear. También había hurtado una cantidad sorprendente de cosméticos. Examiné mi imagen: ¿de verdad deseaba pintar mis ojos con un arcoiris de color esmeralda, turquesa y lima? Abandoné las sombras. Eran de un mal gusto flagrante. ¿Pero quién demonios necesitaba seguir teniendo buen gusto? Fuera del instituto, alejada de Long Island, podía ser la mujer que se me antojara. Podría pintar mis pestañas de color azul, depilarme las cejas y teñirlas de color siena, pintarme las mejillas de color bermellón y los labios de rubí. Sería un cambio considerable.

—¿Alex mencionó a Ben?

—Ben está estupendamente. Durante algunos días se quedará en su casa con Alex. Su novia regresó a no sé dónde.

—A Filadelfia. ¿Parecía tranquilo?

—¿Teniendo en cuenta que su padre ha sido asesinado y a su madre la buscan por el asesinato?

—Sí.

—Parecía bastante tranquilo.

—¿Tranquilo y drogado?

—Tal vez tuvo una pequeña ayuda. Deje de preocuparse por sus hijos, Rosie. Son hombres. No se desmoronarán. Alex no freirá su cerebro con drogas. De acuerdo, lo admito. Ambos están preocupados por usted. Resultaría bastante extraño que no lo estuvieran. Pero al menos sabían que usted no estaba flotando en el canal de Long Island; los polis le dijeron a Ben que usted había llegado hasta la ciudad.

Al final elegí la sombra más decorosa Maybelline de color marrón.

—Que los polis sepan que estoy en la ciudad tal vez no sea el fin del mundo —reflexioné—. Mi agenda estaba en mi bolso. Está llena de nombres de personas que viven fuera de la ciudad: mis primos en Los Ángeles, la madre del compañero de habitación de Ben en la universidad, que vive en Salt Lake City, todos los clientes de Richie a los que alguna vez envié regalos. Resultaría natural que la policía pensara que he abandonado la ciudad.

—No, si sigue dejándose caer por las casas de todos los que aparecen en el *Rolodex* del señor Meyers.

—Oh. Tienes razón.

Como siempre, acabé por quitarme la mayor parte de la sombra de ojos. Danny me observaba, aparentemente fascinado. Seleccioné un delineador respetable. Nadie me había observado nunca con tanta atención. Durante veinticinco años, Richie, camino de la ducha o a punto de vestirse, debe haberme visto miles de veces mientras me maquillaba. Pero nunca lo había encontrado interesante. Nunca se había detenido para observarme.

—¿Rosie?

—¿Hummm?

—¿Quiere una pistola?

El delineador se me cayó de las manos, dejando una marca marrón en el lavabo.

—¿Estás loco?

—Sólo preguntaba.

—Soy una profesora de inglés, por el amor de Dios.

Danny sonrió. El chico tenía unos dientes preciosos. Y, a decir verdad, todo él era precioso. Cogí el delineador y acerqué mi rostro al espejo, con el fin de dibujar una línea justo en el borde del párpado y también para alejarlo de mi visión periférica. No quería ponerme nerviosa y que él pensara que me había vuelto tonta por él, una perspectiva demasiado humillante desde cualquier punto de vista.

Danny me ponía nerviosa. No lograba descubrir por qué me prestaba atención. ¿Por bondad? ¿Por crueldad, adoptando una actitud seductora para luego poder reírse cuando la vieja —su profesora— lo mirara con ojos amorosos? ¿Se trataría sencillamente de avaricia, estaría vigilando su recompensa de cincuenta mil dólares? Caray, ¿y si se tratara de un interés sexual genuino? ¿O de un sentimiento de simpatía por una camarada forajida?

—¡La mera idea de llevar una pistola me angustia! Danny, si las profesoras de inglés pudieran ir armadas, serías hombre muerto.

Después del festival de chorizo y tarta de queso en casa de Fran, me limité a mirar mientras Danny almorzaba: macarrones con queso, prefabricados y calentados en el microondas, acompañados con cerveza. Ahora era yo quien le observaba. Todo lo que hacía era elegante, desde abrir la lata de cerveza con el pulgar hasta acomodarse en una silla y estirar las piernas. No cruzó los tobillos, la postura habitual de los machos de las zonas residenciales. En cambio logró adoptar una postura relajada sin herniarse un disco, empujando las caderas hacia delante, lo que tensaba el tejido alrededor de sus genitales; o tal vez sólo fuera una sombra. En suma, Danny Reese era guapísimo. Si Richie hubiera poseído su apostura y su estilo, me habría roto el corazón hace años.

—¿Nunca se le ocurrió que la había estado engañando durante todos aquellos años? —dijo, bebiendo su segunda cerveza.

—No.

Danny no creyó en mi negativa. Aparentemente.

—Y una mierda —dijo.

—Verás, todo el mundo tiene indicios: un marido trabaja hasta tarde, pero cuando llamas al despacho, no está. O de repente un marido que tiene la sensibilidad de una cucaracha, se convierte en un gran feminista: ¡las mujeres pueden ser inteligentes! Eso te pone furiosa, porque tú y tu coeficiente mental de ciento cuarenta y cinco, habéis estado casados con él durante veinte años. Así que recoges aquellos indicios y, si eres valiente, juegas a los detectives. ¿Y sabes qué ocurre?

—¿Qué?

—Los maridos que quieren ser descubiertos, son descubiertos; meten cajas de cerillas de moteles ignotos de Fort Lee, Nueva Jersey, en sus bolsillos y piden a sus mujeres que lleven los pantalones a la tintorería. ¿Los que son como Richie? Cometen crímenes con impunidad, con perdón. No pagan cenas a cuenta en restaurantes románticos. No reciben llamadas telefónicas, acerca de las cuales tienen que mentir. Se aseguran de tener relaciones sexuales contigo, relaciones apasionadas y cariñosas, con la frecuencia suficiente como para idiotizarte. Piensas: ¡qué marido! y te avergüenzas de haber dudado de su palabra.

—¿Alguna vez le engañó?

—Nunca.

—Vamos, Rosie.

No podía creer que estuviera en el apartamento de Danny Reese, vestida con la ropa de Danny Reese y manteniendo esta clase de conversación con Danny Reese.

—No digo que no me sintiera tentada un par de veces.

Él movió las cejas, imitando a Groucho Marx.

—De acuerdo —reconocí—, una vez escapé por un pelo.

—¿Y qué ocurrió? —dijo, cruzando los brazos detrás de la cabeza.

—No ocurrió nada. Se comportó con toda corrección.

—¿Se sintió decepcionada?

—Sí, pero aliviada. Era un antiguo novio del instituto. Se llamaba Tom.

Supongo que esperaba que Danny indagara acerca de Tom Driscoll. Pero dijo otra cosa.

—Olvide a los viejos. ¿Alguna vez se excitó con alguno de los chicos de su curso?

—En realidad, no.

Danny no pareció convencido.

—No niego que alguna vez admiré alguna cabeza o algún cuerpo.

Eso podría ocurrirle a cualquiera. Durante un semestre, nada menos que Cass desarrolló repentinamente un profundo interés por el éxito del equipo de natación. Me obligó a acompañarla a los entrenamientos.

—¿Quieres que diga que todas tus maestras estaban locamente enamoradas de ti?

—Sí —dijo mirándome—, especialmente usted.

—No es cierto. Además, no tiene sentido —dije, apartando la vista.

—¿Por qué?

—Porque esa clase de relación no es ética. —Resultaba improbable que cualquier argumento basado en escrúpulos morales fuera comprensible para Danny, pero me sentí obligada a expresarlo—. No digo que no existan obsesiones ocasionales, pero las mujeres... Deseamos algo que un chico sería incapaz de darnos.

—¿Qué es?

—La fuerza.

Danny se desabotonó el puño de la camisa, enrolló la manga y flexionó el bíceps. ¡Uau!

—No. Sabes de qué clase de fuerza hablo —dije—; y también deseamos una cierta intensidad, no una fijación adolescente. Y amor, supongo.

—¿Realmente amaba a su marido?

—Está claro que le amaba.

El amarle había sido la verdad primordial de mi vida.

—Sí. Ahora resulta complicado. Cuando alguien te traiciona de aquella manera, te sientes herida... no, olvida herida. Sientes tanto dolor que casi mueres. De manera que sabes que debes haberle amado, porque si no, ¿cómo podría haber tenido capacidad de causarte un daño tan terrible?

Danny cogió su cerveza, concentrándose en aplastar las gotas de humedad con el pulgar.

—Oí un «pero» en lo que acaba de decir. Le amaba, tal vez aún le ame... «pero» —dijo.

—No. No dije «pero».

Me puse de pie: era hora de volver al trabajo.

Danny dejó la caja con macarrones y las latas de cerveza en el suelo.

—De acuerdo —reconocí, mientras me seguía a través de la puerta—, aquí está tu «pero». Cuando el hombre con el que te casaste resulta ser tan diferente del hombre que creías que era, vuelves a examinar tu vida entera. Durante las últimas semanas, antes de que le mataran, creo que comenzaba a preguntarme: ¿Realmente amaba a Richie Meyers? ¿O sólo amaba a un personaje de ese nombre que yo inventé?

Alcanzamos la biblioteca de la universidad de Nueva York en West Fourth sin incidentes. Aunque es cierto que retrocedí al pasar al lado de un cartero en la calle Christopher. Danny amenazó con inyectarme una dosis de heroína si no dejaba de acobardarme cada vez que veía un uniforme; el cartero que se paró para quitar una piedra de su zapato y el chico de un metro ochenta de altura, vestido con una chaqueta de la tienda del ejército y la marina, no me atacarían. Estaba llamando la atención. Danny me obligó a mirar hacia atrás: el cartero me observaba con curiosidad.

En la biblioteca, encontramos un gabinete aislado cerca de la sala de lectura principal. Nos sentamos cabeza con cabeza, compartiendo una silla y revisamos un montón de libros de consulta. Danny pareció bastante impresionado por los artículos referidos a Papaíto Querido, también conocido como Nicholas Hickson, que le mostré. ¿Quién no lo estaría? Presidente del consejo de Valores Metropolitan; graduado de Bowdoin; siete licenciaturas honorarias, incluyendo una de la universidad de Brown, miembro del directorio del hospital Sloan-Kettering y del Museo de Arte Moderno; orden al Mérito italiano; miembro del Consejo de Relaciones Exteriores y el artículo que habría matado a Richie, si no lo hubiera hecho el cuchillo: el referido a los clubs de los que Hickson era miembro: el Union, el University, el Century, el Links y el Knickerbocker.

—No es un hombre importante cualquiera —dijo Danny.

Cogió el *Who's Who in America*, lo apoyó en su regazo y me miró como si debajo de la mesa no ocurriera nada, arrancando el artículo sobre Papaíto Querido.

—¡No hagas eso!

—¿Que no haga qué?

—¡Estás mutilando un libro!

—Tranquilícese. Sólo tomo una página prestada. Escuche, en algunos ambientes es posible que su marido fuera considerado como un peso pesado pero, comparado con este tal Hickson, no llegaba ni a peso pluma. ¿Tengo razón? Este individuo es un prodigio.

—Pero un prodigio casado —noté—. ¿Lo ves? «Casado con Abigail Wright, 8 de junio de 1957.» Por supuesto que «casado» indica luz verde para nuestra Jessica.

—¿Cree que deseaba a este tal Hickson? Es aún más viejo que su viejo —dijo, apretando su muslo contra el mío.

—Si tú fueras ella —dije, apartando la pierna— y quisieras adquirir dinero, poder y posición, ¿morirías por casarte con Richie Meyers de Rego Park, Queens, cuando la alternativa es Nicholas Charles Bromley Hickson, de Darien y Manhattan?

—Lo que debemos descubrir es lo que ocurría con Hickson —dijo Danny—; es un individuo muy poderoso. ¿Cree que Jessica fue un polvo rápido para él, o estaría enamorado de verdad?

—Yo voto por enamorado de verdad. Deberías haber visto cómo la protegía.

—Su voto no cuenta, Rosie. Cuando se trata de ella, usted pierde la chaveta.

—No es cierto.

Cerré el libro sobre Hickson y señalé los artículos acerca de Carter Tillotson en el *Directory of Physicians* y en el *American Medical Directory*.

—Es mi vecino —dije.

—¿El marido de la belleza? La vi en su casa durante un ensayo de la banda; estaba en la cocina, cocinando con usted. Una cara hermosa. Un cuerpo realmente bonito. Pero fría.

—Eso es lo que dijo Richie. Pero fue su marido quien le presentó Jessica a Richie. La pieza que falta es cómo demonios conoció Carter a Jessica.

—¿Le habrá hecho un *lifting*?

—Es posible. Pero las puntas de todas las narices de Carter tienen una curva de dos grados. Y la versión femenina de su mentón es un óvalo perfecto. Que yo sepa, ninguna de las facciones de Jessica lleva la etiqueta de Carter Tillotson.

Discutimos las posibilidades Carter-Jessica hasta que Danny, que no era un gran aficionado a la especulación, anunció que nos marchábamos. Me sacó de la silla y me arrastró fuera de la sala de consultas, hasta un teléfono público. No revisó sus bolsillos para encontrar una moneda, por supuesto: marcó un número de tarjeta de crédito que dudé que fuera el suyo y llamó a la consulta de Carter. No, el doctor no estaba disponible. ¿Estaba operando? Sí, le dijeron.

—Llamo desde el club universitario —dijo Danny, con un deje que parecía directamente heredado del gobernador Winthrop—; la señorita Jessica Stevenson ha solicitado ser aceptada como miembro. Ha dado el nombre del doctor Tillotson como referencia. No, por supuesto que usted no puede hablar en su nombre, pero la conoce, ¿verdad? Excelente. Volveré a llamar más adelante. Muchas gracias... Oh, a propósito —dijo, repentinamente cauto—, ¿fue paciente del doctor? ¡Bien! le estoy muy agradecido —añadió.

—¿Le estoy muy agradecido? Eso fue una exageración.

—Oiga, Rosie, la chica creía que estaba hablando con un tipo auténtico y es probable que «le estoy muy agradecido» la hiciera correrse dos veces, cosa que se merece, porque me dijo que Jessica no era paciente del doctor. Y encima me dijo que estaba segura de que el doctor Tillotson la recomendaría porque, ¿está preparada?, eran muy amigos.

Apreté la mano de Danny con agradecimiento. Me respondió con un beso suave sobre los labios, lo bastante prolongado para revelar cuán cálida podía ser su boca. Tal vez era el tipo de beso intrascendente con el que se saludaban los universitarios. Pero durante un segundo, me llenó de deseo. No había sentido el contacto de la boca de un hombre desde el mes de junio.

Me ocupé de marcar el número del despacho de Nicholas Hickson para ocultar cualquier vibración detectable de deseo. Inspirada por Danny y supongo que también actuando para él, me comuniqué con la secretaria ejecutiva de Hickson y anuncié que era la señorita Mary Wollstonecraft, llamando desde la Casa Blanca. Danny me recompensó con una amplia sonrisa.

—¿Qué puedo hacer por usted? —preguntó la secretaria.

Expliqué que estaba confeccionando una lista de invitados. Aunque era una pregunta incómoda, en las circunstancias actuales me veía obligada a preguntar si aún existía una señora Hickson.

—Sí —respondió la secretaria—; hay una señora Hickson, pero están separados legalmente.

Le dije que no estaba segura de si el señor Hickson estaba invitado junto a una acompañante, pero si no era molestia... para que pudiéramos iniciar los procedimientos de autorización con el Servicio Secreto...

—Jessica Stevenson —dijo la secretaria con entusiasmo—; es la presidente de una empresa llamada Data Asociados. ¿Desea su dirección?

Aunque la biblioteca era bastante poco transitada, resultaba demasiado pública para permanecer en ella. Además era casi la una y media, la hora en que debía llamar a Cass. De modo que nos dirigimos rápidamente al despacho de Danny, que resultó ser una banqueta alta, cubierta de pseudopiel color calabaza, ubicada delante de la barra de un pequeño restaurante chino de la calle Bleeker. El lugar estaba vacío. Delante de las ventanas, las cortinas estaban corridas. Mientras Danny examinaba al menos una docena de recados, escritos en el dorso de trozos cuadrados de papel rosa, con las apuestas de la semana pasada, sorbía otra cerveza y comía aceitunas sin hueso de un recipiente metálico de encima del bar. Me senté sobre una banqueta, cerca de la caja registradora y llamé a Cass al instituto.

—¡Estás viva! —dijo.

—Y me encuentro bien. Salvo cuando pienso en el futuro y me veo haciendo cola, cargando una bandeja metálica gris en la cafetería de la cárcel; entonces no me encuentro tan bien.

—Podría no ser tan malo. Podrías organizar un programa de lecturas que tendría un éxito enorme. Tu vida podría convertirse en la película de la semana.

—Supongo que no he pensado en el lado bueno.

—Rosie, me gustaría que resolvieras este asunto desagradable para que podamos continuar con nuestra amistad.

—A mí también. A propósito, ¿quién me sustituye?

—Una persona extremadamente joven, cuyo conocimiento de *David Copperfield* parece provenir de una adaptación del tebeo de los sábados.

Mientras Cass hacía una pausa, me concentré en pinchar rodajas de naranja con una sombrilla de papel en miniatura para no echarme a llorar; la añoraba tanto...

—¿Tienes alguna idea de cuándo regresarás?

—No.

—Oh.

—Pero he descubierto algunas cosas.

—Soy toda oídos.

—Jessica ingresó en Data Asociados como financiero *enfant terrible,* ¿recuerdas? Hizo algunas sugerencias estupendas y Richie decidió seducirla con un sueldo importante y beneficios, para que abandonara su empresa anterior. Salvo que en aquel punto, cuando comenzaron a trabajar juntos, él no era uno de los beneficiarios.

—¿Cómo lo sabes?

—A través de alguien que trabajaba allí, que le conocía bastante bien. De todos modos, Jessica se quedó e impuso una velocidad mucho mayor a la empresa. Primero obtuvo la confianza de Richie. Y después su amor.

—Ojalá Dios hubiera creado una alternativa interesante a los hombres. Nunca te sorprenden, ¿verdad? —dijo Cass, suspirando.

—Hablando de hombres —dije—, escucha esto: Jessica tenía un novio nuevo.

Le proporcioné una sinopsis de la vida de Nicholas Hickson.

—¿Piensas que le prefirió antes que a Richie?

—No cabe duda.

—Reflexionemos al respecto —dije, masticando el extremo del palillo en forma de parasol—; Jessica quiere acabar con el compromiso, pero Richie sospecha que algo ocurre.

—¿Cómo lo sabemos?

—De repente, después de meses de beligerancia, retrocedió. En esencia, estuvo de acuerdo con darme todo lo que pedía. Más aún: todo lo que pedía mi abogado.

—¿No le estabas presionando insistentemente?

—No. Lo sabes. No dejaba de sujetar a Honi. Seguía abrigando la esperanza de que Richie cambiase de parecer y no quería parecer demasiado avariciosa. En realidad, quería que me admirase. ¿Te das cuenta de lo estúpida que fui?

—Sí —contestó—; pues en ese caso parecería que la presión sobre Richie fue ejercida por Jessica, no por ti.

—Cierto.

El dueño del restaurante, un hombre con un peinado dramático a lo Rodolfo Valentino, se acercó a la barra con un plato de tallarines fritos, lo colocó ante Danny, ofreciendo un saludo militar elegante. Danny le devolvió el saludo y el dueño se retiró, supuestamente a la cocina.

—La cuenta atrás había empezado para Richie —proseguí—; Jessica elegiría entre él y Nicholas Hickson, ¿pero qué duda cabe acerca de a quién elegiría? Lo que no comprendo es por qué Jessica no se deshizo de Richie, sencillamente.

—Richie Meyers no era el motivo de su indecisión —dijo Cass pensativamente—, se trataba de su trabajo.

—¿Su trabajo? La despiden, ¿y qué? Se dirige a Valores Metropolitan y...

—Querida, este señor Hickson no es, si me perdonas, un sátiro nuevo rico como tu finado casi ex marido. El señor Hickson tiene, sobre todo, clase y las ideas claras. Es posible que esté loco por Jessica, pero no está tan locamente enamorado como para estar dispuesto a ofender a sus colegas y accionistas, ofreciendo a su amiga, su futura esposa, un puesto de medio millón de dólares. Es seguro que Jessica lo sabe. Pero además, comprende que su puesto en Data Asociados es único.

—¿Por qué? —pregunté.

Danny deslizó el plato con tallarines hacia mí. Parecían demasiado crujientes para una conversación telefónica.

—Trabaja con un alto ejecutivo que es inteligente pero no, digamos, un experto en mercados internacionales. Ella logra que Richie cumpla con sus deseos. Y Richie la necesitaba. No sólo como apoyo emocional. Ambos habían transformado la empresa y se vería en apuros para dirigirla, sin ella.

Danny extrajo un sobre marrón de un estante que había debajo de la barra, volcando su contenido, permisos de conducir de Rhode Island, delante de él. Examinó cada uno a la luz de neón de un cartel de cerveza Miller Lite. Volvió a dejar caer la mayoría en el sobre. Algunos fueron a parar debajo de la bandeja con monedas, dentro de la caja registradora.

—Considera su relación comercial desde la perspectiva de Jessica —prosiguió Cass—; ¿cuántos hombres están dispuestos a cederle tal cantidad de poder a una mujer? ¿Dónde más podría ejercer toda la gama de sus talentos? La mujer se encontraba en una encrucijada.

Era tan placentero volver a escuchar a Cass, y era de tanta ayuda... Danny, que me guiñó un ojo cuando le miré, estaba al tanto. Cassandra Higbee era inteligente.

—Escúchame, Rosie. Jessica se veía forzada a elegir entre una vida que siempre deseó, la vida que podía ofrecerle el señor Hickson, montones de dinero, posición social, y su trabajo de siempre.

—¿Y qué hay del sexo con Richie? —pregunté.

—Creo que sus aptitudes le importaban bastante menos que a ti. Tal vez sea una de las pocas mujeres que no se conforman más que con relaciones sexuales maravillosas y, sorprendentemente, siempre logran hallarlas; las considero asombrosas y envidiables. Pero es más probable que lo que la excite sea el consabido golpe doble: la riqueza y el poder. Pero no te estás planteando la pregunta crucial.

—¿Cuál es?

—¿Por qué estaba Richie en tu casa? ¿Estás más cerca de la respuesta ahora que cuando bajaste por aquella escalera? Sólo pensarlo me hace temblar de horror.

—Ahora sé que su presencia allí no estaba relacionada conmigo. Lo último que deseaba era que yo volviera a formar parte de su vida. No, si estaba allí debe de ser porque tenía prisa por casarse con ella. Así que, de acuerdo, ¿qué había dentro de la casa que él necesitara?

—Seguro que no se trataba de un traje de boda —dijo Cass, que había visto los armarios repletos de la ropa que Richie había abandonado—. ¿Dinero?

—Lo dudo. Data Asociados nunca fue una empresa que manejara efectivo.

—¿Entonces, qué queda? ¿Papeles?

—No. He tratado de descubrir qué vino a buscar. No encontré nada. Nunca guardó gran cosa en casa y se llevó lo que había cuando se fue.

—¿Cómo lo sabes?

—Le observé cuando hacía las maletas. Le perseguí de habitación en habitación, llorando, rogando que no se fuera. Dios, qué patética resultaba.

—Rose, escucha. Nunca fuiste patética. Era una persona despreciable.

—Gracias.

—No hay de qué. Ahora intenta recordar: mientras tú le perseguías, lamentándote, ¿es posible que haya perdido los nervios y haya olvidado alguna cosa?

—¿Como qué?

—¿Algo ventajoso para ti con respecto al divorcio? ¿Algo embarazoso o peligroso para sus negocios?

—Creo que mi llanto le afectó de verdad. Agarró todas sus cosas y se largó en un tiempo récord.

Intenté recordar si podría haber dejado de notar alguna cosa durante mi búsqueda. ¿Podría haber escondido algo en alguna parte de la casa? Sea lo que fuera, debía ser importante para obligarle a volver. Reconozco que Richie corría riesgos, sexualmente hablando. Había sido un empresario arriesgado. Pero su carrera comenzó como profesor de álgebra, no como segundo de a bordo de un buque pirata; no era lo bastante aventurero como para forzar la entrada en su antigua casa para divertirse.

Eché un vistazo a mi reloj. Cass ya llevaba cinco minutos de retraso con respecto a su octava clase de inglés.

—Oye, sé que tu curso se muere por comentar *Desciende, Moisés*, pero concédeme otros dos minutos.

—Todos los que necesites.

—Adivina quién presentó a Jessica y Richie.

—¿Me asombraré?

—Sí. Fue Carter.

—¿Qué? —preguntó con asombro evidente—. ¿Carter Tillotson? ¿De dónde la conocía?

—No por una implantación de pecho, con toda seguridad. Además, sé que nunca fue su paciente.

—¿Cómo puedes estar tan segura?

—Confía en mí. Soy un buen sabueso. De modo que la pregunta es si Carter podría haber tenido una aventura...

—¿Cómo podría haberla conocido?

—Hace vida social con todo el Upper East Side de Manhattan, o con el noventa por ciento de los que tienen algunas partes del cuerpo alteradas. Sabes que Stephanie siempre está furiosa porque se llena de canapés en los cócteles y luego no quiere comer sus codornices rellenas a las once de la noche. La pregunta es: ¿podría Carter haber tenido una aventura con Jessica?

—¿Quién se lo hubiera impedido?

—Nuestra amiga Stephanie. Su esposa. Carter es un hombre casado.

—Tonterías. ¿Alguna vez creíste que pasaba tres o cuatro noches por semana respingando narices?

—Es posible que tenga consultas nocturnas.

—Estoy segura de que sí —asintió Cass—, ¿pero parece Stephanie la esposa genuinamente feliz de un médico ocupado?

—Cass, es una mujer capaz de pasar medio día en el bosque que hay entre nuestras respectivas casas en busca de piñas diminutas, para poder rociarlas con pintura dorada y utilizarlas como decoración navideña. ¿Cómo demonios quieres que sepa si alguien así es genuinamente feliz?

—Pues yo sí lo sé. Stephanie no ha estado en sus cabales desde, déjame pensar, desde el año pasado, más o menos. Se ha mostrado excesivamente alegre. Para una blanca anglosajona protestante, eso siempre indica una depresión bastante fuerte. Piénsalo.

Lo pensé. Todo el año pasado, Stephanie había estado más asquerosamente vivaz que nunca, llena de nuevos entusiasmos, disponiendo sus tiestos de flores, decorando pasteles e iniciándose en el esquí de fondo. Durante algunos meses, parecía casi una maníaca, se despertaba antes de las cinco para coger flores o amasar antes de pasear con nosotras. Luego, después de un día repleto de actividades frenéticas, corría diez kilómetros con su amiga Mandy tres o cuatro noches a la semana, antes de que Carter regresara a eso de las once para comer la cena exquisita que había preparado. Durante los últimos meses, había aflojado un poco el paso; nadie, ni siquiera Stephanie, era capaz de mantenerlo. Pero ¿toda aquella actividad habría sido una manera de agotarse, para no sentir su propio dolor?

—¿Qué hay de ella y Carter? —preguntó Cass—; tú les viste juntos. ¿Parecían tensos?

—Es difícil darse cuenta. Siempre parecían personajes de una obra de Coward: superficiales, pero sin ingenio. Tienen un aspecto estupendo, dicen las cosas correctas, pero no parece haber mucho contenido emocional. Y no me digas que es porque son blancos, anglosajones y protestantes.

—Pero es precisamente porque lo son.

—Por favor. Shakespeare también lo era. No, a Stephanie y a Carter parece faltarles algo porque algo, efectivamente, les falta. La pregunta es: ¿hay algo que no funciona?

—Creo que invitaré a Stephanie a tomar té —dijo Cass—, tal vez podamos intercambiar confidencias femeninas acerca de nuestros maridos.

—Bien.

Dejando los tallarines secos a un lado, cogí otra rodaja de naranja de la barra y, de paso, dos cerezas al marrasquino.

—Hay una cosa más —dije a Cass—; Carter llamó a Richie el día que le mataron. Podría ser sólo una coincidencia, pero tal vez ambos estaban involucrados en algún negocio. O tal vez eran tres, si añades a Jessica a la ecuación. Quiero descubrirlo. —Debía de hacer al menos año y medio que la cereza estaba pasada, pero me encontraba demasiado lejos de las servilletas para escupirla—. A propósito —añadí—, ¿has visto a mis hijos?

—Por supuesto. Cenaron en casa anteanoche. Ambos exhibieron buen apetito y conversaron agradablemente. No babearon ni escupieron. Recordaron dar las gracias antes de marcharse. Has sido una buena madre.

—Cass.

—¿Qué, Rosie?

—Estás demasiado despreocupada. Sé que algo no va bien.

—Tal vez tengas razón —dijo suavemente. Mi estómago se transformó en un nudo—. Parece que tu Némesis, el sargento Gevinski, ha desarrollado una teoría nueva.

—¿Qué es?

—Que tu participación en este asunto, tus huellas digitales

en el cuchillo, tu huida, era tu manera de apartar la atención del verdadero asesino.

—¿Y quién se supone que es?

—Alexander —dijo Cass, casi susurrando.

—¿Qué?

Debí de gritar, porque Danny se volvió, mirándome fijamente.

—Gevinski sabe que existía cierto encono entre Alex y Richie. Alex tiene un historial de ausencias injustificadas en la escuela, alcohol, drogas y problemas emocionales.

—¡Y eso le hace parecer un caso patológico! No lo es. Sólo es un chico rico normal y confundido.

—Parece que el sargento ha entrevistado a varias personas, que jurarán que Alex estaba furioso porque Richie te abandonó. Y luego...

—No me protejas, Cass.

—Parece que una vez que Richie le cortó los recursos, Alex estaba casi en la calle. La vida de una futura leyenda del rock-and-roll no es fácil. El sargento Gevinski sugiere que Alex temió que Jessica se apropiara del dinero de Richie y que la punitiva interrupción financiera temporal se haría permanente, en especial si Richie y ella tuvieran un niño.

—Pero Alex estaba en New Hampshire cuando ocurrió.

—Alex pretende haber estado en New Hampshire. El sargento cree que estaba en Nueva York. Alex reconoce que la noche del crimen estaba solo, vagando, componiendo una nueva canción en su cabeza. Y reconoce no haber tomado el puente aéreo entre Boston y Nueva York como dijera originalmente; sostiene que viajó en autoestop, pero que luego te obligó a reembolsarle el dinero del avión. Todo lo que recuerda del viaje es que el conductor era un hombre barbudo y que el coche era alguna clase de deportivo. En otras palabras, no existen pruebas fehacientes de que Alex estuviera en New Hampshire cuando mataron a Richie.

¿Que un hijo asesinara a su padre por dinero? Esos crímenes han sido cometidos en la vida real y en la ficción. Lo sabía. ¡Pero maldito sea, no por mi hijo Alex!

14

—¡Apártate, maldita sea! —le grité a Danny, que me cerraba el paso—; ¡hablo en serio!

—Relájese —dijo Danny, en un tono tan plácido que tuve ganas de chillar.

El propietario del restaurante salió apresuradamente de la cocina.

—¡Relájese! —repitió, salvo que éste tenía una voz sonora y acento europeo.

—¡No se entrometan! —bramé—, ¡ninguno de los dos!

Danny tardó una micronésima de segundo en transmitir alguna señal sutil al dueño, sólo conocida por los conspiradores del submundo de los DNI falsos. Éste se desplazó detrás de Danny con rapidez, echó el cerrojo de la puerta, guardó la llave en el bolsillo y regresó a la cocina. Aunque antes pasó por mi lado, gruñendo triunfalmente.

—No regresará a Long Island —me dijo Danny.

—Regresaré. Dile que abra la puerta. Ahora.

De acuerdo, tal vez hablé en un tono un tanto aleccionador. Pero no creo que fuera necesario que me dijera: «Váyase a la mierda, Rosie».

—Vete a la mierda tú, pequeño canalla. ¿Crees que dejaré que mi hijo cargue con un crimen que no ha cometido? —grité sin darme cuenta.

—Cálmese un minuto... —dijo, cogiendo mi muñeca. Me solté con violencia—. De acuerdo, cálmese durante medio minuto. ¿No se da cuenta de lo que Gevinski está tramando? Esto es una trampa. Yo la creía lista.

—Soy lista.

—No, porque si lo fuera, sabría que está haciendo justo lo que este cagarro quiere que haga: entregarse. Piénselo.

Puso la mano entre mis omóplatos y me empujó hacia una

gran mesa redonda que había en el fondo. Detrás de ella había un biombo de seis paneles cubierto de árboles, montañas, pájaros, ciervos, viejos estudiosos y letras chinas: un universo extravagante y pacífico.

—Siéntese —me ordenó—; y escuche: Gevinski no tiene absolutamente ningún argumento para arrestar a Alex.

—Alex mintió acerca de su viaje desde Boston en avión.

—¡Joder —dijo Danny—, le condenarán a muerte por eso!

Logré esbozar una sonrisa a medias.

—Déjeme contarle el guión de lo ocurrido. Además de que las posibilidades de que Gevinski haya pinchado su teléfono sean del cien por cien, es probable que haya hecho seguir a Alex y Ben, con la esperanza de que le conduzcan hasta usted. Cosa que no sucede. Pero, cuando los chicos van a cenar a casa de la doctora Higbee, se enciende una luz en aquel cerebro de mosquito: usted y aquella...

—Usted y ella.

—... son compinches íntimas.

La salsa de soja del día anterior formaba una mancha estilo Rorschach encima del mantel: una flor de lis o una estrella de mar amputada.

—De modo que la visita, con el pretexto de pedir información. Insinúa que él cree que el verdadero asesino es Alex. Sabe que la mejor manera de enloquecerla es amenazando a su hijo; usted regresará a Shorehaven en el próximo tren, rogándole que la detenga.

No me di cuenta de que me estaba mordiendo las uñas hasta que Danny se estiró por encima de la mesa y me sacó la mano de la boca.

—Mírelo desde otro punto de vista: en su momento, Alex consumió algunas drogas, tal vez robó algunas cosas de las tiendas durante el primer año en el instituto. Cosas de aficionado. Pero sin embargo, es un individuo con cierta sensibilidad frente a los polis. ¿Cree que no se hubiera dado cuenta si el tal Gevinski estuviera metiéndose con él? ¿Cree que no me lo habría mencionado cuando hablamos por teléfono?

—Si Gevinski fuera lo bastante astuto, Alex nunca se enteraría.

—¿Astuto? ¿Es astuto cuando intenta acusarla a usted? ¿Es

eso un ejercicio de genialidad policial? ¿O una salida fácil para un poli haragán?

Justo antes del atardecer, cuando los primeros clientes de la cena golpearon la puerta para entrar, el dueño nos despidió con un banquete chino dentro de una bolsa de la compra. Una vez en la calle, Danny cogió mi mano. No la retiré. Pasamos junto a residencias particulares modestas, una librería y una tienda que vendía discos de segunda mano. Los transeúntes me miraron de la manera que miran los transeúntes, pero ninguno parpadeó, y tampoco se paralizó con un «¡Ah!» de reconocimiento. Nos detuvimos en la tintorería y en la lavandería. Aparentemente, «Profesora de Inglés Buscada por Asesinato del Marido» se había convertido en la noticia de ayer.

Paseamos en dirección al río, enfrentados a una brisa fuerte. Las personas del vecindario: familias italianas, chicos de la universidad de Nueva York, artistas, académicos, gays y lesbianas, apenas se fijaron en una mujer de cuarenta y siete años cogida de la mano de un chico de veintidós. Una mujer madura, vestida con tejanos y una camisa de faena de dril, estaba sentada en un pórtico junto a su perro cocker. El perro dormitaba; la mujer estaba concentrada en eliminar deyecciones de paloma del escalón superior y ni siquiera reparó en nosotros cuando pasamos, bajo aquella luz menguante. El Village comenzaba a gustarme, su indiferencia y su urbanidad, su mugre y su elegancia, su pintoresquismo y su estilo relajado. Como contraste, Shorehaven parecía sólo excesivamente bonito, una materialización pálida de un sueño de la era Eisenhower.

Una vez de vuelta al apartamento, puse las croquetas al vapor y el pollo a la General Tso en la nevera. Durante las dos horas siguientes, Danny y yo examinamos una lista de todas las personas importantes en la vida de Richie, ordenándolas según la importancia que tuviera el que yo las entrevistase. Después debatimos cómo llegar hasta ellas sin llamar la atención de los indeseables, es decir, de la policía.

El ambiente era muy hogareño. Danny calentó la cena en el microondas. Yo lavé unos platos de aspecto dudoso, que él juró haber lavado, puse el mantel limpio sobre el suelo y dispuse la mesa sobre él. Cuando regresé a la cocina, examinando los armarios para ver si lograba hallar algo parecido a unas copas, Danny se me acercó por detrás. Me levantó el cabello y me besó en la nuca. No fue un beso rutinario; se prolongó durante mucho tiempo. Mi espinazo se derritió.

—No lo hagas —logré decir finalmente.

—¿Por qué no? —susurró contra mi nuca.

—No lo sé. Porque no comprendo qué quieres.

—Te quiero a ti.

Resulta muy difícil decir «No» a un macho de ojos verdes, joven, apuesto y viril que, con una lentitud exquisita y una lengua serpenteante, recorre tu nuca y alcanza tu oreja, cuando todo tu ser, salvo dos o tres neuronas racionales, exclama: «¡Fabuloso! ¡Maravilloso! ¡Dame más!». Es aún más difícil cuando te abraza y su cuerpo se aprieta contra tu espalda.

Intenté serenarme. Me dije que la atracción estaba menos relacionada con mi robustez semítica y sensual que con el hecho de que el chico tenía que resolver un par de detalles de la esfera edípica. Sus manos se deslizaron entre mis piernas. Me dije que se trataba de un gesto cuyo significado era claramente: «Jodamos a la Burguesía».

Ninguna de las técnicas dio resultado. Me volví hacia él, aferrándome a su trasero prieto y perfecto. Le besé. Fue maravilloso. De modo que me obligué a reflexionar acerca de su promiscuidad más que probable. Pensé en todas las jóvenes —y tal vez los jóvenes— que se dejaban caer por su casa, para hablar de la obtención de pruebas de la mayoría de edad y que terminaban encima de las sábanas no demasiado limpias de la cama sin hacer de Danny. Por otra parte, recordé que cuando examiné su habitación, encontré una caja de preservativos en el cajón de los calcetines. Volví a besarle. Después me permití el placer de restregar y apretar ese bulto majestuoso que tenía bajo sus elegantes pantalones negros.

Dejamos una huella de camisas y pantalones camino de su cama. La monogamia puede tener sus límites, pero con un compañero ingenioso y ardiente como Richie, que me mostró las delicias de hacer el amor, no sólo en la seguridad del lecho conyugal, sino también encima de una manta tendida para merendar en las orillas del lago Saranac, en un motel destartalado de la autopista, que ofrecía películas «X» e incluía un desayuno continental y dentro del túnel que se extiende desde Queens hasta el centro de la ciudad, durante una hora punta particularmente intensa. Yo no era meramente una desinhibida. Era una experta. Después de todos aquellos años, había aprendido más que suficiente para dejarlo completamente derrotado. Y Danny me aniquiló con su energía feroz.

—¡Rosie!

—Danny.

—¡Fantástico! —dijo más tarde—, ¡excelente!

—Te mostraré algo aún mejor.

Y procedí a hacerlo.

Después de consumir la última galletita china, llegó el momento de llamar a la primera persona de la lista: Hojo, para descubrir si estaba en casa y también si lo estaba Tom.

—Viaja mucho —expliqué—, va a reuniones de juntas directivas. Investiga empresas nuevas. De modo que tengo bastantes probabilidades de encontrarla a solas.

—Existe la posibilidad de que reconozca tu voz. Y considera lo siguiente, Rosie. Era muy amiga del señor Meyers. Es posible que los polis le hayan advertido que estás haciendo un montón de averiguaciones a hurtadillas. Déjame llamar a mí.

Mientras Danny cogía el teléfono, me preguntó si Hojo era la arribista repugnante. Yo asentí.

—La señora Driscoll, por favor —dijo.

—¡Oh! ¿Hablo con su esposo? —preguntó.

Había contestado Tom; sentí cómo me sonrojaba.

—Soy Chip, de Vinos de Park Avenue —dijo—. Estamos cerrando, pero aquella caja de champán que solicitó la señora Driscoll acaba de llegar. ¿Puedo enviarla mañana?

—Está en un balneario —dijo, cubriendo el auricular con la mano.

Pensé con tanta velocidad que ni siquiera tuve tiempo de respirar.

—Dile que te diga el nombre del portero —susurré—, tú harás la entrega.

—Podría llamar al portero antes de enviar al recadero, señor Driscoll. De ese modo, el champán habrá llegado para cuando la señora Driscoll regrese. Gracias. ¿Sabe el número de teléfono del portero? ¿Y su nombre?

—No puedo creer que te haya dado toda esa información —dije, después de que colgara.

—¿Por qué no? En primer lugar, soy increíblemente creíble. Eso fue lo que dijo mi profesor de filosofía, después de que intentara escabullirme de escribir una exégesis textual sobre Sócrates. Es el secreto de mi éxito, salvo en la cátedra de filosofía. Y en segundo lugar, Driscoll parecía bastante atontado. No estoy seguro de si estaba follando o si le desperté.

Le despertaste, decidí en silencio. Para reforzar mi decisión, intenté imaginar a Tom dormido: sobre la almohada habría un rizo de cabello oscuro, con hebras plateadas.

De repente me sentí tan cansada que podría haber llorado, salvo que ni siquiera tenía fuerzas suficientes para producir algunas lágrimas. Cogí la mano de Danny, diciendo que prefería no recibir visitas por sorpresa durante la noche. Me di cuenta de que lo había agotado; casi no opuso resistencia.

Fue la noche que dormí mejor desde el asesinato de Richie, en parte porque comenzaba a aceptar la improbabilidad de que Danny me entregase a la poli. Yo le gustaba, por supuesto, pero no eran sus sentimientos lo que me consolaba. Era saber que mis juegos de policías y ladrones eran mucho más excitantes que los suyos y que se sentiría reacio a abandonarlos.

Tuve una pesadilla y desperté alrededor de las seis, pero no pude recordar qué había hecho latir mi corazón con tanto terror.

Sentía que estaba quedándome sin recursos. Necesitaba ayuda. A las siete y media llamé a mi abogado, Vinnie Carosella Acordamos una cita en el Washington Square Park, a última hora de la tarde. A las diez, a las diez y media y a las once llamé al apartamento de los Driscoll, para asegurarme de que Tom no estaba. Después llamé al portero. Rogué que resultara.

—John —dije—, habla la señora Driscoll. —Intenté imitar el tono de Hojo, una mezcla de cigarrillos, aburrimiento y desdén—. Estoy en Arizona, en el balneario.

—Sí, señora Driscoll.

¡Lo había logrado! Hice la señal de la «V» de la victoria empleada por Churchill; Danny supuso que era un signo pacifista de finales de los sesenta y lo imitó.

—Mi amiga, la señora Peterson, vendrá a verme —le dije al portero—, le pedí que me trajera algunas cosas; ¿la dejará pasar?

—Sí, señora Driscoll.

Existía cierto riesgo, me dije, mientras salía del metro en la Quinta Avenida con la calle 60, y caminaba en dirección hacia el norte, junto a personas que realmente parecían las personas que aparecen en *Vogue*. El riesgo consistía en que Tom no hubiera estado durmiendo ni follando, sino que se hubiera dado cuenta del engaño con el portero y que, en el instante en que llegase al edificio, presentándome a John, éste hiciera un gesto convenido de antemano y me viera rodeada por cincuenta polis.

Pero John me entregó la llave y ni siquiera me miró. Cuando le dije que podría tardar un rato, ya que no tenía idea de dónde guardaba sus cosas la señora Driscoll, se encogió de hombros.

—¿Se encuentra la doncella en casa hoy, John? —pregunté con displicencia—. Tal vez pueda ayudarme.

El portero sacudió la cabeza y me acompañó hasta el ascensor.

El ascensorista, un alma más alegre, me remontó con un guiño y una sonrisa. Una vez que volvió a bajar, extraje los guantes de Danny de mi cinturón y me los puse.

El apartamento estaba más fresco que el vestíbulo y el aire helado hizo que notara el sudor que me recorría la cara. Me sequé la frente. Incluso a través de la lana gruesa del guante, sentí un latido demasiado rápido en las sienes..

Tardé un minuto en Inspirar («Estoy...»), Expirar («... Relajada») antes de tranquilizarme lo suficiente como para echar un vistazo. El apartamento de los Driscoll ocupaba una planta entera del edificio. Había estado allí dos veces con Richie y recordé que poseía la rebuscada atmósfera europea de un lugar que estaba diseñado para ser fotografiado, más que para habitarlo. No lograba convencerme de que el Tom Driscoll que yo había conocido, sin importar cuán rico y pomposo se hubiera vuelto, estuviera de acuerdo con vivir en una casa semejante. El suelo estaba cubierto de alfombras de sisal, aquella cosa rígida de color marrón, que se emplea para la fabricación de cuerdas, algo que ningún ser humano descalzo desearía pisar. Las ventanas estaban sombreadas por persianas de madera venecianas, inundando el salón inmenso con una amarillenta luz invernal. Hojo había llenado el lugar con una cantidad asombrosa de muebles caros.

Desde la última vez que estuve allí —para una cena descrita como «festiva» en la invitación, una palabra en clave que significa «casi-pero-no-completamente-de-etiqueta», algo que ignoraba hasta que llegué, demasiado engalanada con un resplandeciente vestido de tafetán rojo— parecía que Hojo había estado pujando con éxito en demasiadas subastas de antigüedades. Además de sus cajas de plata para cigarrillos y sus minúsculos bustos de mármol de compositores calvos, había acaparado el mercado de aún más colecciones de objetos inútiles. Lapiceros antiguos. Tinteros de cristal. Bolas —de mármol, cristal, metal y madera— apoyadas sobre pedestales de madera. Había macetas de porcelana pequeñas y sofisticadas, con plantas que parecían tan exquisitamente cultivadas como los especímenes que cultivarían Stephanie y sus amigas del club de jardinería; entre las hojas relucientes había pequeñas redomas de cristal, cada una con una orquídea.

Primero examiné la habitación. En realidad revisé el armario. Era por pura curiosidad, pero quedé hipnotizada por el despliegue de falta de sobriedad: un depósito repleto de vestidos, pieles, bolsos, zapatos, cinturones y pañuelos, embutidos en un armario que en realidad era una habitación separada, una habitación del tamaño de un estudio. En el suelo había tres faldas grises, que aún conservaban la etiqueta con el precio. Encima habían arrojado una blusa de seda color marfil, arrancada de la bolsa de plástico del tinte, pero todavía colgada de la percha.

No me sorprendió que las paredes del dormitorio estuvieran tapizadas de seda. La misma cama era un enorme objeto de hierro cubierto de almohadones con encajes y adornado con la suficiente cantidad de redecilla para mosquitos como para proteger a todo el hemisferio sur contra la malaria. Sobre la mesilla con faldones, a un lado de la cama, había una bandeja de plata repleta de potes con cremas para el cuerpo, el rostro, el cuello y los párpados. No había ni un solo libro. No había ningún rastro de una presencia masculina.

Porque la presencia masculina tenía su habitación propia más allá, pasillo abajo. Sólo me quedé el tiempo suficiente para comprobar que Tom dormía en una cama de caoba de cuatro postes, que estaba leyendo un libro grueso sobre la eliminación de la reglamentación de las compañías aéreas en los ochenta y, después de un vistazo rápido, que en algún momento, entre el último año del instituto y el presente, había cambiado los calzoncillos por pantaloncitos de boxeador.

No había habitaciones de niños, porque Hojo y Tom no los tenían. Hojo le había confesado a Richie que Tom era estéril pero, cuando ambos agotaron todos los exámenes médicos y lo descubrieron, ya no deseaban tener niños.

Hojo se ocupaba de los aspectos prácticos de la vida en un despacho exageradamente decorado, desde un escritorio que hasta el mismo Luis XIV hubiera encontrado demasiado recargado. Los cajones estaban repletos de invitaciones a cenas y funciones benéficas. Había algunas notas escritas sobre papel adhesivo amarillo: «Dartmouth 4/25», «Cancer 10/11». Me estremecí al reconocer la letra de Tom. No podía creer cuán familiar me resultaba. No la había visto desde que intercambiábamos nuestros cuadernos, cuando ambos estudiábamos latín. Pero no encontré una agenda; supuse que Hojo se la llevó al balneario.

Sin embargo, la historia de la vida social de Hojo estaba sorprendentemente intacta, como si esperara que en cualquier momento recibiría una invitación para donar sus papeles al Smithsonian. Detrás de un sofá pequeño, encima de una mesa dorada, se apilaban grandes cajas de marfil, madreperla, madera, lapislázuli y malaquita: una para cada año desde 1983, repletas de hojas de una agenda Filofax, invitaciones, anotaciones elementales y recortes plastificados de las columnas de sociedad en las que aparecía su nombre.

Miré mi reloj y después volví a mirarlo. No podía creer que sólo hubieran transcurrido cinco minutos. Apoyé el último cajón del escritorio sobre mi falda. ¡Bingo! Había una nota de Jessica fechada el 14 de mayo. Un mes antes de que Richie me dijera que me abandonaba. «Querida Joan, ¿cómo podré agradecértelo? Tú y la cena fuisteis maravillosas. No puedo decirte cuánto significa tu apoyo para ambos durante estos momentos difíciles. Cariñosamente, Jessica.» A Richie nunca le agradó vivir peligrosamente. Nunca alardearía de una aventura; si Hojo celebraba cenas clandestinas con la feliz pareja, Richie debía confiar realmente en ella.

La sostuve mientras examinaba las fotografías de encima del escritorio. Había fotos obvias, en marcos más adecuados para Caravaggios que para instantáneas. Eran imágenes de mujeres de comités benéficos, excesivamente engalanadas: sus cabezas repeinadas eran tan enormes, comparadas con sus cuerpos escuálidos, que parecían extraterrestres. Pero también estaban Hojo y Tom en alguna estación de esquí, sonriendo a la cámara. Miré más de cerca para ver si las sonrisas eran falsas, pero la foto estaba ligeramente desenfocada. También había otra de Hojo, junto a tres mujeres con brazos como palitos, vestidos sin mangas, palmeras al fondo, en un sitio que podría haber sido Palm Beach o, posiblemente, Marruecos. Otra imagen de Hojo con una mujer mayor, ya sea su madre o alguna amiga que también había sido operada por Carter y que, por lo tanto, tenía la misma cara. Había instantáneas veraniegas enmarcadas: Hojo con Richie en una fiesta en una casa de la costa; Hojo con Richie y Jessica encima de algún muelle con veleros en el fondo y Jessica llevando pantalones cortos.

Siete minutos. Volví a colocar la nota de Jessica en el cajón. Tenía la boca tan seca que no podía tragar. Qué ocurriría si Hojo llamaba a Tom y éste le decía: por cierto, hoy llegará tu caja de champán. ¿Qué ocurriría si solía regresar al mediodía para cambiarse los calzoncillos de boxeador?

Examiné las hojas de la agenda. Había una buena cantidad de anotaciones de «Llamar a fulano», con números que comenzaban con 516, el prefijo para Long Island, pero la mayoría debían ser amigos que vivían en los Hamptons. Había un número de Shorehaven anotado el primer miércoles de septiembre. Ni siquiera tuve que mirar el nombre: Tillotson. Pero teniendo en cuenta la cantidad de cambios quirúrgicos que Hojo había sufrido (incluyendo el más reciente, las tetas espectaculares que vi en el funeral de Richie), la anotación no me sorprendió.

Según la agenda, Hojo almorzaba con Richie al menos una vez cada dos o tres semanas. Pero también cenaba: «Rick Cote Basque 20.00 horas» en enero. Y «Rick, etc. Bouley» en febrero. Yo no cené en un restaurante francés en enero. Y decididamente no fui «etcétera» en febrero.

Pero un momento: el día que Richie me dijo que se marchaba, me había confesado su aventura. De modo que sabía que «etcétera» no podía ser Jessica Stevenson. Porque Richie y Jessica se habían enamorado –profunda e intensamente, como me dijo por un esfuerzo inútil por sofocar mis ruegos histéricos de que se quedara– justo dos meses antes de que decidiera marcharse. Ocurrió durante una convención empresarial de Data Asociados, en un hotel cerca de Santa Fe.

–Te pedí que vinieras conmigo –había dicho, demostrando que me había dado todas las oportunidades posibles–, pero dijiste que no podías ausentarte del instituto, ¿recuerdas?

Doce minutos. Metí las páginas de la agenda en mi bolsillo. Para acabar, también robé los libros donde estaban contenidos los últimos cuatro años de la vida de Hojo y los metí en un bolso de lagarto que encontré en el armario. ¡Hecho! Cerré la puerta principal, me quité los guantes apestosos de Danny Reese y volví a bajar al vestíbulo en el ascensor, donde le di un billete de veinte dólares al portero.

–Muchas gracias, John.

Estaba muy sorprendido.

Lo estuvo todavía más cuando le llamé desde un teléfono público, cerca de la avenida Madison, unos minutos después.

–Habla la mujer que acaba de darle veinte dólares –dije.

–¿Qué?

–Escuche con atención. No fue la señora Driscoll quien llamó para que me permitiera entrar en su apartamento. Fui yo e imité su voz.

–¿Ehhh?

–«John, soy la señora Driscoll.»

–¡Jesús!

–Sólo eché un vistazo. No me llevé nada, de modo que no hace ninguna falta que le diga a nadie que dejó pasar a la amiga de la señora Driscoll. Se vería en un gran apuro y no deseo que eso le ocurra. Adiós.

¿Qué demonios había obtenido a través de esta expedición, salvo la crónica de la vida vacía de una arribista? Sentí una gran envidia por la cama de Hojo: más que blanca y cubierta de almohadas. Deseaba volver a subir, acostarme, regodearme entre sábanas perfumadas y dormir. No, lo que realmente le envidiaba a Hojo era su marido. No quería creer que, en algún momento de los últimos treinta años, el verdadero Tom Driscoll murió y dejó su cuerpo sin alma, vestido con pantaloncitos de boxeador, en aquella habitación solitaria.

Camino del centro, el traqueteo rítmico del metro, la sacudida suave que conocía desde la infancia, me consoló.

Jessica tenía a Nicholas Hickson para consolarla y, antes de él, a Richie y tal vez a Carter. Cerré los ojos. Richie: ¡qué buen amante había sido! Tenía gracia, imaginación y una lascivia de primera categoría. Y Jessica lo había agarrado. Pero no sólo Jessica: recordé la sonrisa torcida de Fran Gundersen. Y yo nunca había caído en la cuenta. De acuerdo, nunca investigué nada. Pero ¿quién demonios era la «etcétera» de la agenda de Hojo? ¿Sería posible que fuera Mandy, la amiga de Stephanie? ¡Había todo un distrito de Manhattan repleto de mujeres disponibles, elegantes y anónimas, y Richie elije a alguien de Shorehaven! ¿Había habido otras? ¿Tenía importancia? Y aunque la tuviera, ¿cómo podría descubrirlo?

—¿Fran te dijo que Richie tenía una aventura con otra persona, antes de Jessica?

Mitchell Gruen soltó una risita. Aunque era al principio de la tarde, su cabello grisáceo aún estaba enmarañado. Llevaba un chándal desteñido y encogido; se notaba que se lo había puesto para dormir, por motivos obvios.

—¿Te parece que Fran no lo sabría? —pregunté.

Mitch se dirigió hasta su cocina estilo barracón, más alla de los ordenadores. Colocó un bol rojo sobre el mostrador de formica roja y se sirvió unos Lucky Charms. Olisqueó un frasco de leche, se lo pensó mejor y regresó, comiendo el cereal con los dedos.

—¿No caes, Rosie? Era Fran.

—¿Que era Fran?

—La aventura anterior a Jessica.

—¡Oh, vamos!

Pareció enfadado por mi enojo.

—Richie se lo montó con Fran durante años. —Repentinamente no pude responder, porque mi corazón sabía que lo que decía era la verdad—. Fran era hermosa —dijo.

—No, no lo era —logré decir.

Si por algún milagro, Richie hubiera vuelto a la vida en aquel instante, habría cogido un cuchillo y lo habría apuñalado.

—Sí, era hermosa, al principio. Una hembra grande y hermosa. Richie la mantenía, ya sabes, como un amante viejo y rico.

—¿Te lo dijo él?

—¿Estás loca? No. Me lo dijo ella. Pero Fran vivía en un mundo de ensueño. Debería haber sabido a qué atenerse. ¿Sabes lo que hizo él para su quinto aniversario? Pagó la hipoteca de una casa que ella tenía en Brooklyn. Por supuesto que ella esperaba algo más, un anillo de compromiso o algo así. Vino a mi despacho, lloriqueando y rogando que hablase con él.

—¿Lo hiciste?

—¡Tú estás loca, de verdad! Yo no me meto en esa clase de complicaciones. De todos modos, yo ya tenía mis propios problemas con Richie.

Supuse que vomitaría o lloraría. No ocurrió nada. Entonces intenté calcular la cronología del adulterio de Richie. Primero Fran, durante años.

—¿Cuando se terminó aquello? —inquirí—; ¿cuando Jessica fue a trabajar allí?

—No, Fran y Richie todavía se acostaban cuando Richie me echó.

Pero asumiendo que Richie se había deshecho de Fran alrededor de la época en la que la despidió (y sentía que aquélla debería ser una suposición bastante segura), había habido un cierto lapso para descansar. O para otra aventura, intercalada entre Fran y Jessica.

Pero fue justo entonces, en la primera parte del año, cuando comencé a pensar que nuestras vidas estaban mejorando. Richie parecía más cómodo con el éxito. Era como en los viejos tiempos. Durante algunos meses dejó de llamar para decirme que dormiría en un hotel porque estaba demasiado exhausto para conducir hasta la casa. En lugar de llegar alrededor de la una, arrastrándose, regresaba a las nueve o las diez. Solíamos sentarnos en el sofá de su despacho, él con la cabeza apoyada en mi regazo, y veíamos televisión o charlábamos. Míranos, somos una vieja pareja de casados, dijo en una oportunidad. Entre Fran y Jessica.

¿Pero podría haber existido una tercera aventura en aquella época? Bien, eso explicaría por qué Richie se deshizo de Fran. A ella no podía mantenerla en la ignorancia como a mí, ocupada con mi carrera y mi vida personal en Shorehaven. Fran tenía que desaparecer, porque estaba demasiado cerca; Richie no podía mantener otra aventura bajo la mirada de su secretaria particular. Además, tengo que reconocer que a pesar de que era un cabrón adúltero y libidinoso, era bastante monógamo. Antes de Jessica, habíamos disfrutado de una vida sexual magnífica. Incluso después, nunca llegó a ser completamente decepcionante. La noche de la fiesta por nuestras bodas de plata, por poner un ejemplo, comenzamos encima de la cama, continuamos en una silla y acabamos en el suelo. Si a Fran le había estado dando incluso una décima parte de lo que me daba a mí, no podría haber abordado una tercera mujer, sin arriesgar la muerte por un ataque coronario. Se hubiera deshecho de Fran antes de meterse —si se metió— con la mujer misteriosa.

¿Quién demonios era Mandy?

Reflexioné acerca de lo que le regaló a Fran. Una casa. Muebles costosos. Y apuesto a que también le dio las hermosas pinturas de paisajes que colgaban de sus paredes. Mis tripas me decían que eran auténticas y tengo unas tripas de muy buena calidad. Fran no había sido la típica amante del visón y los rubíes.

Tal vez el nombre de Mandy sólo fuera una coincidencia.

O tal vez aquella Mandy, acerca de la cual Fran se planteaba preguntas, era efectivamente Mandy, la abogada corredora, pero estaba llevando a cabo alguna tarea legítima para Data Asociados.

—¡Ahora debes irte! —exclamó irritado Mitch—, tengo que trabajar.

—Accede a la agenda de Jessica. Después me iré.

—¡Ya me hiciste eso la última vez, Rosie!

—Y volviste a dejarme entrar, Mitch. ¿Sabes por qué? Porque en el fondo, deseas ayudarme.

—No es cierto —bufó.

Pero se dirigió hasta uno de sus ordenadores pequeños y en menos de un minuto me preguntó qué quería saber.

—¿Dónde estaba Jessica el día que mataron a Richie?

Después de un tecleado breve, descendió a lo largo de una columna con el cursor.

—Por la mañana efectuó un montón de llamadas desde su despacho. ¿Quieres saber a quién llamó?

—Luego.

—Tenía una reunión en su despacho a las once y media con Liz, la subgerente.

—¿Y después?

—A las doce y media dice «Uñas». Y después, una reunión a las dos en Valores Metropolitan.

—¿Con Nicholas Hickson?

Mitch se giró. La irritación le torcía la boca.

—Si lo sabías, Rosie, ¿por qué me molestas?

15

Los ojos marrones de Vinnie Carosella tenían una expresión sentimental.

—No tiene el dinero del anticipo —dijo, cuando me senté a su lado en el banco del Washington Square Park.

—Hola, Vinnie —respondí.

—Encantado de conocerla, Rosie.

—¿Cómo sabe que no tengo el dinero?

—Me lo contó uno de mis compinches de la policía. Se dejó su billetero en casa de la encargada de las relaciones públicas de su marido. Supongo que llevaba prisa cuando se marchó.

—Supongo que sí.

—Vaya, eso suele ocurrir. Y uno de mis otros amigos de la oficina del fiscal del distrito me dijo que han bloqueado sus cuentas bancarias.

Vinnie Carosella calzaba unos mocasines con borla negros, magníficamente lustrados. Tenía el mismo aspecto que por televisión. Unas gafas conferían un aire intelectual a su rostro. Estaba más cerca de los sesenta que de los cincuenta, pero no tenía ni una sola arruga, ni siquiera las que ocasiona la sonrisa: la cara soñada de los dermatólogos. El único rasgo discordante eran unas orejas grandes y ajadas, que parecía haber heredado de Lyndon Johnson.

—Tenemos un pequeño problema —dijo—, puedo presentar una moción para que levanten el bloqueo, con el fin de que pueda pagar las costas legales, pero en ese caso, usted debe aparecer. ¿Quiere hacerlo?

—Todavía no.

—Temía que dijera eso —dijo Vinnie.

Unos patinadores que calzaban Roller blades pasaron velozmente a nuestro lado, girando al ritmo de una música que sólo ellos oían.

—Sabrá que en realidad ni siquiera debería estar aquí, dado que usted puso pies en polvorosa. Podrían acusarme de albergar a una fugitiva. Pero hasta un viejo tonto como yo siente curiosidad de vez en cuando. Tenía que conocerla. Será nuestro secreto.

—Nuestro secreto —asentí—; pero si sabía que no tengo dinero, ¿por qué vino?

—Ni idea. Supongo que su historia me agrada. Me intriga. Las historias interesantes me apasionan.

—¿Cree que es verdad?

—Aún no. —Debió de notar mi desaliento, porque añadió que tenía un cierto encanto—. Porque de otro modo no arriesgaría un encontronazo con las autoridades ¿verdad?

—Tanta confianza y ningún dinero.

—Oh, hay dinero flotando por ahí. Antes o después, alguien me pagará. Usted o alguno de sus hijos. ¿Puede ponerse en contacto con ellos?

Asentí.

—Infórmeles de que la represento y de que me sentiría más cómodo con un anticipo de diez mil dólares —dijo, palmeándome la mano—; no se ofenda, Rosie. Los abogados penalistas cobran por anticipado.

—No me he ofendido.

Más allá, sobre el sendero, unos diez perros y sus dueños trotaban arriba y abajo, detrás de una cerca de alambre. Justo antes de que mataran a Richie, había pensado en comprar otro perro.

Añoraba la normalidad. Añoraba un perro. Añoraba ropa interior limpia, no tener que lavar mis cosas por las noches ni que ponerme un sostén húmedo por las mañanas. Añoraba a mis alumnos y tener tiempo para la lectura. Pero lo que más añoraba era un perro, que ladraría con mudo encanto todos los días, cuando regresara del instituto.

Aparté la vista de un basset especialmente maravilloso y descubrí que Vinnie me miraba fijamente.

—Es sorprendente —dijo—, he visto su foto en los diarios, en la televisión pero, hasta que no se ha sentado a mi lado, no me llamó la atención. Está haciendo bien alguna cosa.

—Soy invisible —dije, arremangando uno de los jerséis negros de Danny–; nadie repara en las mujeres de edad madura.

–No diga eso. Usted es guapa. Más bonita que sus fotografías.

Era un cumplido magnífico, porque lo ofrecía como un hecho y no una galantería. Extrajo algo que parecía una carta comercial de dos o tres páginas del bolsillo de su abrigo de pelo de camello y me la entregó.

–Es el informe de la autopsia. Me lo dio un amigo de la oficina del forense.

Lo ojeé.

«La causa de la muerte fue desangramiento causado por herida de puñal en la aorta abdominal. –Me obligué a seguir leyendo, pero la narrativa en tiempo presente de la página siguiente acabó conmigo–: El difunto es admitido a la sala de autopsias envuelto en una sábana del depósito. Tiene colocado un tubo naso-gástrico, tiene tres electrodos de electrocardiograma sobre el pecho, hay tubos de drenaje bilaterales...»

–No puedo –dije, devolviendo los papeles a Vinnie–, cuéntemelo usted, por favor.

–Es muy rutinario. Básicamente, dice lo que siempre dicen los patólogos: si no estuviera muerto, estaría muy sano. Sólo hay una herida, pero fue determinante.

–¿Hay algo que indique si fue hecha por un hombre o una mujer?

–No lo sé. Era un cuchillo muy afilado, clavado hacia abajo con bastante fuerza. Una herida limpia. Lo siento. Ojalá pudiera decirle algo más.

Le relaté todo lo pertinente acerca de Jessica y Nicholas Hickson. Vinnie me dijo que apostaba a que la empresa de Hickson estaba asegurando la oferta de las acciones de Data Asociados. Era posible que Jessica y Nicholas hubieran planeado violar algunos de los reglamentos de la Comisión Controladora de Acciones y Valores: sus amigos comprarían acciones en bloque o los sentarían en la junta directiva para poder deshacerse de Richie. Le pareció improbable, pero si fuera cierto, Jessica tendría menos motivos para el asesinato, no más. Podría sencillamente deshacerse de él y él saldría de su vida.

–¿Logró obtener algún informe del laboratorio?

–Todavía no. No todos están terminados y es difícil arrancarlos de las manos autorizadas. Estoy en ello. Probablemente tendré suerte, antes o después. Pero no se haga ilusiones.

—No dejo de pensar en el momento en el que encontré a Richie...

—No lo haga —me interrumpió—, es demasiado doloroso.

—Tengo que hacerlo, Vinnie. No dejo de pensar que tal vez vi algo que la policía no vio.

—Tal vez. —Cruzó los brazos y las piernas, mirando hacia arriba como si estuviera en el paseo entablado de Coney Island en un día claro de julio—. La escucho.

—Había tierra en las ranuras de las zapatillas de Richie, especialmente en la de la izquierda. Y había un rastro irregular de tierra desde la puerta de la cocina hasta su zapatilla. ¿Me sigue?

—La sigo, Rosie.

—A la mañana siguiente, fui hasta la casa de mis vecinos.

—¿Por qué abandonó la casa?

—Tenía que salir. Y necesitaba consuelo. Mi vecina no es de las que abruman con su cariño, pero es muy sensible y sólida. Una persona decente de verdad. En todo caso, pasé al lado del coche de Richie. Y ahora imagine lo siguiente: el coche estaba bastante oculto detrás de una hilera de árboles, aunque si por la noche alguien hubiera pasado en coche a su lado, podrían haber visto el reflector del parachoques en la parte trasera del coche. Sin embargo, la posición en la que el coche estaba estacionado lo hacía prácticamente invisible. Pero la puerta del conductor estaba a sólo unos pasos del camino.

—Prosiga —dijo Vinnie, plantando ambos pies en el suelo con firmeza.

—En primer lugar, hacía días que no llovía, de modo que aunque Richie hubiera dado algunos pasos dentro del bosque, para orinar o lo que sea, no existía ninguna razón para que hubiera grandes cantidades de tierra pegada a sus zapatillas. El único lugar que permanece fangoso está en el centro del bosque, donde los árboles están tan juntos que la luz del sol casi no penetra. Pero incluso si hubiera estado fangoso, ¿por qué no había restos de tierra entre el coche y la casa? Juro que no observé ninguno, y yo estaba bastante nerviosa y alerta. ¿Cómo es posible que la tierra aparezca de repente en el suelo de mi cocina?

—No lo sé —dijo lentamente.

—Y además, la tierra estaba embutida en las ranuras de las zapatillas. Pero el resto del calzado estaba limpio.

—¿Qué intenta decir?

—Digo que es bastante posible que Richie no entrara en el bosque, que en cambio hizo lo obvio: abrió la puerta del coche y dio algunos pasos sobre la tierra, cubierta por hojas secas. Después siguió caminando por la calle que conduce al camino particular de nuestra casa. Es lógico que caminara por la calle, Vinnie. Para empezar, la urbanización Shorehaven es elegante, igual que dinero antiguo: las farolas se consideran vulgares. Por la noche, la única luz proviene de la luna, o de una linterna. Dicho sea de paso, ¿le dieron una lista definitiva de sus efectos personales? No recuerdo que figurara una linterna.

—No figuraba una linterna. Figuraban sus ropas, llaves, reloj, y su billetero con tarjetas de crédito y dinero. Bastante parecido a lo que los polis le dijeron a usted.

—De acuerdo. Richie recorrió el camino particular, es de grava, no de tierra, después pasó ante la entrada principal, hasta llegar a la cocina. Dudo que entrara por la puerta principal, porque está cerca de nuestro... de mi dormitorio. Entró por la cocina; apagó la alarma y entró.

—¿Tenía una llave?

—No cambié la cerradura —admití.

—¿Con la esperanza de que regresara?

—Sí. —Me sentí aliviada de que comprendiera—. Mi abogado matrimonial insistió en que cambiara la alarma, cosa que no hice. No dijo nada acerca de las cerraduras. Supongo que creyó que tendría el sentido común de cambiarlas. Se equivocó. Estuve en un estado desastroso todo el verano. Incluso después, levantarme de la cama y vestirme para ir al instituto ocupaba toda mi energía. No podía ocuparme de alarmas.

—¿Qué hay de las luces en la parte exterior de la casa? ¿Iluminan lo suficiente como para que él lograse atravesar el bosque?

—No. Siempre apago los reflectores antes de irme a la cama. Y considere lo siguiente, Vinnie: estuve sola con su cuerpo durante cinco o diez minutos, no sé cuánto tiempo exactamente, hasta que llegó la policía. ¿No se habría notado en el aspecto de su ropa, si hubiera atravesado el bosque? Pero él no tenía necesidad de hacerlo; sabía que podía subir por el camino particular sin que yo le viera. También sabía lo que ni siquiera un delincuente sofisticado sabría: que nuestro sistema de alarma no poseía un detector de movimiento, ya sabe, para captar la presencia de cualquiera que suba por el camino particular. Instalamos uno, pero los chicos, el perro y los mapaches no dejaban de dispararlo.

—De acuerdo. Si Richie no se ensució las zapatillas atravesando el bosque —dijo Vinnie—, ¿de dónde salió la tierra que llevaban pegada?

—Antes de que le conteste, pregúntese lo siguiente: si yo le maté, ¿por qué habría tierra en el suelo? —Vinnie se restregó la barbilla—. Permita que le diga lo que creo. Había alguien con Richie. En realidad, lo más probable es que alguien le siguiera hasta el interior de la casa. O bien aquella persona atravesó el bosque como yo, la noche que puse pies en polvorosa, o estaba bastante alejado de la casa, algunos metros dentro del bosque en una zona fangosa, observando cómo Richie entraba en la casa.

—Pero usted dijo que los reflectores estaban apagados. Y que tuvo que encender una luz cuando llegó a la cocina.

—Es verdad. Pero Richie tuvo que encender las luces también. No llevaba ninguna linterna. ¿Correcto? Y tenía que ver lo que estaba buscando, sea lo que sea. Además, el asesino necesitó luz para ver el cuchillo, y a Richie. No había un montón de heridas, ¿verdad? No, sólo había una, justo en el medio, que dio exactamente en el blanco.

—Siga —dijo Vinnie.

—Volvamos a hablar de la tierra. Digamos que estaba pegada a los zapatos del asesino. Después del asesinato él, ella o el que fuere, digamos él, para aclararnos, observó la tierra en el suelo. ¡Qué susto! Pero es un individuo demasiado frío para dejarse dominar por el pánico y demasiado listo para cometer una verdadera torpeza, como intentar barrerla; tal vez sabía que la policía hallaría rastros y se mostraría doblemente suspicaz si pareciera que alguien había intentado limpiar. De modo que volvió a salir, cogió un poco de tierra, probablemente desde muy cerca del coche y la embutió en las ranuras de las zapatillas de Richie.

Y lo más probable es que desparramara la tierra por el suelo para que no se vieran sus pisadas. Así, parecería que sólo Richie introdujo la tierra. Y si hubiera entrado solo, ¿quién podría haberle matado? Sólo alguien que ya estaba dentro de la casa. Yo.

—¿Quién le haría semejante cosa?

—¿Bromea? ¿Cree que alguien dispuesto a asesinar tendría escrúpulos para implicarme? No: estaría encantado de que hubiese un primo a mano para sacarle del apuro.

—¿Tiene alguna idea acerca del sexo del asesino?

—Ojalá lo supiera. Richie no tenía tanto éxito con los hombres como con las mujeres. No tenía amigos realmente íntimos. Era un padre bastante bueno, pero no uno que gozara de la compañía de sus hijos. Yo diría que se trataba de una mujer, salvo que Richie hubiera perpetrado alguna cosa, comercialmente hablando, o hubiera hecho algo a una mujer que enfadara muchísimo a algún hombre.

—¿Ya tiene algún candidato? Además de la novia.

Sacudí la cabeza. En el sendero para pasear perros, el basset y su dueño, un chico simpático de hombros anchos, una versión asiática de Ben, salieron por la verja y subieron por el sendero; el perro, cuya barriga casi rozaba el suelo, estaba tan lleno de gozo por la compañía del chico que no dejaba de intentar dar saltos en el aire.

—Sabe una cosa, Rosie —dijo Vinnie quedamente—, cualquiera en su situación, una mujer sola dentro de una casa enorme, podría sentir pánico si creyera oír un ladrón.

—¿Qué intenta decir?

—Usted sabe lo que estoy diciendo.

—¿Que debería intentar declararme culpable? «Su señoría, oí a un hombre en la cocina y no llamé a la policía ni apreté el botón de alarma. No, bajé las escaleras y no reconocí al hombre con el que intimé durante más de veinticinco años. Lo confundí con un merodeador y mientras lo miraba directamente, lo apuñalé exactamente en su aorta abdominal.»

—Lo que intento decir es que el momento en el que pudiera llegar a hacer un trato en beneficio suyo casi se ha acabado. Oiga, yo veo la situación de la siguiente manera: los polis están enfadados consigo mismos porque usted logró escapar. Pero créame: están aún más enfadados con usted. Hasta ahora ha tenido algunos golpes de suerte. Y es bastante lista. Pero parece creer que se ha vuelto invisible. No lo es. Es ingeniosa y, hasta ahora, ha tenido la suerte de los tontos. Si la cogen antes de que llegue a algún acuerdo con el fiscal del distrito, será muy perjudicial para usted.

Le palmeé la mano.

—Pero ocurra lo que ocurra, usted hará lo que pueda por mí, ¿verdad, Vinnie?

—Sí, Rosie —dijo con mucha seriedad—, lo haré.

Observé cómo Vinnie cogía un taxi y se marchaba. Después me quedé sentada un rato, mirando los perros, aunque ninguno poseía la exuberancia del basset: agitando el rabo y comportándose como si la vida fuera una fiesta. La luz del atardecer se suavizó y comenzó a desvanecerse. La gente de mi edad se apresuraba a volver a su hogar. Los chicos del instituto y de la universidad caminaban más lentamente; las parejas se abrazaban, gozando del calor mutuo mientras el día fresco se volvía frío.

Media hora después, regresé a casa de Danny. Estaba tendido en el sofá, escuchando un CD a todo volumen, uno que ni siquiera me hubiera gustado, si añorase ser receptiva y joven de corazón. Le lancé un beso. Él me tendió una mano perezosa y sensual. Quería marcharme antes de que dejara de considerarme una amante y recordara que en el tercer curso había sido la encargada de su grupo de exploradores.

Me metí en el cuarto de baño y cambié su jersey negro por mi chaqueta y jersey grises. Cuando salí, la música estaba desconectada. Él estaba de pie, esperando.

—¿Adónde vas, Rosie?

—Tengo que ver a algunas personas.

Se quedó quieto durante algunos instantes. Luego me rodeó con los brazos y apoyó su cabeza contra la mía.

—Déjame ir contigo.

—No puedo.

—No te lo tomes a mal, pero si intentas arreglarte sola, la joderás. Si aquella antigua secretaria de tu marido llamó a los polis...

—No creo que lo haya hecho.

—Por eso la joderás, Rosie. Si lo hizo, sus hombres estarán destacados en todos los lugares donde posiblemente podrías aparecer. Te cogerán en un segundo.

Acaricié su cabello. Era sedoso, como el de un niño.

—No iré a los lugares evidentes.

—¿Dónde irás?

—Tengo un plan.

—Déjame ayudarte.

—Ya lo has hecho.

—Entonces ¿por qué desprenderte de mí ahora? Vamos, Rosie. Ha sido divertido, ¿verdad?

Antes de despedirnos con un beso, Danny me ofreció dinero. No lo acepté. Sí acepté una llave de su apartamento, aunque en el fondo sabía que no regresaría jamás.

—Si pensara que le mataste, me sentiría muchísimo mejor —dijo, cuando me solté de su abrazo—; tiene huevos, pensaría. Es capaz de cuidar de sí misma. Pero temo por ti.

—No te preocupes, ni por un minuto. Soy muy capaz de cuidar de mí misma.

Mi temor por mí misma era mucho mayor del que él hubiera sido capaz de sentir. Pero le lancé una amplia sonrisa. Luego volví a besarle una última vez, para que me diera suerte.

Carter Tillotson llevaba a cabo sus operaciones quirúrgicas más serias en un hospital de Nueva York, a diez manzanas al sur de su consulta, pero las bolsas bajo los ojos, la grasa de los muslos y todas las otras pequeñas señales incordiantes de ser un ser humano, se eliminaban en su propia sala de operaciones. Era un arreglo perfecto: un recorrido de cuarenta y cinco minutos de duración, desde su mansión de Shorehaven hasta el garaje en la avenida East End, donde estacionaba su Mercedes; luego una rápida taza de café y un lavado de manos enérgico, que le dejaban el tiempo suficiente para succionar un par de papadas, pertenecientes al presidente de unos grandes almacenes, o para fabricarle una boquita jugosa a una modelo de labios delgados, antes de examinar a sus pacientes hospitalizados a las 8.30 de la mañana. La única sombra proyectada sobre la vida perfecta de Carter era Emerald Point. Aunque era una de las joyas arquitectónicas de la costa septentrional de Long Island, era una esponja enorme que sólo existía para absorber dinero. Nunca se saturaba. De manera que Carter operaba todo el día como un loco y visitaba a pacientes hasta las diez o las diez y media, cinco noches a la semana. Al menos, eso es lo que le decía a Stephanie. Yo quería saber si era verdad.

Así que tres horas antes de su horario normal de partida, me situé delante del garaje más cercano a la consulta de Carter y aguardé hasta que el empleado abandonara la garita acristalada, para efectuar lo que rogué que apareciera en el *Guinness* como la meada más larga del mundo. Con el corazón palpitante y la boca muy seca, descendí por una rampa empinada a la carrera, agachándome detrás de un Cadillac Brougham inmenso. No había nadie. Desafortunadamente, había la suficiente cantidad de Mercedes como para abrir una pequeña agencia. Pero después de veinte minutos, en el nivel inferior, reconocí un Mercedes de color azul oscuro con matrícula de médico. ¿Habría encontrado a mi hombre?

Gracias a Dios, el coche estaba abierto. Me acosté debajo del asiento trasero del coche con la boca más seca de América. Mi garganta también estaba seca y no podía dejar de pensar en una Coca dietética con hielo y una rodaja de limón. La sed era francamente infernal. Pero además de aquella incomodidad insoportable, sentía verdadero dolor. Por supuesto que había tenido dolores en la espalda en alguna ocasión, pero nunca esta irritación terrible que rodeaba cada una de mis vértebras. Maldije las veinte o treinta películas que vi en las que un atlético pistolero —que no padecía dolor ni sed— aparece detrás del conductor y le apunta a la cabeza con una pistola. Cuando el empleado condujo el Mercedes hasta la calle como si fuera un coche de carrera, tuve que morderme el labio para no gritar con cada sacudida del coche; pero al menos no me descubrió.

Por favor, rogaba, mientras el coche se detenía con un chirrido en un sitio excesivamente bien iluminado, por favor, que Carter no me descubra. Y por favor, que éste sea su

Mercedes. Que no acabe conducida hasta Ardsley por un otorrinolaringólogo. El empleado descendió.

—Aquí lo tiene, doctor —le oí decir.

Después nada. Me apreté aún más contra el suelo. Un polvo suave se me metía por la nariz; trozos de tierra me raspaban la mejilla. ¿El empleado le estaría haciendo alguna señal a Carter? ¡Hay alguien en el coche! ¡Rápido, llame a los polis! Justo cuando estaba imaginando el metal frío de una pistola de policía apuntándome a la nuca, un hombre se deslizó en el asiento del conductor y cerró la puerta. Miré hacia arriba: pelo rubio, corto y republicano. ¡Carter!

Saqué mi arma. Después de rechazar las pistolas de agua de color calabaza, verde pálido y violeta, finalmente encontré una pistola de fogueo metálica y corta en una juguetería decrépita del Village. Pero mi espalda estaba tan tiesa y dolorida y estaba tan aterrorizada por mi propia audacia que no pude levantarme del fondo del coche hasta que Carter alcanzó la avenida FDR, acelerando hacia el puente Triborough. Apoyé el cañón de la pistola contra su cabeza.

—Sigue conduciendo, Carter.

¡El Mercedes se desvió! Ambos gritamos al percibir que Carter perdía el control, invadiendo primero el carril contrario y precipitándose después —¡ahhh!— hacia el río East. Pero un cirujano tiene que ser bastante frío y después de algunos segundos, mientras sonaban las bocinas histéricas de los demás coches, volvimos a enderezarnos. Sin dejar de apuntarle, pasé al asiento de delante.

—Baja por la próxima salida —ordené, mientras arrancaba el receptor de su teléfono portátil, abría la ventana y lo arrojaba fuera.

—¿Estás loca? —gritó.

—Esta salida. Gira y sal —le dije, apretando la pistola contra su cabeza aún más, aunque no con tanta intensidad como para que notase que era de latón y no de acero sólido.

—¿Aquí?

—Aquí.

—Estamos en Harlem —susurró Carter.

—Sé exactamente dónde estamos.

De modo que nos desviamos por la calle 116, y detuvimos el

coche a dos manzanas de la avenida. Le ordené que apagara las luces y desconectara el motor.

—Espero que te des cuenta... —comenzó a decir.

—... de que no saldré impune —dije, acabando la oración—; tal vez a la larga, no. Pero si tú quieres salir por ahora, vivo e intacto, creo que deberías responder a mis preguntas completa y verazmente. Si no lo hicieras —alejé la pistola de su cabeza—, no sé si seré capaz de matarte, Carter. Pero puedes confiar en que te dispararé a la mano.

No se amilanó. Se quedó sentado rígidamente, con la vista clavada en el parabrisas, observando una moto estacionada delante de nosotros. Estaba encadenada a una toma de agua de los bomberos.

—¿Estás preparado?

—Sí.

—¿Fuiste tú quien presentó a Jessica y Richie?

Él asintió.

—Háblame de ello.

—No hay nada que contar. Era una amiga. Una amiga ocasional. Una financiera. Nos conocimos en un cóctel organizado por uno de mis mejores pacientes. Le comenté que tenía un vecino que acababa de ganar muchísimo dinero. Ella había oído hablar de Data Asociados y me pidió que organizara un encuentro. Lo hice. Y eso es todo.

—¡Eso no fue todo! —exclamé.

Soltó un pequeño aullido, intentando controlar el terror a que la Mujer Abandonada estuviera a punto de arrancarle sus dedos de escalpelo de un balazo.

—Cálmate, Carter —dije con una suavidad mucho mayor—; sólo dime la verdad, ¿de acuerdo?

—Sí. De acuerdo.

—¿Tú y Jessica erais amantes?

Giró la cabeza bruscamente y sus hombros se tensaron aún más, pero no respondió.

—¿Carter?

—Sí.

—¿Aún erais amantes cuando se la presentaste a Richie?

—Sí.

—¿Para qué los presentaste?

—Por lo que te he dicho. Para conectarla con un posible negocio.

—¿Sabía Richie que tú y ella erais amantes?

—No tengo ni idea —dijo, volviendo la cabeza y mirando hacia delante.

—La verdad —rugí.

—Supongo que sí. Me refiero a que no la presentaría diciendo: «Ésta es Jessica Stevenson, mi amante». Pero estoy seguro de que lo sabía. Era un adulto.

—¿Sabías que me engañaba?

—Supongo que sí.

—¿Qué quieres decir?

—No lo sé. Sólo supuse que sí. Por la manera en que hablaba de las mujeres. Era demasiado consciente de su reacción. Siempre estaba mirando. Era muy sensible a los, ehhh, matices físicos.

—¿Tetas y culos?

—Era más sofisticado que eso.

Supongo que aquello tenía sentido, teniendo en cuenta las tetas submicroscópicas de Jessica.

—¿Jessica estuvo casada alguna vez?

—Dos veces.

—¿Dos?

—Durante el último año en la universidad se casó con uno de sus profesores. Y después, con un abogado. Ninguno de los dos le duró mucho tiempo. Sólo estaba reaccionando ante la presión de la familia.

—¿Tuvo hijos? —Carter tragó—; contéstame.

—Nunca habló al respecto. Lo descubrí porque una noche, de regreso a su apartamento, Jessica escuchó los mensajes registrados en el contestador. Había uno de su ex marido: decía que las cuotas de alimentación del niño llevaban cuatro meses de retraso.

—¿Era el abogado?

—No, el profesor. Un profesor de historia. El niño vive con él y su segunda mujer. Jessica dijo que ocurrió cuando ella era muy joven. Ahora sabía que nunca debería haber abandonado al niño. Incluso hoy se lamenta de su pérdida.

Tenía que felicitarle: lo dijo sin sonreír y absolutamente convencido. Bien, ¿y por qué no? Su voz ahogada le delató. Seguía enamorado de ella.

—¿Seguís en contacto?

—Sólo como amigos.

—¿Con cuánta frecuencia os llamáis?

—Una o dos veces al mes.

—¿Quién llama a quién?

—La llamo yo —dijo, algo avergonzado—; pero no es lo que tú piensas. Somos amigos. Mis horarios... es más fácil si soy yo quien llama.

—¿Stephanie estaba al tanto?

—¡No! —dijo, casi gritando— y no te atrevas... —sus ojos miraron la pistola—. Stephanie está pasando por un mal momento, últimamente. Te ruego que no... nuestros sirvientes se despidieron. —Su voz se hizo más fuerte—. ¡Está tan agotada! Y encima este asesinato. ¡Déjala tranquila!

De perfil, la parte inferior de su cara era tan blanda como una bola de algodón. Hubiese sacado provecho de una de sus propias operaciones de barbilla.

—Si sabías que Richie era un ligón, ¿cómo se explica que le presentaras a Jessica?

—Se trataba de negocios. Además, nunca se me ocurrió. Ella pertenecía a una categoría mucho más elevada. Le intimidaría. En aquella época, él se acostaba con secretarias.

—Creí que no estabas seguro de que tuviera una aventura.

Él se limitó a encogerse de hombros.

—¿También estabas al tanto de la existencia de Mandy?

Él sacudió la cabeza.

—Es posible que sea la misma Mandy que es amiga de Stephanie. Una abogada. Vive en Shorehaven. A veces corren juntas por las noches.

Sacudió la cabeza con mayor intensidad.

—¿Sabes qué aspecto tiene?

—Conozco a muchas amigas de Stephanie. No estoy seguro de cuál es.

—¿Richie te robó a Jessica?

—No —dijo, aferrado al volante—, la relación se desvaneció.

—Quieres decir que te dejó por otro, como a una patata caliente.

—Sí.

—¿Antes de liarse con Richie?

—Sí —dijo, pero tenía ganas de darme un puñetazo.

—¿Por quién?

—Un hombre mayor.

—¿Nicholas Hickson?

—Sí —dijo, dejando caer las manos en su regazo.

—¿Y por qué no funcionó aquello?

—Él no se decidía a dejar a su mujer.

—Y entonces ella se enrolló con Richie. Háblame de su relación.

—No hay nada que contar. Se enamoraron, pero había dificultades.

—¿Cuáles?

—Jessica sentía que Richie escatimaba el dinero. No le gustaba. El anillo que le regaló la decepcionó.

—¡Era del tamaño del peñón de Gibraltar!

—No era una piedra de primera calidad.

—Comprendo.

Parecía que Carter opinaba que mi actitud no era la correcta.

—No se trataba del anillo. Se trataba de su relativa ausencia de entusiasmo por el matrimonio.

—¿Conque retomó la relación con Hickson?

—No. Hickson volvió con ella. Dijo que estaba dispuesto a separarse de su esposa.

—¿Y qué dijo Jessica?

—No sabía qué hacer. Se había comprometido.

—¿Pero?

—Tu marido no dejaba de vacilar —dijo con enfado—; estaba el anillo. Y además le hizo un regalo. Un cuadro.

Podía ver los paisajes vibrantes en las paredes de Fran, las pinturas garabateadas en las de Jessica.

—Resultó que la compra del cuadro no estaba clara.

—¿Cuál era el problema?

—No lo sé.

Hice un gesto con la pistola. Si tenía visión periférica, la vería. La vio.

—Lo pagó con un cheque —soltó.

—¿Y?

—A Jessica le encantó, al principio. Pero después decidió que era demasiado minimalista. Richie lo había puesto a su nombre. Pero cuando intentó venderlo, necesitó una prueba de compra. Resultó que había sido pagado con un cheque de una cuenta conjunta.

—¿La mía y la de Richie? —susurré. Carter asintió—. Richie estaba comprando cuadros para nosotros —continué—, para la casa, pero también como inversión. Me dijo que algunos eran bastante vanguardistas y que no eran adecuados para Gull's Haven. Le dije que al menos me dejase verlos. Pero contestó que las pinturas modernas estaban almacenadas en la casa de subastas, en una bodega deshumidificada. Dijo que no tenía inconveniente en que los viera, que lo dispondría. Pero luego lo olvidé. Estaba tan ocupada en ser rica. Nosotros... no, yo compraba muchas cosas, nada tenía valor.

—Hmmm —dijo Carter, tan interesado en mis reflexiones acerca de la movilidad social como lo estuvo Richie, durante los últimos meses de nuestro matrimonio.

Lo único que atraía su atención era la pistola plateada, situada a medio centímetro de su cabeza.

—Carter.

—¿Sí?

—¿Por qué llamaste a Richie el día que murió?

—¿Qué?

—Me has oído.

—Oh. Lo había olvidado. Un segundo. Su barbilla. Se trataba de su barbilla. Me había llamado un par de días antes, quería que puliera la línea de su mentón. Tenía mucha prisa. No tenía cancelaciones, pero decidí atenderle aquella misma noche; le dije que no haría nada sin examinarle previamente. Pero no volvió a llamar.

—¿Por qué vino Richie a mi casa?

Su mandíbula se movió de un lado a otro, como si comenzara a mascar un chicle.

—Sé que lo sabes. Es imposible que no hayas llamado a Jessica después del asesinato. No dejarías escapar la oportunidad de hablarle. Y eras su enlace con Richie; ya había hablado contigo acerca de él con anterioridad y no había razón alguna para callarse. Al contrario.

No hubo respuesta.

—Carter —dije, soltando el seguro de la pistola de juguete.

El sonido impresionó a Carter.

—Necesitaba la factura. Estaba extendida a su nombre, pero el cheque era de vuestra cuenta conjunta.

—¿Para qué la quería?

—¿Y tú qué crees? —dijo con irritación—. Quería hacer una bribonada. Dijo que tú ni siquiera habías visto la factura. Que no sabías quién era el pintor.

—¿Quién era?

—Cy Twombly.

—¿Cuánto costaba?

—Tres millones —dijo con frialdad.

—¿Qué?

—Tú sólo sabías que había comprado algunos cuadros como inversión.

—¿Pero tres millones? Eso estaba completamente fuera de la categoría de Richie.

—Pero Jessica se enamoró del cuadro. Sabía que era incapaz de negarse. Tenía otros cuadros menos importantes, y si lograba obtener la factura, engañaría a tu abogado, diciendo que aquello eran tu «inversión artística». —Me miró, cada vez con mayor intensidad—. Ella le rogó que no fuera. Era robo con escalo.

—Él no escaló. Sólo robó.

—Ella le rogó que no lo hiciera. Era muy peligroso. ¿Qué harías si lo cogieras?

—Probablemente rodearlo con mis brazos y besarlo. No, te diré la verdadera razón por la que Jessica no quería que fuera: porque no quería que la complaciera. Quería una excusa para deshacerse de él y casarse con Hickson. Sólo estaba dando largas, porque necesitaba tiempo para descubrir una manera de conservar su empleo. Eso hubiera sido bastante difícil, incluso para ella.

Agarré la pistola con tanta fuerza que si hubiese sido genuina, Carter estaría muerto.

—¡Esa puta! ¡Espero que se muera!

Carter reaccionó como si me hubiese vuelto loca de verdad. No puedo jurar que no lo hiciera.

—Por favor, déjame ir —lloriqueó—. Oye, ella lamentaba todo el asunto. ¿Sabes una cosa? Me juró y perjuró que tenía la esperanza de que Richie volviera a ti.

Me estremecí.

—¿Lo había mencionado? ¿Regresar?

—Por supuesto que no —dijo Carter—; ¿por qué habría de hacerlo? Jessica era su vida.

16

Carter se puso aún más pálido que de costumbre cuando le dije que me condujera hasta la calle 125, la principal de Harlem. Cuando me apeé del coche, desapareció como si lo persiguiera un batallón de Panteras Negras, armados hasta los dientes.

En realidad, Harlem estaba bastante tranquilo. Cinco o seis individuos de aproximadamente la misma edad que Alex salieron de un bar; no parecían haber estado bebiendo agua mineral. Me miraron con sorpresa. Me hubiera sentido nerviosa pero, antes de que aumentara mi nivel de ansiedad, que ya se salía del gráfico, desaparecieron en la oscuridad. Sólo después de que el primer taxista al que hice señas saliera disparado, caí en la cuenta de por qué aquellos individuos se largaron: aún llevaba la pistola en la mano. La metí en mi sostén. No tenía un aspecto elegante, pero al menos el siguiente taxi se detuvo.

Cambié de rumbo en la calle 42; calculé que cuando Carter fuera a la policía, éstos podrían comprobar mi ruta con la compañía de taxímetros. ¿Alguien vio una mujer blanca en Harlem, alrededor de las diez y media? ¿Adónde se dirigía? Bien: que se cansen de rastrear Times Square buscándome.

Recorrí tres interminables manzanas, evitando grupos de hombres cuyo aspecto era menos que pulcro, a prostitutas con pelucas inmensas y minifaldas de charol. Las putas me miraron con el desdén de las elegantes por las desaliñadas, acosándome con gritos de «Pollita», «Señora», «Señora» y «¿Perdiste a tu hombre, eh, eh?». No me atrevía a descender por las oscuras escaleras del metro, porque barrunté que encontraría algunas de sus colegas, las menos amables. Recorrí rápidamente algunas manzanas más y me detuve delante de un teatro, un hábitat más adecuado para un individuo de un barrio bien como yo. Con los últimos diez dólares que me quedaban de los que extraje de los pantalones de Danny, cogí otro taxi y me dirigí hacia el norte.

La idea de pasar una noche en el Central Park no me resultaba nada atractiva. Ya temblaba de frío, de lástima por los sin hogar, para los que ésta era una noche poco fría, y por mí misma. Sin embargo, tenía que estar de guardia por la mañana temprano. Me oculté entre las sombras, apoyada contra el muro que separa el parque de la Quinta Avenida. Los adoquines transmitían un frío malévolo que atravesaba la suela delgada de mis botas. Un viento intenso agitaba las ramas de los árboles y las hojas secas. No dejaba de mirar por encima del hombro, escudriñando la oscuridad del parque, esperando a medias que apareciera algún espantajo horripilante del Día de Todos los Santos, escalando el muro para alcanzarme. Sabía que tendría que sentir más temor a la policía que a un coco, pero no lograba obligarme a penetrar en el parque.

Del otro lado de la calle, algunos taxis y una limusina ocasional se detenían delante del edificio en el que vivía Tom Driscoll. El portero de noche, vestido con un garboso uniforme, corría hacia el bordillo para saludar a hombres de esmoquin y mujeres con vestidos del color de las piedras preciosas, que aferraban sus chaquetones de chinchilla y sus capas de marta cibelina contra sus escotes elegantes. Los maridos las cogían del brazo, acompañándolas al interior del vestíbulo radiante. Metí las manos en los bolsillos. La llave del apartamento de Danny estaba tibia.

En los edificios de la Quinta Avenida y más allá del parque, en Central Park West, las luces se apagaban de una en una. Debían de ser más de las once, aunque estaba demasiado oscuro para ver la esfera de mi reloj. Estaba helada y cansadísima. ¿Cómo era posible que no hubiera previsto que estaría en la calle hasta tan tarde? ¿Cómo no pensé que el otoño conlleva un anticipo del invierno? Yo, que durante veinte años les dije a los chicos: «¡Coged una chaqueta!». Me imaginé unas mangas gruesas y una capucha con un cordón ajustable que me mantendría cómoda y tibia. No lograba evitar el castañeteo de mis dientes.

De modo que intenté poner en práctica una técnica imaginativa que descubrí en un vídeo sobre yoga que alquilé un par de semanas después de que Richie se marchara, cuando llegué a la conclusión de que unos ejercicios relajantes eran mejores que el suicidio. Me imaginé en una playa dorada del Caribe, con el sol calentándome. ¡Sí! Durante un segundo, estuve en aquella playa; los edificios del otro lado de la Quinta Avenida pertenecían a un mundo perdido en el espacio helado. Me sentí tan reconfortada que apenas reparé en el Lincoln, conducido por un chófer, que se detenía del otro lado de la calle. Pero en aquel momento el portero se acercó a la carrera y dio la bienvenida a Tom Driscoll con una reverencia.

Esto no se estaba desarrollando según mi plan. Por supuesto que montaba guardia, pero sin entusiasmo.

No tuve tiempo para reflexionar. Me acerqué al bordillo y exclamé: «Tom», intentando combinar la sonoridad de Brooklyn con el refinamiento de Manhattan. Él siguió caminando hacia la puerta. Abandoné el refinamiento: «¡Tom!». Él se giró. Yo saludé con la mano. El portero observaba. Tom saludó a su vez: probablemente yo era una vecina paseando al perro. Salvo que no había perro. «¡Tom!» Entonces cayó en la cuenta. No hizo nada, aparentemente; pero yo sabía que estaba calculando cuáles eran sus posibilidades, cuál su mejor opción. Tenía tanto frío que me dolían los huesos de los pies.

Entonces le entregó su maletín al portero con rapidez, golpeó el guardabarros del Lincoln y el chófer arrancó. Evitando el tráfico, estuvo a mi lado en segundos.

—¿Cómo estás? —preguntó.

—Para ser alguien buscado por asesinato que tiene que ir al baño, no demasiado mal.

No me invitó a pasar a su lavabo de mármol.

—¿Qué quieres?

Se había transformado realmente en un miembro de la clase privilegiada. No necesitaba abrigo: siempre había un coche tibio y un chófer respetuoso esperando.

—Tom, sé que no es justo aparecer en tu vida de este modo, pero no tenía elección. Necesito tu ayuda.

—Lo siento —dijo con brusquedad, como rechazando a un mendigo—, no puedo hacer nada por ti.

—Sólo quiero hacerte algunas preguntas, eso es todo. Y después quiero que tu esposa me proporcione cierta información.

—Ni hablar.

Sacar la pistola de mi escote no sería una táctica inteligente, ya que el portero seguía observando. Pero hablando de armas ficticias, ¿qué tal si intentara un poco de chantaje?

—Hace alrededor de un año, antes de que nuestra relación se malograra, Richie me dijo que había investigado una empresa que estabas a punto de comprar.

Tom aguardó.

—Descubrió cierta información acerca de ti que la Comisión de Valores podría encontrar... interesante. —Hizo una mueca—. Odio hacer esto, pero estoy desesperada.

—Desesperada y estupidizada.

—¿Qué quieres decir?

—No puedes probar nada.

—No me apremies, Tom.

—De acuerdo. ¿Qué sabes?

—Sería «estúpido» decírtelo.

—No hay nada que decir. Soy una persona honrada.

—No siempre —rogué que sonara como si supiera algo siniestro.

—¿Recuerdas aquello que solíamos decir en Brooklyn? Oh sí, por supuesto: tú serías la primera en recordarlo.

—¿Qué es?

—Rosie, estás tan llena de mierda que tus ojos se han vuelto marrones.

Se giró, dirigiéndose hacia la calle.

—¿Qué tengo que hacer para que me ayudes?—dije, aferrando su chaqueta—. ¿Quieres que llore? —imploré.

—No.

—Tanto mejor, porque no lo haré.

—Suelta mi chaqueta.

—Una tela bonita —dije, soltándola.

—Gracias.

—Lo siento, Tom.

Parecía estar meditando una respuesta. Me preparé para un comentario ácido.

—Vamos a tomar un café —fue lo que dijo finalmente.

Cuando la gratitud dejó de abrumarme, me di cuenta de que la invitación no estaba causada por afecto, cortesía o piedad.

Estaba ganando tiempo, pensando en la mejor manera de entregarme a los polis.

—Si hay algún sitio abierto, podrías invitarme a cenar —dije.

No pareció encantado, pero tampoco dijo que no. No había perdido la sensibilidad de los pies por completo, pero estaban tan fríos que cada paso era doloroso.

—No deberías haber intentado chantajearme. No es muy digno de ti.

—Lo sé. Discúlpame.

—Está bien.

Ambos nos hundimos en el silencio embarazoso de las personas que alguna vez se vieron desnudas. Cuando le invité a almorzar, el tiempo que pasamos juntos estuvo marcado por una amabilidad exagerada y un examen insistente del menú. A lo largo de los años, habíamos logrado mantener unas charlas amables, pero siempre protegidos por la presencia de nuestros esposos y socios. Nunca estábamos cerca: la última vez que estuve realmente cerca de él, ambos apenas habíamos cumplido los dieciocho. Había crecido algunos centímetros más y ahora tenía que inclinar la cabeza hacia atrás para ver su rostro.

—¿Por qué caminas de esa manera? —preguntó finalmente.

—Tengo los pies helados. No te preocupes por mis pies. ¿Me ayudarás?

Tal vez Tom había cambiado su corazón por un bloque de hielo, pero no creí que fuera capaz de mentir con facilidad, no diría: «oh sí, por supuesto», si su intención era enviar una señal en Morse a algún transeunte con el que nos cruzáramos: llame al 911.

—¿Por qué habría de ayudarte?

—¿Por una vieja amistad?

Su postura rígida se agudizó.

—Porque no maté a Richie. —Sus cejas se elevaron una fracción de centímetro; evidentemente, ésa era una posibilidad que no había considerado—. Porque no merezco ir a la cárcel durante el resto de mi vida por un crimen cometido por otro. Tengo que descubrir quién lo hizo.

—Rosie, por favor, no lo hagas.

—No tengo elección, Tom.

—¿Qué crees que puedo decirte? Era un amigo de mi esposa.

Yo sólo tenía una relación comercial con él y casi nunca hablábamos directamente. Mis empleados trataban con los suyos.

—Sé que Joan —tuve mucho cuidado de no llamarla Hojo— se encontraba con Richie y Jessica Stevenson, cuando él y yo aún eramos una pareja casada y feliz.

—¿Y qué? —dijo secamente.

—También sé que Richie y Joan eran amigos del alma, como ellos decían. Pero creo haber descubierto un intervalo en su vida, entre Jessica y una aventura anterior con su secretaria. Quiero saber qué ocurrió en el ínterin, porque no puedo permitirme intervalos. Quiero saber si Joan sabía de la existencia de otra mujer, anterior a Jessica. —Él no respondió—. Tom, no estoy actuando como una masoquista; no siento una excitación enfermiza, escuchando relatos acerca de la infidelidad de mi marido. Intento rellenar los espacios en blanco porque necesito tener una teoría completa y coherente para presentarla a la policía. Intento salvar mi vida.

—¿No crees en la capacidad de coherencia de la policía?

Esperamos a que el semáforo cambiara. Yo respiraba anhelosamente y sudaba.

—Ya tienen una teoría que consideran absolutamente magnífica: yo soy la culpable. ¿Para qué se molestarían en seguir investigando?

Tom inspiró profundamente, luego expiró con lentitud.

—Joan y yo cenamos una vez con Richie y alguna otra mujer, antes de Jessica. Sólo ansiaba largarme. No podía creer que se comportara de un modo tan vil, tan tonto desde el punto de vista comercial, como para traer una mujer con la que estaba...

—Follando —sugerí.

—Estaba involucrado. —Bien, Tom fue a una escuela parroquial—. Y no pude creer que Joan conociera el plan y estuviese de acuerdo. Es posible que sea muchas cosas, pero no creí que incluyeran la vulgaridad.

—¿Quién era la mujer?

—No lo recuerdo.

Estaba convencida de que no mentía. Le conocía.

—¿Recuerdas algún detalle?

—Era bonita —dijo, restregando su frente en un esfuerzo por recordar—, bien vestida, pero nada extravagante.

Tom no recordaba lo que hacía, de dónde venía ni ninguna cosa sustancial acerca de ella. Se había sentido demasiado indignado para concentrarse en la conversación.

—¿Recuerdas cuándo fue? —pregunté.

—Durante el pasado invierno. Probablemente en febrero. Tal vez en marzo.

—¿Te pareció que era una relación fundamentalmente sexual? ¿O algo más?

—Ignoro lo que él sentía —dijo, observando el cielo sin estrellas—, pero supongo que ella estaba enamorada.

Volvió a restregarse la frente.

—No, más bien estaba loca por él. Y excitada por lo ilícito de la noche. Supongo que estaba casada.

—¿Loca por él? ¿Quieres decir caliente, o enamorada?

—No lo sé.

—¿Y si tuvieras que elegir?

—Enamorada.

—¿Y él también la amaba? No te preocupes por mí.

—Y yo qué sé. Era un adulador, difícil de calibrar. Se esforzaba en disimular. Diría que si no estaba enamorado, se sentía seriamente atraído.

Tom parecía considerar un restaurante en concreto, pero en aquel momento tropecé con mis propios pies helados. Sin realmente tocarme, me hizo pasar a un restaurante italiano elegante de la Avenida Madison.

De pronto recordé una ocasión, el día después de que lo aceptaran en Dartmouth. Nos escabullimos del colegio para celebrarlo. Después de una mañana y una tarde de sexo en la habitación de los contadores de la luz y la de las bicicletas, en el sótano de nuestro edificio de apartamentos, estábamos hambrientos. Tom me invitó a cenar.

—Croquetas de carne y espaguettis —anunció majestuosamente.

Pero yo sabía de cuán poco dinero disponía y declaré no estar de humor para croquetas.

Esta vez el camarero, un hombre mayor con una chaqueta roja limpia y un bigote blanco, apartó la silla para que me sentara. Sin necesidad de que yo dijera una palabra, Tom sacudió la cabeza e indicó la silla de enfrente, que daba de espaldas a los demás comensales. El camarero se apresuró a extraer la otra silla. Tom pidió una botella de Barolo y le dijo al camarero que trajera inmediatamente los menús.

—Tengo que ir al lavabo —dije.

—Está bien —contestó Tom.

—No, no lo está. ¿Aún crees en Dios?

—¿Qué?

—Contéstame.

—Supongo que sí.

—Bien. Entonces jura por Dios que no llamarás a la policía ni a nadie mientras me ausento. Oh, y que si cambias de parecer y no quieres ayudarme, dejarás el dinero para pagar mi cena.

Tom comenzó a reír, pero cuando no le imité, se persignó rápidamente.

—Te das cuenta de que estás albergando a una fugitiva, ¿verdad?

—Cuando un hombre acaba de hacer un trato contigo, Rosie, no debes recordarle que se trata de uno malísimo.

Al regresar, sentí que la atmósfera en la mesa era menos tensa. Es cierto que Tom ya no era el irlandés de Brooklyn, encantador y simpático. Había llegado a donde siempre quiso llegar: a la cúspide, pero su boca pálida y fruncida, sus ojos apagados y su traje azul oscuro demasiado austero indicaban que no había sido gratis.

Cuando escuchas el golpe de unos cubos de hielo en el fondo de una copa en la barra, a veinte metros de distancia, sabes que acaba de producirse un intervalo importante en la conversación. Quise decir alguna cosa, pero temí que Tom hablara al mismo tiempo y ambos tartamudeásemos, sonrojados y mortificados. Justo cuando estaba a punto de desesperarme él habló, buscando alguna oración sencilla con la cual romper el silencio.

—Siempre valoré nuestra amistad.

—Yo también. Nos divertimos.

Él asintió, pero sin mirarme. Tal vez «divertimos» no fuese una buena elección; hubiera apostado mucho dinero a que él preferiría editar nuestra historia y expurgarla de sexo.

—¿Y ahora, Tom? ¿Eres feliz?

—Ésa es una pregunta que se hacen las mujeres.

—¿A los hombres no les preocupa la felicidad?
—No es tan importante como para vosotras.
Hizo un gesto al camarero y pedimos la cena.
—Soy bastante feliz —añadió luego.
—Bien. ¿Podemos hablar de la relación entre tu mujer y mi marido?
—¿Qué quieres saber?
—¿De qué se trataba?
Suspiró, el suspiro de un hombre para quien una conversación significa discutir de los intereses ofrecidos por el Bundesbank.
—Él se moría por ser, ¿cómo demonios lo diría?, sofisticado. Ella le enseñó cómo lograrlo.
—¿Por qué se tomó la molestia?
Tom miró al camarero, que se alejó rápidamente en dirección a la cocina.
—No lo sé. ¿Cómo lo llaman? ¿El síndrome My Fair Lady?
—Ella era Pigmalión y él, Galatea.
—Así es.
—Salvo que en el mito —comenté—, se casan.
—Supongo que ella le consideraba atractivo.
—¿Sexualmente atractivo?
—Probablemente.
—¿Crees que estaban...?
—No.
—¿Por qué no?
—El hombre tiene que invitar a la chica a bailar.
—A la mujer —murmuré de forma automática.
No podía imaginarme a Richie invitando a Hojo a bailar, ni en un millón de años. Más que una mujer, era una operación de cirugía, cubierta de maquillaje y rematada por un peinado tan perfecto que bien podría ser de plástico. A pesar de sus pechos nuevos en forma de globo, no tenía nada ni remotamente sensual. Se reducía a una cabeza flotando encima de un conjunto Chanel.
—A Rick, Richie o cómo se llamara —prosiguió Tom— le agradaban las jovencitas, si es que Jessica es un ejemplo.
—¡Y que lo digas! Salvo su secretaria, aunque en otra época fue bastante atractiva, una chica de calendario estilo Gestapo.

Pensé en Hojo, cuyos brazos eran tan delgados que era posible observar el juego del húmero y el radio debajo de su piel, resecada por el sol.

—Creo que él nunca pensó en Joan con ideas carnales. Ella tuvo que conformarse con la amistad.

Tom se removió en la silla. Examinó los contenidos de la cesta del pan. De pronto, sus ojos se encontraron con los míos

—Se necesitaban. Creo que él se excitaba contándole todo. Y a ella le excitaban no sólo los relatos de sus aventuras, sino además su habilidad para ocultar sus adulterios, su doble vida. Le producía un cierto cosquilleo verle con otras mujeres. Con sus novias. Contigo.

Cogí la panera y me metí en un debate silencioso entre un grisín y un bollo duro.

—Estoy seguro de que para ti debe de ser duro escuchar esto —añadió.

—Estoy en una situación dura. Lo soportaré.

El camarero trajo un par de escudillas con una *minestrone* espesa. El vapor calentó mis mejillas. El aroma especiado me hizo lagrimear. Relaté a Tom cómo mi hambre había doblegado mi sentido de la decencia y mi miedo, cómo le había arrebatado la bolsa del Burger King a la joven en el Village. Él clavó la vista en la sopa. Cuando volvió a levantar la cabeza, sus ojos también estaban empañados. Su mirada se volvió furiosa por la exasperación de verse metido en este asunto por mi causa. El camarero regresó con un bol con queso rallado pero al ver nuestras lágrimas se detuvo en seco y volvió a marcharse. Tom ni siquiera se percató. Estaba sumido en sus pensamientos.

Al principio agradecí el silencio. Tomé la sopa. Era la más deliciosa que jamás había comido: sabrosa y caliente. Saboreaba cada trozo de zanahoria, cada judía, cada tomate y cada especia. Era más deliciosa que la sopa de pollo de mi madre, más satisfactoria que cualquier *bisque* o caldo que consumiera con Richie, en restaurantes franceses de tres tenedores.

Pero temí perder a Tom; no lograba darme cuenta de si se arrepentía por ayudarme.

—No me debes nada —le dije.

Mi voz le sobresaltó. Dejó caer su cuchara dentro de la escudilla. Unas manchas rojas salpicaron su camisa blanca de vestir: era lo bastante magnífica como para que la llevara Dios.

—¿Qué has dicho? —inquirió.

—Dije que no estás en deuda conmigo. Fuimos buenos compañeros y pasamos algunos ratos agradables. Pero no nos prometimos amor eterno ni lealtad. Sabes que estoy en un gran apuro. No estás obligado a acompañarme.

Él volvió a meditar. El camarero se acercó, observó que no había tocado la sopa y volvió a marcharse, pero Tom hizo un gesto indicando que se la llevara.

Apenas probó sus *lingüini*, pero su silencio, a pesar de volverse opresivo, no impidió que yo devorara hasta el último. Francamente, me alegré de que no notara que tenía el apetito de un atajador de fútbol americano. Su mujer era tan descarnada, tan pulida... Al principio de su amistad, Hojo le confesó a Richie que durante catorce años padeció de bulimia y que, salvo su psiquiatra, Richie era la primera persona en la que confiaba. Me pregunté si Tom lo sabía, o si era tan crédulo o indiferente que creía que su delgadez, si es que pensaba en ella, estaba causada por un metabolismo vigoroso o por un autocontrol milagroso. Tom levantó la mano, como escribiendo en el aire y el camarero se apresuró a traer la cuenta. Tom le echó un vistazo y arrojó una tarjeta de crédito sobre la mesa.

—Me preguntaste si era feliz —dijo, cuando el camarero se marchó. Yo asentí—. Me agrada lo que hago. He creado una segunda vida para algunas empresas. He creado empleo.

Se acomodó, suspirando con fatiga, como si hubiera pasado horas practicando el obstruccionismo. Pero yo no quería que la conversación volviera a languidecer.

—¿Tus padres aún viven? —pregunté.

Salvo por el cabello blanco del padre, Tom podría haber sido un clon de aquél: tenía el mismo rostro de irlandés negro, delgado y de mandíbula cuadrada, los mismos ojos marrones. Aunque su padre era más alegre que Tom. Era conductor de camiones de cerveza, un hombre indolente y expansivo que consideraba que la vida era una cosa estupenda. El señor Driscoll solía saludarme diciendo: «¡Ronda, ronda, Rosie!», revolviéndome los cabellos. De más está decir que, cuando yo supuestamente enseñaba latín a su hijo y Tom aparentemente me ayudaba con los estudios de física, en realidad estábamos encima del tejado, intentando crear un Kamasutra en el condado de King, encima de una sábana que habíamos robado descaradamente de la cuerda de colgar la ropa de alguna vecina.

—Le despidieron a los cincuenta y ocho años y no consiguió otro empleo. Se desmoralizó. Murió dos años más tarde.

—Lo siento. ¿Y tu madre?

Casi no la había conocido. Era una mujer regordeta, como una gallina, que leía cuatro o cinco periódicos todos los días. Cuando no estaba ocupada con las tareas del hogar o leyendo, se ponía el sombrero y salía apresuradamente, para ir a misa.

—Está estupendamente. Vive con mi hermana Cathy en Garden City. Tu madre parecía un poco... extraña en el funeral —dijo, titubeante.

—Demencia senil. Lamento el espectáculo.

—No tiene importancia —murmuró Tom.

El camarero regresó y Tom firmó el recibo.

—Gracias señor —dijo el camarero, demostrando un entusiasmo relativo con respecto a la propina.

—A mí también me gusta ganar mucho dinero —dijo Tom, mientras nos poníamos en pie.

—Estupendo —repliqué.

Al acercarnos a la puerta, frunció el ceño. Habló tan apresuradamente que casi no escuché lo que dijo.

—Estuve felizmente casado durante seis meses.

Miró a un lado y a otro, detrás, desorientado, buscando al ventrílocuo que acababa de proferir aquellas palabras.

—¿Cuáles? —pregunté quedamente.

—Los seis primeros —dijo, separando el cuello de la camisa de su garganta con un dedo—. Después fue a Palm Beach, a visitar a una amiga del instituto. Una noche regresé a casa del trabajo: era tarde, alrededor de las once. Vi sus maletas en el vestíbulo.

—¿Y qué ocurrió?

—Me sentí descompuesto.

Fuera, en la calle, la temperatura había descendido aún más. Nos estremecimos simultáneamente cuando nos golpeó el aire casi helado.

—¿Qué había ocurrido?

—Me di cuenta de que nos habíamos casado porque ambos consideramos que había llegado el momento de casarse. Supongo que le gustaba porque su viejo le dijo que yo era un ambicioso. Era un abogado de un despacho, al que contraté cuando todavía trabajaba en el banco. No era un genio de las leyes, no tenía mucho dinero, pero había ido a todos los colegios correctos y tenía buen aspecto, vestido de esmoquin. Yo creí que aquello significaba que tenía clase. Un par de años después, me presentó a Joan. A esas alturas, yo había llegado tan lejos que no sabía qué hacer con todo el dinero ganado.

—Pero ella tenía algunas ideas.

—Sí. Y yo les di la bienvenida. Sabía una cosa: no quería pasar el resto de mi vida acudiendo a bailes de clubes de campo. Quería más.

Tom cruzó los brazos y metió las manos bajo los sobacos.

—Joan era perfecta. Tenía tan poco que ver con Brooklyn. Era elegante y demasiado ambiciosa como para quedarse clavada en New Canaan o alguno de aquellos lugares. Solía decir cosas graciosas y malvadas. Y estaba bien relacionada. Eso era lo que yo creí que una esposa debía ser.

»Pero ocurrió que cuando nos imaginaba juntos, yo llevaba un esmoquin, ella un traje de fiesta y siempre estábamos rodeados de otras personas, nunca mirando televisión, arreglando el árbol de Navidad ni llevando los niños a la iglesia: la clase de vida que compartían mis padres. Joan fue a Spence, Joan fue a Holyoke, Joan había pasado los veranos en la Provenza. Había crecido en otro mundo, y allí quería estar yo.

Se acercó al bordillo, mirando calle arriba en busca de un taxi.

—¿Consideraste divorciarte?

—Sí, pero fue a contrapelo, era contrario a mi educación, conque intenté ver el lado bueno de las cosas. Las cosas mejorarían cuando desarrollásemos algún interés en común, aparte de mi dinero. Como tener unos niños, por ejemplo. No resultó así, pero nos quedamos juntos.

—¿Por qué?

—¿Por qué no? A esas alturas, me di cuenta de que era beneficioso para ambos. Todavía lo es. Mi vida me pertenece. Siempre estoy en movimiento, pero cuando necesito una esposa, la tengo.

Tom agitó la mano y apareció un taxi. Sostuvo la puerta para que montase.

—Podemos ir a mi apartamento, supongo. —Yo sacudí la cabeza—. No tienes que preocuparte por que te vean —me aseguró—, Joan está fuera de la ciudad.

—¿Y si te ven a ti? —pregunté; la expresión de Tom era tan ausente que por un momento pareció atontado—; soy una mujer. ¿Y tu portero, y tus vecinos?

—Oh.

Pareció tan sorprendido ante la idea, que supe que no había fantaseado con una noche de lascivia y sensualidad. Era como si Tom, como hombre, se hubiera vuelto tan puro que se había separado por completo de aquel joven dieciochoañero que circulaba por Flatbush con una erección permanente.

El taxista bajó la ventanilla y habló en un tono malhumorado, con un deje que nunca había oído antes.

—¿Montan? ¡Vamos! ¿Qué? ¿Qué?

—Atraviese el parque —dijo Tom— y baje por Broadway.

Me subió al taxi a empellones, como si fuera un paquete especialmente incómodo.

—¿Qué hay allí? —susurré mientras el taxista arrancaba, sin molestarse en mirar por si alguno objetaba.

—No lo sé. Encontraremos algo. ¿Por qué susurras?

Señalé al taxista. Tom golpeó el tabique de plexiglás rallado y amarillento que separaba el asiento delantero del trasero.

—¿Cuánto se tarda en llegar hasta Broadway? —preguntó en voz alta.

—¿Qué? —gritó el taxista.

Filtrada a través del tabique, la palabra no fue más que un gorjeo.

—Olvídelo —exclamó Tom, acomodándose y asegurando que el espacio entre ambos fuera lo bastante amplio como para acomodar a una persona extremadamente obesa.

—Cuéntamelo todo —dijo en voz baja—, si he de ayudarte, deberás confiar en mí. No escatimes los detalles.

Comencé por la mañana después del aniversario de nuestras bodas de plata. Le relaté todo lo ocurrido después del asesinato de Richie, salvo el nombre de Danny y el hecho de que fuera un amigo de Alex y había estado dando vueltas por mi casa durante todo el período del instituto; sólo dije que era un chico de mi curso. Terminé contándole lo que descubrí después de apuntar a la cabeza de Carter Tillotson con una pistola. Le hubiera ofrecido echar un vistazo, pero había dejado de ser la clase de individuo al que le encantaría mirarme el escote.

Tom no cerró los ojos, ni frunció los labios, ni dio ninguna otra señal de estar sumido en sus pensamientos. De hecho, tenía un aspecto normal, como si aún me escuchara, salvo que hacía cinco minutos que yo había dejado de hablar. Me limité a observar los destellos plateados de sus cabellos oscuros hasta que finalmente me echó un vistazo, aclarándose la garganta.

—¿Tienes idea de quién pudo hacerlo? —pregunté.

—¿Estás de broma? No estás ni remotamente cerca del «quién»; aún sigues acopiando información acerca de las personas, indagando las relaciones entre éstas. Estás en el nivel del «cómo».

—¿Y qué ocurre con el «por qué»?

—¿El «por qué»? —repitió, como si deseara una información que no estaría disponible hasta mediados del siglo XXI.

—De acuerdo, olvida el por qué.

—Bien, ¿es posible que alguien haya visto el coche de Rick, en donde estacionó?

—El coche mismo no, pero alguien que condujera monte arriba o que paseara con una linterna, podría haber visto la luz del reflector: aquella cosa pequeñita sobre uno de los guardabarros.

—De modo que si alguien la vio, por qué él...

—O ella.

—¡Ahora no, Rosie! ¿Por qué se molestaría en girar alrededor del coche de Rick? ¿Por qué no estacionar a un lado del camino y examinarla?

—Porque él o ella no querían ser vistos.

—Tú puedes decir ella —refunfuñó. No discutí porque de pronto me di cuenta de que estaba alcanzando los límites de su paciencia y quizás de su buena voluntad—. Yo diré él. ¿De acuerdo?

—De acuerdo —concedí.

—Volvamos a aquellas otras huellas de neumáticos cercanas al coche de Rick. Tu sargento Gevinski no deja de decir que las podrían haber hecho los polis de la localidad —dijo Tom—; pero eso no tiene sentido.

—¿Por qué no?

—¿Por qué no habrían de detenerse los polis en el camino, junto al coche?

—¡Eso es!

Estaba encantada con su respuesta. También me agraviaba no haberlo descubierto yo misma hace días.

—Muy bien —dijo en tono práctico—, vamos a ocuparnos de la tierra. Había tierra en los zapatos de Rick y en el suelo de la cocina. ¿De acuerdo?

—De acuerdo —dije.

—¿Había huellas de pisadas?

—No. Sólo tierra desparramada al azar.

—Pero las zapatillas con ranuras profundas tendrían que dejar huellas.

Asentí.

—Creo que el que le mató emborronó las huellas que había, porque obviamente no hubieran coincidido con las de Richie.

—¿Y no había tierra en ningún otro sitio de la casa?

—No, no había.

—De modo que o Rick nunca se desplazó a otra parte de la casa o lo hizo y tienes razón: pusieron la tierra en sus zapatos más tarde.

—Pero si estaba regresando a la cocina, ¿por qué no llevaba ningún papel?

—O bien el asesino se lo llevó...

—¡Caramba, seguro que fue así!

—... o no encontró lo que buscaba. ¿Y qué hay del exterior de la casa?

—¿A qué te refieres?

—No vives en una cabaña en medio de un claro: hay escalones y senderos que conducen a la casa. ¿Había tierra en ellos?

—No. Espera, déjame pensar.

Intenté imaginar los escalones que conducen hasta la

puerta de la cocina, pero me fue imposible. En aquel instante, me di cuenta de que no había observado los escalones, ni aquella noche ni a la mañana siguiente.

—Me parece que no pasé más allá de Richie, ni siquiera hasta la puerta de la cocina. Y cuando vino la policía, los hice pasar por la puerta principal, de modo que... supongo que nunca vi lo que había fuera. ¿Pero no crees que me lo hubieran dicho?

—¿Hablas en serio? —preguntó Tom—; eres la sospechosa. Pero si quieres saber lo que creo, te diré que si hubieran existido otras huellas, no habrían tenido tanta prisa en convertirte en la principal sospechosa. Pero si había huellas en la cocina, tenía que haber habido otras conduciendo hasta la casa. Es probable que el asesino emborronara la tierra en el exterior, de modo que resulta natural que los polis pensaran que provenía de los zapatos de Richie.

—O podrían no haberlas visto y el viento las borró.

—Tal vez —masculló Tom, volviendo a sumirse en sus pensamientos.

Después me preguntó qué más pensaba hacer. Le dije que necesitaba hablar con Jessica, Hojo, Stephanie y con Madeline Berkowitz: podría haber oído algún chismorreo relacionado con Mandy, Carter o Richie en la ciudad. Para cuando empezamos a hablar de Madeline, ya habíamos llegado al centro, más allá del World Trade Center, y Tom estaba pagando al taxista.

Recorrimos un par de manzanas, a lo largo de calles tan desiertas que no infundían ningún terror y acabamos en el primer sitio abierto, Big Bob's, una antigua cervecería: era de madera oscura y rayada, y estaba repleta de posavasos desintegrados de la marca Budweiser. Ahora habían añadido cuatro televisores, transformándola en un bar deportivo para yuppis alcohólicos. Los últimos parroquianos se arremolinaban alrededor de la barra, observando algo —un partido de fútbol— en una pantalla que presentaba el mundo en un estado extremadamente verde. Nos sentamos en un apartado tan oculto que resultaba prácticamente invisible. Tom bebió un brandy. Yo pedí un escocés con soda, sobre todo porque pidiéndolo, me sentí como Barbara Stanwyck: fuerte pero vaporosa.

Tom no lo notó.

—Podemos quedarnos aquí hasta que cierren. Después nos marcharemos.

—¿Adónde? —pregunté.

—Lo dejaremos al azar. Mientras tanto, examinemos tu lista: yo hablaré con Joan; tú me dirás la información que requieres.

—Gracias.

Él asintió con la cabeza.

—No creo que haya un modo seguro de que puedas hablar con Jessica. Sabe que estás huyendo. Estoy seguro de que te considera una amenaza. Si no tiene protección policial, habrá contratado guardias privados. Déjame pensar cómo manejarlo. En cuanto a tus dos amigas de Long Island...

Yo sabía cuán inteligente era Tom; lo que en aquel momento me impresionó fue su capacidad de asimilar y evaluar tanta información en tan poco tiempo.

—Te aconsejo que esperes. Primero deberías atar todos los cabos sueltos que puedas. En segundo lugar, vives en lo que es esencialmente una ciudad pequeña. Enseñas en el instituto local; todos te conocen. Cuando vuelvas, deberás hacerlo y acercarte a la gente furtivamente. Claro que eso parece haberse convertido en una de tus especialidades —añadió.

Abandonamos el local después de unos quince minutos, justo después del último yuppi y nos dirigimos al sur, hacia el transbordador de Staten Island. Tuve que apresurarme para ir a su lado. Tenía piernas muy largas.

Un recuerdo centelló, como el fogonazo de un flash: Tom y yo, a los dieciocho. Estábamos pasando junto a la jaula de los monos, en el zoo de Prospect Park; tenía que trotar para mantenerme a su lado. Los gorilas y los chimpancés aullaban y chillaban, como si pretendieran participar en una película de Tarzán cuando, de pronto y con aire negligente, Tom comentó que llevaría a una chica del instituto Queen of All Saints al baile. La mejor amiga de la novia de su amigo Bobby, explicó, y siguió caminando.

«¿Cómo puedes hacerme esto?» pregunté, pero en silencio. «Nuestra relación no es sólo sexual, Tom. Si viviéramos en un altillo de Greenwich Village, la gente sabría que somos amantes con una sola mirada. No sólo es físico. Somos verdaderos amantes. Hablamos. Leí las pruebas acerca de la existencia de Dios según Aquino, porque tú me dijiste que eran armoniosas. Armoniosas: amé aquella palabra. Me leíste *La Tempestad*. Tu perspicacia no dejaba de sorprenderme.»

Pero aquella vez, hace ya tantos años, no fui capaz más que de preguntar el nombre de la chica. Peggy, dijo con aquel modo despegado. Después dijo: «Oye, Rosie ¿quieres compartir un helado conmigo?». Yo sacudí la cabeza.

—¿Estás segura de que quieres quedarte en Nueva York? —preguntó Tom.

Treinta años más tarde, estaba tan furiosa que casi no podía hablar.

—¿Tengo otra elección?

—Sí. Puedes ir a cualquier lugar en el que no necesites un pasaporte.

—¿De qué estás hablando?

—Te llevaré a algún sitio en un avión particular, para que nadie te descubra. Me ocuparé de instalarte, te daré lo que necesites para hacerlo. Tienes mi palabra de que nunca se lo diré a nadie. Puedes empezar una nueva vida.

Debería haber llorado de gratitud o quedar boquiabierta.

—¿Por qué no me invitaste al baile? —inquirí.

—¡Rosie!

—¿Por qué no lo hiciste?

—No te distraigas, por el amor de Dios —dijo, golpeando mi hombro con un dedo.

Aguardamos en silencio junto a una parada de taxis vacía, aunque no tenía ni idea de adónde iríamos.

—Tu ofrecimiento... no sé cómo agradecértelo. Lamento haber sido tan desagradecida —dije.

—No tiene importancia —dijo en voz baja.

—Excede cualquier actitud generosa que hayan tenido conmigo.

—¿Quieres aceptarlo? —preguntó, sin dejar de mirar por si aparecía un taxi.

—No puede haber una vida nueva para mí. Soy madre. ¿Cómo podría abandonar a mis hijos?

Volvimos a quedar en silencio unos minutos más. El viento que soplaba a través del agua era agudo, húmedo y helado.

Mientras yo lo imaginaba abrazándome para protegerme del frío, él se metió las manos en los bolsillos.

—Lo que haces ahora ya es bastante arriesgado —dije—; si aceptara tu ofrecimiento, podrías arruinar tu vida entera.

—Tengo cuarenta y siete años —declaró.

—Por supuesto. Yo también.

—No tengo hijos por los cuales preocuparme. Todo lo que arriesgo es dinero y siempre hay más, porque siempre he compensado mis apuestas. Resulta gracioso: la gente me considera un jugador, pero soy muy cauto por naturaleza.

—Y entonces, ¿por qué te arriesgas ahora?

Tom habló dubitativamente, como si cada palabra tuviera que pagar peaje antes de surgir.

—Supongo que quiero descubrir si soy capaz de un gesto espléndido, si siquiera puedo comenzar a parecerme al hombre que siempre esperé ser.

—¿Qué clase de hombre?

—Un valiente.

Cuando finalmente llegó un taxi, Tom le dijo al conductor que nos llevara al mejor motel que hubiera junto al aeropuerto de La Guardia. Yo sacudí la cabeza enfáticamente.

—Tranquilízate —aseguró Tom—. Eso no figura entre mis planes.

No quedaban apartamentos adosados en el motel Highlander. La *suite* nupcial ofrecía una cama enorme con un dosel espejado. Tom pagó en efectivo por lo que el conserje llamó la «*Suite* Presidencial» y nos apuntó como el señor y la señora Thomas Smith; no se inmutó por el nombre obviamente falso ni la ausencia de equipaje.

Cualquier tensión sexual que pudiera manifestarse cuando un hombre y una mujer que han sido amantes penetran en una habitación de motel, se disipó antes de aparecer. Apenas Tom cerró la puerta, se dirigió hacia el teléfono. Se colocó un par de gafas con marco de concha para leer y llamó a su despacho, para escuchar los mensajes.

—Confecciona una lista de lo que quieres que le pregunte a Joan —me dijo.

Mientras apretaba el auricular entre el mentón y la barbilla, marcó un número en las teclas diminutas de una agenda electrónica: era un hombre que recibía muchos mensajes.

La *Suite* Presidencial no había sido limpiada desde hacía tiempo, pero sin embargo el salón resultaba agradable. Estaba repleto de muebles enormes pero sencillos que, a pesar de ser más de plástico que de caoba, tenían un cierto aspecto de pertenecer a la Casa Blanca. Un mullido sofá de color verde, con patas consistentes en garras de pájaro aferradas a una bola, era tan cómodo que tuve que mantener ambos pies en el suelo para no tumbarme y dormir.

Tom se quitó la chaqueta y la colocó en la silla.

—Joan y yo no somos una pareja que mantenga precisamente largas conversaciones. Deberé inventar alguna historia para explicar por qué necesito esa información.

—Me gustaría escuchar por el supletorio —le dije.

—Preferiría que no lo hicieras.

Caray, qué declaración exageradamente modesta.

—Podría llamarme la atención alguna cosa que tú ni siquiera notarías —expliqué.

Tom sacudió la cabeza y apretó algunas teclas de su agenda para acceder al teléfono de Hojo.

—¿Qué podría decir? «¿Recuerdas la noche que pasamos con el gran danés?».

Durante un segundo apareció un rastro de su antigua sonrisa.

—Verás —dije—, he pasado cierto tiempo con ella. Sé lo cáustica que puede ser. No tiene importancia. Después de esta noche, yo cogeré mi camino y tú el tuyo y las posibilidades de que volvamos a encontrarnos son prácticamente nulas, especialmente si estoy ocupada, taladrando en el taller de matrículas de la prisión. Sólo quiero ver cómo responde a mis preguntas.

—Si eso es lo que deseas, Rosie... —dijo, ojeando mis apuntes.

Hizo la llamada.

—La señora Driscoll, por favor. No me interesan los reglamentos del balneario. Soy su marido. Comuníqueme.

Después cubrió el receptor con la mano.

—Métete en una de las habitaciones y coge el supletorio. Ahora.

No pude coger el auricular antes de que Hojo dijera hola, pero parecía tan dormida que supe que no me oiría.

—Joan —dijo Tom—, soy yo. Siento haberte despertado, pero necesito cierta información.

—¿Acerca de qué?

Escuché el clic de una lámpara que se encendía, el silbido de un encendedor de butano. Me quité las botas y me tendí encima de la cama.

—Acerca de Data Asociados —dijo Tom—; sabes que me quedé con ellos porque tú y Rick erais tan buenos amigos...

—Nunca me dijiste que no estuvieras conforme con ellos —dijo secamente.

—Bien, pues ahora lo sabes.

Hablaba en un tono indiferente, casi aburrido, pero más que nada, helado.

Durante los años que Rick y yo estuvimos casados, incluso antes de Jessica, tuvimos algunas peleas considerables. Verdaderas joyas. Él me había gritado y había salido dando un portazo docenas de veces. Yo le envié al infierno casi con la misma frecuencia. Una vez, le arrojé todo un *soufflé* al Grand Marnier y sólo lamenté que lograra esquivarlo. Pasaban días enteros en los que sólo intercambiábamos la información matrimonial esencial. Pero nunca fui tratada con tanta frialdad: Tom y Hojo parecían empleados de alguna gran empresa, que se odiaban y que sin embargo se veían obligados a trabajar juntos, década tras década. Pero a diferencia de Richie, que no tenía inconveniente en decirme que me joda y que me muera, Tom era amable con su esposa.

—Adelante —dijo Hojo, exhalando lo que debió de ser una larga bocanada de humo.

—¿Esa tal Stevenson, es capaz de llevar una empresa mejor que él?

A esas alturas, lo único que me mantenía despierta era una esperanza vaga y unos pies doloridos.

—Se supone que Jessica es una estrella —respondió Hojo—; Rick juraba que fue ella la que cogió un negocio muy limitado y lo convirtió en una empresa internacional.

—Se acostaba con ella. Era poco probable que dijera que era tonta.

—Si lo recuerdas —dijo ella cansinamente— no empezaron a acostarse hasta hace bastante poco. Se enamoró de ella perdidamente, casi en un instante. Después de aquello, sólo tardó un par de meses en despedirse de su pequeña ama de casa.

Siempre había sentido cierta compasión por esta mujer quebradiza, con sus pechos de silicona, sus pómulos de plástico y su compulsión lamentable a meterse los dedos en la garganta. En aquel momento desapareció.

—¿De modo que Rick y Jessica tenían una buena relación comercial, antes de su aventura?

—Sí.

—¿Se sobreentendía que, si algo le ocurriese a Rick, ella se haría cargo?

—No tengo ni idea —Hojo soltó lo que supuse era una risita—; qué amable por parte de Rick, acceder a que le apuñalen para que Jessica pueda convertirse en presidente.

—Creí que te agradaba.

—Es divina.

—Estás celosa —dijo, manifestando un hecho.

—No seas tonto, Tom. Rick era mi amigo. Da la casualidad de que ella le engañaba y le estaba rompiendo el corazón. —La voz de Joan se volvió afectada—. ¿Quieres saber con quién, cariñito?

—¿Por qué no?

—Con Nicky Hickson.

—¿Ese papanatas engreído?

—Resulta que es encantador y mucho más rico que tú. Rico de cuarta generación. Rick estaba desesperado por acabar su divorcio y casarse con ella. Estaba seguro de que si lograba actuar con rapidez, ganaría.

—¿Por qué regresó a su antigua casa?

—No lo creerás. Para obtener una factura de un Twombly que había comprado y que le regaló a Jessica. Ella quería venderlo. Decidió que la «aburría». ¿Lo puedes creer? Pero valía al menos tres millones.

—¿Sabía Jessica que él pretendía entrar en la casa a hurtadillas?

—Por supuesto que sí. Le permitiría hacerse con el papel. Después le mandaría a paseo, pero, claro está, cuando se lo dije, se puso furioso conmigo. El individuo estaba completamente embrujado. Estaba seguro de poder conservarla, si hacía exactamente lo que ella quería.

—¿La anterior también lo embrujó?

—Completa y totalmente, querido mío. Aunque aquello no duró. —La voz sorda de Hojo adoptó un tono erótico—. Antes de aquélla, se acostaba con la secretaria, Brunhilde o cómo se llamara, durante al menos diez años, en el despacho o fuera del despacho y no dejaba de hacerlo con su esposa. Pero cuando la esposa comenzó a lloriquear... —Hojo adoptó el deje nasal de Brooklyn—. «Richie, todo este dinero. ¿Qué ocurrirá con nuestros valores?»... se concedió un divorcio emocional. Durante un tiempo, creyó que Brunhilde era el amor de su vida. ¡Pero *merci Dieu*, logré convencerle de lo contrario! Le dije: «¿Puedes imaginarte entrando con ella del brazo, en la próxima función benéfica del MOMA?».

—¿Quién era la que cenó con nosotros aquella noche?

Hojo emitió un sonido horrendo, una mezcla de bufido y de carcajada.

—¿Te refieres a la noche en que redujiste mi asignación mensual?

—Sí.

—¡Qué estricto que puedes llegar a ser, Thomas! No podía creer que fueras capaz de comportarte así: Thomas, la Ira de Dios.

No le gustaba hablar con ella y decididamente no le gustaba que yo estuviera escuchando por el supletorio; por primera vez, su voz adquirió un tono cortante.

—¿Quién era?

—¿Pasaste toda una noche con ella y no recuerdas quién era?

—No —dijo secamente.

—¡Dios! Fue la primera aventura amorosa de Rick. Bien, tal vez no fuera amor verdaderamente, pero tendrás que reconocer que era presentable. En realidad, era más que aceptable, aunque era la persona más aburrida del mundo. ¿Recuerdas?

—No.

—Rick sólo intentaba zafarse de aquel matrimonio asfixiante. Pero la aventura era claramente un ensayo general para la relación con Jessica. Le gustaban protestantes y bien educadas... al igual que tú, amor. ¿Recuerdas?

—¿Cómo dijiste que se llamaba?

—¿Por qué es tan importante? —la voz de Hojo se volvió aún más helada que la de Tom—. ¿Piensas enviarle una cartita amorosa, *mon ange*? ¿Hacer una llamadita telefónica?

—No.

—Eras tan hijo de puta... ¿Cómo es posible que no recuerdes lo que ocurrió? No se puede decir que tú y yo saliéramos a cenar juntos muy a menudo, querido.

—Dime su nombre, Joan.

Tal vez los Driscoll estuvieran encerrados en un matrimonio de odio mutuo, pero no dejaba de ser un matrimonio; ella sabía que ocurría algo.

—¿Por qué quieres saber quién era? —Él no respondió—. ¿De qué se trata todo este asunto? ¿Qué relación tiene con Jessica? —inquirió Hojo.

Déjalo, imploré silenciosamente. Te ha descubierto. Él me oyó.

—Estaba intentando mantener una conversación.

—¡Mi dulce maridito! Me siento honrada. Una charla conyugal íntima. Ahora querrás volver a acostarte conmigo, ¿verdad?

Él colgó el teléfono violentamente. Y ella también.

Tom debió de darse cuenta de que en aquel momento lo último que deseaba era enfrentarme a él, razón por la cual me llamó.

—Ven aquí, Rosie.

¿Qué podría decirle? ¿Siento que tú y la señora quieran arrancarse las tripas? O: ¡Caray, qué cabrón más listo era mi esposo! Capaz de satisfacer a tres amantes mientras ganaba millones. Y después regresar al hogar y satisfacerme a mí también, con una técnica que le hubiera enseñado un par de cosas a Masters y Johnson.

Durante todos aquellos meses, después de que Richie me abandonara, sentí furia, sentí dolor pero sobre todo pasaba horas sentada delante de la mesa de la cocina, sufriendo amargamente y consumiendo helado de chocolate Häagen-Dazs y preguntándome en qué me había equivocado. ¿Debería haber abandonado la enseñanza y mudarme a la ciudad, como él me pidió? ¿Debería haberme metido un dedo en la garganta, convirtiéndome en una talla 38? ¿Debería haberme teñido el cabello? ¿Debería haberme dado cuenta de que un hombre como él se sentiría asfixiado con alguien como yo y haber sugerido un matrimonio abierto?

¿No me había dado cuenta de cómo era el mundo? Cada año, miles de esposas abandonadas deambulaban ciegamente, por los centros comerciales, desprovistas de su dignidad y sus tarjetas de crédito. Millones de menopáusicas, desprovistas del calor del abrazo de su hombre, sólo gozaban del contacto humano ofrecido por el abrazo compasivo de alguna de las otras divorciadas de su grupo de apoyo. Ya no tenían la esperanza suficiente como para soñar con un amor romántico, sino que sólo les quedaba la esperanza depositada en los futuros nietos, que tal vez desearan abrazarlas. ¿Cómo no supe que aquello podría ocurrirme?

—¡Rosie! —exclamó Tom.

Fui hasta el salón Presidencial. Él estaba de pie, cerca de la puerta, con la chaqueta puesta, la corbata anudada, contando el dinero de su cartera. Tenía las mandíbulas apretadas; quizá fueran imaginaciones mías, pero me pareció oír un crujir de dientes.

—Me marcho.

—¿Por qué?

—No tengo mucho dinero —dijo—, ciento veinte dólares. Si puedes pasar por mi despacho mañana por la mañana, dejaré un sobre con la recepcionista. ¿Qué nombre quieres que ponga?

—No quiero tu dinero. —No podía mirarme. En cambio, tenía la vista clavada en el picaporte, como si fuera el objeto más deseable del mundo—. Necesito tu ayuda, Tom.

—No puedo ayudarte más de lo que he hecho —le dijo al picaporte.

—¿Crees que no sabía que tu matrimonio era un horror? ¿Crees que me sorprende que no te acuestes con tu esposa? ¿Y crees que, con todos los problemas que tengo, los tuyos me importan un comino? —Al menos se giró. No era apuesto, pero su rostro delgado de rasgos duros revelaba carácter, profundidad y tristeza–. Bien –añadí–, eso no es cierto, exactamente. Sí me importa. Yo abrigaba la fantasía pequeña y desagradable de que, al final, resultaría que Joan se volvió loca de celos por Jessica y mató a Richie. Me absolverían y podría continuar con mi vida.

–¿Y yo?

–Tú podrías trasladarte a un monasterio.

–Es una idea –dijo, comenzando a reír.

–O podrías continuar con tu vida. ¿Tienes a alguien? –pregunté.

Creo que logré que mi curiosidad pareciera indiferente. Él sacudió la cabeza. No podía creer que me hubiese atrevido a preguntar: «¿Cómo resuelves tu vida sexual?».

–Trabajo.

Es posible que mi subconsciente haya ofrecido algunas palabras agradecidas porque no dijo: «Me acuesto con chicos». O, aún peor: «Tengo una amante de veinticuatro años con un doctorado en econometría».

–Jesús, es tarde –dijo Tom, echando un vistazo a su reloj.

–Nunca he estado tan cansada –le dije–, tengo que dormir un poco. Te ruego que... no, eso es injusto. Tengo la esperanza de que te quedes, porque he de llegar hasta Jessica y no lo lograré sin tu ayuda. ¿Te veré por la mañana? –pregunté, después de una pausa.

–Sí –respondió finalmente.

Después se dirigió a la otra habitación de la *suite* y cerró la puerta.

Regresé a lo que se había convertido en mi habitación y me dejé caer sobre la cama. Apenas logré cubrirme con la manta, antes de caer en un sueño profundo. Fue sólo tres horas después, cuando alguien hizo funcionar el inodoro en la habitación de arriba y las tuberías chirriaron, cuando desperté aterrorizada, tan confundida acerca de dónde estaba que creí haber sufrido un infarto. Mi corazón siguió latiendo apresuradamente, incluso después de encender la luz. Volví a deslizarme debajo de la tibieza proporcionada por la manta, pero no sirvió de nada.

Resulta terrible conocer a un chico maravilloso cuando aún eres una niña, porque se convierte en el patrón que nadie logra alcanzar jamás. Incluso después de casarme con Richie, añoraba a Tom. No era exactamente un deseo sexual; Richie me satisfacía por lo demás. Lo que añoraba era la misteriosa mezcla de serenidad y felicidad que solía sentir cuando yacía entre los brazos de Tom, después de hacer el amor. En aquel entonces, ambos habíamos sido grandes conversadores, expresando nuestras opiniones acerca del arte y de la vida, discutiendo de política y haciéndonos tantas preguntas que podríamos haber redactado nuestras mutuas autobiografías.

Pero después de la conversación y del sexo, quedábamos en silencio. Para mí, aquellos momentos definían la palabra «sublime». Mi cabeza se apoyaba en su hombro, donde podía oler el aroma dulce y amargo del sudor y del *aftershave*, marca Canoe, disfrutando del silencio mutuo.

Para todas las mujeres existe aquel hombre que escapó. ¡Pero qué hombre había sido Tom Driscoll! Qué dolor tan agudo perder a alguien tan magnífico. Y qué terrible resultaba darse cuenta de que una nunca se recobraría del golpe.

Atravesé el salón hasta la puerta de su habitación, pero me detuve, temerosa de que hubiera echado el cerrojo después de que me fuera a la cama. Si hacía girar el picaporte sabría que le deseaba. Se haría el dormido.

Pero si algo había aprendido aquella última semana es que soy una hembra corajuda. Es más, que soy una mujer valiente. Y si hubiera sido esa noche cuando me dijo que llevaría a la condenada Peggy a su condenado baile, hubiera dicho: «¿Qué? ¿Llevarás a una irlandesa virgen de la Reina de Todos los Santos? Tienes miedo de decir: ésta es mi chica, Rosie Bernstein del instituto Madison. ¡Maldita sea, Tom! Eres demasiado bueno para ser un cobarde». Y entonces, sin saber si me seguiría, tendría el coraje suficiente como para girarme y alejarme.

Tom dormía tan profundamente que no me oyó hasta que me golpeé la rodilla contra la mesilla que había junto a su cama.

—¿Rosie?

—Soy yo —dije.

Lo malo era que me dolía la rodilla. Lo bueno era que estaba tan oscuro que no vería los cambios ocasionados por todos aquellos años y por dos embarazos. Levanté la manta, para poder deslizarme junto a él antes de que se le ocurriera una forma amable de decirme que volviera a mi habitación.

—¿Recuerdas?

—Lo recuerdo —dijo.

Me atrajo hacia sí de modo que quedamos cuerpo contra cuerpo, nariz contra nariz y luego boca contra boca. El beso que nos dimos resultaba familiar: la primera presión suave, la exploración cuya intensidad aumentaba. Nuestro último beso podría haber ocurrido hacía sólo unas horas.

—No estoy en forma —dijo suavemente.

—Eso es lo último que deseo.

Me atrajo aún más, colocando una mano en mi espalda y la otra sobre mi trasero. Restregué mi mejilla contra la suya, disfrutando de la dureza de su barba.

—He pensado en ti muchas veces, Rosie.

—Yo también, Tom.

Ya no teníamos el ritmo que teníamos en el instituto. Nuestros movimientos eran mucho menos elegantes. Y tenía razón: decididamente no estaba en forma. Pero nuestro amor nunca había sido tan maravilloso. Después descansamos hasta que el alba iluminó la Cama Presidencial. Nos descubrió uno en brazos del otro, en perfecto silencio y absoluta felicidad.

17

—¡Por supuesto que no me importa venir a tu despacho! —le aseguró Jessica a Tom.

Cruzó las piernas.

—En realidad, sólo hemos coincidido en algunas reuniones sociales. Me alegra tener la oportunidad de conversar.

Desde mi escondite en el cuarto de baño adjunto a su despacho, sólo podía ver el calcetín y el zapato izquierdo de Tom, un trocito de su escritorio y, en una silla estratégicamente colocada, a Jessica al completo. La experiencia no sólo no parecía haberla dañado en absoluto, tenía un aspecto decididamente magnífico, vestida con un traje de color azul oscuro, exactamente del mismo tono que el traje de Tom.

—La única razón por la que vacilé fue porque había convocado una reunión del personal a las nueve. Pero parecías preocupado cuando me llamaste, de modo que la cancelé de inmediato, por supuesto.

Tenía la espalda recta, pero no tensa. Su cara expresaba seriedad pero también simpatía, la expresión apropiada frente a un cliente importante. Sólo sus manos, aferradas a los brazos de la silla, delataban tensión. Por supuesto que Jessica era lo bastante lista como para darse cuenta de que el hecho de que Tom Driscoll la hubiera despertado por teléfono a las siete de la mañana, exigiendo una reunión a las nueve en su despacho, no era exactamente una buena noticia. El silencio de Tom debía resultarle crispante; tamborileó los dedos un par de veces, después se obligó a dejar de hacerlo. Observé que el impresionante, pero imperfecto, brillante de Meyers ya no estaba en su dedo.

—He mantenido una larga relación con Data Asociados —dijo Tom finalmente.

Jessica asintió. Sus elegantes medias brillaban a la luz de una lámpara de bronce que había junto al teléfono, encima del escritorio de Tom; había mucho que iluminar, desde el extremo de sus zapatos de talón de aguja hasta el vuelo de la falda corta de su traje decoroso. Su pierna cruzada, que había estado balanceando sensualmente, se alineó con la otra.

—Es de esperar que haya sido una relación provechosa para ambos —contestó.

Por la manera en que Jessica utilizaba su cuerpo, se diría que se había pasado dos años estudiando a Lauren Bacall en *Cayo Largo* en lugar de obtener un master en economía. Pero de haber tenido que decir qué tenía que atrajera a hombres de éxito como Carter, Richie y Nicholas Hickson, hubiera tenido que admitir que el aspecto erótico —las piernas, el andar sensual, los labios brillantes y siempre entreabiertos— sólo constituía una parte. El otro cincuenta por ciento era una cabeza fría, tan parecida a la de sus conquistas que, cuando se la llevaban a la cama, podrían haber estado haciéndose el amor a sí mismos.

—Provechoso para vosotros —le dijo Tom—, no para mí. —Cuando Jessica abrió la boca para expresar su consternación, Tom la interrumpió—. Sólo traté con Rick, pero he considerado que debía explicarte personalmente por qué prescindiré de tus servicios.

—¿Cómo dices? —me pareció oírle decir; su voz era tan tenue que no podría asegurarlo.

—Vuestra investigación sobre Star Microelectronics la podría haber efectuado un estudiante mediocre de segundo año de cualquier universidad de tercera categoría de este país. Y vuestros así llamados perfiles en profundidad de los directores de Vancouver Associates, hacen que vuestro informe Star parezca la obra de un genio.

—No puedo aceptar tal cosa —dijo Jessica, sentándose aún más derecha.

—Eso demuestra mi hipótesis.

—¿Qué hipótesis?

—Que eres incapaz de dirigir una empresa de investigación, al igual que tu novio.

Si yo me encontrase en los zapatos de tacón de aguja de Jessica, hubiera roto a llorar. Pero había que reconocer sus méritos. Jessica volvió a cruzar las piernas y se inclinó hacia delante.

—No estoy de acuerdo. Soy capaz. Pero por favor, comprendelo: la investigación era competencia de Rick. Francamente, su sistema de control dejaba bastante que desear.

—Eres especialista en finanzas, ¿verdad? ¿Qué te hace pensar que eres capaz de supervisar a unos quinientos académicos?

—La creación de una vicepresidencia que sólo se ocupa del control de calidad. Seleccionar un informe al azar cada día, haciéndolo examinar a fondo por otras dos personas con mayor antigüedad: uno de nuestros principales investigadores y yo misma. Te aseguro...

—No puedes asegurarme nada —dijo Tom, interrumpiéndola.

—Dame dos meses —imploró Jessica.

Tom debió de sacudir la cabeza.

—Por favor.

—No a estos precios.

Jessica ni siquiera titubeó.

—Te ofrezco un descuento del veinticinco por ciento sobre tu facturación de los dos próximos meses. Después de ese período de prueba, un descuento total del diez por ciento sobre lo que pagas ahora. —Jessica inspiró profundamente—. Y congelaré los precios durante los dos próximos años.

—Estudiaste esas cifras antes de venir —dijo Tom, riendo.

Ella pareció esbozar una sonrisa, como diciendo: tú y yo hablamos el mismo idioma.

—Parecías un tanto disgustado por teléfono, de modo que vine preparada.

Supongo que Tom sonrió o manifestó alguna otra señal de indulgencia, porque ella volvió a repantigarse en la silla. Su pierna comenzó a balancearse pausadamente.

Sabía mucho de finanzas, pero aún más de seducción. Jessica sacó a relucir todos los viejos trucos de la era anterior al feminismo: sonreía como una belleza sureña, indicando que compartían un secreto, se acariciaba las pantorrillas y la nuca como las prostitutas, jugueteaba con sus cabellos como una adolescente: todos los trucos que ninguna mujer liberada osaría utilizar en un contexto de negocios. Inicuos, impropios. Oportunos, eficaces. Si en aquel instante un Tom hipnotizado la hubiera abrazado, hubiera llamado a la policía para que me llevasen al calabozo, le hubiera pedido el divorcio a Hojo y hubiera reservado una *suite* en el Ritz de París, durante un fin de semana para conocerse mejor, no me habría sorprendido.

—Es una propuesta interesante —dijo—, lo pensaré.

—Gracias.

Me sentí inútil, escondida dentro de su utilitario cuarto de baño de ejecutivo: estaba alicatado de azulejos grises y había una fotografía, de Ansel Adams, de unas montañas nevadas colgando encima del inodoro; mientras Jessica disponía de la libertad de ser Jessica.

—Tiendo a ser directo —decía Tom—, tal vez demasiado directo. Lo siento: debería haber preguntado cómo estabas. Éste debe de ser un momento difícil para ti.

Jessica chupó la parte carnosa de su pulgar.

—Ha sido un infierno —dijo, chupando un poco más—; no sólo la muerte de Rick, sino el hecho de que lo asesinaran.

—Y mira quién dicen que lo hizo —respondió Tom.

—¿Cómo pudieron dejarla escapar? —preguntó indignada—; dijeron que la arrestarían inmediatamente después del funeral pero, por consideración a sus hijos, decidieron hacerlo al día siguiente. ¿Cómo pueden ser tan estúpidos?

—Es sencillamente terrible —se compadeció Tom—. ¿Hay alguna noticia? Aunque si la hubieran encontrado, lo habría escuchado en la radio esta mañana.

—Parece que no logran atraparla, lo que demuestra su absoluta ineptitud. No es tonta, pero nadie la llamaría inteligente. Aunque de alguna forma se las ingenió para entrar en mi apartamento.

—Estás bromeando.

—No. Dijo ser la hermana de Rick y el cretino del portero la dejó subir.

—¿Te amenazó?

—¿Amenazarme? ¡Me golpeó!

—Santo Cielo, ¿te golpeó?

Le había dicho a Tom que la golpeé. ¡Vaya una cosa! No era necesario que actuase como si la hubiera golpeado hasta dejarla desmayada.

—¿Tienes protección policial?

—Son unos inútiles. Contraté guardias privados.

—Una idea muy inteligente.

No tuve tiempo de enfadarme ante su conversación íntima de magnate a magnate, porque Tom no dejaba de avanzar.

—¿La han visto en algún otro sitio?

Parecía profundamente preocupado, no sólo con el caso sino por el bienestar de Jessica. Tal vez lo estuviera, con todo. Deseé poder verle.

—Sí, y con una pistola.

—¡No!

—¡Sí! Amenazó a la mujer que solía ocuparse de nuestras relaciones públicas. En realidad, la mujer no vio ninguna pistola, de modo que nuestros geniales muchachos de azul no se tomaron el informe en serio, al principio. Pero después apareció, literalmente, en el asiento trasero del coche de uno de sus vecinos, un viejo amigo mío, el que me presentó a Rick. ¡Pero esta vez le apuntó a la cabeza con una pistola!

—No acabo de comprenderlo. La conocí hace años. Crecimos juntos.

—Es cierto. Ella fue la que te recomendó a Rick.

¿Conque ésas tenemos, eh? Me dieron ganas de gritar. «Ella» no recomendó a «Rick». Fue «ella» quien, con inteligencia, capacidad de convicción y dos capas de rimel, convenció a Tom Driscoll de que se hiciera cliente nuestro.

—Era una chica tan encantadora —reflexionó Tom—; incluso ahora, no puedo creer que fuera capaz de ser tan violenta. Supongo que enloqueció.

—Estás suponiendo que su historia acerca de que Rick irrumpió en su casa es cierta.

—¿Qué quieres decir?

—Creo que lo atrajo a la casa con algún pretexto, con el fin de matarlo.

—¿Estás diciendo que la Rosie Bernstein que conocí planeó un asesinato a sangre fría?

Tom parecía divertido. Jessica, no.

—No cabe duda. —Su voz adoptó un tono confidencial y ronco. Dejó caer la mano, explorando su tobillo con sensualidad—. Piensa, la abandonó por mí. Era una mujer mayor sin ningún futuro.

—Muchos maridos se largan y sus mujeres no se convierten en homicidas.

—Lo que la enloqueció fue saber que Rick... —Jessica inspiró profunda y renuentemente—. Rick no la deseaba. Primero se lió con su secretaria. Aquello duró años. Es imposible que no se enterara, Dios sabe que lo sabía toda la empresa: él no hizo un gran esfuerzo por mantenerlo en secreto. Después hubo una mujer que vivía en Long Island, igual que él. No pretenderás decirme que no se enteró de aquello. ¿Sabes lo que pienso? Que debajo de esa fachada agradable y normal, había una mujer que lentamente se volvió loca. Creo que lo estuvo planeando durante años. Yo sólo fui la gota de agua que colmó el vaso.

—No lo creo —le dijo Tom—. Tú eres algo más que una gota.

Su voz adoptó la sonoridad de un macho que quiere aparearse. Jessica rió suavemente, apreciando que Tom reconociera sus encantos. No soporté la idea de haberlo vuelto a interesar en el sexo y que Jessica fuese la beneficiaria.

—De acuerdo —concedió Jessica modestamente—, es posible que sea algo más que una gota. La diferencia es que Rick se enamoró de mí. Las otras sólo eran... solía decirle que una vez tuvo dinero en los bolsillos de sus pantalones, parecía que no podía dejar de quitárselos.

Ambos soltaron una risita simultánea y encantada.

—¿Tienes alguna idea de por qué fue a la casa y cómo logró atraerlo? —preguntó Tom con displicencia.

—No. Ésa es en parte la razón por la cual creo que le manipuló. Y lo debe de haber hecho condenadamente bien, porque él nunca hubiera vuelto a entrar en aquella casa por propia voluntad.

Jessica sonrió.

—Sabes cómo la denominaban él y tu esposa, ¿verdad? La Mansión del Movimiento Ascendente.

—Encantador.

Jessica se dio cuenta de que el ambiente había sufrido un enfriamiento repentino.

—Yo misma lo consideré un tanto grosero. Pero Rick abominaba de la casa.

Repentinamente, Tom se volvió sincero.

—Dime si soy demasiado directo —Jessica asintió, aunque por su mirada, para ella no existía tal categoría—: ¿cómo es posible que alguien de tu categoría acabase con un hombre como él? ¿No te preocupaba la posibilidad de que siguiera tonteando?

—En realidad, no. Era la primera vez que se encontraba con una mujer que llevaba las riendas.

Tom debió de lanzarle una mirada lasciva, o al menos una sonrisa alentadora, porque súbitamente, Jessica dejó de acariciarse el tobillo y comenzó a masajear sus dedos índice y medio con un grado de sutileza que lo volvía aún más eficaz. Lo hizo con un ritmo tan seductor que no me hubiera asombrado que eyaculasen.

—Le amaba de verdad. Pero últimamente he estado pensando.

—¿Acerca de qué?

—¿Era amor? O sólo estaba obsesionada con su... ¿cuál es la palabra correcta? ¿Vitalidad? No, virilidad.

¡No lo podía creer! ¡Se pasó la lengua por los labios!

—Rick era un individuo bastante excepcional.

Y para ella Tom Driscoll también y la intención, al recordar las hazañas de Richie, era la de telegrafiar el mensaje de que sólo una hembra excepcional haría surgir el potencial completo de un individuo de edad madura. No dudé que, al menos momentáneamente, Nicholas Hickson había dejado de existir para ella; Jessica le conquistó en el instante en que él acordó abandonar a su mujer. Ahora se concentraba en Tom. Tal vez no fuera un rico de cuarta generación como Hickson, como su propia esposa le señalara, pero era bastante rico. También era más joven que Papaíto Querido e infinitamente más atractivo. Y también tenía una esposa, de manera que Jessica no echaría de menos su diversión habitual: destruir matrimonios.

—Sabes que mi esposa se sentía atraída por Rick —dijo Tom, claramente irritado por una tal falta de juicio.

—Lo sé —le consoló Jessica—, pero nunca ocurrió nada entre ellos.

—Soy consciente de ello —dijo Tom fríamente—, pero era un tenorio. Aunque por su aspecto, nadie lo diría.

—Rick le daba a sus mujeres lo que la mayoría no obtienen jamás —dijo Jessica, mirando a Tom—. No era sólo un amante. No era un Don Juan, no era un sátiro. Pero era un ligón incorregible y con talento. Cuando le prestaba atención a una mujer, su vida repentinamente adquiría otros horizontes. Les proporcionaba excitación. Atención. Las hacía sentirse realmente vivas. Pero cuando le aburrían, dejaban de existir para él; podrían haber muerto. Aunque sólo hubiera sido un galanteo intenso, perderle ya habría sido bastante terrible. ¿Pero puedes imaginar el efecto que tenía cuando abandonaba una verdadera aventura amorosa? Si no le mató su esposa, podrían haberlo hecho una de las otras dos. Créeme: era capaz de enloquecer a una mujer.

—Es una teoría interesante.

—Es más que una teoría. Después de que abandonara a su esposa y se mudara a mi casa, empecé a recibir llamadas telefónicas repugnantes.

—¿De Rosie?

—No lo creo. Me parece que era una voz disfrazada, pero incluso así, no se parecía a la suya en absoluto. Además, una de las llamadas se produjo una noche que ella y Rick estaban citados en el despacho de su abogado. Cuando él regresó, le pregunté si habían estado juntos todo el tiempo y dijo que sí. Recuerdo que rió: no había manera de que ella se perdiera un solo segundo de su presencia. Es triste.

—¿Siempre te llamaba la misma mujer?

Jessica asintió.

—¿Te amenazó?

—Si no dejaba de ver a Rick, ehhh, cercenaría ciertas partes de mi anatomía.

Resultaría fácil: podría hacerlo con unas tijeras de manicura. Pero la voz de Tom sonó espantada.

—¡Jesús! —dijo.

—Te dije que era capaz de enloquecer a las mujeres.

—Pero a ti no —observó Tom.

Debió de ponerse de pie, porque de repente, Jessica se levantó de la silla.

—No —dijo suavemente—, a mí, no. No es fácil enloquecerme —añadió, mientras Tom se le acercaba.

—Estoy seguro de que no —replicó. Le cogió la mano—. A propósito, acepto tu proposición. Volveremos a hablar dentro de dos meses —su voz se volvió aún más baja y voluptuosa—; después del período de prueba.

—Lo espero ansiosamente —murmuró Jessica, mientras él la acompañaba hasta la puerta.

Salí de mi escondite, suponiendo que Tom volvería sudando, jadeando y probablemente turgente. Pero era un fulano imperturbable.

—¿Sabes lo que mi vieja madre irlandesa diría de una chica como ésta?

—Una mujer. ¿Qué diría?

—Diría: «Ésa es un chica muy, muy perversa».

—Esta Jessica es una buena pieza —dijo Tom, sonriendo.

—¿Te tienta?

—Soy humano —me rodeó con el brazo, me besó la cabeza y añadió—: no estoy muy seguro de que ella lo sea.

Le abracé durante unos minutos y después me dejé caer encima de lo que podría haber sido el sofá de módulos más largo del mundo. Era de un gris inocuo, que se repetía en la alfombra y en los asientos color burdeos y gris de las dos sillas. Resultaba claro que el despacho al completo, incluidas las vitrinas esmaltadas color burdeos, no había sido diseñado por la misma persona que ideó el apartamento estilo euroelegante de los Driscoll. Más bien indicaba el toque de un decorador de una tienda de muebles de oficina, cuya imaginación opaca había sido aún más constreñida por la siguiente orden: moderno, pero no demasiado moderno y no se pase del presupuesto. Tom se sentó a mi lado y ambos apoyamos los pies encima de la mesilla auxiliar baja, color burdeos.

—¿Crees que lo hizo ella? —pregunté.

—Es difícil decirlo. Pero te diré lo que sí me preocupa. La policía está segura de que fuiste tú. Entonces, ¿por qué ella necesita construir una teoría complicada, implicando que no sólo lo hiciste sino que lo planeaste al completo? Hizo que sonara inevitable que cualquiera que cayera bajo su embrujo haya podido hacerlo porque las volvía locas, pero que tú eras la más loca porque eras la que pasó más tiempo con él. —Cogió mi mano entre las suyas—. ¿Qué tenía? ¿Tenía que atársela a la pierna?

—No. Aunque era un amante maravilloso: imaginativo y desinhibido. Pero estuvimos casados durante veinticinco años. Cuando se marchó, no me volví loca por haber perdido mi padrillo. Bien, debo admitir que su carácter padrillesco no me era indiferente. ¿Pero lo que verdaderamente me dolió? Me dolió que mi familia se desintegrara. Perdí a mi compañero de toda la vida. Cuando la persona que te conoce más íntimamente dice: «no gracias. No quiero más», es el rechazo más cruel.

—Estaba chiflado, Rosie.

Vaya por Dios. Estuve tentada de decirle: ¿y qué hay del hecho de que tú me abandonaras por Peggy, la virgen? Pero no dije nada. Tampoco hice ningún comentario acerca de su regreso a casa desde Dartmouth como estudiante de primer año, el Día de Acción de Gracias, cuando no me llamó. Esperé y esperé y, cuando finalmente le llamé, a última hora del sábado por la tarde, pareció sorprendido; no de que fuera lo bastante descarada para llamar sino de que existiera. Dijo que le encantaría verme, pero que ya tenía otros planes.

Pero ahora era mi camarada, mi compañero de conspiraciones, conque sólo dije: «gracias».

—¿Y ahora, qué?

—Necesito un minuto para pensar.

Cerré los ojos. Se confundían imágenes al azar, frases sueltas, ideas formuladas a medias. Recordé uno o dos detalles sensuales de mi noche con Tom. Cavilé sobre la posibilidad de que alguien en casa hubiera recordado devolver las pruebas sobre «La gama del amor» en *Orgullo y Prejuicio* que había corregido, o de poner más semillas en la jaula de los pájaros. Recordé un partido de dobles de tenis que jugamos contra Stephanie y Carter, cuando erré un tiro ganador porque quedé momentáneamente fascinada por la increíble intensidad de Richie: los músculos tensos, sólo concentrado en ganar y cómo golpeó su raqueta contra el poste de la red, furioso por mi distracción. Pensé cuán intensamente deseaba recibir un tratamiento de belleza.

Pero una vez que abrí los ojos, tenía claro exactamente qué tenía que hacer.

—Tengo que volver a Shorehaven, Tom. Tengo que encontrar a Mandy.

Entre sus ojos aparecieron unas arrugas paralelas.

—Creí que habíamos acordado que es peligroso que vayas. Te conocen.

—Acordamos que terminaría con todo lo que tengo que hacer aquí en la ciudad y que después volvería.

—¡Te descubrirán en dos segundos! Alguien llamará a la policía. —Se sacó un comentario inesperado de la manga—: Te verás rodeada por un montón de policías. Uno de ellos podría ser un chiflado que sacara la pistola y tirase a matar, sosteniendo luego que estabas a punto de sacar un arma o algo por el estilo.

Comenzó a creerse su propio invento: las palmas de sus manos se humedecieron y luego se mojaron.

—No sucederá —le aseguré.

—¿Cómo diablos lo sabes?

Me soltó la mano.

—Es improbable, ¿de acuerdo?

Pero no salté del sofá, exactamente. Me quedé quieta. Necesitaba la cabeza clara y dura de Tom. Y también le necesitaba a él, incluso sus palmas sudadas.

—Sabes todo lo que sé. ¿Te importaría volver a revisarlo?

—De acuerdo —dijo finalmente, con desgana.

Volvió a cogerme la mano.

—¿Quién se beneficiaría por la muerte de Richie?

—¿Ahora hablas de un móvil verdadero, no de este asunto de enloquecer de pasión?

—Sí.

—Bien, tú serías la más beneficiada, al convertirte en millonaria por derecho propio, obteniendo el control de Data Asociados...

—Pero eso es ridículo. ¿Para qué querría una empresa, por el amor de Dios? —inquirí.

Tal vez no fuera el comentario más diplomático, frente a alguien que se había pasado la vida adquiriendo empresas.

—Podrías dirigirla. Venderla. Despedir a Jessica. Lo que te interesara, fuera lo que fuera. Y, según el punto de vista de la policía, también está la cuestión de los celos. Eras su esposa y él te abandonó por otra.

—Adelante. Dilo.

—Por una mujer más joven —dijo Tom—; según ellos, es un móvil importante.

Y por la buena razón de que con bastante frecuencia era efectivamente el marido o la esposa quien disparaba, envenenaba, quemaba, asfixiaba, machacaba, golpeaba, pateaba o apuñalaba.

—¿Estás seguro de que no lo hice, Tom?

—¿Y tú, estás segura de que no lo hice yo?

—Por supuesto.

—Ídem. Conque si no eres tú, ¿quién se beneficiaría mucho? —respondió a su propia pregunta—: tus hijos.

Yo no contesté. Fue lo bastante sagaz como para dejarlo.

—Está Jessica. Por todas las razones que mencionaste. Y, porque si algo sé de la astucia empresarial, es probable que ella deslizara un par de cláusulas ventajosas dentro de su acuerdo prenupcial. Probablemente una división de acciones, que le permitiera tener un manejo de la empresa igual o casi igual al de Rick, aunque eso no ocurriría hasta después de casados. Pero lo que ahora podría estar en vigor es un acuerdo relativo a que si algo le ocurría, ella dirigiría Data Asociados.

—¡Oh, Dios mío!

—Si realmente le mató, lo planeó con mucho cuidado, para poder cargarte la culpa a ti. Un trabajo brillante. —Tom jugaba a «Este cerdito» silenciosamente. Cogió mi dedo meñique—. Nicholas Hickson. Jessica podría haberle mencionado lo que Rick planeaba: irrumpir en tu casa y coger la factura.

—¿Pero por qué desearía matar a Richie?

—Tal vez no confiaba en que Jessica dejara a Rick. Tal vez pensó que ella necesitaba un incentivo mayor para convertirse en su amante.

—¿Crees que tendría la fuerza suficiente? Era alto, pero un tanto flacucho.

—Sólo requería una puñalada certera con un cuchillo afilado. O tal vez envió a alguien que lo hiciera por él. Hickson tiene mucho dinero y buenas relaciones. Tal vez lograse localizar un asesino de verdad, no un pistolero que se emborrachase al día siguiente y comenzara a fanfarronear.

Tom escudriñaba la palma de mi mano, como si allí pudiera encontrar más información.

—Eso es todo, en cuanto a la lógica se refiere. ¿Te interesa lo absurdo?

—Mucho.

—«¡La venganza de la Relaciones Públicas!» La que despidió inmediatamente después del primer lunes de septiembre.

Sacudí la cabeza: era dudoso.

—¿Y las dos otras novias que el tenorio llevó a la locura? O los maridos de las novias, o sus novios.

—Es posible.

—¿La secretaria? ¿O la tal Mandy? ¿Dónde encaja ella?

—Por eso tengo que regresar.

Aquello no agradó a Tom, pero era lo bastante objetivo como para darle otra oportunidad a Long Island.

—Existe otra posibilidad, aunque sea remota.

—Tomaré lo que tengas.

Él decidió que era una frase con doble sentido y me guiñó un ojo antes de proseguir.

—Por ahora tenemos a Carter Tillotson. La respuesta que te dio acerca de por qué llamó a Rick aquel último día, acerca del examen previo a la operación... ¿Lo inventó?

—No estoy segura. Titubeó, pero supuse que fue por la sorpresa de que yo estuviera al tanto de la llamada. Además, le apuntaban con una «pistola», lo que no favorece una conversación llana. —Me mordí el labio inferior durante algunos instantes—. Te diré una cosa extraña. Ocurrió la noche en que Carter vino a casa con Stephanie, presuntamente para hacer una visita de condolencia. Él no dejó de ser el memo de siempre, aunque la gente no cree que sea un memo, porque es alto, guapo y médico, pero de pronto perdió la cabeza.

—En efecto. Me dijiste que agarró a su esposa, la arrastró fuera y dijo que no volvieras a molestarlos. —Asentí—. Ese comportamiento tiene sentido si realmente creía que eras una psicópata que podría volver a matar. Pero si ése era el caso, ¿por que te visitó?

—Supongo que le convenció Stephanie.

—Entonces, ¿por qué no lo soportó como un caballero?

—Eso es lo que no comprendo. Sólo se puso más y más nervioso, hasta que prácticamente acabó retorciéndose.

—Intenta recordar. ¿En qué punto pasó el límite?

—Tal vez cuando Stephanie hablaba de ayudarme a encontrar un abogado.

No podía asegurarlo.

—Escúchame, Rosie. Conozco a ese individuo. Es un arribista de carrera, o intenta serlo: no se pierde ni un cóctel, ni una cena íntima, ni una función benéfica. Intenta convertirse en un éxito social, el cirujano plástico favorito, y está progresando. Todas las amigas de mi esposa se visitan con él. Y mi esposa también, por amor de Dios; lo único que no ha hecho es pagarle un anticipo. Admito que él y yo no hemos cruzado nunca más de dos palabras seguidas, pero jamás me pareció un individuo excitable. Y tampoco parece uno de aquellos reprimidos que de pronto explotan.

—Te lo dije: es un memo.

—Pero, al menos desde aquella tarde, ha sido un memo que está muy agitado por tu causa, sea por la razón que sea. Y vuestro último encuentro no le impulsaría a exclamar: «¡Caramba, la compañía de Rosie es muy agradable!». —Tom inspiró un par de veces profundamente; estaba preparando un pequeño sermón—. Sé que no puedo decirte qué hacer, pero abrigo la más profunda esperanza de que te mantengas alejada de él. O bien es un hombre sumamente peligroso o piensa que tú eres muy peligrosa. Está al límite, es imposible saber qué sería capaz de hacer.

—Lo sé.

Lo sabía, de verdad.

Tom se dirigió hasta su escritorio, cogió un teléfono y le explicó brevemente a su secretaria el cuento de que había llegado temprano, antes de las siete, con Marge, su cuñada de Seattle. La esposa de Joe. Estaba claro que la secretaria estaba al tanto de lo que debía ser la interminable saga de Joe Driscoll. ¿Podría traer café, por favor?, le pidió Tom y, bajando la voz, añadió que cancelara todas sus citas. Implicaba que cualquiera que fuera el apuro en que Joe se encontraba, era una emergencia importante que requería una atención inmediata. Me sentí muy mal al enterarme de que su hermano Joe había resultado ser problemático. Lo recordaba como un chico dulce de ojos soñadores, que alcanzó el segundo puesto en un concurso de ortografía de la ciudad de Nueva York.

Unos momentos después entró la secretaria, una mujer de aspecto quisquilloso, para la que aparentemente ningún detalle dejaba de tener importancia. Trajo una bandeja con servilletas de lino plegadas, tazas de porcelana y un servicio de café, preguntando si eso era todo, señor Driscoll. Me ofreció unos sucintos buenos días, pero se cuidó de mirarme a la cara, suponiendo que estaría arrasada por las lágrimas. Excelente: Tom había neutralizado a la única persona de su despacho que podría sorprenderse de lo extraño que resultaba que Tom llegase temprano y con una visita misteriosa.

Tom se ocupó en servirse una taza de café y yo me sumí en mis propios pensamientos. Desde cierto punto de vista, había tenido éxito. Obtuve más información de lo que jamás creí posible. Pero en lugar de reducir el problema –¿Quién mató a Richie Meyers?– todos aquellos datos sólo volvían el asunto aún más complicado e imposible de resolver.

–Rosie.

Me sobresalté. Había estado hurgando en mi interior y olvidé que había otra persona en la habitación.

–¿Alguna vez recibiste llamadas amenazadoras?

–¿Qué?

–Recuerda lo que Jessica dijo respecto a aquellas llamadas repugnantes.

–Sí, lo recuerdo. No, nadie me molestó.

–No sólo te abandonó a ti por Jessica, también dejó a otra mujer por ella. Y cuando lo hizo... tal vez aquélla enloqueciera.

–Y si efectivamente la dejó por Jessica, entonces tiene que haber sido la anterior, la que llenó aquel intervalo en su vida. ¡Es Mandy!

–Tal vez sea Mandy –dijo–, no te excites demasiado. Lo peor que puedes hacer es decir: «¡Ajá, aquí está el culpable!» y olvidarte de todas las otras posibilidades. El nombre podría ser una coincidencia. Está aquella Mandy de la que te habló la secretaria de Rick. La Mandy de Shorehaven podría ser otra.

–No, Tom. Tiene que haber sido alguien que vive en la ciudad. Verás: todo encaja. Aquellas noches, Richie regresaba temprano. Estaba encantada... Creí que realmente intentaba dejar de trabajar como un demente. Volvió a ser el Richie de antes. Pero no había dejado de engañarme; sólo renunció a las copas y las cenas.

Tom se restregó la frente durante un instante.

—De acuerdo. Reflexionemos acerca del hecho de que regresaba temprano. No es que no quisiera pagar una cena. Lo que ocurría es que la mujer estaba casada. Tenía que regresar junto a su marido. En Shorehaven.

—¿Conque quién era? —murmuré.

—Tenemos que regresar allí. Tenemos que descubrirlo.

Había llegado el momento en el que tenía que explicarle al hombre del que me había enamorado por segunda vez que no habría ningún «nosotros».

18

El carácter de Tom Driscoll se enfrió durante su primer semestre en Dartmouth. Desde entonces se había vuelto tan poco comunicativo que olvidé sus repentinos ataques de ira. Pero me los recordó al golpear el escritorio con el puño y exclamar: «¡No seas idiota!», cuando me negué a seguir aceptando su ayuda y asistencia; no quería que me acompañase a Shorehaven.

—Si me cogen, también te cogerán a ti —expliqué, con mi deje de profesora de inglés.

—¡Y a mí qué mierda me importa! —gritó.

Se puso de pie, propinando una patada al sofá. Tenía la cara roja, pero justo detrás de la ira, descubrí la expresión satisfecha de un atleta que acaba de realizar una gran jugada. Descubrir que aún conservaba su carácter de perros no sólo le satisfacía: le estimulaba.

—De hecho —añadió—, ¡me importa un rábano!

—¡Cuando te condenen de cinco a diez años de cárcel sí te importará!

Tardé un momento en volver a recobrar la poca compostura que me quedaba y explicarle la logística de mi plan. Cogería un taxi de Nueva York hasta Great Neck, a unos quince kilómetros al oeste de Shorehaven. Una vez que oscureciera, podría caminar hasta la estación de ferrocarril y convertirme en otra pasajera o compradora que solicitaba un taxi para regresar a casa. «Shorehaven», diría cansinamente.

Tom se sentó en el borde del escritorio, balanceando la pierna, recordándose que era un tipo frío.

—Quieres hablar con tres o cuatro personas —dijo con repentina serenidad—; no eres una tonta, Rosie. Utiliza el cerebro que Dios te ha dado. Piensa: ¿cómo lograrás hacerlo sola? —Tom sonaba razonable—. Tenemos que pensar en algún plan que me permita estar allí, por si necesitaras ayuda.

Yo sacudí la cabeza.

—¿Por qué eres tan estúpida? —chilló.

—¡Me comporto con inteligencia!

La patada al sofá no fue satisfactoria, obviamente, porque ahora pateó el escritorio.

—¡Tienes la cabeza tan metida en el culo que no logras ver la luz del día! ¿No se te ha ocurrido que la policía estará vigilando las casas de tus amigos?

—No necesariamente.

—¿Has olvidado a Carter? Puedes estar condenadamente segura de que estará en guardia. ¿Y crees que su esposa será afectuosa contigo y te perdonará, después de que apuntases una pistola a la cabeza de su marido?

—¡Era una pistola de juguete!

—¿Cómo diablos quieres que ella lo sepa? ¿Y qué hay de tu amiga chiflada que escribe poesías dementes? ¿Crees que te preparará una jarra con martinis, después de tu aparición furtiva?

Reconozco que los reparos que Tom formulaba me pusieron muy nerviosa. Más que nerviosa. Estaba harta. No podía más. Ahora todo lo que quería era encontrar un cirujano plástico ilegal, conseguir una nariz como la de Elizabeth Taylor y encontrar un sitio con palmeras para vivir.

Me había movido con demasiada rapidez como para darme cuenta de que había quemado mis últimas reservas de energía tres días atrás. Estaba agotada. Quería paz a cualquier precio. Durante un segundo, me permití una ensoñación: Tom abandonaría a Hojo y a su empresa y pasaría el resto de su vida conmigo en una isla pequeña, en una casa encima del farallón de la playa, con cortinas blancas ondeando en la brisa tropical y además, una maravillosa biblioteca.

Pero no logré engañarme más que un segundo. La Gran Aventura de Tom Driscoll había durado veinticuatro horas. No había sido un estudiante de secundaria, salvaje y sensual, durante treinta años. Sólo era un hombre importante cuyo buen tino se había alterado momentáneamente. Probablemente recuperaría el juicio después de medianoche.

Incluso si cumplía con su promesa de financiarme, ¿de qué clase de vida podríamos disfrutar, yo y mi nueva nariz, en una nueva ciudad con palmeras? ¿Cómo sabría si Ben acabaría casándose con Alimentos Sospechosos, concibiendo niños llorícones e incapaces de tolerar la lactosa, o se enamoraba de una mujer amante y vivaz? ¿Quién me informaría de si Alex tuvo éxito con su música o si, por el contrario, acabó en la calle o vestido con trajes a rayas y con chaleco, negociando tratos millonarios para estrellas del rock?

—He recapacitado acerca de Shorehaven, Tom. Estoy de acuerdo: necesitaré ayuda cuando llegue allí. Por eso telefonearé a mi amiga Cass.

Esta vez no se molestó en gritar.

—Rosie, es importante que me escuches.

—Te escucho.

—Tu amiga es una persona honesta. Ha ido demasiado lejos, ayudándote. Ahora no le quedará otra elección que llamar a la policía. Tal vez ya los haya llamado para informarles de que estás en contacto con ella. ¡Aquel teléfono de la escuela que utilizasteis podría estar pinchado!

—Sé que corro cierto riesgo. Pero confío en ella, de verdad.

—¿Debo recordarte que eres la mujer que confiaba en su marido?

No sé cuánto tiempo estuve paralizada por la indecisión, pero al final estuve de acuerdo con no decir a Cass que regresaba a Shorehaven: sólo le preguntaría si había alguna novedad. Tom, estimulado por mi nueva prudencia, dijo que estaba dispuesto a telefonear al instituto y decir que era el señor Thomas, el arquitecto de Cass, que se veía obligado a cambiar la cita concertada para las diez y media del sábado. Rogué que Cass pasara por el despacho para examinar su gaveta antes de las diez y media.

Tom volvió a sentarse junto a mí en el sofá. Nos quedamos en silencio, cogidos de las manos, con los dedos entrelazados, con la vista perdida: dos adolescentes paralizados por una película en la cual estaba por ocurrir algo espantoso.

A las diez y media, llamé al teléfono público que había cerca de la cafetería.

—Hola —respondió Cass, casi en un tono de pregunta.

—Es yo —dije, cometiendo un tremendo pecado gramatical.

—¿Cómo puedes expresarte de esa manera?

Vamos, me dije, ésta no es una traidora cooperando con la policía, que acordó hablar conmigo por un teléfono pinchado para ayudarles a localizarme e inducirme a que vuelva.

—¿Aún estás ahí? —inquirió Cass.

—Soy yo y estoy aquí.

La voz de Cass no se quebró, pero sonaba muy alta, intentando disimular las lágrimas.

—Rosie, no pasa una sola hora en la cual no me duela tu ausencia, en la cual no tema por ti.

Me giré. No quería ver a Tom. Estaba avergonzada de haber dudado de ella. Recordé una línea de un libro de texto que utilicé durante una clase explicativa de redacción, donde se citaba a un autor francés: «Es más vergonzoso desconfiar de los amigos que ser engañado por ellos».

—Yo también te echo a faltar, Cass. No sabes cuánto.

—Por supuesto que lo sé —declaró, en un tono más sereno—. Te diré lo que averigüé a través de Stephanie: muy poco. Sin embargo, resulta obvio que está muy nerviosa. Es inimaginable que su sistema nervioso de blanca-anglosajona-protestante esté lo bastante desarrollado como para registrar intranquilidad, pero una podría estar equivocada. Me dejé caer inmediatamente después de clase y apenas tuve tiempo de quitarme el abrigo, cuando ya había aparecido con su bar portátil: Stephanie, de los Nunca-bebemos-antes-de-las-cinco Tillotsons. Bebí un poco de jerez; ella se sirvió un vodka doble con hielo. ¡Nunca la vi tan pálida! Estaba más blanca que la nieve, más blanca que uno de sus demasiado ponderados manjares blancos, más blanca que...

—Más blanca que tú. ¡Sé que es blanca, por el amor de Dios! Sólo dime lo que dijo.

—Que está tensa. ¿Por qué?, te preguntarás. Despidió a su pareja de sirvientes y ahora no encuentra ni una niñera ni lo que ella denomina un ama de llaves apropiada; y ambas sabemos lo que significa «apropiada».

—No más oscura que su manjar blanco. ¿Qué hay de Carter?

—¡Oh, Rosie! ¿Qué pretendías hacer? ¿Era una pistola de verdad?

—Por supuesto que no. ¿Qué dijo Stephanie al respecto?

—Que desde entonces tiene cagalera.

—Bien. Se lo merece. ¿Dijo algo respecto a Carter y Richie?

—Que su amistad consistía fundamentalmente en practicar deportes juntos: jugaban al tenis, iban a ver partidos de baloncesto y de hockey. Intenté que se sincerara un poco más respecto a Carter, confesando cuán azorado estaba Theodore por el asesinato: ¡un crimen violento en una zona residencial con propiedades de una hectárea! Insinué que hasta le costaba conciliar el sueño.

—¿En serio?

—Por supuesto que no. Theodore es un zoquete; nada le conmueve. Duerme como un niño. Sin embargo, adivina quién no duerme.

—¿Carter?

—Stephanie admite que no ha estado en sus cabales desde aquel día.

—Nunca lo estuvo. Carter Tillotson nació sin personalidad. Los helechos violín de Stephanie son más interesantes que él.

—Estoy segura de que sí, pero ella está convencida de que él tiene problemas. Le sugirió que sería mejor «hablar», pero Carter dijo que lo único que deseaba era que le dejasen en paz, cosa que ocurrió. Desde aquel paseíto que dio contigo, ha estado durmiendo en la consulta.

—Teniendo en cuenta su cagalera, probablemente sea una bendición.

—Sin duda. También duerme allí porque la policía está examinando su coche, buscando pistas acerca de tu paradero y se niega a conducir el BMW de Stephanie, por oscuras razones que podrían estar relacionadas con el estrecho vínculo que une hombre y máquina. Está claro que quedarse en casa, sin nadie para quien cocinar, ha vuelto aún más tensa a Stephanie. Dejó a Astor al cuidado del ama de llaves de su madre. Dice que apenas abandona su invernadero, que es su único consuelo.

Inspirando profundamente, Cass confesó:

—En realidad, me da lástima.

—¿Mencionaste a Jessica?

—Sólo pregunté si la había visto en el funeral. Dijo que no, pero que le contaron que Jessica vestía de gris, lo que le pareció muy poco natural. No quiso hablar de Jessica. Fue tan inflexible que me hace pensar que estaba al tanto de la aventura de

Carter, aunque no puedo asegurarlo. En realidad, ella estaba demasiado nerviosa como para juzgar lo que sabe. Pero si tuviera que aventurarme, diría que está profundamente preocupada por su marido. Cada vez que lo nombraba... no es que pasara nada, pero lo sentía. Tal vez es que está tan acostumbrada a la impasibilidad de su marido, que cuando demuestra algo de emoción se asusta.

Cambié el auricular de oreja.

—Tal vez le preocupe que, ahora que Jessica está libre, Carter vuelva a cortejarla.

Eché un vistazo a Tom. Antes de llamar a Cass, le ofrecí un *quid pro quo:* le dejaría escuchar mi conversación. A diferencia de mí, se negó a escuchar de manera furtiva: una reacción completamente ajena a sus antiguos instintos de Brooklyn: Dartmouth le había afectado. Por supuesto que ahora sentía tanta curiosidad que apenas lograba mantener su trasero sobre el sofá. Esbozó: «¿Qué? ¿qué?», con los labios. Yo sacudí la cabeza: ahora no; después agité la mano en el aire: esta conversación era demasiado complicada de transmitir. Ofreciendo lo que esperé fuese interpretado como una mirada de disculpa, volví a darle la espalda.

Decidí no tener en cuenta su advertencia. Sí, me había equivocado con respecto a Richie. Tal vez también con respecto a otras personas. Pero tenía que arriesgarme con Cass. No deseaba vivir en un mundo en el que no se puede confiar en los amigos íntimos.

—Cass, Richie tenía una aventura con alguien de Shorehaven. Tengo que encontrarla. Tengo que hablarle.

En el otro extremo se produjo un silencio pasmado. Durante el mío Tom, que había estado sirviéndose más café, golpeó la cafetera contra la mesa con tanta fuerza que el fondo se rajó; el café se derramó por encima de la mesa, goteando sobre la alfombra. Casi le dije a Cass que aguardara, cuando de pronto se me ocurrió que Sojourner Truth y Elizabeth Cady Stanton no vivieron para que yo interrumpiera una conversación tan crucial, de la que tal vez dependiese mi vida, corriera al cuarto de baño y cogiera una toalla para limpiar aquel estropicio.

—¿Me escuchas, Cass?

—Sí. ¿Estás completamente segura?

—Completamente.

Tom observó cómo el café goteaba sobre la alfombra y después se dirigió al baño.

—Tengo que descubrir quién es una mujer llamada Mandy. Según mis fuentes, se trata de la mujer con la que Richie se acostaba, antes de hacerlo con Jessica. Estoy bastante segura de que vive en Shorehaven.

—¿Mandy? —Cass se preguntó—; hay una Mindy Lowenthal en la sala de consulta de la biblioteca.

—No. Estoy bastante segura de que era Mandy. —Tom regresó con una caja de pañuelos de papel y limpió el café, aunque dejó algunos trozos mojados y marrones de Kleenex sobre la alfombra—. Sospecho que se trata de la abogada que solía correr con Stephanie por las noches. Compruébalo con Stephanie, pero por favor, sé circunspecta. Nadie debe saber que estamos en contacto. La gente tiene que pensar que soy un llanero solitario.

—¿Cuándo he dejado de ser circunspecta? Hablaré con Stephanie y haré averiguaciones acerca de cualesquiera Mandy o Amanda.

—Lo más probable es que tenga entre veinticinco y cuarenta años pero, conociendo a Richie, no descartes a nadie de menos de setenta y cinco. —Cerré los ojos, concentrada en inventar una mentira para Cass. Sólo tardé un segundo en encontrar una descomunal; me estaba volviendo experta—. Puedes decirle a Stephanie que el sargento Gevinski fue a verte a tu casa, indagando dónde podría estar yo y que recibió una llamada telefónica. Le oíste hablar de Richie y de una mujer llamada Mandy.

—¡Una mentira excelente! —dijo Cass con admiración.

—Gracias. ¿Lo harás lo antes posible? Es muy importante.

—Siento que voy a ponerme enferma: me duele la garganta y tengo mucha fiebre. Deberé abandonar el instituto inmediatamente.

Durante todos sus años como profesora, la única vez que Cass había abandonado el instituto antes de las tres de la tarde fue para dar a luz.

—¿Puedes telefonearme a casa a eso de las seis? A esas alturas, habré averiguado algo, si es que hay algo que averiguar.

—Tal vez me dé una vuelta por allí —dije suavemente.

—¡Rosie, no! No puedes volver aquí.

—¿Crees que no sé ser cuidadosa?

—¡No puedes ser lo bastante cuidadosa! Esta mañana vi a Alex.

—¿Cuándo?

—Cuando subía la loma para encontrarme con Madeline y Stephanie, para dar nuestro paseo.

—¿Qué hacía levantado a esa hora?

—No tengo ni idea. Sin embargo, ahora que ya no soy su profesora, le encuentro bastante agradable. De hecho, ha llegado a gustarme. Rosie, él y yo conversamos todos los días. Me dijo que tu casa está constantemente vigilada. Y yo misma sé que hay un número inusual de coches de policía patrullando por la urbanización. No debes correr el riesgo de regresar.

Tom sabía que había hecho una elección. No se enfadó. Nos abrazamos, de pie junto a la mancha húmeda de la alfombra. Tenía la cabeza apoyada en un sitio perfecto, en la unión entre su hombro y su pecho. Me preguntó si mi decisión de ir sola era definitiva. Le dije que sí. Dijo que rezaría por mí. Le dije que necesitaba todas sus plegarias. Me frotó la espalda, diciendo que cuando todo esto acabara, yo podría frotarle la suya. Le dije que no esperase nada más, ni siquiera que le frotara la espalda: él era un hombre casado.

Dijo que si le necesitaba, llamara a su número particular y dijera que era su cuñada, Marge. Le localizarían en seguida: estaría disponible de día o de noche. Después abrió una de sus vitrinas, giró el cerrojo de una pequeña caja fuerte y extrajo una pila de dinero. Cuando hubo contado diez billetes de cien dólares, le dije que era más que suficiente y que esperaba que cuando todo esto acabara, pudiera devolvérselos.

Me acompañó hasta el ascensor, dejando atrás su secretaria y su recepcionista, a lo largo de un interminable pasillo gris. Cuando llegó el ascensor, volvió a intentarlo una última vez.

—Vamos, Rosie. Déjame ir contigo.

Estaba bastante emocionado. Es posible que llorara, no lo sé. Pero decididamente no perdí el control. Entré en el ascensor, apreté el botón marcado «P» y le dije lo que nunca me atreví a decirle en el instituto; había esperado que él lo dijera primero.

—Oye, Tom.

—¿Qué?

—Te amo.

La puerta se cerró antes de que ninguno de los dos pudiéramos despedirnos.

Cortarme yo misma el cabello era casi tan arriesgado como alquilar un coche con la tarjeta de crédito y el permiso de conducir falsos de Danny. Lo llevaba cepillado hacia atrás, lo bastante largo como para hacerme una cola de caballo, para practicar ejercicio, o un moño elegante para noches de gala. Pero compré unas tijeras y, en el lavabo de señoras de una tienda junto a la Avenida Madison —especializada en horrendos conjuntos deportivos a precios exorbitantes: chándals color negro y oliva, adornados con los suficientes ojales de metal, cabezas de clavo y cadenas como para satisfacer al sádico más exigente—, me lo corté tanto que, cuando me miré al espejo, vi a una mujer que llevaba un peinado asimétrico de niño holandés.

Después de mis pestañas y mis piernas, siempre consideré que mi frente era mi rasgo más bonito. No sería la de Atenea, pero aparentaba sabiduría e incluso un rastro de nobleza. Ahora la cubría un flequillo.

Arrojé el resto de mi cabello al inodoro y metí la pistola de juguete, que había estado transportando dentro del escote, en un bolsillo profundo del pantalón de mi nuevo chándal. Después me cubrí la cabeza con la capucha de una camiseta color verde enfermizo, que tenía cremalleras industriales gruesas en el cuello y los puños. Era la prenda de vestir menos beligerante que encontré en la tienda. Una vez llegada a la urbanización Shorehaven, encajaría perfectamente, incluso pasaría por devota de un estilo serio, salvo entre los seriamente elegantes.

Me examiné. El tono verdoso de mi piel era un reflejo de la camiseta y de mi descompostura, pero haciendo caso omiso del cutis tipo sopa de guisantes, tenía un aspecto decididamente exótico. La hija natural de un siciliano y una cherokee. ¡Qué rostro tan llamativo! Si lo que planeaba no me hubiera hecho sentir una náusea aún mayor y unas ganas tremendas de vomitar, mi nuevo aspecto me habría deslumbrado.

Conduje a la nueva Rosie a Queens, atravesando el puente de la calle 59. El Sedan de Ville plateado que alquilé era el tipo de coche que generalmente pertenece a algún magnate, cuyos brazos y cigarro eran igual de largos. Lo elegí basándome en la hipótesis de que si tuviera que estacionarlo en alguna calle de la urbanización Shorehaven, donde hacerlo es ilegal, la policía sospecharía de inmediato de un Chevrolet razonable, pero podrían ignorar un Sedan de Ville ridículamente extravagante.

Una vez cruzado el puente, quedé atrapada en lo que parecía una reunión de camioneros de largo recorrido y no logré salir de Long Island City hasta las tres de la tarde. En la autopista, me uní al tráfico de la hora punta. Pero una de las emisoras de radio de música clásica ofrecía un homenaje a Bizet, de modo que no fue la tortura habitual. De hecho, acompañé a Carmen en el canto. Cuando llegué al condado de Nassau, Bizet me había hecho pasar un rato tan agradable que cuando apagué la radio, pude escuchar los rugidos producidos por mi estómago hambriento.

Me senté en un rincón de un Pizza Hut. Aunque barrunté que acabar con una pizza de tamaño mediano para amantes del queso y con pimientos podría ser un error, decidí correr el riesgo, fundándome en la hipótesis de que las autoridades del estado de Nueva York probablemente habrían dispuesto que un delincuente convicto, cumpliendo cadena perpetua, no puede solicitar platos a domicilio. También bebí dos Coca-Colas no dietéticas. Después conduje otros quince kilómetros hasta el despacho de Vinnie Carosella, situado en uno de aquellos edificios de los ochenta, de ladrillos, ladrillos vitrificados y cristales, que descollaban sobre otros edificios de ladrillos, ladrillos vitrificados y cristales.

La recepcionista, una mujer robusta de cabellos grises ensortijados, del tipo de las que representan a la hermana mayor informada en un anuncio de tampones, pareció aceptar mi argumento de que era una amiga de Rose Meyers. Di el nombre que aparecía en mi permiso de conducir, Christine Peterson. Aceptó el nombre e incluso mi chándal, junto al igualmente atroz chaleco relleno de plumón. Estaba tan excitada: ¡mi flequillo había funcionado! Me condujo hasta el despacho de Vinnie.

—Señor C. —exclamó.

Vinnie echó un vistazo hacia arriba, apartando la mirada de un cuaderno de apuntes de color amarillo.

—Es la señora Peterson. La envía Rose Meyers.

El flequillo no engañó a Vinnie.

—¿Peterson? —dijo, después de cerrar la puerta—. Si piensa pasar por otra persona, inténtelo con Russo. Tal vez con García. Peterson es una exageración, Rosie.

El escritorio, las mesas, las sillas, las librerías —todas las superficies, salvo la de la silla en la que estaba sentado— estaban cubiertas por cartas, sobres, escritos legales, memorandos e informes cubiertos por papelitos Post-it de color amarillo. Cada montón estaba sujeto por enormes cintas de goma, evitando el caos. Vinnie empujó una pila al suelo, invitándome a tomar asiento. Sostuvo la silla gentilmente mientras me sentaba.

—¿Qué puedo hacer por usted? —preguntó.

—Vine a traerle un anticipo. No tengo mucho, pero...

—Olvídelo —me interrumpió—; el trato ya está cerrado. Un poli que me debe un gran favor se puso en contacto con sus chicos, informando que se encontraba bien y que usted me había contratado. Pasaron hace un par de días. Unos muchachos simpáticos. Ayer el mayor me dio diez de los grandes, en efectivo. —Antes de que pudiera preguntar, añadió—: Vendió su coche. Ambos se encuentran perfectamente. La facultad de medicina, con mucha amabilidad, le permite ausentarse durante todo este tiempo. El más joven tuvo que rechazar un contrato en un club de rock, pero ante su negativa, el administrador interpretó que se habría vuelto importante y le volvió a llamar, contratándolo para un gran concierto antes de las Navidades.

»De modo que está todo bien, Rosie. Pero no he logrado extraer el informe sobre los neumáticos del laboratorio policial, aunque eso no es el fin del mundo, porque un amigo me informó oralmente de los aspectos principales.

Vinnie se dirigió hasta un sillón y, hojeando la pila de papeles que había sobre el asiento, extrajo una hoja de papel oficial, de color amarillo.

—¿Las huellas que le pareció ver en el costado del coche de su marido? Pues no estaba alucinando ni nada por el estilo. Provenían de neumáticos Michelin MXV, probablemente hechas al mismo tiempo que las huellas dejadas por su marido. Su coche llevaba neumáticos Pirelli PO —dijo, recorriendo la página con la mirada.

Sentí que me atravesaba un oleada involuntaria de esperanza. Casi tuve miedo de preguntar:

—¿Son buenas noticias, Vinnie?

—No son malas. No es como si a su novia, aquella Jessica, le diera una ataque de culpa y llamara a los polis, ofreciendo una confesión en vídeo, pero es un dato útil. Es probable que hubiera alguien más en la zona mientras él estuvo allí.

—Corrobora una parte de mi relato.

—Una parte muy pequeña, para serle franco. Pero es un comienzo.

En una esquina de su escritorio, debajo de un libro sobre leyes abierto, había una fuente con caramelos, un objeto grande en forma de copa de brandy. Estaba repleto de Almond Joys diminutos, un surtido de barritas Hershey, Snickers, Milky Ways y Three Musketeers. Dejó el libro y extrajo un puñado, ofreciéndomelos como si yo fuera una concursante y mi bolsa de compras estuviera vacía. Cuando los rechacé, los amontonó sobre el escritorio y, eligiendo un Hershey's Krackel, le quitó la envoltura con la habilidad de un experto, y se metió el caramelo en la boca.

—¿Qué clase de coches llevan esos neumáticos Michelin? —pregunté.

—Me imaginé que lo preguntaría. La respuesta es: los coches de calidad. Los Saab, BMW, Volvos, Mercedes...

Vi que tenía una mancha de chocolate en la comisura de la boca.

—Yo tengo un Saab —le dije—; dos amigas mías, Cass y Stephanie, tienen un BMW. El marido de Stephanie tiene un Mercedes. Madeline tiene un Volvo. Son muy comunes.

Por algún motivo, seguramente uno miserable, la gente que vivía en las urbanizaciones prefería coches arios; probablemente hubiera cinco mil Michelines MXV rodando por los caminos todos los días.

—También hay una mujer llamada Mandy. Sólo Dios sabe qué coche conduce, pero incluso si fuera un triciclo, apostaría a que lleva neumáticos Michelin MXV.

—¿Qué tiene que ver eso con lo que estamos hablando? —inquirió Vinnie.

Llevó un rato, porque él no dejaba de interrumpirme para hacer preguntas y desenvolver chocolatinas, pero le puse al día de mis actividades a partir de nuestro encuentro en el Washington Square Park, cosa que parecía haber ocurrido hacía toda una vida. ¿Una vida? Era el asesinato de Richie lo que había ocurrido hacía toda una vida... salvo que sólo había transcurrido una semana.

—Veamos —dijo Vinnie—, la señora de los Michelin, digamos señora para aclararnos, sigue a su marido en coche, o sencillamente se pasea. En cualquier caso, observa dónde él aparca el coche. Se acerca en el suyo y estaciona al otro lado, ya sea para examinar el coche de él o para ocultar el suyo, porque le ha visto apearse y dirigirse a su casa.

—Ese lugar está un poco más dentro del bosque —le recordé—; tal vez el suelo estuviera fangoso, como cuando los árboles están muy juntos. Tal vez se le enfangaran los zapatos. ¿Recuerda la tierra que había en el suelo de mi cocina?

—Nadie recoge tanto barro con los zapatos, especialmente si no penetró en el bosque y sólo caminó hasta su casa, como lo hiciera su marido. —Vinnie reflexionó, frotándose la nariz—. Yo soy el fiscal del distrito, ¿de acuerdo? ¿Sabe cómo interpretaría lo que acaba de relatarme? Cuando tuviera al empleado del laboratorio en el estrado, obtendría su testimonio directo de que el terreno donde se encontraron las otras huellas de neumáticos tampoco estaba demasiado mojado. Que la tierra era la que transportó su marido.

—¡Pero él no dejó huellas en ningún sitio cerca de su coche! Allí no había fango.

—Había un poco de tierra en sus zapatillas y, desde el punto de vista del fiscal, aquello sería suficiente. No hay rastros de una tercera persona.

—¿Podría probarlo, más allá de cualquier duda razonable?

—Posiblemente, podría lograr alguna cosa durante el segundo turno de preguntas para confundir el tema. Por lo que he visto, parece que el personal del laboratorio tenía órdenes de concentrarse en el coche de su marido. No creo que pudieran recibir ningún premio a la meticulosidad por haber ignorado las demás huellas. Y eso podría ayudarnos un poco.

Me deslicé hacia delante encima de la silla.

—¿Qué le parece lo siguiente? Si él, ella, el asesino, proviene de Shorehaven, especialmente de la urbanización, o ha estado en mi casa o en la de los Tillotson, él o ella conoce el sitio donde Richie estacionó. En ese caso, ¿dónde habría ido el asesino? Si no deseas ser visto en el camino, puedes tomar un atajo por el bosque; llegarás al sendero que conduce hasta la pista de tenis de los Tillotson. Pero no lo olvide: era a principios de octubre y de noche. Resulta muy improbable que alguien trepara por un sendero estrecho, se ocultara en una pista de tenis rodeada de árboles y aguardara allí a que Richie regresase a su coche. Además, hay tantos árboles justo alrededor del coche como para que ni siquiera le viera regresar.

—Sólo por curiosidad, ¿es posible observar su casa desde la pista? ¿Podría alguien haber visto a su marido caminando hacia allí o incluso en el interior, en la cocina?

—Sólo si tuviera unos prismáticos. Pero si no deseas ser visto, existe una segunda posibilidad. Olvide la pista de tenis. Aparcas de modo que el coche de Richie impida el paso del tuyo, ¿de acuerdo? O bien le estás siguiendo o descubres su coche y quieres saber qué ocurre, si Richie está en su interior. Pues no lo está, pero eres capaz de adivinar adónde se dirigió. Pero no deseas ser visto. Y si no le estabas siguiendo, no puedes arriesgarte a recorrer el camino y remontar nuestro camino particular, porque podrías toparte conmigo, ¿correcto? O con Richie: no sabes si está solo.

—Correcto —concordó Vinnie.

—En ese caso, ¿qué haces si deseas ver a Richie, pero no quieres que él ni ningún otro te vean a ti?

—Atraviesas el bosque —dijo Vinnie—, pero fue usted la que dijo que era como atravesar la jungla.

—¡Pero es posible hacerlo, Vinnie! Yo lo hice. Créame, fue duro. Mis botas estaban completamente enfangadas. Había enredaderas por todas partes, eran iguales a cuerdas y lazos corredizos. Mi ropa y mis cabellos acabaron cubiertos de ramitas y zarzas. Por supuesto que nadie desearía atravesar aquel sitio por la noche. Pero yo sabía dónde iba, de modo que lo logré. ¿Sabe por qué?

—¿Por qué?

—Porque era la guerra, Vinnie, y estaba desesperada.

—Y el asesino también —dijo Vinnie Carosella, asintiendo.

Me acomodé y observé su boca de chocolate y sus ojos color marrón chocolate. Me sonrió con una sonrisa de chocolate.

—Vinnie, no me diga que...

—Sí, Rosie. Ha dicho la verdad. Me ha convencido. Usted no lo hizo. Aquella noche, alguien con intenciones asesinas pasó por su cocina. Usted es inocente. Y ha sido agraviada.

—Gracias.

Me puse de pie, dispuesta a marchar.

—O —prosiguió— es usted la mentirosa con más talento que he conocido en toda mi vida. En cualquier caso... —Vinnie se quitó un sombrero imaginario, hizo una reverencia y lo colocó sobre su pecho—, estoy a su servicio, señorita Rosie. Me dirigiré al despacho del fiscal y hablaré con él, ahora mismo. Tal vez le convenceré para que llame a su amigo Gevinski. Hablaremos de neumáticos. Hablaremos de todas las demás pistas, relativas a atravesar el bosque y ensuciarse los zapatos. Hablaremos de zapatos que deberían haber dejado huellas pero no lo hicieron. Hablaré de todas las pistas que no investigaron porque estaban determinados a arrestarla. ¿Y sabe lo que hará mientras tanto?

—¿Qué?

—¡Quedarse quieta!

—Seguro, Vinnie.

19

Theodore Tuttle Higbee III, vestido con una bata con solapas de satén, aplastó el tabaco de su pipa y echó una bocanada de humo. Era un hombre satisfecho. Se acomodó en su sillón en el estudio, adornado con paneles de roble y, con un lápiz rojo en una mano, volvió a ocuparse de las galeradas de su estúpida revista: *Standards.* Calzaba zapatillas de terciopelo con escudos dorados. A sus pies estaba el mejor amigo del hombre: *Ronnie,* su perro pastor escocés.

Mantuve los dedos cruzados, con la esperanza de poder confiar en *Ronnie.* El perro tenía una personalidad similar a la del presidente cuyo nombre llevaba. En efecto, justo antes de agacharme para pasar delante de la ventana, agitó la cola, saludando: ¡ah! alguien que me rascará la cabeza. Un segundo después, olvidando por qué estaba contento, bostezó y volvió a su siesta.

Intenté determinar cuál de las diversas habitaciones, cuyas cortinas estaban corridas, era el estudio de Cass, mientras me deslizaba entre el espacio estrecho existente entre los setos de enebro y la casa estilo rancho de los Higbee. Tiene que ser ésta, me dije. Veía una silueta: ¿se trataría de Cass ante su escritorio? ¿O era una lámpara de sobremesa grande? Aguardé, llegando hasta la estrofa: «pero tu eterno verano no se desvanecerá» del Soneto número 18, cuando la silueta cambió de posición. Lancé una piedrecita contra la ventana. No ocurrió nada. Si Cass estaba sumida en un libro, me vería obligada a lanzar una roca para llamar su atención. Por otra parte, si estaba recostada en la bañera y la silueta resultaba ser la de su ama de llaves obsesiva-compulsiva, eliminando huellas de dedos de los muebles, caería más profundamente en la mierda que cuando pisé la de *Ronnie,* un poco más atrás.

Mi corazón latía con fuerza. Había estacionado el Cadillac

en el sitio más oculto posible: medio kilómetro más allá, al final del camino particular, rodeado de árboles y lleno de curvas, de unos vecinos que estaban en Florida la mayor parte del año. Era una solución inteligente, pero me dio demasiado que pensar. ¿Y si tuviera que escapar a toda velocidad?

También me preocupaban otras cosas. ¿Y si hubiera olvidado alguna amenaza menor que, no investigada, crecería y crecería hasta acabar conmigo? ¿Y si existiera una amenaza importante, la misma Cass? No te preocupes por una trampa, me urgí. Confía tu vida a Cassandra Higbee. No llamará a los polis. Lancé otro guijarro y luego otro más. ¡La silueta se movió! Una mano retiró la cortina, aparentemente en cámara lenta. Antes de descorrerla por completo y descubrir su rostro, vi su amado jersey de lectura, una chaqueta de lana muy vaporosa, del color de los rubíes, con bolsillos profundos para meter gafas y caramelos.

Aunque yo seguía acuclillada a la altura del seto, Cass no tuvo dudas de que se trataba de mí. Hizo un gesto con el pulgar: dirígete hacia allí. Un momento después se abrió la puerta de su garaje y entré. Me encontré entre su BMW y el Porsche de Theodore, y Cass me abrazó. Después se apartó boquiabierta, observando mi cabello.

—¡Pareces Zelda Fitzgerald!

—Gracias.

—No, no. Después de enloquecer. —Bajó la mirada y enderezó su metro sesenta al completo—. Claro que, comparado con ese disfraz que llevas, tu peinado es una hermosura.

—Éste no es el momento más adecuado para una transformación.

—Qué lástima. Bien, en ese caso, déjame que te diga lo que descubrí en cuanto al asunto Mandy-Amanda.

Cass poseía una mente veloz, pero el resto siempre se movía a la velocidad de una tortuga y sólo cuando era absolutamente necesario. Sólo paseaba por imposición mía, de Theodore y de su médico. Era de las que nunca están de pie, si pueden estar sentadas, de modo que abrió la puerta de su coche. Di la vuelta y nos sentamos en los helados asientos de cuero.

—Antes de abandonar el instituto, hablé con Faith y con Vivian, del Departamento de Asesoramiento —me informó—; recordaron a dos estudiantes llamadas Mandy. —Tanteó sus bolsillos hasta encontrar un formulario de Solicitud de Información del Departamento de Asesoramiento; echó un vistazo a sus apuntes—. Hay una tal Mandy Daley que se graduó hace dos años y marchó a Oberlin. Era una chelista; suponen que aún está serruchando en Ohio. La otra es mayor, de unos veintitantos años. Se llama Mandy Springer...

—Recuerdo que su nombre figuraba en alguna antigua lista de alumnos. Estoy bastante segura de que estaba en el curso de Ben.

—Asistía a mi curso de literatura americana. Según las actas del instituto, pensó seguir la carrera de higiene dental, pero nunca se presentó a la universidad. Al menos ninguna facultad solicitó una copia de su documentación. Su paradero es desconocido. No figura ningún Springer en el listín. Si no recuerdo mal, era una estudiante fea, tímida y apenas mediocre. No logro imaginarme a Richie complicado con una chica tal. ¿Y tú?

—En lo tocante a él, soy capaz de imaginarme cualquier cosa. Pero... no creo que deba perder el tiempo con estas Mandy. ¿Estaré cometiendo un gran error?

—No tengo ni idea, Rosie.

Cass giró la cabeza, examinando la puerta que conduce del garaje a la cocina. Me calmé diciéndome que no había llamado a la caballería; sólo la ponía nerviosa la posibilidad, por más remota que fuese, de que Theodore pudiera decidir dar una vuelta por el garaje para acariciar sus inyectores de gasolina.

—¿Qué hay de las otras Mandy? —inquirí.

Cass apoyó sus apuntes en el salpicadero.

—No hay otras...

—¿Ninguna?

—¿Me dejas acabar, por favor? Gracias. Hice muchas llamadas. Es curioso: la mayoría de las personas parecen convencidas de conocer alguna Amanda. Sin embargo, una vez que las apremias, son incapaces de nombrar alguna. Descubrí a —Cass recogió sus apuntes— una tal Amanda Huber, de unos sesenta años, que trabaja como planchadora en la tintorería Shore Dry Cleaners; una tal Amanda Chase, que tiene setenta y siete años y es un pilar del curso de redacción creativa de los jubilados; una tal Amanda Conti, que tiene trece años y es la campeona de salto de longitud del instituto. Ninguna Amanda abogada. Ninguna otra Mandy, hasta que finalmente me puse en contacto con Stephanie, hace alrededor de una hora.

—¿Dónde estaba?

—En un concurso auspiciado por su club de jardinería, en el cual los participantes exhibían centros de mesa que combinaban acebo, flores y hortalizas. Dijo que el concurso fue «divino», pero «divino» es su único adjetivo.

—Además de «repulsivo».

—Es verdad.

Cass, alguien que nunca derrochaba una caloría suplementaria salvo si la obligaban, se estaba poniendo nerviosa. Jugueteaba con las palancas de los indicadores y los limpiaparabrisas, eliminaba motas imaginarias de polvo de las tomas de aire y lustraba la radio y el portacassette con el puño de su jersey.

—¿Quién es Mandy? —pregunté.

Cass oprimió un pequeño botón, cambiando los números del cuenta kilómetros debajo del odómetro, hasta que apareció una hilera de ceros.

—Mandy Anderson. —No tuvo que consultar sus apuntes—. Una abogada especializada en quiebras de la edad de Stephanie. Se conocieron cuando Stephanie aún trabajaba en Johnston, Plumley y Whitbread.

—¿Mandy trabaja allí?

—No lo pregunté. Supongo que sí. Sin embargo, cuando Stephanie se despidió, no lograban verse por falta de tiempo. Para remediarlo, corrían juntas por las noches.

—¿Lo han hecho últimamente?

—No. Las quiebras son un negocio importante; esta tal Mandy ha estado trabajando hasta las once e incluso hasta medianoche. Stephanie dice que la mujer está «superestresada». Hace tiempo que no la ve.

—¿Dónde vive? —pregunté.

—Aquí, en la ciudad.

—Ya lo sé. ¿En qué parte?

—Lo siento —dijo Cass—, no lo pregunté.

Miró a través del espejo retrovisor, como si reflejara algún panorama maravilloso.

—Cass —dije, llamando su atención.

—Dice que Mandy es una persona encantadora. Mandy es lista. Mandy es un genio en leyes.

—¿Bonita?

—No según Stephanie —dijo Cass—; ahora que lo pienso, eso es un tanto extraño.

—Ya lo creo. Stephanie siempre está diciendo cuán bonito es todo el mundo.

—Es una de las desventajas de ser una belleza: se siente obligada a dotar de belleza a todas las mujeres feas. Así, la gente creerá que es benevolente y no se precia de sus encantos. ¿Puedes imaginarte sintiendo la obligación de probarles a otros que no te mofas secretamente de su aspecto?

—¿De modo que Mandy Anderson es muy fea?

—O tal vez Stephanie sencillamente la encuentre desagradable. Eso le permitiría ser exigente y poco generosa, como nosotras. ¿Por qué no debería desagradarle? ¿Cómo puede agradarte voluntariamente una persona que corre diez kilómetros a las nueve de la noche?

—Pero Stephanie corre por las noches y nos agrada —dije. Cass frunció los labios.

—Nos agrada de verdad.

—Supongo que sí —dijo Cass.

Recordaba algo, alguna cosa acerca de Mandy. Abrí las cremalleras de los bolsillos de mi chaleco de plumón y metí las manos.

—Mandy Anderson —reflexioné en voz alta.

—¡Cielos! —exclamó Cass—; casi lo olvido. En el listín de Shorehaven figuran diecisiete Anderson; deben de propagarse como roedores. Llamé a cada uno de ellos.

—¿Y bien?

—Ni una sola Mandy. Por supuesto que podría tener un número no registrado. O Anderson podría ser su nombre de soltera. Podría ser Anderson entre los insolventes y la señora J. Harcourt Goldfleigel aquí, en la ciudad. Nunca lo sabremos.

—Por supuesto que sí —dije, bajando del coche—, una vez que hable con Stephanie.

—¡No puedes regresar allí! —dijo Cass, bajando también—. Seguro que los policías que vigilan tu casa también vigilan la suya.

La puerta del garaje estaba abierta; más allá, todo era oscuridad.

—He llegado hasta aquí. ¿Cómo no hablar con Stephanie?

—Oh, Rosie, ¿no tienes miedo?

—Por supuesto que sí. He tenido miedo desde que tropecé con un objeto grande y abultado en el suelo de mi cocina y resultó ser mi marido. Desde entonces he vivido con mis cojones hechos un nudo. Pero cuando corres riesgos, vives con nudos.

Cass plegó las manos, las colocó debajo de su barbilla y reflexionó sobre mis palabras.

—Comprendo. Corriste un riesgo viniendo aquí.

Podría haberlo negado rotundamente, pero en cambio sólo dije:

—Uno pequeño.

—Tomaste una decisión sabia, aunque ahora no lo sepas. Escúchame, Rosie. Esta noche puede estar llena de peligros. Necesitas ayuda imperativamente.

—Me gustaría mantenerte al margen, dentro de lo posible.

Nos acercamos a la puerta abierta.

—No sé si encontraré un teléfono. ¿Cómo me pondré en contacto contigo?

—¿Recuerdas aquellos escalones que conducen a la entrada de mi sótano? Dejaré esa puerta abierta y le diré a Theodore... ¡Ah! Le diré que estoy padeciendo una regla espantosa. Será muy solícito, pero la mera idea de lo que él denomina «problemas femeninos» le inquieta, el muy majadero. Estará encantado de evitarme.

—Le quieres, sabes. Ése es tu sucio secretito, Cass. Por eso te quedas a su lado.

—Tonterías.

—Pero siempre hablas de él como del mentecato más grande del mundo.

—Lo es. Es la clase de hombre que no se extrañaría si una mujer sacrificase una manada de cabras a la diosa de la menstruación el día de la regla. Si me comporto de manera extraña, no prestará atención. Visitaré el sótano cada cuarto de hora hasta que se acueste. Después me quedaré allí abajo y te esperaré, tardes lo que tardes.

No hay nada tan oscuro y peligroso como un barrio de ricos sin iluminación callejera. Los adolescentes, tomando atajos a través de patios traseros, trepan verjas y caen dentro de piscinas invisibles de mármol negro. En los caminos mal pavimentados hay grietas, ensanchadas hasta convertirse en abismos —porque el asfalto nuevo es de arribistas— en las que caen los coches confiados. Los ladrones se desaniman, tanto por el temor a tropezar con un cerezo llorón tumbado y caer dentro de una alcantarilla abierta sin que los sorbedores de Chardonnay, sentados en casas a cientos de metros del camino, oigan sus chillidos, como por las patrullas policiales frecuentes. Cogí Hill Road, que conduce a la casa de los Tillotson, y choqué contra un buzón con forma de pato silvestre.

Miré hacia Gull's Haven. Una lámpara, en una de las ventanas de las habitaciones, difundía un brillo dorado. Si estuviera metida en una película, un violín de la banda sonora comenzaría a tocar *Hogar dulce hogar.* Pero la sensiblería podía resultar letal; si me imaginaba acariciando las mejillas barbudas de mis hijos o sentada delante de un fuego crepitante, compartiendo una fuente de palomitas y escuchando sus risas al recordar algún acto escolar espantoso que soportaron, me sentiría tan entusiasmada que no sobreviviría a la noche.

Cuando alcancé el extremo del camino particular de la casa de Stephanie, el viento amainó y una lechuza dejó de chillar durante el tiempo suficiente como para que el aire frío transmitiera los gritos de los polis desde Gull's Haven:

—¡Oye! ¿Jim? ¿eres tú? ¡cierra el pico!

Me desvié detrás de un grupo de siemprevivas y examiné el frente y los lados de la casa. Nada indicaba que el lugar estuviera vigilado; no escuché pasos, no vi haces de luz provenientes de una linterna destellando sobre el césped. El exterior de la inmensa mansión estilo Tudor, que absorbía tanto dinero, estaba iluminado por reflectores y parecía plano: una parte del escenario de una producción muy elaborada. Pero después olí aromas de cocina, algo dulce y parecido a las manzanas y la casa de Stephanie se dilató, adquiriendo dimensionalidad.

En el interior, sólo estaban encendidas las luces de la planta baja. Avancé entre los abetos, para intentar ocultarme después tras un grupo de delgados abedules blancos. Cuando alcancé a ver una parte mayor de la casa, vi el invernadero de Stephanie. ¿Cómo podría dejar de hacerlo? Estaba tan brillantemente iluminado que podría haber sido un pabellón para que bailase Cenicienta. El cristal centelleaba como los diamantes, las luces de cultivo lanzaban destellos de color refractado. Stephanie se hallaba delante de su fregadero, enfundada en su mono de jardinería de dril, levantando un tiesto y recortando las raíces vellosas.

Me acerqué, dejando atrás a mi paso los tiestos de arcilla repletos de los plantados otoñales de Stephanie: coles ornamentales verdes y violetas y crisantemos púrpuras trepadores. En primer lugar, me dije, una mujer que cultiva cosas verdes, asa, cocina, invita a los niños de dos años del vecindario a sesiones de pintura manual y trabaja para la mejora de las aguas subterráneas, es una buena persona. Me creerá. Me ayudará.

Pero por otra parte, yo había raptado a su marido, amenazándolo con una pistola. Podría no estar encantada de que recurriera a ella ahora que estaba en apuros.

Me acerqué a la puerta del invernadero arrastrándome sobre las manos y las rodillas. El césped estaba seco y erizado, pero el sendero estaba aplanado por cientos de recorridos hasta el jardín. Me enderecé y estiré la mano para coger el picaporte de la puerta de madera. Un sólo «clic» del pestillo fue suficiente. Stephanie dio un brinco, como si hubiera sonado una alarma. Me replegué, aplastada contra el suelo, en una posición perpendicular con respecto al sendero, con la cabeza alejada unos metros de la puerta.

Los zuecos de jardinero de Stephanie se me acercaron. Cuando la puerta se abrió, levanté la cabeza unos centímetros. Ella echó un vistazo en derredor y hacia abajo, pero no pudo verme.

—¿Rosie? —susurró.

El sol artificial de las luces del invernadero, que iluminaban su rostro perfectamente ovalado, no revelaron ni una sola imperfección; al lado de su cutis, la porcelana parecería rugosa. Era una cara dulce, además de hermosa; si no me equivocaba, parecía más preocupada por mí que por ella misma.

—¿Hola? ¿Rosie, estás ahí?

Por otra parte, si me consideraba una amenaza, tenía un par

de herramientas de jardín en su mono que podrían mutilarme sin dificultades. Yo tenía la pistola de juguete con la que le apunté a su marido.

Me acuclillé, lista para dar un brinco y saludarla. ¡Ja, la ventaja de la sorpresa! Sin embargo, si has pasado el último año siendo una profesora de inglés de cuarenta y siete años, brincar repentinamente desde una posición acuclillada es más un concepto intelectual que un hecho real. Cuando apoyé las manos en las rodillas y empujé, Stephanie estaba a mi lado, ayudándome a ponerme de pie.

—¿Te encuentras bien? —preguntó.

Medía un metro setenta y era una atleta. Un plantador para bulbos, afilado y siniestro, asomaba de uno de sus bolsillos, apuntando directamente a mi garganta.

—Estupendamente —dije, apartándome.

—¿Qué ocurre?

—Nada. No quiero quedarme delante de la puerta, si no te importa. Está tan iluminada que los polis me verían a muchos kilómetros de distancia.

Me limpié el chándal con una mano. Con la otra busqué la pistola; aún estaba en mi bolsillo.

—Entonces entremos en casa. Estoy haciendo un *dartois aux pommes.* Milhojas con manzana, salsa de manzana...

—¡Por el amor de Dios, Stephanie!

—¿Puedes creerlo? —dijo, golpeándose la frente con la mano—; no sé qué estoy pensando. Debes de estar helada. Lo siento. Olvida el *dartois.* ¿Qué te parecería un armagnac? Entra.

Yo me sentía a gusto, enfundada en un chándal, chaleco, guantes, calcetines gruesos y un par de zapatos deportivos nuevos. Ella sólo llevaba un mono y un polo de algodón.

—¿Cómo puedo ayudarte?

—Estoy bien. No tengo mucho tiempo.

Eché un vistazo a la casa. Si la policía estaba dentro, no desplegarían gallardetes de papel crepé ni inflarían globos para darme la bienvenida; estarían ocultos. Sin embargo, Stephanie no había dirigido la mirada en aquella dirección, como tal vez haría, si supiera que había ayuda a pocos metros de distancia. Tampoco había demostrado temerme: no lanzó un grito del tipo heroína-atada-a-las-vías-del-tren cuando me descubrió.

—Quedémonos aquí y hablemos —dije.

—Claro. Sólo déjame coger mi chaqueta. —Observó mi reparo antes de que lo manifestara—. Verás, Rosie. Sé que debes estar supernerviosa. Mi chaqueta está colgada en el invernadero, encima de aquella pobre magnolia muerta. ¿La ves? Sólo tardaré un minuto en cogerla.

Mientras yo titubeaba, ella cruzó los brazos, abrazándose.

—No tiene importancia —dijo—, sobreviviré.

—Stephanie, lamento lo que le hice a Carter.

Ella asintió pero desvió la mirada. No es fácil encontrar una respuesta socialmente aceptable, frente a una amiga que acaba de disculparse por apuntarle a tu marido con una pistola.

—Supongo que estabas muy presionada —dijo finalmente.

—Lo estaba.

Su generosidad cedió paso a un cierto malhumor, aunque no la culpaba.

—¿Dónde demonios conseguiste la pistola?

—Me la dio uno de mis antiguos alumnos, que ahora se dedica al crimen —mentí.

Stephanie me llevaba cinco centímetros y ahora miraba hacia abajo, la viva imagen de la severidad.

—¿Conoces las estadísticas del número de muertes accidentales producidas cada año por las armas de fuego sin permiso?

—Yo ya tengo la mía. Salvo que no la produjo una pistola. Y no fue un accidente.

—¿Fuiste tú, Rosie? —preguntó Stephanie, con un temblor tan intenso que parecía un espasmo.

El viento casi borró sus palabras.

—¡No!

Cálmate, me advertí a mí misma. Está aterrorizada. No quieres que corra o que llame a los polis. La necesitas.

Crees que la necesitas. ¿Pero, y si Jessica estaba equivocada? ¿Y si Jessica fuera la asesina y todo el cuento que le relató a Tom era una ficción? ¿Y si hubiera seguido la pista errónea y la respuesta estuviera en la ciudad?

—¿Tienes alguna idea acerca de quién lo hizo? —la voz de Stephanie aún denotaba temor.

—Háblame de tu amiga Mandy.

—¿Por qué todo el mundo me pregunta por Mandy? —inquirió Stephanie.

Noté que aún se estremecía. Cruzó los brazos, apretando con tanta intensidad que la presión casi hizo caer el plantador de bulbos de su bolsillo.

—¿Quién es «todo el mundo»? —pregunté.

—Tú y Cass. ¿Por qué queréis que os hable de ella?

—Richie tenía una aventura con ella, justo antes de Jessica.

—¿Qué? ¿Con Mandy? No me lo creo.

—Mandy Anderson —dije.

—Ése es su nombre, pero... es imposible, Rosie. Es imposible. En primer lugar, es superfea. No es una fea interesante. Tiene muy buen tipo pero sus dientes están torcidos, tiene un cutis repulsivo con poros enormes. Y la nariz más difícil de arreglar del mundo. Carter dice que parece un cerdito. —Estaba a punto de reírse ante esta muestra de humor rinoplástico pero se detuvo cuando observó mi expresión—. Lo siento. Quiero decir que siento haber hecho ese comentario pero también por todo lo que has sufrido. ¿Conoces aquellos índices de estrés, en los que califican las experiencias traumáticas de uno a diez? El tuyo sería...

—Es incalculable —interrumpí—. ¿Cómo es Mandy?

—Es muy simpática. Me gusta mucho. Es lista. Acaba de convertirse en asociada de su empresa y también tiene negocios propios. Me encantan las mujeres con éxito.

—¿Alguna vez mencionó a Richie?

—No. Por supuesto que no. Dudo que le conociera. Me refiero a que siempre está trabajando. La ley ocupa toda su vida. No participa en las actividades comunitarias; se mudaron aquí hace sólo un año.

—¿Trabaja en la empresa en la que trabajabas tú?

—No.

—¿En cuál?

—En una gran empresa de Wall Street.

—¿Cuál?

—Kendrick, McDonald.

—¿Está casada?

—Rosie, tal vez Richie y yo nunca intimamos demasiado.

Cuando me dijiste que se había enamorado de otra persona, que te abandonaba, creí desmayarme. ¿Richie Meyers? Pero sí le conocía lo bastante bien como para saber que nunca, ni en un millón de años...

—Stephanie, Richard Meyers era un hombre lleno de sorpresas. Por favor, limítate a contestar mis preguntas.

Ella asintió.

—¿Cuál es la situación matrimonial de Mandy?

—Está casada con un abogado especializado en impuestos.

—¿Cómo se llama?

—Jim. Casi no le conozco. Me refiero a que la mayor parte del tiempo que pasé con Mandy fue en la Asociación Legal Femenina y corriendo.

El viento desordenaba el cabello de Stephanie; lo peinó con la mano y naturalmente volvió a su lugar. La perfección. Sin embargo, era tan perfecta que parecía moldeada en plástico blanquirrosa, no hecha de carne.

—Jim es mucho más guapo que ella —añadió.

—¿Tiene hijos?

—Todavía no. Sólo tiene treinta y dos años. Quería esperar hasta convertirse en asociada para quedar embarazada, pero con lo mucho que trabaja, no querrá ocuparse de un bebé por el momento.

—¿Dónde vive?

—Déjame pensar —dijo Stephanie, inspirando profundamente.

Aguardé. ¿Por qué tardaba tanto? ¡Vamos!

—Siempre nos encontramos aquí, conque intento recordar. Oh, en Shorehaven Acres, en la calle Crabapple.

—¿Sabes el número?

—Es una casa de pisos en desnivel —dijo, sacudiendo la cabeza—, está en la segunda manzana, yendo desde aquí, creo que es la tercera o la cuarta casa de la izquierda, pero no estoy segura. —Repentinamente, me cogió del brazo—. Rosie, no hagas nada imprudente.

—No haré nada que no sea necesario. Cuéntame cómo conoció Carter a Jessica Stevenson.

—¿Qué? —preguntó Stephanie, desconcertada por el rápido cambio del tema y la mención del nombre de su marido. Giró la cabeza, como si buscara a alguien que tuviera la respuesta—. Rosie, te juro que cuando Richie te abandonó y me hablaste de Jessica, te juro —dijo, levantando la mano derecha—, que ni siquiera sabía que Carter la conocía. Tienes que creerme.

No era así, pero en realidad, tampoco descreía de ella.

—Trabajaba en el mismo banco inversor que uno de sus pacientes. Un hombre. Carter había operado sus ojos y su papada. Sea como sea, ella estaba en un cóctel que este hombre celebró. Le habló a Carter de su trabajo, que consistía en ayudar a empresas pequeñas a adquirir capital y ampliarse. Sonaba ideal para Richie, de modo que Carter los presentó. Eso es todo.

—¿Tuvo una aventura con Carter?

—¡No! —La negativa de Stephanie demostró un brío mucho mayor del habitual—. ¡Absolutamente no! —Así que en realidad sí estaba al tanto de la aventura entre Carter y Jessica—. Después de que comenzara a trabajar en Data Asociados, sólo la veía cuando él se encontraba con Richie en su despacho, antes de ir a ver un partido de los Knicks o algo así.

No quería humillarla obligándola a reconocer la aventura de Carter, de manera que no hablé inmediatamente.

—¿Carter sintió desazón cuando se enteró de lo de Richie y Jessica?

—Pues, supongo que sí. Sí. Ya sabes, desazonado por ti, desazonado porque Richie abandonó su matrimonio.

—¿Qué dijo, exactamente?

—Nada. Ya sabes, el viejo Carter Tillotson, nuestro hombre de pocas palabras. —Estaba atolondrada, casi reía—. Dijo «Es una condenada lástima» o algo así. —De pronto aferró mi chaleco y me atrajo hacia sí—. ¡Entremos, Rosie! Vamos, antes de que mi *dartois* se queme por completo. —La cogí de la muñeca, apartando su mano con violencia—. Lo siento —se disculpó—, no tiene importancia. Sólo quiero ayudarte. Aquí fuera hace tanto frío. Debe de ser terrible para ti. Y...

—¿Y qué?

—Tengo tanto miedo de que te cojan, Rosie... —sus ojos brillantes se volvieron aún más brillantes—. ¡Tengo una idea! Puedes instalarte en la *suite* de Gunnar e Inger, en la planta baja, justo detrás de la sala de Nintendo de Astor. ¡Es perfecto! Está alejado. ¡Carter no regresará hasta las once y, si entras ahora, no sabrá que estás allí! Es realmente bonita; la decoré completamente en algodón color azul. Podrás descansar. Yo prepararé la cena y después haremos un plan.

Volvió a tender la mano, esta vez sin aferrarme, sólo implorándome con la mano tendida y abierta. Pero tenía demasiadas cosas que hacer y, con la pizza de tres quesos con pimientos aún en mi estómago, no soportaba la idea de Stephanie revoloteando a mi alrededor, sonriendo a la expectativa con su boca hermosísima, esperando que alabase su *dartois*. También sentía renuencia a entrar con ella; no la consideraba lo bastante fría como para ocultarle un secreto a Carter.

—Rosie —dijo, tendiendo la otra mano también: un gesto magnánimo, que implicaba que deseaba cuidar de mí.

—De acuerdo —accedí finalmente—; coge tu chaqueta y daremos un paseo alrededor de la casa. No es que desconfíe de ti, Stephanie, pero debo asegurarme de que no hay polis deambulando por ahí. Para mi propia tranquilidad mental.

—Lo comprendo. Por favor, no te disculpes —dijo, entrando apresuradamente en el invernadero.

¿Realmente me había perdonado por lo que le hice a Carter? ¿Realmente podría ser tan comprensiva? ¿O me arroparía dentro de una cama tapizada de azul y llamaría a los polis?

Volví a internarme en el bosque como una salvaje.

Había reconocido mi temor permanente ante Cass. Es cierto que, durante algunas horas en el motel del aeropuerto, con los brazos de Tom rodeándome, el miedo había disminuido, pero en su lugar apareció el pavor ante la inevitable reanudación de la búsqueda; también el dolor, porque la pequeña habitación que, en mi imaginación, mantuve preparada para Tom durante todos aquellos años, sólo se utilizaría para una aventura de una sola noche.

Sin embargo, en el espacio de tiempo que tardé en alejarme de Stephanie al galope, corriendo a trompicones por la linde del bosque detrás de una densa hilera de árboles, emergiendo para recorrer otro kilómetro al trote, alejándome de la urbanización y acercarme a la casa de Madeline en Shorehaven Gardens, había perdido el miedo.

¿Por qué? ¿Cómo? Pues la única explicación que se me ocurre es una analogía de una batalla. Es medianoche. Un soldado en la trinchera sabe que el bombardeo no cesará. Sabe que morirá antes del amanecer. Una vez aceptada esa premisa y aceptando que, por alguna gracia, aún seguía con vida, lanza la cabeza hacia atrás para observar la noche estrellada, mareada y agradecida. ¡Oye, Dios! ¡Estoy viva! En ese momento, reconoce que sólo juega un papel minúsculo a la hora de determinar su propio destino. Pero qué diablos, hasta ahora, Dios la ha acompañado. Sin embargo, falta mucho para el amanecer. Sabe todas las cosas terribles que podrían ocurrirle entre el ahora y el amanecer. ¿Qué hará? ¿Se rendirá? ¿Se suicidará? ¡Ya está soldado! Sólo tiene una opción. Durante un segundo, es capaz de una plegaria en forma de una gran sonrisa. Después coge su arma y sigue luchando. Tal vez viva. Tal vez muera. Pero al menos, a lo largo de toda la noche, no siente temor.

Madeline y Myron Michael Berkowitz, doctor en estomatología, construyeron una casa en la que podría haber vivido Anne Hathaway, si se hubiera divorciado de Shakespeare, obtenido una pensión y mudado a Long Island. Tenía vigas cruzadas, ventanas emplomadas y un techo de bálago sintético, conforme con las reglas contra incendios del condado de Nassau. Cuando Myron partió, puso la casa a nombre de ella. Al año siguiente, el mercado inmobiliario se redujo hasta alcanzar un nivel insignificante. Vinieron a verla un par de compradores, pero parecía que sólo los Berkowitz quisieron definir la buena vida así: habitando una casita de campo inglesa con una bañera de agua caliente incrustada en el suelo en la parte posterior. Madeline estaba atrapada.

Y yo también. Intenté pensar en una manera imaginativa de acercarme a ella a hurtadillas, pero me estaba resfriando y tuve que hacer un gran esfuerzo para dejar de alertarla con un estruendoso «¡Atchís!». Al final, me limité a remontar el sendero hasta la puerta principal y tocar el timbre.

—¿Quién es? —exclamó Madeline a través del interfono, como yo esperaba que hiciera.

No era muy tarde, pero tenía la voz pastosa de sueño. Había interfonos por toda la casa; durante los últimos años de su matrimonio, ella y Myron sólo hablaban entre ellos con amabilidad desde habitaciones diferentes.

—Soy Cassandra —dije.

No hubo respuesta, de modo que añadí con la pronunciación erudita precisa de Cass

—Traigo noticias de Rosie.

Cuando Madeline abrió la puerta, incluso antes de darse cuenta de quién era yo, vio inmediatamente que era una persona blanca, no la persona negra que ella esperaba ver y comenzó a gritar, subiendo y bajando la escala musical «¡Aaaaaaaaaa!», mientras intentaba cerrar la puerta. Después gritó «Rosie» y casi se desmayó; dejó de chillar, su cuerpo se derrumbó y yo entré en la casa a empellones. Se recobró con demasiada rapidez.

—¡Aaaaaaa!

Su cabello gris, desordenado por la almohada, estaba erizado, de modo que parecía llevar un casco. Su caftán, una tienda de terciopelo color verde botella, sobrante de sus días de anfitriona, estaba arrugado por haber dormido envuelta en él.

—Aaaaa...

—Por el amor de Dios, Madeline. ¡Contrólate! —golpeé la puerta detrás de mí.

—¡La policía está en el piso de arriba!

—No, no está.

Probablemente aquél no fuera el comentario más inteligente que pude hacer. Su cara, brillante por la crema de noche, se volvió fláccida. Sus ojos se llenaron de lágrimas, reconociendo su muerte inminente. Sólo logró decir:

—Por favor...

—Cálmate, Madeline. Si yo fuese una maníaca homicida, ya estarías muerta.

—¿Muerta? —lloriqueó.

Retrocedió, tropezando con la silla de montar situada entre el vestíbulo y el cuarto de baño de huéspedes. La cogí para que no cayera. Intentó golpearme la nariz, pero como había perdido el equilibrio, golpeó el aire. Apenas estuvo apoyada sobre ambos pies, la solté y retrocedí hacia el vestíbulo.

—Tengo que hablar contigo, Madeline.

—Compré una lata de Mace —masculló, más para sus adentros que dirigiéndose a mí—; me contaron lo que le hiciste a Carter.

—¿Dónde está?

—¿Dónde está qué?

—El Mace.

—¿Crees que te lo diría?

Probablemente estaría arriba, en su mesita de noche.

—Tú y yo no necesitamos Mace.

—Por supuesto que no —dijo, riendo con una risa irónica de poeta.

—Yo no maté a Richie, Madeline.

—Bien.

Retrocedió hasta chocar con el lavabo; tenía forma de almeja apoyada sobre un pedestal.

—Piensa, Madeline. Si fuera culpable, ¿no hubiera seguido corriendo hasta ponerme a salvo? ¿Por qué demonios me habría quedado, intentando descubrir quién lo hizo?

Aquello la desconcertó, pero sólo por un instante.

—Intentabas descubrir una manera de achacárselo a otro, Rosie.

—¿Cómo, cuando todos los indicios me señalan?

O bien estaba siendo extremadamente cautelosa o la charla la había cansado. Apoyó la cadera contra el lavabo. Respiraba con rapidez. No se le ocurría una respuesta.

—Antes de que Richie se liara con Jessica, tuvo otra aventura.

—¿Oh? —preguntó con sarcasmo—; ¿te sorprende?

—Me sorprendió. Supongo que a ti, no.

No parecía un momento propicio para sugerir que estereotipar a los hombres era injusto.

—La aventura que tuvo antes de Jessica fue con una mujer llamada Mandy.

Madeline se llevó la mano a la mejilla. Sintiendo la grasa de su crema hidratante, arrancó un metro de papel higiénico y se limpió la cara.

—¿Conoces a alguna Mandy? —Madeline sacudió la cabeza—; la que solía correr por las noches con Stephanie.

—Nunca la conocí.

—¿Sabes alguna cosa acerca de ella?

—Stephanie dice que es una gran abogada. Y que tiene una cintura que mide sesenta centímetros. Apuesto a que Jessica es aún más portentosa que esta tal Mandy. Pero ambas son del mismo tipo, ¿verdad?

Su aprensión se desvanecía; su antigua y conocida ira comenzaba a surgir.

—Iguales como dos gotas de agua. Seguras de sí mismas. De las que se aprovecharon del movimiento feminista pero jamás pagaron su contribución. Jóvenes. Blancas-anglosajonas-protestantes. Arrogantes.

En aquel preciso instante, recordé algo que Hojo le había dicho a Tom. Había estado hablando de Richie. ¿Richie y quién más? ¿Mandy? Algo acerca de Mandy. No, algo relativo a Richie y Jessica: «le encantaban protestantes y bien educadas...».

—Oh —añadió Madeline—, hay una cosa más: Stephanie dice que Mandy es la mujer más exageradamente sensual que haya conocido jamás.

20

Abandoné la casa de Madeline con un puñado de pañuelos de papel y muchas dudas. ¿Debería recuperar el Cadillac y salir zumbando hacia Shorehaven Acres para encontrar a Mandy? ¿Regresar y enfrentarme a Stephanie? Había estado al tanto de la aventura de Carter con Jessica y no había confiado en mí. De acuerdo. ¿Podría también haber estado al tanto del asunto entre Richie y Mandy? Los paseos largos en noches oscuras generan confidencias; ¿sería posible que su compinche abogada Mandy hubiera sido tan discreta con respecto a su aventura con el vecino de al lado de Stephanie?

Debería estar en la cama, releyendo *Bleak House* y bebiendo limonada caliente a sorbitos. Tenía los senos obstruidos, la garganta lijada por una lima de uñas, los ojos llorosos y, sinceramente, estaba harta de heroísmos. Me soné, intentando no graznar, moví la mandíbula hacia delante un par de veces para destapar esos tubos que van desde el oído a la garganta y me acerqué furtivamente al cobertizo de las herramientas de Madeline.

La base antideslizante del felpudo de goma produjo un chasquido asqueroso: el sonido de cientos de chupetes arrancados de las bocas de bebés. La llave estaba ahí, exactamente como lo recordaba. Me abrí paso dentro de la oscuridad repleta de telarañas del cobertizo, decidida a no pensar en criaturas reptantes nocturnas ni arañas de patas peludas. Finalmente localicé las bicicletas de la familia Berkowitz. Apreté un neumático tras otro, al igual que un ama de casa examinando melones. Robé lo que resultó ser una *mountain bike* y salí pedaleando en la oscuridad.

El regreso hasta la casa de Stephanie no fue una cosa fácil, obviamente; no había montado en bicicleta desde el segundo año en el instituto James Madison, cuando estacioné mi amada Schwinn durante un instante para comprar *pumpernickel* para mi madre y un camión la aplastó. Con la cabeza baja, pedaleando como loca, probablemente parecía la señorita Gulch en *El Mago de Oz*. Tampoco era fácil navegar por encima de baches e irregularidades, en la oscuridad y con una nariz goteante. Al menos no iba cuesta abajo, donde podría tambalearme, perder el control, volar a través de la noche y aterrizar en el arroyuelo decorativo, estilo judeo-japonés —sauce/roca/musgo/puente de madera— de alguien y ahogarme. Mi Schwinn no tenía marchas, pero una vez que descubrí cómo funcionaban las de la *mountain bike*, alcancé la cima en unos noventa segundos.

¡Polis! El sitio estaba atestado de polis. Stephanie debe haberles llamado desde el invernadero, inmediatamente después de mi huida. Arrastré la bici hasta el bosque, la apoyé contra un árbol y examiné la entrada a Emerald Point, cincuenta metros más abajo. La policía no anunciaba su presencia. Es decir que no se oía ni un solo ulular de sirenas. Sin embargo, a cada lado de los altos pilares de entrada, había la suficiente cantidad de coches patrulla destellando diseños histéricos rojos y blancos como para el desenlace de una película de Harry *El Sucio*. Ya sea por astucia o por desorganización, otros tres vehículos oficiales pasaron a mi lado con la velocidad suficiente como para desparramar las hojas. Los coches penetraron a través del abierto portal de hierro de los Tillotson con los frenos chirriando.

Abajo, sobre el camino, unos polis provistos de *walkie-talkies* paseaban de un lado a otro, y se volvían de vez en cuando para escudriñar la oscuridad. Los polis sin *walkie-talkies*, despojados, miraban a sus compañeros. Al otro lado de la calle se aglomeraban los vecinos, vestidos con suficientes equipos L. L. Bean y Eddie Bauer como para una expedición al Polo. Pronto el ama de llaves de alguno repartiría sidra caliente y donuts.

Clavé la mirada colina abajo: dos hombres corrían hacia los polis. ¿Alex y Ben? ¡Sí! Corrían velozmente, más allá del sitio entre nuestra casa y la de los Tillotson, donde Richie había estacionado su Lamborghini por última vez. Ben, el musculoso atleta universitario, quedó atrás. Alex, más pequeño y ágil, con los cabellos largos volando tras él, sobrepasó a su hermano y finalmente se detuvo, iluminado por la luz deslumbrante de la policía. ¡Estaban tan cerca! ¡Dos segundos más y podría tocarles! Por supuesto que, en dos segundos y con todos aquellos polis de gatillo fácil, podría convertirme en un colador humano.

Mandy. Tenía que concentrarme en Mandy. ¿Qué era lo que había oído con respecto a ella? Dejé la bici en el suelo, arrojé algunas hojas y ramas de siempreviva encima del manillar brillante y atravesé el bosque, alejándome de mis muchachos y de los Tillotson. Algo acerca de Mandy... ¿Se trataba de algo dicho por Stephanie? Sea lo que fuera, no encajaba con la verdad. ¿Por qué no? Porque contradecía alguna cosa dicha por Tom acerca de Mandy y, cualquier cosa que Tom dijera, era la verdad, *ipso facto*.

Ahora avanzaba más lentamente, porque debía mantenerme dentro del bosque. Aunque era necesario que regresara a casa de Cass, no podía arriesgarme a caminar por la calle y quedar atrapada por los faros altos de un coche de la policía. Sentía que unas manos malévolas me oprimían el pecho y la espalda, expulsando lo que quedaba de mi aliento. Asfixiada, me senté sobre un árbol caído. La corteza muerta se enganchaba al algodón grueso de mi chándal. Tómalo con calma, me regañé. Obtendrás la respuesta si te relajas. Sólo tienes que plantear la pregunta.

De acuerdo: ¿qué había dicho Tom acerca de Mandy?

El cerebro es un instrumento imperfecto. Lo que recordé no fueron un par de oraciones reveladoras y encomilladas, sino quedarme dormida entre los brazos de Tom, con una de sus largas piernas apoyadas sobre mi cadera. Una información reconfortante, si bien no pertinente, precisamente. Una vez más: ¿de qué me informó Tom Driscoll, relativo a Mandy Anderson? ¿Había escuchado algún comentario de Hojo acerca de Mandy? ¿La habían nombrado en alguna conversación, escuchada casualmente? ¿Sería posible que se la hubiera encontrado en algún sitio accidentalmente? ¡Maldita sea! ¿Sería éste mi destino: que la célula cerebral específica que contenía el trocito de información imprescindible para mi reivindicación, muriera de vejez treinta años antes que el resto de mi persona?

De pronto dije: ¡caramba! ¡doblemente caramba! ¡lo recordé! Y volé a través de los árboles hacia la casa de Cass, más velozmente que nadie.

—Stephanie nos dijo a cada una de nosotras cuán desagradable era Mandy, ¿correcto?

—Correcto —asintió Cass.

Ambas apoyamos los pies encima de los asientos que teníamos delante de un modo simultáneo. Cuando los chicos de los Higbee eran jóvenes, años antes de que se marcharan a la escuela, Cass y Theodore habían convertido la parte trasera del sótano en un teatro, con un escenario elevado, oculto detrás de una cortina de ducha de color azul, además de tres hileras de bancos para el público.

—De acuerdo —comencé a decir—; si la tal Mandy tiene poros gigantes y hocico, intenta comprender lo siguiente: cuando Tom habló con su esposa...

—¿Tom qué?

—Tom Driscoll, el Tom del instituto, ¿recuerdas? El Tom que es un cliente importante de Richie.

—¿Tom, el de los pies veloces y los dedos largos, con ojos como dos estanques oscuros? —preguntó Cass.

La bendición, y la maldición, de relatarle confidencias relativas a tu pasado a tu mejor amiga es que recuerda lo que le dices.

—Oh, déjalo ya.

—¿Cómo sabes lo que Tom le dijo a su esposa?

—Porque estaba escuchando por el otro teléfono, ya te hablaré de ello más tarde, si es que hay un más tarde. En todo caso, este año, lo más probable es que fuera en febrero o marzo, antes de Jessica, la esposa de Tom organizó una cena en un restaurante con Richie. Le dijo a Tom que serían cuatro y, como probablemente se asignan tres coma dos horas de relaciones sociales por mes y él aún estaba en deuda con ella, aceptó. ¿Pero adivina a quién esperaba ver y que no apareció... porque no la invitaron? ¿Adivina a quién llevó Richie a aquella cena en mi lugar?

—¡Qué hombre tan repugnante! ¿Llevó un apaño?

—Sí, y te diré quién era: era la mujer que ocupó aquel intervalo en la vida de Richie. Tom dijo que parecía loca por Richie.

Bien, llamémosla Mandy porque, justo en ese lapso, cuando Loca Por Richie se atiborraba de caviar junto a él y los Driscoll por las noches, alguien llamada Mandy telefoneaba a su despacho por las mañanas y solicitaba que la comunicasen con él y lo solicitaba con la suficiente falta de discreción como para que la secretaria de Richie se diera cuenta de que Richie se estaba echando un polvo con otra.

—Eso es una grosería.

—Pero es una grosería precisa. Y además, la presencia de Mandy Anderson tiene sentido dentro de este contexto. Su aparición coincide con la época en la que Richie comenzó a regresar a casa temprano. ¿Recuerdas lo ocurrido hace ocho o nueve meses, cuando me convencí a mí misma de que estábamos atravesando aquella fase de: «¡Envejece junto a mí! / Aún falta lo mejor»?

—Lo recuerdo. También me convenciste a mí.

—La razón por la que Richie lograba regresar tan temprano era porque su amante, su Mandy, vivía aquí mismo, en la ciudad. Ella no podía pasarse la noche en la cama porque debía regresar a casa con su marido.

—Y entonces, ¿qué ocurrió aquella noche en la que cenó *à quatre*? —preguntó Cass—; ¿aquello no constituía un regodeo de toda una noche?

—Alguna salida nocturna ocasional no le parecería sospechosa a ningún marido, especialmente no al de una mujer emancipada.

Cass observó la máscara trágica que sus chicos habían pintado a un lado del arco del proscenio: su mueca igual a una «U» invertida carecía de cualquier ambigüedad.

—No estoy segura.

—Pues déjame convencerte. Al principio, lo único que Tom recordaba acerca de aquella noche fue lo incómodo que se sintió, cuán vulgar había sido Richie al traer a su amante; la misma reacción de repugnancia que tuviste tú. Pero también logró recordar algo más: era una mujer bonita.

Cass cerró la boca antes de que su mandíbula cayera por completo.

—¡Y Mandy no lo es!

—¡Correcto! Y antes de que Tom y Hojo alcanzaran su nivel

habitual de desprecio mutuo y se colgaran el uno al otro el teléfono, ella hizo un par de comentarios interesantes. Uno: que ésta era la primera aventura amorosa verdadera de Richie, no sólo una relación sexual. O bien que, si no se trataba del verdadero amor, era un facsímil razonable, un ensayo para lo verdadero.

—¿Y Jessica era lo verdadero?

—Sí —concedí.

De acuerdo, aún dolía un poco. Pero tal vez, con el tiempo, vería mis años junto a Richie como un error prolongado. Bien, al menos emergí de mi matrimonio con dos chicos que amo, una gran carrera y un descapotable rojo. A algunas les ha ido peor. Y si tuviera la suerte suficiente como para tener un futuro, no necesitaría dar cumplida satisfacción por nada.

—Pero aunque esa señora de la cena no era lo verdadero —proseguí— tampoco era una cualquiera. Hojo dijo que era más que presentable. Y una cosa más: era bien educada y protestante.

—No puedo hablar de su educación o de la carencia de ésta —comentó Cass—, no obstante, el nombre Mandy Anderson no suena a lituano, ¿por qué la mujer de aquella cena no podría ser Mandy?

—Porque la cara de Mandy es como la de un cerdito. La tipa con la que cenó Tom era bonita. *Ergo,* o bien Tom tiene mal gusto con respecto a las mujeres, o la tipa de la cena no era Mandy, o... —aguardé a que Cass me alcanzara.

—¡O Stephanie miente! Mandy es bonita.

—¡Correcto! Cass, sabes que el mayor deseo de Stephanie es un universo perfecto. Casas hermosas. Alimentos bellamente dispuestos, jardines exquisitos y parejas deslumbrantes que se adoran. El asunto de Carter y Jessica le debe haber partido el corazón pero ¿acaso se soltó el pelo y confió en mí?

—No.

—¿Por qué no? —pregunté.

—Porque era desagradable. ¡Sí, eso tiene sentido! Su vida consiste en negar lo desagradable. También es la tarea vital de su marido: una cruzada en contra de la realidad, la creación de lo que él considera la belleza.

—Stephanie haría cualquier cosa para evitar una complicación desagradable. ¿De modo que cómo iba a decirme que mi marido tenía una aventura con alguna otra, además de con Jessica? Pero una vez que supo que yo lo había descubierto, hizo lo que ella creyó que era amable: convirtió a Mandy en fea. Jessica es joven y bonita y Stephanie no quería que me sintiera como un vejestorio a la que abandonaron dos veces por una tipa guapa, inteligente y treintañera. Me protegió.

Me puse de pie y estiré las piernas. Era difícil de saber, a causa del chándal abolsado, pero estaba convencida de que mis muslos estaban más delgados que la semana anterior. Fui hasta el teléfono de pared, marqué el número de Información de Manhattan y obtuve el número de Kendrick, McDonald.

—Se supone que aquellos grandes despachos de abogados de Wall Street explotan a los empleados —le dije a Cass—; veamos hasta qué hora permanecen abiertos.

Ese lugar de explotación no contestaba.

—¡Cassandra!

La voz de Theodore sonó como una explosión. Busqué desesperadamente un sitio para ocultarme. No había una puerta por la cual escabullirse; la cortina de delante del escenario era traslúcida; el escenario no tenía bambalinas.

—¡Te he preparado un chocolate, Cassandra! —exclamó.

—Ahora mismo subiré.

—¡Dios mío! —exclamó Theodore.

Nos giramos velozmente y allí estaba, al pie de las escaleras del sótano, mirando alternativamente a Cass y a mí, como si presenciara algún debate escandaloso. Antes de que pudiera pensar qué hacer, él se abalanzó a través de la habitación. Yo intenté huir, pero me aferró los brazos y me los colocó detrás de la espalda: una toma de judo rudimentaria pero eficaz.

—¡No intentes luchar! —exclamó—, yo la sujetaré. Llama a la policía —le dijo a Cass.

Theodore era delgado pero ¡caray, qué fuerza tenía! Intenté recordar todos los artículos sobre defensa personal que había leído en revistas pero, como se hallaba a mis espaldas, protegido por el banco sobre el cual estuve sentada, no podía propinarle una patada en el escroto.

—¡Suéltame! —rugí; me estaba haciendo verdadero daño—; Theodore, déjame que te lo explique.

—¡Cassandra! —gritó—, ¡muévete! ¡telefonea!

—Suéltala —dijo Cass tranquilamente.

—¿Qué? —preguntó, sin comprender.

—Suéltala. —Sus pulgares se clavaban en los puntos de presión encima de mis codos—. Rosie y yo tenemos planes para esta noche.

—¿Has perdido la razón? —preguntó, apretando aún más—, ¿la has perdido?

—¡Ay! —dije.

—No he perdido la razón. Rosie es inocente. Le ayudaré a probarlo.

Theodore pasó al otro lado del banco, supongo que para conducirme hasta las escaleras. Levanté un pie para pisarle el empeine; podría escapar mientras él se retorcía de dolor. Pero fallé.

—No le ayudarás —dijo—, no es inocente. Mira lo que le hizo a Carter Tillotson. Es una maníaca. Una asesina.

Mis antebrazos se estaban quedando insensibles.

—¿Está armada?

—Sí —dije, volviendo la cabeza—, tengo una pequeña bomba de neutrones.

En el preciso momento en que Theodore cayó en la cuenta de que su esposa me había dejado entrar en la casa por voluntad propia y no bajo amenazas, Cass declaró:

—Si intentas llamar a la policía o te interpones entre nosotras, te abandonaré y también renunciaré a la custodia de los niños. Piensa en el Día de Acción de Gracias. No, piensa en Navidad. Tú, rodeado de un pino noruego desnudo y tres adolescentes malhumorados y yo... —Cass reflexionó un instante— yo en Oxford, convertida en una celebridad.

—¿Oxford? —dijo con ironía—, ¿quién querría ir a Oxford?

Pero lo sabía perfectamente. Me soltó.

Me froté los brazos con mucha suavidad.

—Sentémonos —sugerí—; por favor. Quiero deciros algo.

Cass obedeció.

—¿Confías en mi juicio, Theodore? —él asintió con desgana—; respondo por Rosie. Escúchala.

Theodore alisó las arrugas de su bata y se sentó a su lado.

—He descubierto más cosas acerca de Richie, en la semana

que ha pasado desde que murió, que durante todos los años en los que fuimos marido y mujer —dije—; he aceptado la verdad; quería salir del suburbio, quería dejar de ser un tipo corriente. Hace mucho tiempo que deseaba terminar con nuestro matrimonio.

»Le obligué a quedarse. El verano pasado quiso comprar un palacete en la Toscana, sabes. Me reí de él. Me burlé de él: ¿nosotros, en un palacete italiano? Me reí porque quería convencerle de que seguía siendo el mismo Richie del barrio de Queens. Pero él se había convertido en algo que yo nunca podría ser. Se había convertido en un hombre que sí podía vivir en un palacete. Permíteme que te lo diga: no estaba meramente enfadado por verse obligado a quedarse en la casa. Estaba furioso. Odiaba al Richie entrenador de la Liga Menor. Estaba harto de ser el profesor de matemáticas que había ganado millones por accidente. Quería desesperadamente ser Rick. Y lo único que se interponía entre él y la vida que quería llevar era una profesora de instituto, con un cierto deje de Brooklyn.

»Sus lágrimas de aquel último día me engañaron. No es que fueran falsas: estoy segura de que no le resultó fácil desprenderse de mí. Pero no sólo quería abandonarme y seguir con su vida. Quería vengarse de mí, por ser una judía de clase media baja, de un distrito electoral remoto, y por no permitirle olvidar que él también lo era. Tenía que herirme y humillarme.

»Mirad cómo acabó con un matrimonio de veinticinco años. Sin remordimientos. Sin ni siquiera frialdad. Con una patada en los dientes. Él fomentó la fiesta, la farsa de celebrar unas bodas de plata con amigos, parientes, vecinos y socios. ¿Y recordáis cuando brindó por mí? "Rosie, han sido veinticinco años, ¿qué puedo decir?" Yo creía que quería decir un montón de cosas más, pero que se había puesto muy sentimental, pobrecito. Y después, doce horas más tarde: adiós, Rosie. Que te folle un pez. Reconozco que aquella mañana cumplió con su obligación como padre: estuvo una hora explicándoselo a los chicos. Después se limitó a vaciar su escritorio, aunque resulta evidente que olvidó algunas cosas. Pero para entonces, estaba preparado para partir.

»¿Sabéis lo que aún no logro olvidar? Su maldad. Dejó a mi cuenta decirle a todas las personas que llamaban por teléfono para decir: "¡Gracias! ¡una fiesta estupenda!" que, obviamente, no había sido tan estupenda. Dejó a mi cuenta empaquetar y devolver todos los regalos que él y yo habíamos abierto la noche anterior. ¿Por qué lo hizo? Estuvimos despiertos hasta las dos de la madrugada, sólo nosotros dos, rasgando papeles, lanzando lazos al aire, riendo y pasándolo en grande.

—Seis licuadoras —recordó Cass.

También podía recordar, porque yo se lo dije, que Richie y yo habíamos hecho el amor, un amor ardiente de recién casados, desde las dos hasta más de las tres.

—Siete licuadoras. No digo que humillarme fuera su preocupación principal. Pero estaba bastante cerca del principio de la lista.

Sonreí a los Higbee. Ellos me devolvieron la sonrisa.

Creían que intentaba ser valiente. En realidad, lo que hacía era recordar que, una noche después de haberse marchado, en una reunión en el despacho de mi abogado, chillando acerca de si yo había ayudado al despegue de Data Asociados, Richie repentinamente tomó la decisión táctica de calmarse. Me tendió la mano a través de la mesa de reuniones y yo, con la misma astucia y cierta añoranza, la cogí.

—Encontrarás a alguien maravilloso, Rosie —dijo, con una ternura que no había demostrado hacía décadas, reconfortado por saber que no lo haría.

Recordaba cuánto me divertí con Danny. Recordaba la noche que pasé con Tom y cómo, después de divertirnos, recorrió mis rasgos con un dedo, me besó la mejilla y dijo: «Eres mi amor, Rosie». Me abrazó durante toda la noche. Richie, pedazo de hijo de puta muerto, pensé: durante aquellas horas escasas, me dio lo que tú no pudiste darme jamás, ni siquiera en un cuarto de siglo.

—Es hora de partir —le dije a Cass.

—¿Qué haremos?

—Tenemos que descubrir lo que Stephanie sabe acerca de Mandy y Richie.

—Y después de que nos lo diga, tenemos que pedirle que nos presente a esa señora.

La sonrisa de Theodore se evaporó. Soltó el brazo de su esposa y se acarició su bigote a lo Clark Gable con el índice y el pulgar.

—Hagas lo que hagas, Rosie, Cass no irá contigo.

—No le hagas caso —dijo Cass, acercándose—; sabes que no hay que tomarle en serio.

—Será mejor que lo hagas —le advirtió Theodore.

—¡Por favor! Las únicas obras de ficción que lees son las novelas de William F. Buckley. ¿Cómo quieres que te tome en serio?

—Considérate advertida, Cassandra.

Dicho aquello, Theodore Higbee se volvió, recorrió el pasillo entre los bancos, atravesó el sótano y subió las escaleras dando pisotones. Un instante después, observé los pantalones gris oscuro y el jersey rojo oscuro de Cassandra, apresurándose tras él.

A veces, los clichés son necesarios, porque describen una sensación con exactitud: se me cayó el alma a los pies. Y aquello nada tenía que ver con la amistad ni con la comprensión o la ternura; a estas alturas, había descubierto que era capaz de pasar la noche sin ellas. Sin embargo, sin Cass, nunca lograría esquivar a los polis y llegar hasta Stephanie.

Antes de que mi corazón también se rompiera, oí que Cass gritaba escaleras abajo:

—Theodore me dio su palabra de que no llamará a la policía. Se puede confiar en él. Ahora cogeré mi abrigo —sus palabras se convirtieron en un susurro, casi no logré oírlas—; y una pistola.

—Desde que te fuiste, el departamento de Inglés del instituto de Shorehaven atraviesa momentos difíciles —dijo Cass—. Si nos detienen a ambas, estarán más perdidos que un pulpo en un garaje.

Después cerró el maletero de su BMW encima de mi cabeza.

Acordamos que no había otra alternativa. No podía acostarme en el asiento de atrás, como cuando sorprendí a Carter, no con la multitud de polis alertas y blandiendo linternas que había. Y después de las once de la noche, en el Long Island residencial, no había un exceso de monturas de concha con narices falsas dando vueltas, de modo que cualquier pretensión de deslizarse dentro de la casa de Stephanie disfrazada de contable itinerante era, en el mejor de los casos, dudosa.

En las películas, los personajes siempre están saltando dentro de maleteros para esconderse, o siendo introducidos en éstos para efectuar aquel último paseo hasta la hormigonera. Pero ni una toma de la tapa del maletero descendiendo, eclipsando la pantalla, ni una banda sonora de muchos decibelios con golpes enloquecidos y ruegos apagados de misericordia, se aproximan al horror de estar encerrada.

Sentía el peor de los terrores ante la muerte; no el fin de la conciencia, sino tener que soportar la persistencia de la conciencia completamente indefensa; la muerte en vida. Hasta el cielo más oscuro contiene un punto de luz de alguna estrella, pero yo estaba sepultada en la oscuridad.

El maletero olía igual que un barrio elegante del infierno: una mezcla de libros de bolsillo convirtiéndose en polvo, un paraguas de varillas rotas que nunca se había secado por completo y un trozo de hoja de rábano, arrancado de regreso a casa desde la verdulería, que se había podrido, pasando del estado sólido al líquido y a punto de gasificarse. Pero al menos el olor nauseabundo que ardía en el fondo de mi garganta indicaba que aún había aire para respirar.

Estaba tendida de costado, protegiendo mi cabeza con los brazos, y me golpeaba contra los lados del maletero con cada sacudida. Me desesperaba la afición de Cass por los emparedados tostados de queso; tenía una tostadora eléctrica en su despacho y hacía sandwiches tostados de queso suizo y tomate casi todos los días, salvo cuando algunos de nosotros salíamos a almorzar. Nosotros tomábamos *pitas* de verdura; ella pedía *corned beef*. Tus arterias se taponarán, le advertí miles de veces. Piensa en tu corazón. Un susto grande podría acabar con ella. Un vistazo de polis con rifles de asalto y comprendería que, después de todo, hubiera sido mejor escuchar a Theodore y quedarse en casa. Pero a esas alturas, ya sería demasiado tarde para su pobre corazón; podía soportar la emoción ofrecida por las Brontë, pero esta noche era sencillamente demasiado excitante para alguien con un doctorado de la universidad de Columbia. No sobreviviría.

Me encontrarían una semana después. Kate, la hija mayor de Cass, de regreso en el hogar y llevando luto, abriría la tapa para arrojar un saco de Dog Chow para *Ronnie* dentro del maletero y chillaría ¡Arrrrrrgh!

Choqué contra la parte delantera. Un trozo de metal, tal vez una parte del gato del coche, desgarró mi chándal y me lastimó la rodilla. Podría haber llorado a causa del dolor, pero entonces escuché el crujir de la grava y me di cuenta de que estábamos remontando el camino inclinado que conduce a la casa de los Tillotson. De pronto me sentí impelida hacia la parte delantera del maletero. Habíamos alcanzado la parte plana. Finalmente Cass frenó, con una suavidad que nunca antes había demostrado en todos los años que condujimos juntas.

Habíamos ensayado todo lo que diría: oficial, me llamo Cassandra Higbee. Vivo en Bridal Path Way y soy amiga de la señora Tillotson. Cass le mostraría su permiso de conducir al poli y añadiría: también era amiga de la señora Meyers y estuvo en mi casa hace un momento. ¡Oiga, teniente! gritaría el poli y varios policías rodearían la puerta del conductor. Cass, como directora del departamento de Inglés, se dirigiría al oficial más antiguo. Sabía que la policía estaría aquí, de modo que decidí que sería más rápido conducir hasta aquí que telefonear. La señora Meyers abandonó mi casa hace dos minutos. Mientras estuvo allí, no dejó de preguntarnos acerca de la relación entre su difunto marido y una mujer llamada Mandy; le dije que no sabía nada. Aquí Cass podría apoyar una mano en el pecho e inspirar profundamente para tranquilizarse. La señora Meyers estaba muy nerviosa, proseguiría. Yo pregunté si podría serle de ayuda. Ella dijo que no, que debía volver a la ciudad. Ofrecí conducirla a la estación, pero dijo que había alquilado un coche. Un Cadillac, creo.

Ahora Cass haría una pausa de cuatro segundos. Después añadiría: ¡Oh, sí! Casi lo olvido. La señora Meyers comentó que había estacionado el coche delante de la casa de los Rothenberg. Aquella gran casa de campo en East Road. Ellos están en Florida.

Cass y yo decidimos que el coche, cubierto de mis huellas dactilares, dejaría satisfechos a Gevinski y sus hombres y, mejor aún, alejaría a algunos de la casa de los Tillotson. Merecía la pena abandonar mi medio de transporte. Un vago «Rosie Meyers se encuentra en las proximidades» sólo sería otro indicio rutinario para los polis; no los haría salir corriendo.

Si la noticia del Cadillac ocasionaba el barullo que esperábamos, Cass bajaría del coche y le preguntaría a uno de los polis, que estaría a punto de salir corriendo, si podría ver a la señora Tillotson, por favor.

¡Hemos pasado un susto muy grande!, le diría. Tal vez Stephanie Tillotson y yo podamos consolarnos mutuamente. Con un poco de suerte, el poli estaría agradecido o al menos no se negaría por temor a parecer racista ante alguien que parecía seguro, importante y adinerado.

Cass abandonaría el coche. Una vez que se asegurara de que no había moros en la costa, apretaría el cerrojo del maletero, que se abriría una fracción de centímetro. Se dirigiría hacia la puerta principal. Si parecía no haber peligro, es decir, si sólo apareciera Stephanie y no un poli, Cass pronunciaría el nombre completo de Stephanie: ¡Stephanie Tillotson!

Yo saldría volando del maletero. Cass reaccionaría, conmocionada y enfadada: ¿Qué? ¿Rosie? ¿En mi maletero? mientras yo las empujaba dentro de la casa. Sin embargo, si Stephanie estaba bajo vigilancia policial, Cass sólo diría su nombre de pila: ¡Stephanie, qué pesadilla! En ese caso, yo debería quedarme en el maletero. Cass nos alejaría apenas pudiera.

¡Por qué tardaba tanto? Llegué hasta «... escudriñando el interior de aquella oscuridad, allí estuve largo rato, preguntándome, temiendo...» de *El cuervo*. Había elegido aquel poema tan desolado tontamente, aunque por primera vez comprendí el sentido del espanto atroz sufrido por Poe.

¡Clic! Cass abrió la cerradura de mi cárcel. Un golpe de aire estimulante me rozó la cara. Apareció una franja estrechísima color azul medianoche y, aunque no podía ver nada, oí las voces de barítonos y bajos de los policías, pero no estaban demasiado cerca. A los sonidos suaves les siguió el sonido del timbre de la casa de Stephanie.

Metí la mano en mi bolsillo izquierdo y sopesé la pistola de juguete: casi no pesaba nada. No necesité tocar la pistola de mi bolsillo derecho; podía sentir su peso.

Cass la había robado para mí. Toma, dijo, cuando regresó al

sótano. No la necesito, dije. Aún conservo la falsa. Tanteé mi bolsillo. Ella sacudió la cabeza: tal vez engañara a Carter, porque la apoyaste contra su cabeza y no podía verla realmente. Pero si nos sorprendieran los policías, sabrían inmediatamente que es un juguete. Ambas hicimos una pausa. Amenazar a la policía con una pistola no parecía especialmente prudente. No lo hagamos, dijo Cass. Colgó la pistola de un gancho con un palo de billar. Parecía una pistola extremadamente auténtica.

No, repliqué. Hagámoslo, salvo que Theodore la eche de menos. Es probable que haya olvidado que la tiene, reconoció Cass. La guarda en una caja fuerte dentro de su escritorio, junto a sellos sin cola. Sólo la compró porque es *de rigueur* para bufones reaccionarios, amantes de la NRA. Oculta las balas en el estante superior del armario de ropa blanca, al lado de su máscara de submarinista. Por supuesto que los ladrones y los miembros del Ku Klux Klan siempre llaman por teléfono antes de presentarse, de modo que tendría tiempo suficiente para cargarla. Después añadió: no me molesté en traer las balas, Rosie; supuse que no desearías manipular un arma cargada.

Se abrió una puerta pesada.

—¡Cuánto me alegro de verte! —le oí decir a Cass.

Una voz femenina susurró una respuesta.

—Sigues estando bajo protección policial, ¿verdad? —preguntó Cass. Se produjo un largo susurro divagante. Y entonces—: ¡Qué momentos espantosos debes de haber pasado! ¡Pobre Stephanie Tillotson!

Y yo salté fuera del maletero.

21

—Por favor, Stephanie —imploré—, no pidas ayuda. Juro que no te haré daño.

—Rosie es inocente —dijo Cass—, yo respondo de ella.

—¿Cómo has podido? —dijo Stephanie.

Su rostro estaba ceniciento. Incluso bajo aquella luz discreta, unas venas de un azul irisado brillaban en sus sienes. A un lado de su ojo derecho, se crispaba un músculo. Durante un instante creí que me guiñaba un ojo. No era así.

—Hasta esta noche, nunca creí que le matara. ¡Pero entonces llegó aquí solapadamente! Estaba tan asustada Cass, sobre todo después de lo que le hizo a Carter.

—Ya me disculpé por aquello —susurré, una consecuencia de la prudencia y del dolor de garganta. Si no hubiera estado en medio del momento decisivo, me hubiera excusado y hubiera ido a hacer gárgaras—. Lamento haber huido. No sé por qué lo hice.

—Lo hizo porque tiene los nervios destrozados —Cass nos explicó a ambas—, ¡mírala!

Si no se tenían en cuenta las diferencias congénitas de belleza, en aquel momento yo tenía mucho mejor aspecto que Stephanie. No sólo se trataba de su rostro pálido. Tenía las manos sucias por las tareas en el invernadero. También se había mordido las uñas y tenía trocitos de tierra para tiestos pegados a la boca y la barbilla.

Finalmente, Stephanie logró encararme.

—Llamé a la policía.

—Ya veo. Al menos hay un centenar.

—¿Qué esperabas que hiciera? Cuando corriste hacia el bosque...

—¿Cómo pudiste pensar que soy culpable? Eres abogada, Stephanie. Se supone que eres una persona racional. Si yo hubiera asesinado a Richie, ¿qué motivo podría tener para ocultarme en el coche de Carter con el fin de obtener información?

—¡No lo sé!

Su voz rebotó contra las paredes de piedra del vestíbulo.

—¡Chissst! —siseamos Cass y yo.

El vestíbulo era una sala cavernosa, donde la única luz provenía de una araña, colgada de un cielorraso de siete metros de altura, y de un gran vitral encima de la puerta principal. Era un lugar tan imponente y solemne que si alguien colgara un crucifijo, Thomas Becket podría haber celebrado misa.

—Lamento haber gritado —susurró.

—¿Señora Tillotson?

Era un poli, probablemente llamaba desde la sala de música.

—Dile que es una de tus vecinas, que quería comprobar que te encontrabas bien —dije. Stephanie tragó saliva—. ¡Por favor, Stephanie, sé convincente!

Ella miró a Cass para asegurarse. Cass asintió.

—Adelante.

Stephanie repitió lo que dije, aunque sin convicción. Su voz se quebraba demasiado. Se frotó las manos contra el mono de jardinería, dejando una mancha marrón oscuro sobrepuesta a manchas marrones más pálidas.

—Dile que irás al piso superior para tomar un baño e intentar relajarte —supliqué—; así podremos hablar. Date prisa.

Estábamos a punto de subir cuando caí en la cuenta de que la sala de música, en la que podría estar el poli, estaba justo al otro lado de la gran escalera. Eché un vistazo alrededor del gran vestíbulo vacío.

—¿Señora Tillotson? —exclamó el policía.

—¡Vamos! —dije, empujándolas dentro del armario de huéspedes.

Cerré la puerta unos segundos antes de que el poli volviera a llamar.

—¿Señora Tillotson? ¿Dónde está?

—¡Señora Tillotson!

La voz, aunque amortiguada, parecía más cercana.

—¿Está usted ahí?

Más sonora. ¡Aquella voz! ¡Gevinski! Finalmente se volvió más apagada, dirigiéndose hacia las escaleras.

Dejé la puerta apenas entreabierta, de modo que la luz no se apagara. Con todo, es probable que fuera un agujero infernal para Cass y Stephanie. Para mí era como el Radio City Music Hall, después de haber estado encerrada en el maletero. Cass se metió en un rincón. Stephanie avanzó hasta el fondo del armario, hasta que chocó con su abrigo de zorro rojo y no pudo seguir retrocediendo. Me aferré al picaporte para asegurar que la puerta no se abriera.

—Necesitamos información, Stephanie.

—No tengo ninguna información.

—Háblanos de Mandy —dije.

—¿Otra vez? —Los pelos largos del abrigo de zorro la molestaban; no dejaba de encogerse de hombros y sacudir la cabeza para liberarse del cosquilleo—. Ya os lo he dicho a ambas.

—Nos dijiste que Mandy era fea. No lo es.

—¿Cómo sabes qué aspecto tiene?

—Confía en mí —dije, es probable que con cierta frialdad—; lo sé. Y también sé que tenía una aventura con Richie.

—Rosie, ya te he dicho que Richie nunca tendría una aventura con alguien como Mandy. —No parecía enfadada, pero escupía las palabras con tanta velocidad que supe que debía estarlo—. ¿No puedes olvidarlo?

—No, no puedo. Escúchame, Stephanie. No me importa que lo que tengas que decirme sea desagradable o feo. Sólo quiero la verdad. Háblame de la aventura.

—No sé nada al respecto. Incluso si ella...

—No debes preocuparte por herir a Rosie —intervino Cass—; ha recibido una paliza y ha sobrevivido. Sobrevivirá a Mandy.

En algún momento, Cass se había quitado el jersey. No noté que lo hiciera, pero ahora estaba anudado alrededor de sus hombros, con aquel nudo secreto que sólo conocen las personas que han ido al colegio preparatorio.

—¿Dónde vive Mandy? —pregunté.

El armario olía a albaricoques. Las paredes estaban tapizadas con papel dorado. Las perchas perfumadas estaban forradas de raso de color albaricoque. De unos diminutos ganchos de cobre colgaban pequeñas almohadillas con encajes, en forma de corazón y redondas, repletas de pebete.

—En los Acres. Te lo dije. En la calle Crabapple.
—¿Puedes conducirnos hasta allí? —preguntó Cass.
—¿Qué? —Stephanie parecía aturdida.
—Ahora no —dije con rapidez.
Cass la había apremiado excesivamente. Para Stephanie ya sería bastante duro reconocer que había mentido. Quería más tiempo, para que nuestra antigua amistad no se entibiara, de modo que cuando efectivamente fuéramos a casa de Mandy, pudiéramos ir como Los Tres Mosqueteros.
—¿Trabaja en la ciudad?
—Sí. Acaba de convertirse en asociada. Se especializa en quiebras.
—Sí. Creo que me lo dijiste.
—¿En qué viaja? —interrumpió Cass, justo cuando Stephanie estaba volviendo a tranquilizarse. Tuve ganas de pegarle—. ¿En coche o en tren?
—En coche —dijo Stephanie—, solíamos viajar juntas hasta que yo me despedí de la empresa.
—¿Podría haber habido alguna razón para que paseara en coche aquí en la urbanización, la noche del asesinato de Richie? —preguntó Cass.
Era una buena pregunta, pero no me agradaba perder el control de la conversación.
—No, que yo sepa —dijo Stephanie—; pero hace mucho tiempo que no la veo. Lo único que hace es trabajar, trabajar, trabajar.
—¿Qué hace su marido mientras ella trabaja? —inquirió Cass.
—Él también trabaja.
—¿Dónde trabaja?
—En Kendrick, McDonald. Una empresa importante. Hay más de quinientos abogados.
—¿Regresa en coche con ella por las noches?
—No.
Mi corazón comenzó a latir con fuerza sin ninguna razón aparente. No hay bastante aire, pensé. El brillo del papel dorado hacía que Stephanie pareciera una estatua de oro.
—Tienen horarios diferentes y él trabaja en Wall Street.
Me dio la espalda y empujó el abrigo de zorro hacia el fondo

del armario, pero su visón y una chaqueta de piel de oveja lo impidieron.

—En otras palabras... —dijo Cass.

—Un momento —dije—, no la apremies, Cass.

—No la apremio y por favor, no te enojes conmigo.

—¿Podemos salir de aquí? —sugirió Stephanie—; escuchad. Ese sargento me está buscando en el piso de arriba.

Podíamos escuchar sus pasos pesados.

—¡Ya lo tengo! Podemos atravesar la cocina a hurtadillas y alcanzar el ala de la piscina. Podemos ocultarnos en la sauna.

—Un momento —dije—; comentaste que solías viajar con Mandy antes de dejar la empresa.

—Sí —dijo Stephanie, mirando la puerta con añoranza—; me parece que me estoy poniendo claustrofóbica.

—Tú trabajabas en la misma empresa que ese Forrest Newel, en Park Avenue.

—Sí —dijo, claustrofóbica y enfadada.

El aroma dulce a albaricoque se volvía pachucho.

—Conque ahora Mandy es la socia de Forrest Newel —proseguí.

Stephanie asintió con exasperación.

—Eso es interesante.

—Rosie, estás perdiendo tiempo. Ya no le oigo allí arriba. En cualquier momento...

—No te preocupes.

—No soy yo la que debe preocuparse.

—Stephanie, ¿cómo podría ser la socia de Forrest Newel? Me dijiste que Mandy trabaja en Kendrick, McDonald.

—Yo no dije eso.

—Sí lo dijiste.

Stephanie miró a Cass y después a mí.

—Es su marido, Jim, el que trabaja en Kendrick, McDonald —afirmó.

—No es cierto, Stephanie —dije.

Vi que se ponía rígida e intuí que Cass, en su rincón, también.

—Necesito la verdad. Es hora de que seas honesta conmigo.

Repentinamente, Stephanie empujó la puerta del armario. Era fuerte, pero a esas alturas, después de haber sido una amenaza para la sociedad durante toda una semana, yo estaba preparada.

—No me hagas esto, Rosie. No me mantengas encerrada aquí. No tienes derecho.

Me aferré al picaporte, tirando hacia atrás con todas mis fuerzas y eché un vistazo a Cass.

—¡No la sueltes!

—¡Rosie! —desaprobó Cass.

—¡Cógela, maldita sea!

Cass cogió los tirantes del mono de Stephanie con fuerza, disculpándose:

—Lo siento muchísimo.

—No lo sientas, Cass —dije, mientras Stephanie se debatía—; en este preciso instante tú y yo podríamos conducir hasta Shorehaven Acre y llamar a todas las puertas de la calle Crabapple. Podríamos telefonear a Johnston, Plumley y Whitbread y también a Kendrick, McDonald, ¿y sabes una cosa? No encontraríamos a ninguna Mandy Anderson.

—¡Está loca! —gritó Stephanie, dirigiéndose a Cass.

—Cállate —contestó Cass.

—No existe ninguna Mandy —dije.

—¡No la escuches, Cass! —imploró Stephanie.

—¿De qué estás hablando? —me preguntó Cass.

—Todo lo que sabemos acerca de Mandy proviene de Stephanie, ¿no es así, Stephanie?

Cass no soltaba los tirantes mientras yo mantenía la puerta cerrada.

—Quiero la verdad, Stephanie y la quiero ahora —le dije.

Durante un segundo, el pie de Stephanie se movió y pensé que iba a pegarme una patada, pero después dejó de debatirse. Levantó la cabeza, de modo que le habló a tres cajas de sombreros color albaricoque que estaban encima de la repisa.

—Mandy no es real —reconoció ante las cajas—; necesitaba una excusa para poder salir por las noches. Cuando vivíamos en la ciudad, siempre solía correr por las noches en el parque, pero a Carter le molestaba. De manera que inventé a Mandy.

—¿Por qué nos contaste el cuento de Mandy a nosotras también? —preguntó Cass—; ¿creíste que a Rosie o a mí nos importaba que corrieras de noche?

—¡Me sentía humillada! ¿Cómo podría reconocer ante vosotras que era incapaz de enfrentarme a mi marido?

Volvió a apartar la piel.

—Conque Mandy jamás existió —dije.

—No debería haber mentido —dijo Stephanie.

Ahora observaba sus calcetines. Debía haber dejado sus zuecos en el invernadero.

—Era una pequeña mentira que no dejó de crecer.

Cogió una almohadilla de pebete en forma de corazón de uno de los ganchos e inhaló su fragancia.

—Lo siento profundamente, Rosie.

—A ver si lo he entendido —dije, hablando con un cuidado extremo—; la mujer de Shorehaven, con la que Richie tuvo una aventura...

—No era Mandy —reconoció, aliviada—, no hay ninguna Mandy.

—Resulta curioso, ¿verdad? —comenté.

—¿Qué resulta curioso? —preguntó Cass—, Rosie, no estás siendo clara.

—¿No resulta curioso —dije— que, si Mandy no existe, alguien llamado Mandy no dejara de llamar al despacho de Richie?

—Comprendo —dijo Cass.

—Hay más de una Mandy en el mundo —dijo Stephanie suavemente.

—Tengo entendido que la secretaria de Richie, que fue su amante durante mucho tiempo, intuyó que esta mujer, Mandy, deseaba apropiarse de Richie —le dijo Cass—; estaba convencida de que Mandy llamaba para establecer o confirmar una cita amorosa.

Stephanie no dijo una sola palabra.

—Stephanie se ganaba la vida como abogada de litigios —dije, dirigiéndome a Cass—; le pagaban para que fuera beligerante. ¿Realmente crees que hubiera tenido que mentirle a Carter, si quería correr por las noches?

—No —dijo Cass—, ¡sencillamente lo haría!

—Así es, maldita sea. Entérate de lo que Mandy era, Cass: una historia que Stephanie inventó para poder salir sin levantar sospechas. Se despediría de su pareja de escandinavos, sujetaría los cordones de sus zapatillas y saldría. Regresaría una hora más tarde, con una sonrisa.

—¡No! —dijo Stephanie.

—¿Qué importancia tendría que estuviera un poco despeinada? —le dije a Cass—. ¿Y si tardaba más de una hora, si llegaba jadeando un poco, después de que lo hiciera Carter? No hay problema. Él estaría calentando la cena de cuatro platos, que ella había preparado, en el microondas. Seguro, estaría un poco sin resuello ¡pero qué ardor! Probablemente diría: «¡Carter, éste es un ejercicio fantástico!». ¿No caes? Mandy es Stephanie. Y Stephanie mató a Richie.

Stephanie gritó y, aunque el zorro, el visón y la piel de cordero deberían haber ahogado sus gritos, unos segundos después, el picaporte fue arrancado violentamente de mi mano: por el sargento Gevinski. Su pistola apuntaba a mi nariz.

—¡Muévase! —ordenó.

Pero yo sostenía la pistola de Theodore y apuntaba al corazón de Stephanie.

—Después de usted —le dije.

Era mi batalla, de modo que nos quedamos sentados en silencio durante cinco minutos. Después comenzó la función.

—¿Y el doctor Tillotson? —le pregunté a Gevinski.

—En el mismo lugar que Astor.

—En la casa de mi madre —explicó Stephanie. Su voz sonaba tan amistosa que un extraño habría creído que nos habíamos reunido para hacer pastel de almendras—; fue a darle el beso de las buenas noches, aunque está durmiendo.

Parecía la Stephanie de antes: la de agradable compañía, la vivaz pero no desafiante, la enérgica, deliciosa Stephanie. Tuve que advertirme a mí misma: ésta es una estratagema brillante. No te conviertas en prima por segunda vez. Esta mujer absolutamente agradable, con la que has amasado *strudel,* traicionó tu amistad y asesinó a tu marido.

Mientras Stephanie hablaba, una sonrisa tierna iluminó la cara de luna de Gevinski. Un segundo después, me miraba a mí.

Pero su mirada se volvió más dura como para cumplir con las indicaciones policiales acerca de cómo tratar con psicópatas armadas.

—Señora Meyers —dijo, muy calmosamente. Dirigió la atención sobre su pistola, que ahora descansaba encima de la mesa debajo de mi mano izquierda—. Hace un par de horas, en el despacho del fiscal, me llamaron para conversar con su abogado. He tratado con él anteriormente; es muy listo. Hizo hincapié en un par de asuntos. Es posible que me haya equivocado en el enfoque. Es posible que usted pueda ofrecer una explicación creíble de una gran parte de los hechos.

—Puedo —asentí.

—Magnífico —dijo.

Podríamos haber sido cuatro viejos amigos, sentados alrededor de una mesa en la sala de juegos de Stephanie, jugando al Scrabble. Bien, salvo por las pistolas. Y a pesar de su cordialidad, del estilo «amasemos unos *croissant* de almendras», Stephanie sudaba con tanta intensidad que una gotita de sudor rodó a lo largo de su cara y cayó sobre la mesa.

—Me gustaría escuchar su explicación —me dijo Gevinski.

—Me gustaría contársela.

—Todo lo que pido —dijo, con serenidad virtuosa— es que deje su pistola encima de la mesa. Usted no perdería el control de ambas armas, pero estaríamos mucho más relajados...

—No.

—Vea, en cualquier momento, uno de mis hombres vendrá en mi busca.

—Dígale que está ocupado.

—¿Piensa que lo creería?

—Entonces dígale que les apunto con una pistola a los tres. Tendrá que hacer antesala hasta que llegue el negociador de rehenes. Mientras tanto, usted y yo podemos seguir hablando.

Apoyé la mano con la que sostenía la pistola encima del fieltro rojo oscuro de la mesa de juego. Esto era la urbanización de Shorehaven, de manera que no se trataba de una mesa de juego corriente; era una mesa de juego del siglo XVIII, con el fieltro lo bastante roto como para resultar verdaderamente impresionante. Sin embargo, salvo un sofá de cuero y una araña eléctrica, proveniente de la sala de billar de algún duque, el resto de la sala de juegos estaba desprovista de muebles. La mesa de billar que Stephanie quería costaba al menos tres operaciones de aumento de pechos y el coste de un mes de *peelings* químicos, y las sillas de comedor Chippendale y una alfombra para el salón tenían más prioridad.

—Deje que le hable de los *brioches* de Stephanie —dije—; son maravillosos. Solíamos cocinar siempre juntas. No lo hago mal, pero ella tiene talento.

Gevinski no prestaba atención. Estaba demasiado ocupado vigilando pistolas, de modo que cogí la suya y la sostuve en mi regazo.

—Escúcheme, por favor. Los *brioches* son un pan francés hecho con huevo. En general, se hornean *brioches* pequeños, del tamaño de una tacita, con un pequeño redondel de pasta encima. Para el desayuno son exquisitos.

—¿Rosie? —Cass parecía preocupada.

—Encontré el cadáver de Richie alrededor de las tres y media de la mañana. Tú —me dirigí a Cass— llegaste a eso de las siete menos cuarto, después de que el sargento Gevinski me entrevistara. Te habías encontrado con Madeline y Stephanie para el paseo pero, una vez que te enteraste de lo ocurrido, viniste directamente aquí. Alrededor de una hora después, tuviste que marcharte al instituto, pero yo aún estaba destrozada.

—Por supuesto.

—De modo que un poco más tarde, alrededor de las ocho y media o las nueve, remonté la colina. Supongo que esperaba que Stephanie me consolara un poco —dije, volviéndome hacia Gevinski—; pero antes de llegar aquí, vi a dos hombres de la unidad forense o como sea que se llame.

—Laboratorio —murmuró Gevinski.

—Estaban tomando moldes de las huellas de neumáticos alrededor del coche de Richie. Parecían estar más preocupados por las huellas del Lamborghini, pero también había otras. Compruébelo con ellos; descubrirá que había dos tipos de huellas de neumáticos diferentes.

Gevinski asintió, sin sorprenderse en absoluto de que yo mencionara los neumáticos. Entonces supe que realmente había hablado con el fiscal y con Vinnie Carosella.

—Uno de esos dos tipos provenía de los neumáticos del

Lamborghini, eran Pirelli PO. Las otras huellas fueron hechas por neumáticos Michelin MXV. Los llevan muchos coches de lujo: Jaguar, Mercedes, BMW.

Stephanie carraspeó.

—Todo el mundo en esta urbanización tiene un coche así; los coches de lujo son una realidad de la vida. Cass y yo tenemos un BMW, tú tienes...

—Esto no es una conversación, Stephanie. Es un monólogo. —Miré a Gevinski—: tengo una idea. Cuando llegue el doctor Tillotson, telefonee a alguien del laboratorio para que venga a examinar su Mercedes, y el BMW de ella. Los neumáticos son casi tan únicos como las huellas digitales, ¿verdad? Lo verá: uno de sus coches llevará neumáticos Michelin MXV que coincidirán con las huellas que se encontraron al lado del coche de Richie. ¿Adivina cuál?

Cass me seguía; apenas lograba dejar de asentir.

—Señora Meyers —dijo Gevinski cautelosamente—, esto podría ser interesante pero ¿qué más da? Nadie penetró en su casa con un coche aquella noche, ¿verdad? Su marido tenía clavado un cuchillo. Ocurra lo que ocurra con los neumáticos, sólo ustedes dos estaban en la casa cuando ocurrió.

—Sargento, usted y yo sabemos que los Tillotson han negado saber nada acerca del hecho de que Richie estuviera en las inmediaciones aquella noche. Conque si uno de sus coches estacionó al lado del suyo, indicaría que uno de los dos está mintiendo. Es un poco más que interesante.

Gevinski no reaccionó. Stephanie hinchó los carrillos con aire y después lo exhaló lentamente a través de sus labios fruncidos. Yo esperé que se defendiera, pero sólo continuó respirando y sudando.

Gevinski cruzó los brazos y los apoyó en su barriga.

—¿Todo esto acabará relacionado con el pan de huevo?

—Ya llegaré. Pero primero, deje que le cuente lo ocurrido cuando llegué aquí aquella mañana. El mayordomo, Gunnar, es noruego, abrió la puerta. No habla mucho inglés, pero me hizo pasar para ver a Stephanie. Más tarde Inger, su esposa, trajo una bandeja con *brioches*.

—Estupendo —dijo Gevinski.

—¿Qué ocurrió con Gunnar e Inger, Stephanie?

—Se despidieron. —Su afabilidad desapareció detrás de un ceño fruncido—; te dije que se despidieron.

—¿Cuándo?

—No lo recuerdo.

—Fue hace sólo una semana. ¿Fue el día del asesinato de Richie? ¿El día después?

Gevinski observaba a Stephanie, pero con un escepticismo insuficiente para mi tranquilidad mental.

—No puedo asegurarlo —dijo—; recibieron otra oferta, por bastante más dinero del que nosotros estábamos dispuestos a pagarles. Recogieron y se marcharon de inmediato. —Se inclinó mínimamente hacia Gevinski—. Yo no les despedí. Ella intenta hacerle creer que su partida fue una acción manifiesta en una conspiración criminal, pero fue un suceso simple y cotidiano. Estos días, los sirvientes vienen y van a menudo. Gunnar me presentó un hecho consumado. Renunciaban. Yo acepté su renuncia.

Sonaba tan racional y tan cortés que Gevinski me miró como si yo fuese una teórica de las conspiraciones que, momentáneamente, intentaría relacionar a Stephanie Tillotson con Lee Harvey Oswald.

—¿Cuál es el apellido de Gunnar e Inger? —le pregunté.

—No lo sé —contestó Stephanie malhumorada—. ¿Olsen? ¿Jensen? Algo así. Pregúntale a Carter.

—¿Él firmaba los cheques?

—En realidad, les pagábamos en efectivo. Ellos lo querían así. Pero estoy segura de que Carter lo sabrá.

—Por si no lo sabe —interrumpí—, podemos llamar a la agencia de colocación que les envió: ¿Cloverleaf? ¿Cloverdale?

Bien, Stephanie no me mostró los dientes; de hecho, asintió tan voluntariosamente que, una vez más, el cerebro de Gevinski pareció convertirse en puré.

—Yo tambien he recurrido a ellos. ¿Les llamará para comprobar si se despidieron? —le pregunté a Gevinski—; yo no creo que lo hicieran. Creo que ella les despidió. Tal vez vieron alguna cosa.

—Les llamaré —me aseguró—, lo prometo.

Pero por otra parte, yo tenía dos pistolas y él ninguna.

—¿Pan de huevo? —me sopló.

—*Brioche.* Cuando llegué a casa de Stephanie, me dijo que había hecho *brioche* especialmente para mí. —Este comentario no pareció ocasionar ninguna agitación en la mesa—. Pensé: «qué simpático por su parte», pero no entendí el significado. Claro que acababa de encontrar el cadáver de Richie hacía cinco horas y no estaba muy en forma. Ahora sí lo estoy. Escuche: yo hago *brioche* de la manera rápida: tardo tres horas desde el principio hasta el final. Pero Stephanie jamás cogería ese atajo.

—Sé que tienes una pistola —dijo Stephanie con rudeza—; pero me importa un comino. Esto es tan superestúpido que no me lo puedo creer.

—Se tardan unas siete horas para llevar a cabo la receta clásica. La masa debe subir tres veces.

—¿Qué es esta mierda? —gritó Stephanie.

Cass le lanzó una mirada colérica.

—Si Stephanie estaba horneando *brioches* a las ocho y media de la mañana, debía haber empezado a prepararlos a la una y media, tal vez incluso antes de medianoche.

El peso de la pistola me hacía doler el brazo. La apoyé sobre la mesa y luego, un segundo antes que Gevinski, caí en la cuenta de que podría desarmarme de un solo manotazo. Me acomodé y volví a apuntar firmemente al corazón de Stephanie.

—¿Por qué estabas cocinando tan tarde por la noche? ¿Tenías dificultades para dormir? —le pregunté.

Ella sacudió la cabeza, tanto con lástima como con enfado.

—La masa estaba congelada —le explicó a Gevinski—, la saqué y la metí en el horno durante media hora.

Gevinski asintió.

—¡No estaba congelada! —le dije—; ella congelaría palitos de queso, tal vez *bouchées*, son de hojaldre, pero jamás masa de *brioche*. Sólo es posible conservarla durante una semana. Incluso así, es demasiado clasicista como para ni siquiera considerar congelarla.

Había convencido a Cass, pero los ojos de Gevinski dieron un giro de ciento ochenta grados.

Stephanie juntó las manos como para rezar; las cutículas de sus manos estaban sucias.

—¿Qué demonios estás diciendo? —gruñó. Bien, finalmente se había enfadado de verdad, profunda y abiertamente—. ¿Que tuve una aventura con tu marido, le maté, regresé a casa y preparé unos *brioches*?

—Sí.

—Te han acusado a ti, sabes. La fugitiva eres tú. La pistola la tienes tú.

—Lo sé.

—¿Eres capaz de creer, durante un solo minuto, que el sargento, el fiscal o cualquiera, tomará en cuenta seriamente unos *brioches* como prueba en un caso de homicidio? No puedo creer que me esté pasando esto. Esto es sádico —dijo, dirigiéndose a Gevinski.

—¿Yo soy la sádica? —solté una carcajada—. Lo sádico es tener una aventura con el marido de tu amiga. Lo sádico es apuñalarle y dejar que tu amiga cargue con las consecuencias.

Ya no me hablaba.

—Esto es obsceno —dijo, dirigiéndose a Gevinski y a Cass.

—¿No tuviste una aventura con Richie? —inquirí.

—¡Por supuesto que no! No tuve una aventura con nadie.

—De modo que cuando descubriste que me abandonaba para casarse con Jessica Stevenson, no te sentiste abrumada.

—Está claro que me sentí abrumada —le dijo a Gevinski—; que un buen amigo abandone a su esposa resulta chocante.

—¿No te sentiste traicionada cuando supiste que Richie estaba enamorado de Jessica? —pregunté.

—¡No!

Me volví hacia Gevinski. Él se llevó la mano al cuello y se rascó la nuca.

—¿Qué ocurriría si Richie tuviera una aventura con Stephanie y le dijera que se estaba volviendo demasiado peligroso, que creía que Carter o yo empezábamos a sospechar? ¿Qué ocurriría si le dijera que el aniversario de sus bodas de plata se estaba acercando y se sentía obligado a celebrarlo y que ambos deberían ocultarse temporalmente? No sería propio de Richie decir la verdad, sencillamente: que se había enamorado de otra. Yo creo que Stephanie se ocultó todo lo posible y nunca volvió a verle. Le vio en la fiesta celebrando nuestro aniversario, pero está claro que no podía hacer una escena, incluso cuando le vio bailar con la mujer con la que su marido tuvo una aventura: Jessica Stevenson. ¿Realmente cree que no se sintió traicionada?

Stephanie me lanzó una mirada furibunda y sonrió a Gevinski.

—Esto resulta irrisorio. Irrisorio —le dijo a Cass.

—¿Cree usted que no sabía perfectamente quién era Jessica Stevenson? Compruébelo con el doctor Tillotson —sugerí—; él confirmará la aventura, y, a propósito, se ha mantenido en contacto con Jessica. Si lo niega, pregúnteselo a Jessica. No es lo que se dice honesta, pero se vería obligada a decirle la verdad; hay demasiadas personas enteradas de aquella aventura para que diga que no ocurrió.

Gevinski aflojó su corbata, que era de color calabaza oscuro, y se abrió el cuello de la camisa.

—El día después de la fiesta —le dije a Stephanie—, cuando te llamé y dije: «Stephanie ven. Por favor. Richie acaba de abandonarme. Quiere casarse con una mujer de su empresa llamada Jessica Stevenson», ¿no te sentiste traicionada?

—¡Maldita sea, haga algo! —le dijo Stephanie a Gevinski.

—Señora Tillotson, ella tiene dos pistolas. Cálmese —contestó Gevinski.

Me latía la cabeza. Tenía los pies ardiendo; me moría por quitarme las zapatillas nuevas. ¿Pero qué ocurriría si tenía que volver a escapar? E incluso si encontraba la energía para huir, ¿adónde podría dirigirme esta vez?

Todos dimos un brinco cuando llamaron sonoramente a la puerta. Las tres miramos a Gevinski.

—¿Sargento?

Era una voz muy profunda.

Apunté a Gevinski con la pistola, a punto de recitarle su parlamento, pero él miraba la puerta.

—¿Turner? ¿Eres tú?

—Sí.

—Estoy ocupado. Dame unos minutos —dijo, cerrando los ojos y entrelazando las manos detrás de la cabeza.

—De acuerdo.

—¿Ya ha llegado el marido?

—No.

—Llama cuando llegue.

Aguardó hasta oír el sonido de los pasos alejándose.

—Señora Meyers. La señora Tillotson, aquí presente, es abogado. Podría decirle que lo que nos cuenta es un montón de... detalles que no significarían gran cosa para un tribunal. —Stephanie logró sonreír apenas—. Incluso si lograse convertirlo en una historia coherente, cosa que francamente dudo, sería un alegato tan débil, me refiero a que son indicios circunstanciales tan endebles, que el fiscal se reiría desde hoy hasta el cuatro de julio. —Imitó a un fiscal del distrito histérico, incluso golpeando la mesa antes del ja-ja-ja final—. ¿Tengo razón, señora Tillotson?

—Tiene razón.

Stephanie era demasiado astuta para intentar engatusarlo, aunque la sonrisa que le lanzó fuera de cien watios. No demasiado: sólo lo suficiente para parecer sincera y muy agradecida.

Sin embargo, en ese momento sentí un cambio casi imperceptible en la atmósfera de la habitación. Creo que todos lo sentimos. No se trataba de que Gevinski comenzase a creerme; tal vez debiera haberme saltado aquel asunto de los *brioches*. Y tampoco se trataba de que creyera que Stephanie mentía. Sencillamente, había traspasado el límite de la curiosidad. Incluso si no le apuntara con una pistola, ahora estaría dispuesto a escucharme.

—¿Dice que posee una versión coherente? —preguntó Gevinski.

—Sí.

—Adelante, hable.

—He investigado bastante. Le haré una síntesis.

—Se trata de combinar las partes en una única entidad —dijo Cass repentinamente.

—Es la directora del departamento de Inglés —le expliqué a Gevinski.

—He hablado con la doctora Higbee un par de veces —dijo—; sé cómo habla. Adelante con su síntesis.

—Stephanie tenía una aventura con mi marido. No sé cuándo comenzó, pero para febrero gozaba de buena salud. Solía escabullirse de la casa por las noches, alegando que correría con una amiga abogado, Mandy. En presencia de Cass y mía, reconoció haber inventado a Mandy. Richie solía aparcar en el sitio donde usted halló su coche. Tal vez sus encuentros amorosos tenían lugar dentro del coche, cosa que, conociendo a mi marido, resulta posible. Pero la estatura de Stephanie hace que resulte improbable. Probablemente iban a algún motel de las cercanías.

—Uno de aquellos lugares en el bulevard del Norte, sin duda —dijo Cass con desprecio.

Ninguna persona cuerda se acostaría encima de sus sábanas.

—Estoy segura de que, si lo investiga, encontrará a alguien en algún motel que pueda identificar la foto de Richie y de su coche ostentoso —le dije a Gevinski—; con un poco de suerte, esta persona sintió curiosidad e incluso podría identificar a Stephanie en una rueda de sospechosos.

—Ves demasiada televisión —dijo Stephanie con hastío.

—Películas de serie B —la corregí—; en cualquier caso, en abril la empresa de Richie mantuvo una reunión de ejecutivos en Santa Fe. Yo tenía montones de exámenes que corregir, de modo que no pude ir. Se enamoró de Jessica durante aquel fin de semana. Se enamoró profundamente; todo el mundo parece estar de acuerdo acerca de aquello: ella era el amor de su vida. Debería obtener la fecha de la reunión, porque entonces sabría cuándo acabó su aventura con Stephanie.

—¿Qué está diciendo? —inquirió Gevinski—, que la señora Tillotson lo atrajo hasta su casa y...

—No. Estoy convencida de que no tenía ni idea de que estaría allí. Le diré por qué tenía que entrar en mi casa. Había comprado un cuadro espantosamente caro, valía tres millones de dólares, y se lo había regalado a Jessica. Sólo había un problema. Tal vez, dos.

—¿Es necesario esto? —exclamó Stephanie.

—Es mejor que se lo quite de encima —susurró Gevinski, como si confiara sólo en ella.

Después volvió a prestarme su atención.

—Jessica quería vender el cuadro. Se había cansado de él. También se había cansado de Richie, pero eso es otra historia. Pero el problema era que no podía venderlo hasta que él presentase una factura para probar que era el dueño. Había tenido tanta prisa por abandonarme que se le olvidaron algunos papeles importantes.

Fuera, en el vestíbulo, un reloj comenzó a dar las campanadas. Era un sonido apagado y fútil, pero interrumpió la conversación. O eran las once o, más probablemente, las doce. Todos echamos un vistazo a la puerta, sin ninguna razón en particular.

—Richie y yo no nos dirigíamos la palabra. Le hubiera resultado difícil llamar e invitarse a venir. Además estaba preocupado por si yo descubría el asunto del cuadro; hubiera añadido tres millones más a nuestra propiedad conjunta y hubiera puesto en duda la legalidad del regalo.

—¿Y bien? —preguntó Gevinski.

—De modo que no sé a qué hora llegó, porque aquella noche me acosté a las nueve y media o a las diez. Supongo que deberían ser alrededor de las diez y media.

—Si pensaba entrar en tu casa solapadamente —dijo Stephanie con desdén—, ¿por qué iba a hacerlo tan temprano?

—Porque sabía que, cuando tengo que ir al instituto, yo me acuesto temprano. Conocía mis costumbres. Si todas las luces estaban apagadas, yo estaría dormida o, al menos, en el piso de arriba. También sabía que nuestro perro había muerto, de modo que no habría ladridos. La casa es tan grande... mientras no se disparase la alarma, yo jamás oiría a nadie en la cocina. Y si bajase por alguna razón estoy segura de que Richie confiaba en poder engatusarme: probablemente me diría que añoraba la casa, lo que yo interpretaría como un indicio de que me añoraba a mí. Si se hubiera visto obligado a hacerlo, me habría hecho el amor.

A Gevinski no pareció gustarle que dijera aquello. Suspiró, diciendo:

—Si ésta es su historia, tengo que decirle que el hecho de que él llegase tan temprano no tiene sentido. ¿Por qué no esperó hasta más tarde?

—Porque deseaba regresar a la ciudad desesperadamente. Sabía que Jessica estaba liada con algún otro...

—¿Además había otro? —masculló Gevinski.

—... y Richie no quería dejarla sola ni una noche. Estaba sufriendo una gran tensión, haciendo todo lo posible para que se firmara nuestro divorcio y él quedara libre. Jessica tenía en vista una proposición matrimonial muy interesante y a él le aterraba que ella lograse encontrar una manera para escabullirse de su compromiso. De todas maneras, supongamos que vino a las diez y media. ¿Está eso en contradicción con el momento del deceso que figura en la autopsia?

—No —contestó, con renuencia relativa.

—A esa hora también regresó Stephanie.

—¿De qué estás hablando? —dijo—, yo estaba en casa.

—Estabas en tu club de jardinería, hablando de plantas de follaje de interior.

Ella retrocedió, haciendo un gesto afirmativo.

—Es cierto. Olvidé que la reunión fue aquella noche. Lo siento.

—No tiene importancia —dijo Gevinski, lanzándole una sonrisa.

Antes de que decidiera pellizcarle las mejillas, proseguí.

—Estaba conduciendo lomas arriba cuando, con el rabillo del ojo, vio el reflector lateral del coche de Richie. Estoy segura de que la embargó la felicidad. Estacionó el coche a la izquierda del coche de Richie. Recuerde que tiene que examinar sus neumáticos. —Aguardé que Stephanie interrumpiera, pero se quedó sentada inexpresivamente; podría haber sido un maniquí—. Probablemente esperó que Richie saltara de su coche y la saludara. No ocurrió nada. Ella se apeó y miró al interior del coche. No había nadie. Probablemente pronunciara su nombre: «Richie».

—¡Vaya historia! —dijo Stephanie, dirigiéndose a Gevinski y removiéndose en su silla.

—Sí, vaya historia —asintió Gevinski.

Cass golpeó el borde de la mesa. Todos nos erguimos.

—Una historia es ficción —declaró—, esto no lo es.

—Stephanie tenía que encontrar a Richie —proseguí—, pero estaba vestida para la reunión. Condujo hasta su casa y se cambió de ropa; y probablemente le dijo a Inger, que sí hablaba inglés, que por una vez Mandy no trabajaba hasta tarde, que irían a correr.

«Estoy segura de que Stephanie examinó todo el vecindario, pero no logró hallar a Richie. ¿Dónde podría estar? En su propia casa, obviamente: mi casa. Tal vez recorrió la calle o tomó un atajo a través de la playa. Pero si cogía cualquiera de aquellas rutas, podía ser vista. Carter podría descubrirla mientras regresaba a casa. O si le daba por encender las luces traseras de la casa y miraba por la ventana. Creo que atravesó el bosque. Stephanie lo conoce mejor que nadie. Lo recorre a menudo en busca de bayas silvestres y piñas para sus arreglos florales. En cualquier caso, llegó hasta mi casa y vio una luz encendida.

—¿En la cocina? —preguntó Gevinski.

—No estoy segura de dónde estaba Richie a aquellas alturas. Nunca habría dejado la factura de aquel cuadro en la cocina; ésa era mi área. Pero al entrar o al salir, está claro que hubiera utilizado la puerta de la cocina; es la entrada que está más alejada de mi habitación. Y no hay ninguna razón para que Richie temiera encender las luces. Ni yo ni nadie las vería; la casa está aislada.

»Tal vez llamó a la ventana y él le abrió. Tal vez entró por sí misma. O esperó hasta que Richie abriera la puerta para marcharse. Pero tienen que haber hablado. Tal vez hubo una pelea terrible. O tal vez él se limitó a ser desdeñoso: "¿Estás de broma? ¿Que abandone a Jessica? ¿Por ti?".

»Stephanie se despidió de su trabajo sin demasiados remordimientos. Creo que le dijeron que no se convertiría en asociada. Su vida hogareña se hizo muy atareada y muy vacía. Pero Richie era un hombre excitante. Durante aquellos meses escasos, debió de descubrir lo que significaba vivir.

Stephanie miró nerviosa la pistola. La aferré con más fuerza.

—Cuando Richie se deshizo de ella, ¿qué le quedaba? Un montón de palmeras en tiestos, una batidora con un adminículo para amasar pasta, una hija que no despertaba un interés especial y un marido cuya única pasión es despertada por otra. Cuando Richie la abandonó, destruyó su felicidad. Y aquella última noche, la despojó de lo único que le quedaba: la esperanza. De modo que Stephanie cogió el cuchillo y le apuñaló.

Stephanie produjo algo supuestamente similar a un bufido, pero más bien sonó a lamento: una confesión silenciosa. Miré a Gevinski. Estaba claro que no había escuchado el mismo sonido que yo. Mantuvo los brazos cruzados, esperando que prosiguiera.

—¿Es todo lo que tienes que decir? —inquirió Stephanie, evidentemente estimulada por la reacción de Gevinski. Debo admitir que aún parecía tranquila. El lamento podría ser el producto de una respiración dificultosa–. ¿Has completado tu relato?

–No –le dije–, esto era el prólogo.

22

—Después que una mujer apuñala al hombre que ama, se supone que tendría que estar nerviosa —dije—; estoy segura de que Stephanie lo estaba. Pero no perdió los nervios por completo. Creo que actuó con rapidez. No tuvo que perder tiempo preguntándose si Richie estaría muerto. Después de una mirada, sabría lo que yo no quise saber: se había acabado.

Todos observamos la cara inexpresiva de Stephanie. Tal vez estaba recordando el horror de mirar a los ojos de Richie, oscuros y muertos, tan abiertos que era posible observar la curvatura del globo ocular, pero sus rasgos intachables no expresaron nada. Que se supiera, podría haber estado reflexionando acerca de las variedades de lechuga que plantaría en primavera. Cass hurgaba en uno de los bolsillos de la mesa de juego, probablemente buscando un cacahuete olvidado sin darse cuenta. Pero Gevinski seguía estando cien por cien alerta.

—Salvo que Stephanie nos lo diga —proseguí—, nunca sabremos si en algún momento pensó en confesar. Todo lo que sabemos es que estaba en mi cocina y, como cualquier criminal aficionado que ha actuado irreflexivamente, se dio cuenta de que había dejado huellas de pisadas y dactilares. ¿Encontró muchas huellas dactilares? —le pregunté a Gevinski.

—¿Cree que se lo diré?

—Tendrá que decírselo a mi abogado antes del juicio, ¿verdad?

—Pero no tengo que decírselo a usted ahora.

—¿No le interesa aclarar las cosas? —pregunté.

—No.

—Acerque su silla un par de centímetros —le indiqué—; eso es. Ya es suficiente.

Le pedí que se sentara encima de sus manos, de manera que no pudiese coger la pistola, y que se inclinara hacia mí.

—Sargento Gevinski, ¿no sería razonable darme una oportunidad?

—¿Por qué?

—Aunque no esté convencido, ahora tiene la información suficiente como para al menos abrigar serias dudas acerca de Stephanie. Si me informa acerca de las huellas digitales no estará revelando ningún secreto vital. Tanto sus superiores en la comisaría, como la prensa, tendrán en cuenta su forma de tratar este caso. Si soy culpable, usted no pierde nada. Si soy inocente, su franqueza ayudaría a demostrar que no ha sido vengativo. Puede volver a deslizar la silla a su posición original.

Stephanie habló tan apresuradamente que la oración sonó como una sola palabra larga.

—Sé que mientras ella conserve las pistolas estaremos en peligro. Pero se lo imploro: no ceda ante sus amenazas. El apaciguamiento jamás funciona. Sólo demandará más.

—Yo me ocuparé de ello, señora Tillotson. —Agitó los dedos, tal vez tuviera las manos entumecidas después de haber estado sentado encima de ellas—. No le diré nada que su abogado no pudiera descubrir por cuenta propia —dijo, para mí, para Stephanie y para que constara—; no había ninguna huella en el picaporte exterior.

—¿Ni siquiera las de mi marido?

—Ni siquiera las suyas. Está claro que podría haber entrado por otra parte.

—¿Examinó los botones de la alarma?

—Había una huella parcial en uno de ellos —murmuró, tal vez con la esperanza de que no le oyera.

—¿De quién era?

—Del índice de la mano derecha del señor Meyers. —Las sillas resultaban pequeñas para un hombre de su talla y se revolvió, intentando acomodarse—. La huella podría provenir de la época en la que aún vivía allí.

—Sabe que eso no puede ser cierto —protesté—; no estuvo en la casa desde el mes de junio. He estado utilizando la alarma cada noche. Mis hijos la utilizan cuando están en casa. ¿Cómo podrían aún aparecer sus huellas allí?

—Sigamos —sugirió Gevinski—; las superficies de trabajo de la cocina estaban limpias. Los otros cuchillos y aquella cosa de madera en la que encajan estaban limpios. Había muchas huellas, principalmente suyas, en el horno, la cocina, el microondas y la nevera. Eso es todo.

—Salvo el cuchillo que Richie llevaba clavado.

—Las únicas huellas que había eran las suyas —me dijo.

—Le dije que intenté arrancarlo.

—Pero no pudo, ¿verdad?

—Correcto. Si mis huellas no hubieran aparecido en el cuchillo, ¿me habría considerado culpable?

—Es probable. No le juro que hubiese tenido suficientes indicios como para convencer al fiscal de llevar el caso ante el gran jurado, pero lo habría intentado.

—¿Quiere saber lo que realmente ocurrió después del asesinato?

—Usted tiene las pistolas, usted decide.

Parecía encantado con la frase y se premió con una pequeña sonrisa.

—Stephanie limpió todas las superficies que podría haber tocado, incluso el mango del cuchillo —expliqué—; al hacerlo, probablemente utilizó una toalla o un trapo para sostener el extremo de la hoja mientras frotaba. O bien estaba inclinada, o en cuclillas o arrodillada a su lado y su peso introdujo el cuchillo aún más.

Me volví hacia Stephanie.

Stephanie se quitó el reloj y se frotó la muñeca.

—No creo que planearas cargarme la culpa a mí —le dije—. No entonces. Sólo querías salvarte. Te ayudé cuando intenté arrancar el cuchillo.

—No inventó esta historia esta noche —Stephanie le dijo a Gevinski—, ¡se pasó todo el fin de semana inventándola!

Intenté que me prestara atención.

—Si no hubiera sido la única sospechosa, si la policía se hubiera tomado el tiempo de investigar la vida de Richie, ¿tienes alguna duda en absoluto de que tu nombre habría aparecido?

—¡Todo este asunto de la «aventura» es una invención de Rosie! —Stephanie le dijo a Gevinski—; éramos amigos. Los cuatro éramos amigos.

—Una vez que se deshizo de las huellas dactilares —proseguí— sabía que tenía que salir de la casa. En aquel momento debe haberse percatado de la tierra que arrastró. Aún estaba pegada a las ranuras de sus zapatillas. Las de Richie estaban limpias. Esparció la tierra con los pies o la removió con un papel o con una toalla de papel para eliminar las huellas dejadas por sus zapatillas. Después salió corriendo y probablemente se dirigió hasta la zona donde estaba el coche de Richie, y trajo un poco más de tierra. Corrió un riesgo terrible pero, si no lo hacía, la policía se daría cuenta de que le asesinó un extraño.

Cass se puso en pie. Resultaba obvio que éste era un asunto que requería un doctorado; mi licenciatura no resultaba suficiente.

—Las huellas de tierra no constituían una amenaza en sí mismas —declaró—; podrían haber sido hechas por un ladrón o un malhechor que hubiera seguido a Richie desde Manhattan. No existe ninguna razón para pensar que la policía pudiera pensar que la tierra provenía de algún vecino, necesariamente. ¿Por qué habrían de hacerlo? Una suposición tal no tendría lógica. Sin embargo, a esas alturas el asesino se dio cuenta de la importancia de la tierra. Su presencia requería una explicación; si resultaba posible convencer a las autoridades de que la llevaba Richie, no investigarían más allá de Gull's Haven. En aquel momento, el asesino hizo una elección: inculpar a Rosie. La seguridad completa sólo resultaba posible si el asesinato era atribuible a alguien de la casa.

—¿No creerás que fui yo, Cass? —preguntó Stephanie con incredulidad.

—Sí, Stephanie. Si me equivoco, me disculparé, aunque obviamente no esperaré que me invites a tu fiesta de Año Nuevo. —Cass se volvió hacia mí—. Disculpa la interrupción, Rosie. Estabas hablando de la tierra.

—Gracias. Stephanie cogió la tierra y la pegó a las suelas de las zapatillas de Richie. Es posible que esparciera un poco más en el suelo, añadiéndola a la que ya había arrastrado. Hay algo más: la tierra no aparece más allá. Se detiene justo delante de los zapatos de Richie. ¿Significa que no halló lo que buscaba? ¿Que Stephanie le encontró cuando partía, desilusionado y con las manos vacías?

—Tal vez él mismo sólo acababa de llegar —dijo Gevinski, frotándose el mentón como si acariciara una perilla invisible.

—Tal vez. En todo caso, la tarea de Stephanie en mi casa había concluido. Sólo le quedaba regresar a casa corriendo, lavarse y aguardar que llegara su marido. Carter sostiene que regresó antes de las once. Conque si cuando Stephanie vio el coche de Richie eran las diez y media, tuvo tiempo de matarle, limpiar las huellas dactilares, desparramar un poco de tierra y aun llegar a su casa para preparar una vinagreta apresurada.

La cara de Gevinski parecía imberbe salvo por un óvalo de cerdas rojizas alrededor de la boca. No podía dejar de mirarlo. Parecía como si hubiera utilizado uno de aquellos carmines pegajosos que llevan las chicas de primer año del instituto —Fudgy Cherry— y se hubiera embadurnado con él.

Gevinski seguía indeciso. Tenía que lograr que se pusiera de mi parte. ¿Qué podía ofrecerle que tuviera más peso que mi hipótesis acerca de los *brioches*? ¿Le convencería si le hablaba de esa cena que Stephanie, Madeline y Cass nos sirvieron a mí, a los chicos y a Alimentos Sospechosos? Alex había llegado tarde, como de costumbre, con el cabello peinado hacia atrás; Cass y Madeline se asombraron ante su parecido con Richie. Pero, ¿y Stephanie? Sufrió un choque profundo y quedó hipnotizada por mi hijo.

¿Y si le contaba que no sólo me había dado el nombre de Forrest Newel, el peor abogado de América, sino que también me había instado a quedarme con él? «Se supone que es el mejor», me aseguró. Por no hablar de cómo forzó a Carter a hacerme una visita de pésame, entregándome otra lista (probablemente constituida por los otros nueve abogados de los Diez Más Inútiles) y ofreciéndose a acompañarme. Sin llamar la atención sobre sí misma para no parecer demasiado curiosa, qué manera tan perfecta de mantenerse al tanto de los detalles del caso que la policía poseía contra mí y con la defensa planteada por mi abogado.

¿O sería más inteligente no desviarse de los indicios sólidos y plantear una exposición de los hechos convincente y fría a Gevinski? Sí. Decidí que ésa era la mejor manera de hacerlo. Salvo que, antes de que pudiera comenzar, Stephanie se puso a llorar. Sollozaba lastimeramente: una catarata de lágrimas. Gevinski extrajo un pañuelo blancuzco de su bolsillo trasero, y se lo ofreció. Ella lo desplegó y lloró dentro de él.

—No soy la clase de mujer que utiliza las lágrimas para...

Naturalmente, el resto de la oración se confundió con otro llanto espasmódico.

—Lo sé —dijo Gevinski.

Stephanie logró controlar el llanto con un temblor final que agitó su hombros anchos y atléticos.

—Quiero defenderme pero ¿cómo puedo hablar mientras me apuntan con una pistola?

—Lo comprendo —dijo Gevinski, en un tono tan cristiano y compasivo que podría haber sido Max von Sydow en *La historia más grande jamás contada*—. Tendrá su oportunidad. Se lo prometo, señora Tillotson.

—Nunca tuve una aventura con nadie —le dijo—; y con Richie Meyers... —lo dijo en un tono como si se refiriera a tener relaciones sexuales anales con una rata de cloaca—. Ojalá supiera por qué me eligió como chivo expiatorio. Supongo que después de huir, se debe de haber dado cuenta de que sólo era cuestión de tiempo que la cogieran. Tenía que encontrar otro sospechoso, de modo que pergeñó un caso contra Stephanie Tillotson. Tengo que reconocer que ciertas partes parecen convincentes. ¿Pero la totalidad? Es un disparate. ¿Que haya salido de la casa para poner tierra en las zapatillas de aquel hombre? Por favor, sargento: ¿no le parece una locura?

—¿Dónde están las zapatillas y el chándal que llevabas aquella noche, Stephanie? —pregunté.

Evidentemente, me ignoró.

—¿Y aquel cuento de que me pasé toda una noche haciendo *brioches*? Es el producto de una mente enferma.

—¿Fue mi mente enferma la que dejó huellas de neumáticos junto al coche de Richie? ¿Fue mi imaginación la que dejó las huellas que, apuesto lo que quieras, casualmente concuerdan con las de tu coche?

—No deja de insistir en lo de los neumáticos —le dijo Stephanie a Gevinski, rodeándose con los brazos para protegerse de las cosas horrorosas que sucedían—. No me extrañaría nada que fuera ella misma quien cogió mi coche aquella noche y lo dejó junto al de su marido. ¿Sabe una cosa?, hasta ahora había pensado que había estado fraguando esta estúpida historia durante la última semana. ¡Pero tal vez lo tenía preparado hacía tiempo!

Nadie oyó mi respuesta perfecta, porque en ese momento un puño como un jamón llamó a la puerta.

—Sargento. Ha llegado el marido.

Estaba a punto de decirle a Gevinski que hiciera entrar a Carter, cuando la puerta se abrió de golpe. Se trataba de Carter, efectivamente, además de su escolta: un poli de paisano, que casi deja caer su lata de naranjada cuando me vio.

—¡Mierda! —aulló, al ver la pistola en mi mano.

—Espere fuera, Turner —dijo Gevinski.

—¿Sargento...?

Gevinski hizo un gesto, indicando que cerrara la puerta.

—¿Por qué le dejó marchar? —exclamó Carter.

—¡Por el amor de Dios! —dijo Stephanie simultáneamente.

Los Tillotson esperaban que les diera una explicación. ¿Cómo ha podido? Estaban horrorizados.

Pero yo sabía que aquello no constituía una victoria. ¿Quién sabía lo que pensaba Gevinski? Después de todo, Turner estaba en libertad. El reloj hacía tictac. Me imaginé un equipo SWAT, vestido con polos acanalados negros penetrando violentamente por las ventanas. ¿O existiría algo más sencillo para detener el curso de la acción, como por ejemplo que Turner volviera a atravesar la puerta y me disparara un tiro entre las cejas?

Pedí a Cass que se sentara en el sofá e indiqué a Carter que ocupara su sitio en la mesa.

—Gunnar e Inger —dije—, ¿hablaste con ellos antes de que se despidieran? —Él apretó los labios y sacudió la cabeza: ¡No, no hablaré!— Carter, ¿te has vuelto loco? —pregunté—; contesta. Tengo una pistola.

—No pienso volver a soportarlo. Adelante. Dispara si quieres —dijo, con la boca apenas entreabierta.

No hay nada tan irritante como un memo intentando ser noble. Si en ese momento hubiera dicho «¡Buu!», probablemente se hubiera ensuciado los pantalones.

Estaba a punto de detener sus fanfarronadas. Eché un vistazo a la pistola para descubrir el pedacito que se tira hacia atrás con el pulgar antes de disparar o para ver si esta pistola lo poseía, pero justo en aquel instante intervino Gevinski.

—Dígale lo que quiere saber, doctor.
—¿Qué? —dijo Carter.
Era la viva imagen del Ciudadano Furioso Completo.
—Antes o después tendrá que responder a la pregunta, sólo para que conste —dijo Gevinski razonablemente—; ya que ella lo ha mencionado, hágalo ahora. No tenemos prisa.
Carter intentó perder tiempo peinando su cabello hacia atrás con los dedos, pero éste era demasiado corto.
—No vi a Gunnar y a Inger antes de que se marchasen.
—¿Cuál es su apellido?
La pregunta pareció sorprenderle.
—No estoy informado de ese tipo de cosas.
Miró a Stephanie, pero toda su atención estaba centrada en Gevinski.
—Señora Meyers, podremos acabar con este asunto rápidamente si permite que llame a uno de mis hombres para que comprueben los nombres de estas personas —sugirió Gevinski.
Finalmente acordamos que Cass llamaría a Turner a través de la segunda línea telefónica de los Tillotson y le diría que buscara a los dueños de la agencia Cloverleaf o Cloverdale de Manhattan, para obtener el apellido de Gunnar e Inger y su número de teléfono. Diga a Turner que lo haga ASAP, Gevinski le dijo a Cass. ¿ASAP?, inquirió con frialdad. Olvídelo, replicó Gevinski.
—Cuando regresaste a casa la noche del asesinato —le pregunté a Carter—, ¿viste el coche de Richie?
—¿Qué? —dijo, como si fuera una pregunta demasiado compleja—. Oh, su coche junto a la pista. No, no lo vi.
Había titubeado antes de responder y su respuesta era una mentira. Lo sabía. Lo sentía. Pero el problema era que no sabía cómo obligarle a decir la verdad. ¿Qué podría hacer? ¿Enviarle con el director? ¿Llamarle mentiroso? ¿Volver a intentarlo con la pistola y metérsela en una oreja?
—¿Puedo hacer un comentario? —preguntó Gevinski.
Yo asentí.
—Tal vez sería mejor que yo hiciera las preguntas, señora Meyers. Y tal vez sería menos penoso para los Tillotson si los interrogara por separado. Le aseguro que usted seguiría con-

trolando la situación. Pero uno de ellos podría aguardar al otro lado de la habitación, mientras le preguntase al otro...

Estaba demasiado agotada para descubrir qué se proponía, pero calculé que algo era.

—Todos nos quedaremos sentados aquí —dije—, pero puede hacer algunas preguntas si lo desea.

Los hombros encogidos de Gevinski me hicieron saber que estaba haciendo algo increíblemente estúpido, pero él volvió su cara de luna llena hacia Carter.

—¿Está preparado, doctor?

—Tengo que estar en la consulta a las ocho de la mañana.

—Intentaré ser lo más breve posible. Bien, hemos hablado mucho, de manera que deberá escucharme aunque lo que diga no parezca tener demasiado sentido.

—De acuerdo —dijo Carter.

—¿Usted presentó a Jessica Stevenson y Richard Meyers?

—Sí.

—¿Cuánto conocía a la señorita Stevenson?

—No mucho. Nos conocimos en la casa de uno de mis pacientes, tomando unas copas. Me habló de su trabajo. Yo sugerí presentarle a Richie para que conversaran.

—¿Eso fue todo? —preguntó Gevinski.

—En pocas palabras.

—¿No tuvo una aventura amorosa con Jessica Stevenson?

Repentinamente, me di cuenta de la ventaja de interrogar a los Tillotson por separado.

—¿No hablará en serio? —preguntó Carter.

—Sí —dijo Gevinski—, hablo en serio.

—No. No tuve una aventura con ella.

—¿Por qué no llama a Jessica Stevenson y se lo pregunta? —urgí al sargento.

—Es tarde y usted tiene una pistola, señora Meyers —dijo Gevinski—; no sería una mala idea darle un descanso a sus nervios y mantener la boca cerrada. Todavía tengo que hacerle otras preguntas; déjeme hacerlas.

Juntó las manos sobre la mesa y se inclinó hacia delante. Supuse que se trataba de su postura natural.

—Lamento tener que hacer esto, doctor, señora Tillotson. Es desagradable, pero una gran parte de este trabajo lo es: se ven cosas horribles y se plantean preguntas indiscretas a las personas. De modo que... doctor, que usted sepa, ¿tuvo su esposa una aventura con Richard Meyers?

Carter abrió la boca, pero fue Stephanie la que habló.

—Carter, sabes que no tienes obligación de responder a ninguna de sus preguntas. Lo sabes, ¿verdad?

No era tan directo como una bofetada, pero pareció tener la misma intensidad.

—Sé que es una pregunta desagradable de contestar —Gevinski le dijo a Carter—; comprendo el apuro en el que se encuentra. Pero éste no es sólo un asunto entre marido y esposa. Ésta es una investigación por homicidio, de modo que si no tiene nada que ocultar al respecto, realmente debe hablar.

Las palabras de Carter fueron tan cortas como sus cabellos.

—Estoy seguro de que Stephanie nunca me sería infiel.

—¡Estupendo! —dijo Gevinsky, aparentemente encantado—, ¡estupendo!

Pero en lugar de plantear otra pregunta, se ocupó en tirar de sus puños, de manera que las mangas de su camisa sobresalieran un centímetro de su chaqueta de un modo uniforme. No parecía notar que las miradas de Carter y Stephanie no cesaban de entrecruzarse, separarse y volverse a entrecruzar.

En aquel instante advertí algo por el rabillo del ojo. Un destello en la ventana. ¿Qué era? Nada, me consolé a mí misma, de aquella manera poco convincente con la que se niega lo que no se desea ver, como un ratón que corre por el suelo de la cocina y se escabulle debajo del lavaplatos: era una sombra, te dices. Pero volvió a suceder. No era una sombra: era un destello de luz.

Los polis estaban formando en el exterior. ¿Comprobando el terreno? ¿Planeando el asalto final? También Gevinski vio la luz y, durante unos instantes, se sumergió en un ensueño táctico: ¿debería apoderarse de mis pistolas? ¿Debería arrojarse encima de Stephanie, en un programa único de protección al testigo?

Un disco brillante, una linterna inclinada hacia abajo, iluminó la hierba. Después desapareció. Gevinski volvió a decir «estupendo», no por ninguna razón en especial sino porque debía haber intuido la ausencia de sonido y no quiso que nos preguntásemos qué ocurría.

—¿Qué estaba diciendo? —murmuró.

—Stephanie —dijo Cass, desde su sitio, en el sofá.

Durante un instante, aquel sonido inesperado confundió a Gevinski.

—¿Por qué no decir la verdad? —preguntó Cass—. Si tuviste una aventura con Richie, no significa necesariamente que le asesinaste. El adulterio tiende a acabar en petulancias y portaligas inútiles con mucha más frecuencia que en homicidio.

—No tuve una aventura —ladró Stephanie—; y además, no es asunto tuyo.

—¿Nunca fuiste a un hotel con él? —persistió Cass.

Olvídalo, quise decirle, pero toda la energía que me quedaba estaba concentrada en la oscuridad donde, segundos antes, había visto una luz.

—No.

—¿Nunca fuiste a cenar con él?

—No. ¡Basta ya, Cass!

—Ninguna cena —meditó Cass en voz alta.

Conocía a Cass: no era la clase de tipa que meditaba en voz alta.

—No...

¡Cenas! ¡Oh, sí!

—¿Qué ocurre con la noche que cenaste con Richie y los Driscoll? —pregunté.

Creí que Stephanie sería demasiado lista para hacerse la tonta pero dijo:

—¿De qué hablas?

Después pensé: «¿y si era otra persona?». Tom sólo había dicho «bonita». Y Hojo sólo dijo «protestante» y «bien educada». Aquello reducía la elección a alrededor de medio millón de mujeres de Nueva York y sus barrios residenciales.

—¿De qué va todo esto? —masculló Gevinski.

—De otra de sus mentiras —dijo Stephanie con enfado.

En ese mismo instante, un pelotón de polis podría estar soltando sus linternas y cogiendo sus rifles mientras yo me preguntaba si la señorita Bonita y Protestante era una amazona de

Lloyd's Neck, una sacerdotisa congregacionalista de Park Avenue, una químico de Rye o Stephanie Tillotson. Bien, tenía que arriesgarme o callar.

—En febrero —dije—, Stephanie fue a cenar con Richie y uno de sus clientes importantes, un hombre llamado Tom Driscoll. La esposa de Driscoll era muy amiga de Richie. —Me dirigí a Carter—, Joan Driscoll. Una de tus pacientes, ¿verdad? —Carter tragó, aunque con mucho esfuerzo. Ahora me dirigí directamente a Stephanie—. Es posible que tú y Joan os hubierais conocido con anterioridad, en algún cóctel. Pero Richie le confiaba todas sus aventuras a Joan, de manera que, conociéndote o no, sabía todo lo referente a ti, Stephanie, incluso antes de aquella cena. Y una vez que hiciste tu aparición, sabía exactamente quién eras, sin ninguna duda: la esposa de Carter. La amante de Richie.

—Es mentira —dijo suavemente.

—Es obvio que tenías alguna clase de relación con ella.

Al revisar las páginas de la agenda de Hojo, había hallado el número de teléfono de la casa de los Tillotson. Debería haberme dado cuenta de lo extraño que aquello resultaba. La relación entre Hojo y Carter era profesional. Si le necesitaba, llamaría a su consulta. No, tenía el número de Long Island, para poder comunicarse con la querida amiga de su querido amigo: Stephanie.

—Le regalaste a Joan algunos de aquellos tiestos con flores que arreglas. Aquellas plantas bonitas con un tubito para meter las flores. ¿Te dijo que pone orquídeas en las suyas?

Los ojos de Gevinski estaban semicerrados y tenía la boca entreabierta, la expresión displicente y soñolienta que los faltos de sutileza adoptan cuando quieren aparentar indiferencia ante aquello que les fascina.

—¿No tiene nada que decir a esto, señora Tillotson? —preguntó.

—Nada, salvo que lo niego.

—¿Qué es lo que niega? ¿La cena? ¿Esas plantas?

—Todo. Rose Meyers asesinó a su marido. Eso es todo lo que le diré.

Gevinski se puso más cómodo. Empujó la silla hacia atrás y estiró las piernas; si hubiera sostenido una cerveza en la mano, hubiera parecido uno de los simpáticos muchachos que aparecen en el trasfondo de un anuncio de camiones.

—Sé que es usted abogada, señora Tillotson. Lo último que intentaría sería engañarla. Ahora debería aclarar las cosas, de manera que todos estos detalles no surjan durante el juicio. Si coopera conmigo, después no habrá de lavar la ropa sucia en público.

Lancé un vistazo a Cass para comprobar si sentía lo mismo que yo: que ahora Gevinski estaba de nuestro lado.

—¡Steph! —aulló Carter repentinamente, cuando Stephanie empujó la mesa de juegos encima de mí y corrió hacia la ventana.

La pistola de Gevinski cayó al suelo. Mientras intentaba cogerla y sacarme la mesa de encima, Gevinski me propinó un golpe de karate en la clavícula.

—¿Qué está haciendo? —grité—, ¡cójala a ella!

Su respuesta consistió en un puñetazo fuerte en mi plexo solar. Caí al suelo, verdaderamente incapaz de respirar. Me hice un ovillo, intentando detener el dolor.

—¡Steph! —aulló Carter una y otra vez—, ¡Steph, no lo hagas!

Lo siguiente que ocurrió no fue muy claro, pero Stephanie rompía la ventana a patadas, aunque los travesaños de madera apenas se astillaron. Aún no estaba fuera.

No lograba recuperar el aliento. Un sudor frío me invadió y, aterrorizada, intenté pedir ayuda pero no podía hablar. Cass se inclinó a mi lado.

—¡Entrad! ¡Entrad, coño! —gritaba Gevinski.

Cuando logré respirar por primera vez, cuatro polis de uniforme aferraban a Stephanie. Un segundo después, doce piernas vestidas de azul y seis pistolas desenfundadas obstruían mi vista. Uno de ellos me ayudó a ponerme de pie y me acompañó hasta una silla. Gevinski enderezó la mesa y se sentó a mi lado. Le había dado su pañuelo a Stephanie para que se secara las lágrimas, de modo que tuvo que pedir prestado el de Turner para no emborronar las huellas digitales que yo pudiera haber dejado en la pistola. La abrió y dijo:

—¡Mierda! Ni siquiera estaba cargada.

Y se la entregó a Turner.

—¡Me ha dado un puñetazo! —logré decir, jadeando.

—No le he partido su maldito cráneo, ¿verdad? Debería estar condenadamente agradecida.

Pero al menos Gevinski hizo una seña a algunos polis para que se alejasen de mí, de modo que sólo me apuntaban dos pistolas.

Los que vigilaban a Stephanie parecían avergonzados de tener que sujetar a una mujer tan espléndida; no querían que pensara mal de ellos y no dejaban de murmurar «lo siento» y «discúlpeme» cada vez que intentaba desasirse de sus manos.

—¿Quiere sentarse y hablar, señora Tillotson? —inquirió Gevinski.

Dejó que le ignorase durante un momento y después se dirigió a Carter.

—Doctor —dijo, en su tono más grave—, éste es un asunto serio. Tome asiento.

Carter se hallaba a un metro y medio de Stephanie y los polis y los observaba como si fueran piezas de museo.

—¡Siéntese! —bramó Gevinski.

Carter se sentó a mi lado, de manera que quedó frente a Gevinski y no tuvo necesidad de mirarme a los ojos. Tenía la corbata perfectamente anudada, el pelo cortado impecablemente y no sudaba: pero detrás de sus ojos grises e inexpresivos, parecía ver una visión más horripilante que cualquiera que pudiera haber visto en la sala de emergencias.

—Doctor, ¿vio el coche de Richard Meyers la noche que le asesinaron?

—Sí.

—¡Calla, Carter! —exclamó Stephanie—; no hables. Di que deseas hablar con un abogado.

Apuesto a que esta vez no recomendaría a Forrest Newel.

—Vi el faro lateral rojo de su coche cuando regresaba a casa.

—¡Calla de una puta vez! —gritó Stephanie.

—Hacedme un favor —Gevinski se dirigió al grupo que sujetaba a Stephanie—; la señora Tillotson está alterada. Llevadla a otra habitación. Hacedle compañía. —Parecía tan amable que casi resultaba alegre hasta que añadió—: Traed a un par de oficiales femeninas, por si tiene que ir al lavabo. Si hubiera algún problema y os pareciera que estaría mejor en un sitio más seguro, hacédmelo saber.

Cuando condujeron a Stephanie fuera, Carter se cubrió la cara con las manos. No lloró; supongo que lo que ocurría era demasiado doloroso para verlo. Stephanie le lanzó una mirada desdeñosa al pasar. Ante la puerta se volvió, dirigiéndose a Gevinski.

—No hay nada que él pueda decirle.

—Nunca se sabe —replicó Gevinski.

—Yo sí, y usted también. Un marido no puede testificar contra su esposa.

Y salió por la puerta, una reina con su escolta de palacio.

—Podría haberse disculpado contigo, Rosie —comentó Cass—; si no por remordimiento, al menos por cortesía.

—¿Desea quedarse aquí, doctora Higbee? —preguntó Gevinski.

—Me agradaría.

—En ese caso, aunque me gusta su modo de expresarse, deberá quedarse callada. ¿Trato hecho?

—De acuerdo.

—Magnífico.

Extrajo una libreta de espiral y un bolígrafo del bolsillo interior de su chaqueta y se dirigió a Carter.

—Doctor, tomaré algunas notas, pero deberemos confirmarlo.

Hizo un gesto displicente a un poli que llevaba una gorra de béisbol al revés y una cazadora con cremallera. El poli salió apresuradamente de la habitación. Cuando regresó, le entregó a Gevinski una grabadora del tamaño aproximado de un mazo de cartas.

—No se deje intimidar por esto, doctor. Es estrictamente rutinario. Lo utilizamos siempre. —Encendió la grabadora—. Estaba diciendo que vio el coche de Richard Meyers cuando regresaba a casa, doctor Tillotson. La noche en que le mataron. Prosiga.

—Me sentí trastornado porque creí que volvía a comenzar.

—¿La aventura entre su esposa y Meyers?

—Sí.

—¿Cuándo se enteró?

—Una vez que ya hubo acabado. Pero aún me trastornaba mucho.

—¿Cómo lo supo?

—Me lo dijo Jessica.

—¿Jessica Stevenson?

—Sí.

—¿Lo discutió con la señora Tillotson o se enfadaron?

Carter sacudió la cabeza.

—Sabía que se estaba vengando, porque descubrió lo mío con Jessica.

Gevinski ni siquiera tuvo que preguntar cómo; Carter contestó voluntariamente.

—Detectives —dijo—, siempre trabajé hasta tarde, pero supongo que las mujeres son capaces de descubrir ese tipo de cosas. Ella contrató detectives. Pero la aventura de Stephanie con Richie acabó porque él se enamoró de Jessica.

—¿Sabe si la señora Tillotson se tomó a mal que la dejase?

—Supongo que sí. Se volvió... distante, supongo que sería el término adecuado. Luego empezó a hacer lo contrario. Demasiada actividad. No dormía. Demasiado feliz.

—¿Qué ocurrió cuando regresó a casa aquella noche? —dijo Gevinski—. ¿Estaba su mujer?

—Sí, pero generalmente era así, incluso mientras duró la aventura. Estaba descorchando una botella de vino. Muy contenta de verme. Demasiado contenta. Subí para tomar una ducha y ponerme el pijama y la bata: es lo que hago cuando llego a casa, y entonces me encontré con Inger Jensen.

Gevinski le dio un codazo a uno de los polis que me vigilaban.

—Dile a Turner que el apellido de la pareja es Jensen y dile que se dé prisa con la agencia de colocaciones. —Apoyó ambos brazos sobre la mesa y se inclinó hacia Carter—. ¿Dejaron una dirección, doctor?

—Inger me llamó a la consulta para hablar de la bonificación. Le dije que le enviaría un cheque. Puede pedirle la dirección a mi enfermera.

Carter extrajo una pequeña libreta de cuero del bolsillo interior de su chaqueta y le dio el número de teléfono de la enfermera a Gevinski. Éste se la entregó a otro policía.

—¿Y qué ocurrió cuando vio a la tal Inger?

—Murmuró alguna cosa acerca de que la señora había ido a correr. Creo que sabía lo que significaba «correr». Era su manera de hacerme saber que Stephanie había vuelto a las andadas.

—¿Y se despidieron al día siguiente?

—No. Steph les despidió. Siempre anda despidiendo a los sirvientes, de modo que no le di importancia. Es una perfeccionista. Mientras fue abogada, trabajaba de noche y de día. Cuando decidió quedarse en casa y dedicarse a ser madre, hizo lo mismo.

Sentía un dolor agudo en la clavícula y uno más apagado entre las costillas. Pero al menos respiraba casi con normalidad. Decidí intentar hablar.

—¿Cuándo te enteraste del asesinato? —pregunté.

—Silencio —gruñó Gevinski—; ¿cuándo se enteró del asesinato, doctor?

—Estaba viendo el espectáculo de *Today* cuando transmitieron las noticias locales. Corrí escaleras abajo. Pero Stephanie había ido a pasear con sus amigas. —Examinó sus recortadas uñas de cirujano—. Supongo que lo comprendí en aquel momento.

—¿Que ella le había matado?

—Sí. Regresó poco después y no paró de hablar del asunto. Estaba excitadísima. Hablaba de la cantidad de policías que había y de qué podría hacer por Rosie. —Dijo mi nombre como si yo fuera alguien mencionado casualmente por su mujer. No me dirigió la mirada—. Aguardé. Después de desayunar, ella subió para cambiarse. Empecé a buscar el cuchillo por todas partes. Habían dicho en la televisión que fue apuñalado. No caí en la cuenta de que aún estaba clavado en el cuerpo. Pensé que tal vez lo hubiese traído aquí. Es una casa grande. Ella debió de pensar que me había ido a la consulta, porque escuché cómo se dirigía al invernadero. Pero me quedé y seguí buscando.

—¿Qué encontró?

—Solo pantalones de chándal y una chaqueta. En la lavandería. Estaban dentro de una pila de ropa plegada. Pero no sé si eran los que llevaba.

—¿Sabe dónde están ahora?

—Supongo que los guardó. Aún no tenemos un ama de llaves nueva, de modo que ella ha estado haciendo todas las tareas.

—¿Encontró sus zapatillas?

—Steph es toda una atleta. Tiene cuatro o cinco pares de zapatillas en su armario. No sé cuáles lleva para correr.

—Me pidió que guardara silencio —le dijo Cass a Gevinski—, pero haré un breve inciso. Sus zapatillas de correr son Sauconys.

Gevinski lanzó un «gracias» sucinto mientras corría hasta la puerta.

—Necesito a Turner —dijo Gevinski con voz resonante.

Turner regresó. Tenía una gran mancha de café en la manga derecha y aparentaba cansancio, lógicamente.

—La dueña de la agencia está en su despacho, sargento. La enfermera se dirige a la consulta del doctor Tillotson para obtener la dirección de los Jensen, pero vive en el Bronx. Le avisaré cuando llame la primera de ellas.

—Lo supe siempre —le dije a Carter, pero él mantenía la vista fija en un rincón de la habitación, donde dos paredes se encontraban con el cielorraso—. Ni siquiera la amabas tanto como para protegerla. Amas a Jessica. Pero estabas dispuesto a dejar que pasara el resto de mi vida en la cárcel.

—Silencio —dijo Gevinski.

—Supongo que creíste que la publicidad del asunto afectaría a tu clientela —proseguí.

Carter examinaba el cielorraso como si estuviera solo, esperando a que ocurriera algo interesante.

—Stephanie debe haberte aterrorizado. Por eso dejaste a Astor en casa de tu madre. Por eso dormías en tu consulta. Pero una vez que me detuvieron, calculaste que se calmaría. ¿Verdad, Carter? Todo volvería a ser como antes.

—¡Silencio!

Gevinski apartó la vista de mí y miró a Turner.

—Necesito una orden de detención. Habla con el ayudante del fiscal.

Turner llamó desde el teléfono de la sala de juegos y le dio el auricular a Gevinski, que acabó una perorata de dos minutos con el ayudante del fiscal diciendo:

—Quiero ver la firma del juez en la línea de puntos media hora después de que cuelgue.

Colgó el auricular de un golpe y regresó hasta donde yo estaba sentada.

—¿Qué le parece si damos un paseo, señora Meyers?

Descendimos por las escaleras de piedra delante de grupos de polis curiosos hasta llegar a la playa.

—¿Le duele el golpe que le propiné? —preguntó Gevinski.

—Le informaré de cuánto cuando haya hablado con mi abogado —le dije.

El viento era como un aliento interminable, soplando desde el norte, transformando las crestas de las olas en espuma.

—¿Puedo ir a ver a mis hijos ahora?

—No. Cuando regresemos, podrá llamarles para decirles que se encuentra bien, pero necesito su declaración. No se haga demasiadas ilusiones. Aún no se ha librado del todo. Usted huyó.

—¿Usted iba a encarcelar a la persona equivocada y me está diciendo que aún no me he librado? Acabo de salvar su carrera.

—Nos retuvo a mí y a los demás contra nuestra voluntad; a eso se le llama secuestro.

Caminábamos por encima de conchas de mejillones; cada paso producía un crujido sonoro.

—¿Le gustaría a usted y a su departamento que contara mi historia en alguno de esos atroces *Reality Shows*? Podrá observarme. Llevaré un peinado y un maquillaje estupendos. Lloriquearé detrás de un pañuelo y seré valiente mientras muestran un clip del jefe de policía y del fiscal del distrito despotricando contra Rosie Meyers, amenaza para la sociedad; diciendo que una vez capturada, estará acabada, porque los cargos en contra suya son irrefutables. ¿Qué le parece?

—Usted es demasiado refinada para participar en esa clase de espectáculos —dijo, enviando una concha de cangrejo al agua de una patada.

—No, no lo soy.

—Sí lo es. Y si se mantiene al margen, podría recomendarle al fiscal que retire los cargos contra usted.

—Si mi abogado está de acuerdo, yo también lo estaré.

Visto desde la playa, Emerald Point parecía un castillo, iluminado como para un baile. En el invernadero, las luces ardían.

—Todo ese dinero... —mascullό Gevinski.

Esperó a que yo reconociera que no compraba la felicidad. En cambio, le pegué un puñetazo en el brazo con todas mis fuerzas. ¡Me sentí estupendamente!

—¿Qué demonios hace? —ladró.

—Quiero su completa atención. Dígame, ¿qué hacen los asesinos con sus armas y sus ropas ensangrentadas?

—¡Me ha lastimado!

—Magnífico. Ahora conteste mi pregunta sobre los asesinos.

—No lo sé. Si son tontos, llevan las cosas hasta algún puente elevado, ya sabe: como los que conducen a la ciudad, y lo arrojan todo al agua. Si son listos, hallan un escondite adecuado hasta que la investigación se desvanezca, porque la idea de que les cojan les vuelve paranoicos. Recuerdan el caso Quincy; saben mucho de la ciencia forense. ¿Y sabe una cosa? Los tontos resultan ser los listos, porque incluso si veo a alguien arrojar un paquete desde el puente de Brooklyn, ¿qué posibilidades tengo de encontrarlo? Pero los listos... A decir verdad, ésa es mi gran esperanza con respecto a la señora Tillotson. Que sea tan lista que resulte estúpida. —Gevinski observó la mansión de tres pisos; los reflectores eran brillantes. Oscurecían todas las estrellas—. Será un milagro encontrar alguna cosa. Me perdonará la expresión, pero es una casa tan jodidamente grande...

—Jodida clase «A» —convine—; ¿pero se apuesta diez dólares acerca de la localización de las zapatillas?

Habían reunido las ocho camisetas de Stephanie, las tres chaquetas y un montón de pantalones de spandex para llevarlos al laboratorio, pero a simple vista, Gevinski era incapaz de descubrir ni una sola mancha de sangre.

Después de que llegara el permiso de registro les llevó casi una hora, pero finalmente hallaron las zapatillas de Stephanie enterradas debajo de un gran helecho arbóreo de Nueva Zelanda, en el invernadero, donde les dije que buscaran. Un poli joven se acercó a Gevinski a la carrera; éste estaba tomándome declaración: Vinnie Carosella estaba a mi lado. Gevinski salió corriendo. Ya que olvidó invitarnos al invernadero, Vinnie y yo decidimos seguirle.

—No sé si lograremos descubrir alguna cosa —le estaba diciendo la técnico del laboratorio a Gevinski.

Sostenía los Sauconys a la luz por los cordones y eliminó un poco de la tierra para tiestos adherida sacudiéndolos. No parecía optimista.

—¿Ve toda esta tierra adherida a las zapatillas? ¿Sabe por qué se adhiere? Porque están húmedas. Es posible que las regara junto con el árbol, sargento, pero es más probable que...

—Las lavara antes de meterlas aquí —dijo Gevinski, sacudiendo la cabeza—; ¡puta mierda!

Yo le imité en silencio.

—No sé cómo es de sólido su caso —Vinnie le comentó amablemente—; un buen abogado probablemente podría lograr la absolución. —Vinnie le daba la espalda al helecho. Examinaba las begonias tuberosas de Stephanie y parecía impresionado—. No hay huellas digitales, no hay nada. —Gevinski simuló no escuchar—; así que tuvo una aventura y mintió a la policía al respecto. Así que los noruegos dicen que corría por las noches. Así que tal vez estacionó su coche justo al lado del suyo. Podría pasar un rato agradable con un caso como éste —me palmeó la mano—. Pero este rato es el más agradable, Rosie. Éste es el mejor. ¡Está libre!

—¡Remaldición! —ladraba Gevinski—; déjame ver las condenadas zapatillas.

La técnico se las entregó cogiéndolas por los extremos de los cordones. Gevinski las acercó a su cara, pero un momento después su boca se torció de disgusto.

—Mala suerte —dijo Vinnie.

—Sí.

—¿Quiere su ropa de correr? —preguntó la técnico.

—Después.

—¿Por qué no ahora? —interrumpí—; no es como si tuviera habitaciones repletas de otros indicios.

—No nos apresuremos —dijo Vinnie, torciendo la boca.

Gevinski me lanzó una mirada de hastío, pero cogió la pila de ropa de correr que la técnico le entregaba. Después tuvo que esperar hasta que un poli encontrara un plástico para cubrir el suelo sucio. Gevinski ordenó desplegar el plástico, como disponiendo las cosas para una merienda campestre. Luego depositó las camisetas, los pantalones de *spandex* y las chaquetas. Examinó el despliegue dando un paso hacia atrás.

—Ustedes dos pueden volver a entrar, si quieren —masculló.

—No hay problema —dije.

—Nos quedaremos —asintió Vinnie.

Observamos cómo Gevinski miraba las ropas.

—Si corría por la noche, llevaría una de las chaquetas —le advertí—; probablemente no se trataría de la de la franja fosforescente. No quería ser vista.

Señalé otras dos chaquetas. La técnico le entregó una lupa a Gevinski y éste las examinó, por dentro y por fuera.

—¡Nada de nada! ¿Nunca se manchaba? —Gevinski abrió las cremalleras de los bolsillos—; más nada.

—Al menos descubrimos quién lo hizo y yo estoy libre —dije, intentando animarle.

—Sí —masculló Gevinski, sin mucho entusiasmo.

Pero un segundo más tarde se animó. Extrajo un bolígrafo del bolsillo y, con un cuidado y una paciencia infinitos, extrajo un fragmento de papel.

—Papel tisú —gruñó.

—Al menos no está usado —dijo la técnico.

—No puede ganar siempre, Carl —le dijo Vinnie.

Gevinski examinó la segunda chaqueta: era de un color verde tan oscuro que parecía negra.

—¡Pinzas! —ladró repentinamente.

La técnico le puso un par en la mano de un palmetazo. Él extrajo un papel plegado del bolsillo derecho.

—¿Qué encontró? —preguntó la técnico.

—¡Cállate! ¡Déjame en paz! ¡Lárgate!

Ella no se movió. Gevinski abrió la parte superior del papel con las pinzas y el bolígrafo.

—¡Examínelo, Rosie! —dijo, exultante—; ¡examínelo!

Un papel blanco y delgado no es de buen lavar. Se había deshecho en siete pedazos: estaba desteñido por la lavadora, desgarrado y polvoriento por la secadora. En la parte superior había un logotipo impreso y desteñido: Galería Knightsbridge. Era una factura impresa por ordenador. La fecha de la venta se había borrado y lo que parecía ser un montón de números estaba casi tan blanco e ilegible como el mismo papel.

—¡Mirad esto! —dijo Gevinski.

Era una descripción de una obra en óleo, lápiz de color y lápiz, realizada por un artista cuyo nombre había sido borrado por el ciclo de enjuague.

—¡Debe haberlo cogido de la mano de Richie! —dije con regocijo.

—¡Y se lo metió en el bolsillo!

Gevinski arrojó la cabeza hacia atrás y rugió: un león con la presa indefensa a sus pies.

Vinnie, de pie detrás de mí, comenzó a gritar. El nombre del comprador era perfectamente legible. Richard Meyers, Gull's Haven, Shorehaven, Nueva York. El precio también se leía claramente. Dos millones ochocientos mil dólares. Más IVA.

Vinnie me acompañó a casa, andando.

—Tiene una casa bonita —comentó, cuando llegamos al final del camino particular.

A la luz del amanecer, los ladrillos adoptaron el color del vino tinto. El aire era salado y delicioso. Unas gaviotas chillaban y bajaban en picado sobre el techo.

—Si quiere quedarse aquí y comulgar con la naturaleza, tenga cuidado con su cabeza —le advertí—; tienen una puntería perfecta por las mañanas. —Sin reflexionar, hurgué en mis bolsillos, buscando las llaves—. Oh. Tendré que llamar. Dije a los muchachos que intentaran dormir un poco. Esto ha sido terrible para ellos. Han perdido a su padre... y todo el mundo decía que yo era culpable. Me molesta tener que despertarlos.

—Rosie, no creo que se opongan.

No estaban durmiendo. Aún sonaba la campanilla cuando abrieron la puerta de un tirón. Ben me alcanzó primero. Me levantó del suelo, abrazándome. Cuando me volvió a soltar, estaba llorando.

—Cariño —dije, estirando la mano para palmearle la cabeza.

—Mamá.

—Deberías calzarte. El suelo debe de estar helado.

Alex se deslizó entre ambos, pero Ben aún me tenía cogido de la mano. Alex besó mi mejilla.

—Hola, mamá —dijo.

Acababa de lavarse el cabello; olía a uno de los champús elegantes de Richie y caía sobre sus hombros en rizos negros y húmedos. Me sonrió de un modo dulce y tímido, una sonrisa que no había visto desde sus días de explorador.

—Mamá, ¿estás bien?

—Abrázame y lo estaré.

Me abrazó y lo estuve. Bien, casi.

Vinnie dijo que hablaríamos después. Los tres cerramos la puerta a nuestras espaldas.

—Pensé que tendrías hambre y querrías algo «sustancioso» —dijo Ben.

—¿Recuerdas cuando nos llamabas a cenar —dijo Alex—, y solías decir: «He aquí un plato invernal sustancioso»? —hizo un aspaviento—: ¡era guiso de cordero!

—¡Era un *cassoulet*! —le superó Ben—, con aquellas judías gelatinosas.

—Vosotros no sabéis lo que es bueno —les dije.

—Te he preparado unos *ziti* al horno —manifestó Ben.

—Yo rallé el queso parmesano —replicó Alex—; si quieres otra cosa, te la prepararemos. Oh, mamá, ¿te importa entrar en la... —su voz se desvaneció.

—¿Podemos entrar en la cocina, mamá? —preguntó Ben.

—Adelante —dije, cogiendo sus manos.

Menos mal que dije que sí, porque cuando llegamos, Tom Driscoll estaba delante de la mesa, esperándome.

23

El aceite de baño de gardenias formaba una película que lanzaba destellos de color rosa y amarillo en la luz de la mañana. Me recosté dentro del agua dulce y humeante, observando cómo las gaviotas buceaban en el canal de Long Island.

¿Cómo es posible que ninguno de nosotros se diera cuenta de lo que había en su interior, ni siquiera un indicio? Se trataba de que pensábamos: ¡Uau!, si el exterior es tan hermoso, ¿te imaginas cómo será el interior? Después de más de una década de vilezas y avaricia y miseria, ¿aún éramos tan tontos como para creer que la sangre azul era una prueba de virtud? ¿Aún estábamos tan acobardados por los engaños de la derecha que creíamos que la mujer que recorta albahaca y comparte el coche con otros tiene un alma más pura y un corazón más amable que la mujer que sale al mundo?

Las notas sonoras de una guitarra eléctrica surgían a través del agua. Levanté la cabeza y oí cantar a Alex: el volumen de su voz hermosa subía y bajaba. Estaba ensayando para una cinta de demostración. Tom tenía un amigo en el directorio de Columbia Records.

Dejando de lado el asesinato, ¿cómo fue capaz de pasear conmigo cinco mañanas a la semana, cocinar conmigo los viernes por la tarde y follar con mi marido por las noches? Si mi amistad le importaba tan poco, ¿qué valoraría?

Pensé en el hombre casado que se hallaba en el piso de abajo. Cuando les dejé en el porche, Tom consultaba a Ben acerca de su rodilla dolorida y Ben, después de examinarle y escuchar su historial médico, secundó la opinión del médico de Tom: osteoartritis.

Vaya cosa: una ligera degeneración. Yo deseaba ardientemente a aquel hombre. ¿Y por qué no habría de hacerme con él? Con toda seguridad, Hojo no era mi amiga. No obstante, ¿le debía algo? No.

¿Pero estuvo Dios de un humor más displicente cuando dictaminó: «No cometerás adulterio» que cuando prohibió el asesinato?

Envolví mi cabeza en una toalla y salí de la bañera; había demasiados espejos. No era necesario que observara mi corte de pelo horroroso antes de dormirme.

¿Estaba enferma? Alguien habría reflexionado alguna vez, aunque fuera sólo durante un minuto: ¿oye, a esta tipa le falla alguna cosa? Al contrario; pensaban que no le fallaba absolutamente nada. Tal vez estuviera enferma. Pero si lo estaba, ¿cómo encajaba la maldad? ¿El padre de Hitler, habría abusado de él? ¿Era una ególatra, la madre de Pol Pot? Tal vez aquello explicaría su conducta. Tal vez no se podía culpar a nadie de nada.

Pero yo no lo creía.

—Rosie Posie —dijo Danny Reese—, ¡vuelves a aparecer en los titulares! ¿Quién demonios es esa puta?

A pesar de su animación, su voz aún estaba pastosa de sueño. Pero por otra parte, no eran ni las nueve de la mañana.

—Tenía que llamar para darte las gracias.

—Fue divertido, ¿verdad?

—Deja que lo piense —dije.

¿Divertido?, me pregunté.

Estaba frotando mis pies con loción para el cuerpo White Rapture pero, después de siete días de carencias, no resultaba tan fácil volver a acostumbrarse al lujo encima de sábanas de algodón de trescientas galgas y dormirse.

—Piénsalo un poco más —dijo, lleno de confianza—; y, puestos a hacer, piensa en ti y en mí.

—Eso sí que fue divertido —reconocí—; pero más allá de eso, fuiste un gran amigo, fuiste leal. Nunca olvidaré lo que hiciste, Danny.

—No fue gran cosa.

—Quiero pagarte el permiso de conducir y la tarjeta de crédito.

—¿Estás de broma?
—Fueron de gran ayuda.
—¡Mierda! ¿Realmente los utilizaste?
Mi silencio le dio la respuesta.
—Eres una mujer afortunada, Rosie.
—Por el amor de Dios: me dijiste que estaban limpios.
—Depende de cómo definas «limpios». No eran robados.
—¡Oh, Danny!
—Vaya, no los acababa de robar.
Ahora que no me encontraba allí era capaz de sonreír, al recordar su apartamento, incluso su cuarto de baño abominable. Mi sonrisa se ensanchó al pensar en él: aquellos ojos verdes y aquel trasero espectacular.
—Quiero hacerte una proposición.
—Te escucho —dijo; su voz era puro terciopelo.
—No, se trata de algo mucho mejor que lo que piensas. Es una propuesta con condiciones.
—Odio las condiciones.
—Si vuelves a la universidad de Nueva York y te gradúas...
—Dame una oportunidad, Rosie.
—Te compraré lo que quieras para tu graduación.
—¿Lo que quiera? ¿Un nuevo equipo de sonido?
—Por supuesto. O cualquier coche que se te ocurra. Cualquier viaje que quieras realizar. O te compraré un apartamento.
Danny se quedó sin habla, pero sólo durante un segundo.
—¿Pero debo graduarme realmente?
—Diploma de licenciado; y después de ver el diploma, me dirigiré al archivo de la universidad de Nueva York para comprobar que es cierto.
—¡Sigues siendo una maestra! —me dijo Danny.
—Lo sé —dije, embargada de felicidad.
Afortunadamente, dado el estado de mi sistema nervioso, nadie gritó: «¡Sorpresa!». Y también afortunadamente, había dormido diez horas y me había puesto pantalones de seda, una blusa de seda azul y el maquillaje suficiente como para que pareciera que, en realidad, no lo necesitaba, porque mis hijos celebraron una fiesta de bienvenida.
Cass llevaba un traje pantalón elegante, de color berenjena y pendientes de diamantes. Dijo que me quería y que podía librar

el resto de la semana. Theodore me dio un abrazo y me dijo que dedicaría su próxima columna mensual, «Right Turn», a Rose Meyers y su espíritu libertario. Le recordé que no poseía un espíritu libertario, que de hecho, como él sabía perfectamente bien, yo era una demócrata liberal. Theodore lo descartó con una carcajada.

Alimentos Sospechosos había venido a pasar la tarde, pero al menos no me besó, cosa que tomé como una señal esperanzadora. Madeline, vestida con algo que parecía un disfraz de lord Byron, sí me besó, lo que estaba muy bien, especialmente porque trajo una caja de bombones semiamargos y ninguna poesía.

Vinnie Carosella llevaba una chaqueta azul y una pajarita con pintas. Mientras ojeaba los bombones de Madeline, me dijo que había oído que a una de mis vecinas le habían denegado la fianza. Después me entregó una botella de champán, diciéndome que no me enviaría la factura por ésta. Le llevé a un lado, mencionando que había robado la pistola de Theodore y le pregunté si podría solicitarle a la policía que la devolviera, como parte de nuestro tratado de paz. Y puestos a hacer, ¿podría recuperar mi bolso –y el anillo de zafiros que tenía dentro– de Jane Berger? Eso está hecho, respondió.

Tom Driscoll había pasado el día haciendo negocios por teléfono y había ido a la oficina del fiscal para informar acerca de la cena con Richie y Stephanie. También durmió la siesta encima de un sofá en la biblioteca. Lo presenté como un antiguo amigo de Brooklyn, un cliente importante de Data Asociados. Ni siquiera Alimentos Sospechosos se creyó aquella historia: echó un vistazo a su mano izquierda y pareció enfadada y confusa al descubrir un anillo de casado.

Alex y Ben aumentaron el *ziti* con una comilona, preparada por un ama de casa de la localidad convertida en proveedora ilustre. Le habían dado carta blanca alegremente; cuando vi que el rosbif estaba cubierto de trufas, palidecí.

–Relájate, mamá. Es una celebración –dijo Alex.

–Podemos hacer bocadillos con las sobras –añadió Ben.

No relaté mi historia hasta después de los postres: mousse de calabaza, ya que sólo faltaba menos de una semana para la Noche de Todos los Santos. Expurgué el sexo, suprimí la parte desagradable de la conversación entre Hojo y Tom y eliminé cualquier referencia a la pistola de Theodore Higbee y el tráfico de tarjetas robadas practicado por Danny Reese. Después, como el camarero del proveedor quería levantar la mesa y marcharse, sugerí que fuésemos a la biblioteca a tomar el café.

Vinnie Carosella se comportó como una estrella. Servía brandys, sorbía café y contestaba preguntas con tanto aplomo que jurarías que había un equipo invisible de televisión de «60 minutos» filmándolo todo.

—Seguro que olvidó que la factura estaba en su bolsillo —explicaba—; no había razón para que la lavase y secase.

—¿Por qué la cogió? —Preguntó Ben.

—Es una abogada —respondió Vinnie—; debe haber deducido su valor casi de inmediato. Tal vez tu padre le dijera por qué había venido. O lo descubrió por cuenta propia: si había forzado la entrada en la casa, no sería para coger cualquier viejo pedazo de papel. Éste debía ser importante.

—El precio del cuadro también lo era —observó Tom—; probablemente se diera cuenta de que eran bienes que quería ocultar. Si tenía el cerebro que todo el mundo le reconoce, deduciría que Rick quería venderlo. Stephanie podría haber pensado que si el cuadro estaba en posesión de Jessica, ambas podrían hacer un buen trato.

—Stephanie siempre fue desdeñosa —dijo Madeline.

—¡Bien pensado! —dijo Vinnie, lanzándole una sonrisa—; y sabía que el cincuenta por ciento de tres millones es una suma muy considerable. Pero sospecho que casi de inmediato, cayó en la cuenta de que era demasiado arriesgado.

Tom asintió.

—¿Cómo pudo olvidar que estaba en su bolsillo? —preguntó Theodore.

—Tenía la mente muy ocupada —respondió Cass—; una vez que descartó la idea de sacar un provecho inmediato, ya no le servía.

—Lo hubiera recordado con el tiempo —sugerí—, una vez que las cosas se calmaran un poco.

—¡Cuando tú estuvieras en la cárcel! —bufó Madeline—. ¡Este caso retrasará el movimiento feminista en un centenar de años!

Era una declaración tan evidentemente idiota que ni Cass ni

yo nos molestamos en refutarla. Estiré la mano y cogí uno de sus bombones e inmediatamente mi disposición hacia ella mejoró.

—El fiscal del distrito podría presentar un caso bastante concluyente, incluso si nunca lo hubieran encontrado —nos dijo Vinnie, esperando ansiosamente que le pasara el chocolate.

—¡Un chocolate maravilloso! —le dijo a Madeline con veneración—, ¿dónde lo consiguió?

Ella le lanzó una sonrisa de Mona Lisa.

—Le enviaré una caja.

Vinnie le sonrió ampliamente.

—¿Ha hablado con el fiscal hoy? —preguntó Alex.

—¿Qué? —preguntó Vinnie, aún sonriendo—; oh, sí, el fiscal. Hablamos al menos una vez por hora. Está ordenando sus piezas. Los Jensen, la pareja que trabajaba para los Tillotson, testificarán que Stephanie regresó a casa a eso de las diez y media y que, unos momentos más tarde, salió a correr. La señora Jensen es capaz de describir la chaqueta que llevaba, que es la misma en la que encontramos la factura. Y Tom señaló a Stephanie en una rueda de sospechosos. Podrá relatar la cena con ella, Richie y su esposa.

—Las huellas de los neumáticos —le soplé.

—Correcto —dijo Vinnie—; tienen que efectuar todas las pruebas de laboratorio antes de poder presentar los informes como pruebas, pero está claro que las huellas fueron efectuadas por su BMW.

—Estupendo —dijo Alex.

Estaba sentado encima de una otomana acolchada, observándonos a Tom y a mí. Los demás tal vez sospechaban. Alex sabía.

—Y hay una ventaja: el Lamborghini estaba cerrado con llave. La manilla y la zona alrededor de ésta habían sido limpiadas. Pero las huellas de Stephanie aparecen en el parabrisas, lo que es compatible con el hecho de apoyarse para inclinarse y observar el interior del coche.

—Pero eso no prueba que le mató —comentó Madeline.

—Exacto —asintió Vinnie, claramente impresionado por sus poderes de deducción—; pero sí la sitúa en la escena. Es otra parte de las pruebas circunstanciales.

Vinnie se sirvió otro brandy, revolviéndolo dentro del vaso. Se acomodó y lo sorbió. Todos observaban y aguardaban. Era un gran *showman*.

—Y además, están las llamadas telefónicas.

—¿Qué llamadas? —pregunté. Hubiera saltado de mi asiento, pero estaba sentada junto a Tom—; ¿se trata de las llamadas amenazadoras que recibió Jessica?

—No. Gevinski las comprobará, pero supone que fue lo bastante inteligente como para haberlas hecho desde un teléfono público. Hablo de las llamadas que hizo al número privado del despacho de Richie.

—¡Dios mío! —dijo Theodore, encantado.

—Aún no tienen el informe completo, pero su contacto en la compañía de teléfonos dijo que algunas de las llamadas duraron casi una hora. Y están comprobando si Richie también la llamaba desde su teléfono particular.

La mirada de Vinnie se cruzó con la mía y después se dirigió a los chicos.

—Alex, Ben —dije—, por favor, aseguraos de que el individuo enviado por el proveedor saca la basura fuera. Y aseguraos de que cierre los cubos con cuidado: los mapaches han vuelto a hacer de las suyas.

—Era su padre —dijo Vinnie, una vez que abandonaron la habitación—. No hay necesidad de insistir. El testimonio de la señora Driscoll resultará de gran ayuda. Estaba fuera de la ciudad, pero ha regresado en avión y se presentó en la jefatura de policía a última hora de la tarde. Ella y Richie eran buenos amigos. Él se lo había contado todo acerca de su aventura con Stephanie, aunque aquellas confidencias podrían quedar excluidas por la reglamentación respecto a los testimonios de oídas. Sin embargo, lo que sí se permitirá será el testimonio de la señora Driscoll declarando que recuerda que durante aquella cena, Richie se mostró muy afectuoso con Stephanie, incluso que le besaba el cuello. A la defensa le costará hacerlo pasar por un beso amistoso.

»Además, Richie le compró una pulsera de diamantes. Como ninguno de los dos podía arriesgarse a ocultarla en su casa, él la conservaba en la caja fuerte de su despacho y la llevaba consigo cada vez que se encontraban.

—¿Cómo se enteró? —preguntó Cass.

—Porque durante aquella cena, se jactaban de su jueguecito. La señora Driscoll lo recuerda con mucha claridad.

Todos nos volvimos hacia Tom.

—Recuerdo que hablaban de una pulsera que ella llevaba aquella noche —dijo—, pero eso es todo. Dejé de prestar atención desde el momento en que entré en el restaurante y le vi con aquella mujer.

Cuando los chicos regresaron, Vinnie les dijo que aún no sabía si los abogados de Stephanie estaban dispuestos a hacer un trato o si preferían ir a juicio.

—¿El trato implica que iría a la cárcel igualmente? —preguntó Ben.

—Sin ninguna duda —respondió Vinnie.

Theodore me miró y sacudió la cabeza.

—¡Vosotros, los liberales! Imagina lo feliz que te sentirías si aún existiera la pena capital en el estado de Nueva York.

Cass le palmeó la mejilla, volviéndose hacia mí.

—Nunca me crees cuando te digo que este hombre es un asno. Ahora ves la clase de persona que es, aunque se abstuvo de imitar a un condenado en la silla eléctrica.

Theodore cogió su mano, lanzándole una sonrisa amorosa.

—Vamos a casa, Cassandra.

Después de que se marcharan los invitados y los chicos se acostaran, le dije a Tom que era hora de irse.

—¿De qué estás hablando?

—¿Te acuerdas de los viejos tiempos?

—¿Qué tiempos?

—Cuando estábamos en el instituto. Tuvimos un par de peleas pero, por más enfadada que estuviera contigo, sólo tenías que cogerme entre tus brazos y ya volvíamos a comenzar.

—¿Era tan terrible aquello? —dijo, desabotonando mi blusa.

—No soy la misma chica —le dije, recuperando el control sobre mis botones—; ya no soy una chica fácil.

—¿Te has convertido en una hembra dura y ruda? —dijo, riendo.

—No. Sólo he dejado de ser fácil.

—Me dijiste que me amabas, Rosie —dijo, enfadado—; verás, si esta noche no nos acostamos, sobreviviré. ¿Pero por qué me envías a casa?

—Estás casado. No quiero un hombre casado.

—Sabes que no siento nada por ella. Y viceversa. Nos quedamos juntos porque no había ninguna razón para no hacerlo. Pero ahora... ¿No sabes que acabaré con eso?

—Espero que lo hagas. Pero déjame decirte una cosa. Has estado junto a esa mujer durante casi el mismo tiempo que yo estuve con Richie. Tal vez no será una sorpresa para ella, pero será doloroso. Doloroso para ambos.

—Pasamos aproximadamente dos semanas por año como pareja e incluso entonces, viajamos junto a otras personas. Ambos podemos estar en Nueva York durante semanas y apenas vernos.

—Es imposible que carezca de sentimientos.

—Los tiene, pero el amor no es uno de ellos, o al menos, no siente amor por mí. Pero siente que tener un marido da un cierto *cachet* social y supongo que tiene razón. Tengo un aspecto presentable y me comporto con decencia, lo que probablemente le agrade. Es evidente que si fuera billonario, podría escupir al hablar y rascarme los huevos en público y no le importaría. Pero no lo soy, aunque sí pago las cuentas. Eso le despierta sentimientos fuertes. Pero Joan es una mujer sofisticada; se da cuenta de que las pagaré durante el resto de su vida, ocurra lo que ocurra.

Tom se quitó la chaqueta, preparado para quedarse. Me dirigí hasta el teléfono. Él me observó con una mirada de acero mientras llamaba a la compañía de taxis local, solicitando que enviaran un taxi para acompañar a un huésped de vuelta a la ciudad.

—Te amo —le dije.

—Yo también te amo.

Me cogió entre sus brazos. Nuestros cuerpos estaban moldeados de manera que aún encajaban perfectamente el uno en el otro. Tom me levantó la cara y besó mi horroroso flequillo.

—Lamento que te enfades por mandarte a casa —le dije—, pero sólo te quiero libre y sin ataduras.

—Regresaré mañana por la tarde o por la noche. Libre y sin ataduras, salvo por los papeles.

Después me besó hasta que llegó el taxi. Había olvidado el mareo agradable que me producía: ponerme de puntillas, inclinando la cabeza hacia atrás para que nuestros labios pudieran tocarse.

—Cariño mío —dijo suavemente.

El conductor del taxi hizo destellar los faros: vamos, daos prisa, estoy esperando, tío. Pero nos quedamos en el umbral, abrazados.

—Seremos una pareja maravillosa —me aseguró.

—Lo intentaremos —dije.

—¿No es maravilloso, Rosie? Tenemos otra oportunidad.

—Después de tantos años...

—Sí —dijo Tom—, pero esta vez es diferente.

—¿Por qué? ¿Me dirás que ahora somos más viejos y más sabios?

—No. Te diré que, esta vez, sabemos que en el mundo no existe nada mejor que lo que compartimos.

Nos cogimos de la mano mientras caminábamos hacia el taxi. Me volví apenas subió, porque no soportaba verle partir.

—¡Rosie!

Volví la vista hacia atrás. Había bajado la ventanilla.

¿Y si había cambiado de idea? Bien, sobreviviría.

—¿Sí?

—Lamento lo del baile.

—Fuiste un sinvergüenza.

—Lo sé. ¿Estoy perdonado?

Yo no podía dejar de sonreír.

—Por supuesto que lo estás.

El taxi se alejó. Pero oí gritar a Tom.

—¡Te veré mañana!

Y así fue, efectivamente.

Título de la edición original: *After All These Years*
Traducción del inglés: Irene Saslavsky,
cedida por Grijalbo (Grijalbo-Mondadori, S.A.)
Diseño: Emil Tröger
Ilustración: Carlos Andreu
Foto de solapa: © Ingrid Estrada

Círculo de Lectores, S.A.
Valencia, 344, 08009 Barcelona
1 3 5 7 9 5 9 0 7 8 6 4 2

Licencia editorial para Círculo de Lectores
por cortesía de Grijalbo (Grijalbo-Mondadori, S.A.)
Está prohibida la venta de este libro a personas que no
pertenezcan a Círculo de Lectores.

Depósito legal: B. 24788-1995
Fotocomposición: gama, s.l., Barcelona
Impresión y encuadernación: Printer industria gráfica, s.a.
N. II, Cuatro caminos s/n, 08620 Sant Vicenç dels Horts
Barcelona, 1995. Impreso en España
ISBN 84-226-5578-0
N.º 34066

